USCHI UND KLAUS PFAFFENEDER

Täter – Opfer
Schuld

Kriminalroman

Liccaratur Verlag

Besuchen Sie uns im Internet:
www.liccaratur-verlag.de

Erschienen im Liccaratur-Verlag

Illustration und Umschlaggestaltung:
Braun - Gestaltung & Produktion, Fürstenfeldbruck
Lektorat: Susanne Pavlovic / Textehexe, Bamberg
Korrektorat: Monika Wunderlich, Fuchstal
Druck: CPI buch bücher.de GmbH, Birkach

Erstausgabe 2020

ISBN 978-3-944810-05-8

Für Lisa, Veronika und Theresa

Nur die Liebe und der Tod ändern alle Dinge.

Khalil Gibran

Handlung und Figuren dieses Romans entspringen alleine der Fantasie der Autoren. Eventuelle Übereinstimmungen mit lebenden oder verstorbenen Personen sind zufällig und nicht beabsichtigt. Nicht erfunden dagegen sind bekannte Persönlichkeiten, Institutionen, Straßen und Schauplätze in Landsberg am Lech, Fürstenfeldbruck, Kempten und München.

Das Buch

Am Lumpigen Donnerstag wird der Höhepunkt des Faschings in Landsberg am Lech gefeiert. Während sich die Narren den Gaudiwurm ansehen, wird ein Pfarrer in der Stadtpfarrkirche Mariä Himmelfahrt getötet.
Die Staatsanwaltschaft glaubt, dass die Kemptener Mafia verantwortlich ist, und übergibt den Fall ans Landeskriminalamt. Die junge Kommissarin Antonia Buck aus Fürstenfeldbruck aber ist überzeugt, dass die Tat ihre Ursache in den letzten Kriegstagen hat, als die Landsberger Außenlager des Konzentrationslagers Dachau geräumt wurden.
Sie bittet den pensionierten Landsberger Kommissar Martin Viertaler um Hilfe. Der alte Ermittler wird erneut mit der Frage konfrontiert, wer ist Täter, wer ist Opfer und wer trägt Schuld? Doch in diesem Fall ist nichts so, wie es auf den ersten Blick scheint.
Außerdem ist seine Freundin Gertrud Maier überhaupt nicht begeistert, dass er lieber ermittelt, als sich um sie zu kümmern. Als Gertrud einen neuen Mann kennen lernt, muss er sich entscheiden.

Die Autoren

Uschi Pfaffeneder, Jahrgang 1962, arbeitete als Sozialversicherungsfachangestellte, bevor sie sich ihrer Familie widmete. Parallel hierzu setzte sie sich in einem Fernstudium an der Akademie Würzburg mit der katholischen Theologie auseinander. Ergänzend liegt ihr das Menschenbild der Logotherapie nach Viktor Frankl sehr am Herzen. In einer Kurzgeschichte in der Anthologie »Die Spur führt an den Lech« hat sie 2013 den Kommissar Viertaler aus der Taufe gehoben. Aktuell ist sie in der Kinderbetreuung tätig, wo sie auch eine Lesewerkstatt an einer Grundschule betreut.

Klaus Pfaffeneder, Jahrgang 1962, ist Maschinenbauingenieur und arbeitet seit vielen Jahren als leitender Angestellter. Mit fünfzehn beginnt er, erste Sportberichte für das Landsberger Tagblatt zu schreiben. Er hat neben einigen Kurzgeschichten den historischen Roman »Der Baumeister von Landsberg« veröffentlicht.

Die beiden leiten die Schreibwerkstatt der VHS Landsberg und haben drei erwachsene Söhne.

Kapitel 1

Lumpiger Donnerstag

Eine Stimme schrie in seinem Kopf, doch er verstand die Sprache nicht. Pfarrer Jakub Cibulski wischte sich mit zitternden Händen den kalten Schweiß von der Stirn. Der dumpfe Schmerz im Nacken kroch über seine Kopfhaut, und mit ihm kamen der Schwindel und die Übelkeit. Er kniff die Augen zusammen und tastete nach der Schachtel in der rechten Schublade. Die Tablette schmeckte bitter.

Er lehnte sich im Schreibtischstuhl zurück und wartete auf die Erlösung, die der Beipackzettel innerhalb der nächsten fünfzehn Minuten versprach. Gedankenfetzen geisterten durch seinen Kopf. Er zwang sich zur Ruhe. Als das Pochen in der linken Schläfe nachließ, öffnete er vorsichtig die Lider. Die Helligkeit schmerzte noch, aber der Schwindel hatte nachgelassen. Jakub schleppte sich mit hängenden Schultern ins Bad, wo er sich kaltes Wasser ins Gesicht spritzte. Sein Anblick im Spiegel erschreckte ihn. Eingefallenen Wangen, ein erstarrter Gesichtsausdruck.

Die ständigen Migräneattacken, die ihn seit Monaten heimsuchten, höhlten ihn aus, körperlich wie seelisch. Während er zurück an den Schreibtisch ging, fiel sein Blick auf den Koffer neben der Wohnungstür. In ihm steckte Kleidung und alles, was von seinen letzten dreizehn Priesterjahren übrig war: die erste Stola, das Stundengebet in polnischer Sprache und die abgegriffene Familienbibel seiner verstorbenen Eltern. Die restlichen Habseligkeiten waren verschenkt, einige Möbel untergestellt. In fünf Tagen, am Aschermittwoch, begann sein

Sabbatjahr in einem Kloster. Schweigen, beten und über das Leben nachdenken.

Vom Bildschirm des Laptops starrten ihm die Stichpunkte für das Übergabegespräch mit seinem Kollegen Andreas Heidenblut entgegen, dessen Krankheitsvertretung er für zwei Monate übernommen hatte. Der Stadtpfarrer der Pfarrei Mariä Himmelfahrt in Landsberg kam am Faschingsdienstag aus der Reha zurück. Jakub schaltete den PC ab. Das, was er dem Pfarrer zu sagen hatte, war ohnehin nicht für ein offizielles Protokoll bestimmt.

Das Mobiltelefon klingelte. Jakub Cibulski zögerte, erkannte dann aber die Nummer auf dem Display und nahm das Gespräch entgegen: »Grüß Gott, Herr Huber. Wie geht es Ihnen?«

»Wie es einem mit fast Neunzig so geht. Ich bin zufrieden. Ich wollte Sie nur an unser morgiges Treffen erinnern.«

Cibulski lächelte. Er schätzte die direkte Art des alten Herrn. Verständlich, viel Zeit blieb ihm nicht mehr. »Nicht nötig, ich komme morgen Vormittag nach der Messe bei Ihnen vorbei, wie ausgemacht.«

»Und vergessen Sie das Buch nicht.« Das Schlagen einer Tür war im Hintergrund zu hören und ohne sich zu verabschieden, legte der Anrufer auf.

Jakub zog das zerfledderte Notizbuch vom Ablagestapel und strich versonnen über den rauen Einband mit den rostbraunen Flecken, die ihn an getrocknetes Blut erinnerten. Ein modriger Geruch stieg ihm in die Nase und für einen kurzen Moment kam der Schwindel zurück. Das Büchlein enthielt eine erschütternde Wahrheit, die ihn mit Hans Huber verband. Er packte es in die Aktentasche.

Pfarrer Jakub sah auf die Uhr. Zeit genug, um in die Kirche hinüberzugehen. Der gestrige Fund am Abend nach dem Rosenkranz ließ ihm keine Ruhe. Eigentlich hätte er gleich die Polizei verständigen müssen. Als er in seine Schuhe schlüpfte, klingelte es. Aus der Gegensprechanlage ertönte die jugendlich-frische Stimme des Ausbildungsmesners Korbinian Hinteregger. »Hallo Jakub. Soll ich die Weißwürste für deinen Ausstand besorgen oder stürzt du dich selbst in das Getümmel des Lumpigen Donnerstags?«

Der Rücken des Geistlichen straffte sich, und die Starre aus den Gesichtszügen wich einem Lächeln. »Warte, ich komme runter.« Der junge Mann war Balsam für Jakubs geschundene Seele und seinen gequälten Körper. Optimistischer als gerade eben noch zog sich Jakub den schwarzen Mantel über. Bevor er das Wohn-Arbeitszimmer der Einliegerwohnung im Pfarrhaus verließ, steckte er die Tabletten in die Manteltasche; vorsichtshalber.

Die Absätze seiner Springerstiefel klackten einen treibenden Beat auf dem Asphalt. Als Captain Kirk verkleidet, wollte sich Matthias Huber heute in den Landsberger Fasching stürzen. Nach den Turbulenzen der letzten Tage musste er den Kopf frei bekommen. Mit zusammengekniffenen Augen sah er hinauf zum blassblauen Winterhimmel, an dem sich im Süden strahlend die Sonne zeigte. Selbst dieser Anblick vermochte es nicht, seine Stimmung zu heben. Der Frühling war nah, doch seine Gedanken kreisten um die dunklen Gewitterwolken, die über seiner Familie hingen.

Er erreichte die Neue Bergstraße. Sein Mobiltelefon vibrierte in der viel zu dünnen Star Trek Hose. Als er es herauszog, wurde ihm bewusst, wie lächerlich sein Outfit eigentlich war. »Pflegedienst Lech-Ammersee, Matthias Huber am Apparat. Was kann ich für Sie tun?«

Am andern Ende räusperte sich jemand auf allzu bekannte Art.

»Was gibt es, Tanja?«

»Du, Matthias. Du warst vorhin so schnell aus dem Büro verschwunden.«

»Ja, ich habe dir als meine Stellvertretung gesagt, was die nächsten vier Tage ansteht.«

»Aber ...«

»Aber was?«, patzte er zurück. »Warum rufst du mich nach zwanzig Minuten an? Von dir erwarte ich, dass du den Laden selbständig schmeißt, wenn ich das erste Mal seit Jahren ein paar Tage am Stück frei nehme. Ich will einfach mal Party machen, und mich nicht mit Pflege, Krankheit und Tod beschäftigen. Was bietet sich da besser an, als der Fasching?« Er hatte sich regelrecht in Rage geredet.

Tanja räusperte sich. »Es geht nicht um die Arbeit. Ich wollte dich eigentlich nur fragen, ob wir uns nach meinem Schichtende in der Stadt treffen können.«

»Was?« Eigentlich hatte er heute keine Lust auf Tanja, die mehr von ihm wollte, als One-Night-Stands. Ihm war nach feiern, trinken, flirten zumute.

Noch bevor er etwas antworten konnte, hörte er ihre enttäuschte Stimme: »Tut mir leid, dass ich gefragt habe. Nur, weil wir ab und an miteinander im Bett landen, musst du nicht mit mir deine knappe Freizeit verbringen.

Ich sehe dich am Montag beim Übergabegespräch.« Dann legte sie auf.

Für einen kurzen Moment meldete sich ein schlechtes Gewissen, das er jedoch mit seinem Telefon wegsteckte.

Fünf Minuten später überquerte Matthias die Neue Bergstraße, die 1937 von einem NSDAP-Oberbürgermeister eingeweiht worden war. In Matthias Augen hatte die Straße deshalb ´der Adolf´ gebaut. Ein Satz, den er als Altenpfleger von vielen alten Menschen hörte.

Ein kalter Windstoß fuhr ihm trotz des Sonnenscheins unter das dünne Faschingskostüm. Auf der gegenüberliegenden Straßenseite blieb er im Windschatten des Todesmarsch-Denkmals stehen, um sich eine Zigarette anzuzünden. Dieser Gedenkstein war für ihn kein Mahnmal, sondern ein Zeichen linksversiffter Erinnerungskultur. Es sollte an den letzten Marsch der KZ-Häftlinge aus den Landsberger Arbeitslagern Richtung Dachau Ende April 1945 erinnern. Und schon war sein Opa präsent, auf den Matthias total stolz war. Und das nicht nur, weil er als blutjunger Mann bei der SS seine Pflicht getan hatte.

Matthias schüttelte kaum merklich den Kopf, bevor er weiterging. Für Symbole der nationalen Selbstgeißelung hatte er nichts übrig. Irgendwann musste doch Schluss sein mit der kollektiven Schuld der Deutschen. Er konnte es nicht mehr hören. Die deutsche Volkswirtschaft repräsentierte 20 Prozent der Wirtschaftsleistung der Europäischen Union, und dennoch hörten die Nachbarn nicht damit auf, Deutschland an die Verbrechen der NS-Zeit zu erinnern. Und das obwohl Deutschland für die

Schulden der südlichen Euroländer zu bürgen hatte. Doch mittlerweile gab es endlich wieder eine Partei, die diese Wahrheiten aussprach und damit die Themen der anderen Politiker beeinflusste und sie so unter Zugzwang brachte.

Wenige Augenblicke später erreichte er die Alte Bergstraße. Hier strömten die Narren in großer Zahl hinunter zum Hauptplatz. Von dort drang laute Popmusik zu ihm herauf und ließ ihn den Refrain eines aktuellen Hits mitsummen. Heute war Party angesagt. Eurorettung, Flüchtlingskrise und die Faktenverdreherei der Lügenpresse konnten ihm nicht die Laune verderben. Matthias durchschritt das Schmalztor. Dahinter öffnete sich der Hauptplatz, wo die ersten Schaulustigen auf den Beginn des Gaudiwurms warteten. Er bahnte sich einen Weg in die Fußgängerzone, wo er sich beim *Principe* eine Pizza holen wollte. Gut gelaunt reihte er sich in die Schlange vor dem provisorischen Verkaufstresen ein. Eine Sambagruppe marschierte vor dem Lokal auf und begann auf ein Zeichen des Bandleaders, sich mit donnernden Fasstrommeln ihren Weg durch die Narrenschar zu bahnen. Intuitiv klatschte Matthias den Rhythmus mit, der ihn mit Haut und Haaren erfasste.

Dann sah er ihn. Schwarzer Anzug, weißer Kragen. Matthias klatschte mechanisch weiter, bis er schließlich ganz damit aufhörte. Dieser vermaledeite polnische Pfaffe, der seinen Opa Hans zum Weinen gebracht hatte. Matthias sah, wie der Pfarrer von einer Gruppe verkleideter Hexen abgedrängt wurde. Er hatte keinen Hunger mehr, ballte die Fäuste und lief los.

Kapitel 2

Du kannst nicht tiefer fallen als in Gottes Hand.

Dieses Mantra hatte für ihn keine Gültigkeit mehr. Die Zeilen aus einem Kirchenlied, die ihn zeit seines Lebens getragen und gewärmt hatten, waren inhaltsleer und kalt wie der Schweiß, der ihm auf der Stirn stand.

Jakub Cibulski sperrte mit zitternden Händen das verschlossene Tor auf, das den Pfarrhof an diesem Tag vor *Wildbislern* und Alkoholleichen schützte. In der Fußgängerzone der Ludwigstraße herrschte lärmender Ausnahmezustand. Die Menschenmasse schien sich in den letzten beiden Stunden verdreifacht zu haben. Er versuchte, sich einen Weg quer durch die ausgelassenen Maskierten zum gegenüberliegenden Aufgang der Kirche zu bahnen, als ihn eine Gruppe Hexen unterhakte und ihn Richtung Hellmairplatz zog.

»Du hast ja eine Super-Verkleidung«, lallte eine aufreizend gekleidete Hexe und deutete auf den Priesterkragen des Pfarrers. Ihr Atem roch nach Alkohol und Jakub drehte den Kopf weg. Ihre Begleiterinnen kicherten und eine große Rothaarige schlang die Arme um ihn. »Oh, das ist ja ein ganz Schüchterner.« Ihre Hände wanderten von der Hüfte zu seinem Hintern. »Eigentlich müsstest du uns jetzt foltern und dann auf dem Scheiterhaufen verbrennen.« Das schallende Gelächter der vier Frauen schmerzte in seinen Ohren.

Jakub versuchte, sich aus der Umarmung der Rothaarigen zu befreien. Vom Alkohol nicht mehr sicher auf den Beinen, strauchelte sie. Während ihre Mithexen sie auffingen, nützte er den Moment und kämpfte sich gegen den Strom zurück zu den Treppen und hoch zum Nordportal. Abrupt blieb er vor dem Baugitter dort stehen. Die Portale waren alle gesichert, damit die Besoffenen den geschützten Platz nicht für ihre ekligen Hinterlassenschaften missbrauchten. Das hatte er vergessen. Er rüttelte an dem provisorischen Metallzaun, um den schmalen Zugang zu verbreitern. Plötzlich verpasste ihm jemand einen kräftigen Schlag zwischen die Schulterblätter. Er taumelte kurz, bevor er sich wütend umdrehte. Waren denn heute alle verrückt geworden?

Vor ihm stand ein breitschultriger, junger Mann in einem goldfarbenen T-Shirt. Die kurzgeschorenen Haare verstärkten die kantigen Konturen des Gesichts. Mit zusammengekniffenen Augen starrte er ihn an und nuschelte etwas, das der Pfarrer nicht verstand. Dann ballte der Angreifer erneut die Faust. Jakub riss die Arme schützend vor sein Gesicht und schloss instinktiv die Augen. Der erwartete Schlag blieb jedoch aus. Als er einen Blick riskierte, sah er, wie ein Indianer und ein Cowboy den wild um sich schlagenden Randalierer in den Schwitzkasten nahmen und Richtung Treppe zerrten. Cibulski nutzte die Gelegenheit und drängte sich durch den schmalen Spalt zwischen Gitter und Wand, bevor der Verrückte zurückkam. Eine Klammer, kalt wie Eis, legte sich um seinen Nacken. Der Feind in seinem Körper erwachte wieder. Jakub atmete ein paarmal tief durch, bevor er den klobigen Schlüssel aus seiner Manteltasche holte und die schwere Kirchentür aufsperrte.

Im Innern der Kirche war das Wummern der Bässe aus den Musikanlagen nur gedämpft zu hören. Automatisch suchten Jakubs Finger das Weihwasserbecken, bevor er das Kreuzzeichen schlug. Das Zwölf-Uhr-Läuten erklang und gewohnheitsmäßig murmelten seine Lippen den Engel des Herrn, doch sein Herz erreichten die Worte nicht. Vorbei an den Seitenaltären im nördlichen Kirchenschiff schlich er zum Altar der Schutzmantelmadonna und setzte sich dort in die Bank. Hart drückte die Holzlehne gegen seinen Rücken und er spürte die schmerzende Stelle von dem Schlag. Das warme Licht der Opferkerzen, angezündet von den Gläubigen in dem Vertrauen, dass ihre Sorgen bei Maria als Fürsprecherin gut aufgehoben waren, beruhigte ihn nicht. Alles lief in eine verkehrte Richtung. Gott zeigte ihm, was er von seinem Diener hielt.

Unvermittelt kam ihm das braune Tagebuch in den Sinn, das ihm sein Vater auf dem Totenbett anvertraut hatte. Die damit verbundene Lebensgeschichte hatte sein Leben ins Wanken gebracht. Im wahrsten Sinne des Wortes. Bis heute Morgen war er zuversichtlich gewesen, dass er mit dem Sabbatjahr die Kontrolle über sein Leben zurückgewinnen könne. Und jetzt das.

Er ertrug die gütigen Augen der Schutzmantelmadonna nicht mehr und verbarg sein Gesicht in den Händen. Für ihn war unter ihrem Mantel kein Platz mehr. In diesem Moment hörte er, wie die Tür ins Schloss fiel. Er hatte nicht abgesperrt.

Kapitel 3

Grauweiß quoll die Masse aus der aufgerissenen Haut. »Kruzinesen!« Mit einem mürrischen Grummeln zog Martin Viertaler den Topf von der Herdplatte und fischte die geplatzte Weißwurst mit einer Gabel aus dem trüben, mit Fettaugen versetzten Wasser. Mit hochgezogenen Augenbrauen sah er auf die Küchenuhr. Pünktlichkeit war noch nie die Stärke seiner Tochter gewesen.

Doch bevor er sich weiter aufregen konnte, klingelte es und Hexle, die bisher unter dem Küchentisch geschlafen hatte, sprang auf und lief bellend zur Tür.

Endlich! In seine Freude mischte sich Unsicherheit. Er hatte Anna seit zwei Jahren nicht mehr gesehen. Viertaler öffnete die Tür. Hexle stimmte ein Freudengeheul an, und sprang ungestüm an Anna hoch, die sich hinkniete und ihr Gesicht in das Fell der Hündin vergrub. Der junge Mann, der sich dezent im Hintergrund hielt, musste ihr Freund Greg sein.

Als sie aufblickte, glänzten ihre Augen feucht. »Hallo Paps.«

Wie hatte er dieses *Paps* vermisst. Er schob Hexle zur Seite und nahm sie in den Arm. »Hallo Prinzessin.« Seine Stimme klang brüchig. Nach einer gefühlten Ewigkeit löste er sich von ihr und musterte sie. »Gut schaust du aus.« Zu ihrer roten kurzen Daunenjacke mit dem grauen Pelzbesatz an der Kapuze trug sie eine enge schwarze Jeans, die ihre schlanke Figur betonte. Sie hatte nicht nur einige Kilos abgenommen. Auch die langen braunen Haare waren einem modischen Kurzhaarschnitt gewichen, der mit hellblonden Strähnen durchzogen war.

»Ich habe den Eindruck, dass dir die Arbeit bei BMW in Amerika gut bekommt. Oder täusche ich mich?«

Bevor Anna etwas erwidern konnte, trat Greg vor und legte ihr den Arm um die Schulter. »Grüß Gott, Mister Viertaler.« Sein Händedruck war kräftig. Ein strahlendes Lächeln entblößte schneeweiße Zähne in dem kaffeebraunen Gesicht.

»Nice to meet you.« Mehr fiel Martin in diesem Moment nicht ein.

»Sie können Deutsch mit mir reden. Ich bin in Augsburg geboren und aufgewachsen. Zumindest bis zu meinem zehnten Lebensjahr. Mein Vater war als Soldat in der Sheridan Kaserne stationiert.«

Martin atmete auf. Die Sprache stand schon mal nicht zwischen ihnen und die offene Art von Greg zerstreute die letzten Bedenken in seinem Vaterherz. »Kommt doch erst einmal rein. Wo habt ihr denn euer Gepäck?«

»Das liegt im Auto und steht auf dem Parkplatz bei der Stadtverwaltung. Ich habe vergessen, dass die Altstadt wegen des Faschingsumzugs gesperrt ist.«

Daran hatte er auch nicht mehr gedacht. »Das könnt ihr später holen und auf Gertruds Parkplatz stellen. Zumindest vorübergehend. Ihr Auto ist in der Werkstatt.«

»Gertrud?«, fragte Greg.

»Gertrud war, ist …«

»Gertrud war die beste Freundin meiner verstorbenen Mama«, ergänzte Anna den Satz. Sie räusperte sich.

»Genau«, murmelte Martin. »Ich schau nach den Weißwürsten.« Mit diesen Worten verschwand er in der Küche, um weiteren Nachfragen zu entgehen.

Kapitel 4

»Wenn ihr den Faschingsumzug noch sehen wollt, dann müssen wir jetzt aber los.« Martin deutete auf die Küchenuhr.

»Ich wasche mir nur noch die Hände.« Greg schob den Stuhl zurück und stand auf. »Wo ist denn das Badezimmer?«

Martin Viertaler grinste. Greg hatte es sich nicht nehmen lassen, die Weißwürste wie Viertaler zu zuzeln. Sehr zur Belustigung von Anna, die immer noch an ihrer Breze mit Senf knabberte.

Anna erhob sich. »Komm, ich zeig es dir.« Sie legte ihren Arm um seine Hüfte und zog ihn Richtung Flur.

Martins Freude über den Besuch seiner Tochter wich einem dumpfen Gefühl der Enttäuschung. Die beiden würden kaum in Landsberg sein. Am kommenden Wochenende übernachteten sie bei Freunden von Greg in Augsburg. Von dort aus fuhren sie am Montag zu wichtigen Gesprächen nach München, die bis spät abends dauerten, bevor Greg am Aschermittwoch zurück nach Amerika flog. Anna arbeitete bis Ostern im Stammwerk. Viel gemeinsame Vater-Tochter-Zeit hatten sie vermutlich nicht, weil sie bei einer Kollegin in Schwabing schlafen wollte, um sich die anstrengende Fahrerei zu ersparen.

Abrupt erhob er sich, als ließen sich dadurch die düsteren Gedanken vertreiben, und räumte das benutzte Geschirr in die Spülmaschine. Die Sonne hatte sich durch den Hochnebel gekämpft und schien warm in den Flur. Er zog die dünne Winterjacke an. Kurz überlegte er, ob er den Faschingshut aufsetzen sollte, den er früher am Rosenmontag immer im Büro getragen hatte. Er verwarf die Idee aber sofort wieder. Irgendwie kam er sich da blöd vor. Außerdem wusste er gar nicht, in welcher Kiste der abgeblieben war.

Anna und Greg warteten bereits an der Treppe hinunter zur Herkomerstraße. Laute Musik und das dumpfe Wummern der Bässe hallten zwischen den Wänden wider und kündigten den Beginn des Umzugs an. Die drei sahen sich suchend um und fanden Plätze hinter einer Gruppe von fünf Bauchtänzerinnen, die sich mit ihren Piccolos lautstark zuprosteten. Mit lautem Gelächter hakten sich die Damen bei den Umstehenden ein und ermunterten sie so zum Mitschunkeln. Viertaler hielt Abstand, so gut das in dem Gedränge ging. Seine verstorbene Frau Franziska hatte ihn für einen Faschingsmuffel gehalten. Wobei das nicht ganz stimmte. Den Franken-Fasching oder die Umzüge in Mainz und Köln schaute er gerne im Fernsehen an. Er richtete seine Aufmerksamkeit auf die phantasievoll geschmückten Wägen und die einfallsreich maskierten Fußgruppen.

Als die letzten Narren vorbei waren, zupfte Anna ihn am Ärmel. »Greg und ich ziehen noch durch ein paar Kneipen. Es kann später werden und du brauchst nicht auf uns zu warten.«

»So früh gehe ich nicht ins Bett, aber ich kann euch vorsichtshalber den Hausschlüssel hinlegen. So wie früher.« Er schmunzelte.

»Ich habe meinen eigenen dabei. Erinnerst du dich? Du wolltest ihn nicht zurück, als ich nach Amerika gegangen bin.« Sie griff in ihre Handtasche und zog einen

Schutzengel-Schlüsselanhänger mit einem einzelnen Schlüssel hervor. Für einen kurzen Moment fiel ein Schatten auf ihr Gesicht. Martin schluckte, als er die kleine abgewetzte Engelsfigur sah. Noch bevor er etwas erwidern konnte, schlug ihm jemand auf die Schulter. Gleichzeitig bohrte sich eine schrille Stimme in sein linkes Ohr: »Ist deine Tochter wieder in Deutschland?«

Er zuckte zusammen und wandte den Blick. Sabine ohne Hund. Fast hätte er sie in ihrer Bauchtänzerinnen-Kostümierung mit der schwarzen Langhaarperücke nicht erkannt. Sie hielt ihm ihren Piccolo hin. Viertaler schüttelte den Kopf, und hob abschiednehmend die Hand, um weiteren Fragen zuvorzukommen. Doch er hatte die Rechnung ohne Sabine gemacht.

Sie fasste ihn am Arm und deutete auf Anna und Greg, die sich zusammen mit der Menschenmasse Richtung Hauptplatz schoben. »Ein schönes Paar.« Ihre Augen funkelten neugierig.

»Ist dir nicht kalt?« Er hoffte damit, ihre Aufmerksamkeit in andere Bahnen zu lenken. Weit gefehlt. Ohne auf seine Bemerkung einzugehen, fuhr sie fort: »Ist das der Freund von Anna? So ein hübscher Kerl. Und dass er schwarz ist, stört heutzutage ja nicht mehr. Es laufen ja sowieso schon so viele bei uns rum.« Sie holte kurz Luft, um ihr sprachliches Maschinengewehr erneut zu laden. »Schlafen die beiden bei dir?« Sie sprach das so aus, als wäre das Übernachten etwas Verwerfliches. Ohne Viertalers Antwort abzuwarten, schob sie nach. »Dumme Frage, wo denn sonst, du hast ja Platz. Und heutzutage ist es nicht außergewöhnlich, wenn zwei Unverheiratete in einem Zimmer schlafen. Zu unserer Zeit ...«

Viertaler wartete ihre weiteren Ausschweifungen nicht ab. »Tut mir leid, Sabine. Ich hab leider keine Zeit mehr. Ich muss noch mit dem Hund raus.« Zu spät erkannte er, dass er mit dem Hinweis auf Hexle einen taktischen Fehler begangen hatte.

»Ja, du hast wenigstens einen Hund. Ich fühl mich sehr einsam, seit mein Hasso gestorben ist. Ich habe schon überlegt, einen neuen zu holen.« Sie schlug sich mit der Hand gegen die Stirn, so als wäre ihr gerade die beste Idee überhaupt gekommen. »Und dann können wir zusammen spazieren gehen«, setzte sie nach.

Nur über seine Leiche. »Kommt Zeit, kommt Rat«, murmelte er. Ohne sich zu verabschieden, eilte er Richtung Treppe.

Noch im Weggehen rief sie ihm nach: »Du hättest dich schon verkleiden können, vielleicht als Polizist.«

Viertaler hörte sie über ihren eigenen Witz kichern. Er atmete tief durch. Diese Frau kostete ihn den letzten Nerv. Wobei er zugeben musste, dass ihm die wandelnde Bild-Zeitung – so nannte Gertrud Maier diese Sabine – bei der Suche nach dem Teufelsküchen-Mörder vor sechs Wochen wertvolle Hinweise gegeben hatte. Er wich fünf laut grölenden Mönchen aus, die die Abkürzung von der Neuen Bergstraße runter zur Stadt nutzten. Die hatten vermutlich auch etwas anderes als Limo in den großen Plastikflaschen.

Hexle stand schon im Flur und sah ihn treuherzig an.

»Bevor wir mit dieser Ratschtante Gassi gehen, verlegen wir unseren Morgenspaziergang auf fünf Uhr früh. Nicht wahr, Hexle?« Er nahm die Leine von der Kommode und leinte die Hündin draußen an. Kurz überlegte er, ob er Gertrud abholen sollte, aber die war mit Kolleginnen beim Krapfenessen. Mit schnellen Schritten ging er Richtung Klösterl und von dort in den Wildpark. Die kühle Luft brachte langsam Ruhe in seine Gedanken. Dass Anna ihr Kinderzimmer mit einem Mann teilte, fühlte sich wirklich komisch an. Die nächsten Tage würden auf jeden Fall spannend werden.

Kapitel 5

Die Faschingswagen paradierten zu donnernden Musikbässen über den Hauptplatz, während Ema sich seinen Weg in Richtung Fußgängerzone bahnte. Er trug einen schwarz-lilafarbenen Kapuzenumhang mit venezianischer *Turchetto nero* Maske. Seine Verkleidung als *Buffone* verbarg den netten Gemüsehändler von nebenan, freundlich aber auf Distanz bedacht. Sein Job heute hatte nichts mit Lebensmitteln zu tun. Er musste etwas klären in dieser kleinen Stadt am Lech, in der heute am Altweiberfasching viele verkleidet waren.

Der *Capo Provincia* schickte ihn, »die Interessen der Familie zu vertreten«, wie er sich ausdrückte. Das in letzter Zeit florierende Kokain-Geschäft im Landkreis Landsberg war gestört worden, weshalb er gestern Nacht einen Anruf bekommen hatte. Wie immer war der *Capo* gleich zur Sache gekommen: »Ema, einer deiner *Bischöfe* hat vermutlich Scheiße gebaut. Du musst dich darum kümmern.«

»Di cosa si tratta?« Ema war alarmiert.

»Gestern Abend ist die Landsberger Lieferung nicht wie geplant bei deinem Zwischenhändler angekommen.«

»Porca miseria! Wie kommst du darauf?«

»Dein *Bischof* hat eine ganze Lieferung angeblich nicht erhalten. Er hat beim Genueser nachgefragt, ob der Übergabeplatz geändert wurde, und der hat mich angerufen.«

Merda. Dieses Arschloch hatte die Regeln gebrochen und nicht bei ihm, dem *Kardinal*, sondern beim Genueser nachgefragt. »Ich kümmere mich darum.«

»Certamente. Vor allem, weil sich ein Kilo Koks nicht in Luft auflöst. Finde heraus, wo die Ware abgeblieben ist.«

»Capito. Denkst du, dass der Kurier aus Genua das Paket unterschlagen hat.«

»Non ci credo«, fiel ihm der *Capo* ins Wort. »Der ist mir treu ergeben. Das war eine geplante Aktion von bösen Menschen, Ema. Vielleicht die Ukrainer? Du weißt, dass die immer stärker in unseren Markt drängen. Wenn das der Fall ist, haben wir einen Krieg zu führen. Einen Krieg, den wir gewinnen werden.« Dabei hatte der Boss mit seiner rauchigen Stimme gelacht. Ein tödliches Lachen, das selbst den abgebrühtesten *´Ndranghetisti* eine Gänsehaut verursachte.

»Und wenn es nur ein dummer Junge war – ein lebensmüder Unterverteiler?«, hatte der Mafioso eingewandt.

»Glaube ich nicht. Aber selbst wenn. Du weißt, was zu tun ist. Ich verlasse mich auf dich, Ema. Einem zukünftigen *Capobastone* darf kein Fehler passieren, oder? Er verliert kein Kilo Stoff an einen seiner *Bischöfe.*« Mit diesen Worten hatte der *Capo* aufgelegt.

Um den Verbleib der heißen Ware zu klären, war er also heute in das beschauliche Landsberg gekommen. Er würde es herausfinden. Es war nur eine Frage der Zeit.

Der *Capobastone* in spe glitt anmutig durch die feiernden Narren und erreichte die Fußgängerzone. Der von den Landsbergern als *Gaudiwurm* bezeichnete Faschingsumzug wand sich mit ohrenbetäubendem Lärm durch die enge Gasse zwischen den Altstadthäusern. Er sah nach oben. Der fast wolkenlose, blaue Himmel heizte die Stimmung der Narren zusätzlich an. Im dichten Gedränge hier musste er die Ellbogen einsetzen. Obwohl es nur ein Katzensprung vom Hauptplatz zur Stadtpfarrkirche war, benötigte er quälend lange durch die feiernde Menge.

Die Kirche hatte seiner *Familie* bislang als Umschlagplatz gute Dienste geleistet. Ein Beichtstuhl dort diente gerade als Briefkasten. Die Details hatte ihm der *Capo* auf sein Mobiltelefon geschickt.

»Finde einen Beichtstuhl mit folgendem Schild darauf: H. H. STADTPFR. HEIDENBLUT. Der nächste ohne Schild, rechts davon, ist unser Umschlagplatz.«

Jeden Mittwoch vor Beginn des Rosenkranz-Gebetes deponierte der Genueser Bote die Ware im Beichtstuhl, die kurz nach Ende der Andacht abgeholt wurde. Die betenden Frauen sorgten dafür, dass sich keiner zwischendurch an der Ware bediente. Doch dieses Mal hatte angeblich kein Paket dort gelegen. Er würde seine Suche also dort beginnen.

»Merda!« Das Südwest-Portal an der Fußgängerzone war durch einen Bauzaun verbarrikadiert. Ein Schild lieferte die Erklärung:

> Heute geschlossen <

Links von ihm tobte der Umzug durch die enge Ludwigstraße. Er beschloss, sein Glück rechts herum zu versuchen. Unauffällig schritt er über den Hellmairplatz, vorbei an den momentan weniger frequentierten Freiluftbars. Wenn der Umzug sich auflöste, würde hier vermutlich der Bär toben. Auf den städtischen Bänken lagen bereits jetzt die ersten Bierleichen, für sie war die Party vorerst vorüber. Er musste beinahe die ganze Kirche umrunden, denn erst bei der vierten Eingangstür war der Bauzaun etwas beiseite gerückt. Von diesem Nordwestportal aus führte eine breite Treppe, die den Feiernden als Tribüne diente, hinunter in die Fußgängerzone. Gut so, denn obwohl sich hier an die hundert Menschen drängten, war deren Aufmerksamkeit ganz und gar auf den Gaudiwurm gerichtet. Er zwängte sich durch den Spalt am Bauzaun und fand die Tür trotz des Schildes unverschlossen. Kurz stutzte er, verwarf aber den Gedanken und schlüpfte hinein.

Drinnen erahnte er noch immer eine Spur von Weihrauch in der Luft. Im Vergleich zum Winter, den die Menschen draußen gerade mit dem Fasching austreiben wollten, fühlte sich der Kirchenraum warm an. Links von ihm erstreckte sich das nördliche Seitenschiff mit seinen kleinen Kapellen. Für einen Augenblick ließ er die Erhabenheit des Gebäudes auf sich wirken. Ein starker Kontrast zur Ausgelassenheit, die vor der Kirche herrschte. Vor ihm an einer der Säulen thronte eine lebensgroße Heiligenfigur, die einen Turban trug. So etwas hatte er noch nie gesehen.

Nach einer Weile war er sicher, dass niemand in der Kirche war. Dennoch behielt er seine Maske auf. Der einzige Beichtstuhl im Norden war ohne Namensschild. Er passierte ein Kriegerdenkmal, auf dem kurz seine Aufmerksamkeit verharrte. Am Ende des Seitenschiffes wartete eine Madonnenfigur, die ihren Mantel ausbreitete für die Sorgen der Gläubigen. Links zu ihren Füßen flackerten dutzende Opferkerzen. Gebannt musterte er das gütige Gesicht der Madonna, das durch das Licht der Kerzen zu schimmern schien. Eine Erinnerung an längst vergangene Tage, Gedankenschnipsel aus einer glücklichen Kindheit huschten durch sein Bewusstsein. Schließlich wandte er sich ab.

Er passierte den Hauptaltar. Draußen dröhnten immer noch die Bässe. Er schlug ein flüchtiges Kreuz und ging ins südliche Seitenschiff weiter. Direkt vor dem Gotteshaus lag auf dieser Seite der Hellmairplatz, auf dem die Verkaufsstände bereits wieder die Musik aufgedreht hatten. Vorsichtig untersuchte er alle Einsatzkapellen des Seitenschiffes. Hier gab es insgesamt vier Beichtstühle. Am dritten klebte ein handgeschriebenes Schild über einem anderen:

PFARRER CIBULSKI

Der *´Ndrinu* stutzte und sah sich um. Er war allein. Mit seiner behandschuhten Hand löste er vorsichtig das provisorische Schild. Darunter kam H. H. STADTPFR. HEIDENBLUT zum Vorschein. Ein Lächeln huschte über das maskierte Gesicht. Rechts davon befand sich also der Umschlag-Beichtstuhl. Er stieg dort über das niedrige, barocke Geländer und war gerade im Begriff, den Vorhang zurückzuschlagen, als die Tür ins Schloss fiel.

Eine Viertelstunde später stand er wieder in der schmalen Gasse zwischen der Kirche und einer Gaststätte im Norden. Sein *Telefonino* ans Ohr gedrückt.

»Pronto?«

»Sono io, Ema.«

»Come va?«

»Die Sache sieht nicht gut aus.«

»Perché? Cosa è successo?«

»Die Ware ist weg, und wir haben einen toten Pfaffen.«

»Merda!«

Kapitel 6

Besorgt stand Robert am Fenster seines Büros im ersten Stock und beobachtete die kreischenden Elfenprinzessinnen und Einhörner, die in dem großen Garten des Doppelhauses Fangen spielten. Die Sonne hatte sich gegen den Frühnebel durchgesetzt, und seine Frau Evi hatte kurzerhand den Kinderfasching nach draußen verlegt. Seit gestern war ihm die Lust auf Fasching vergangen. Aber trotzdem hatte er geholfen, das Haus mit Luftschlangen zu schmücken und die Muffins zu verzieren. Niemand durfte Verdacht schöpfen.

Nervös ging er von dem stilvoll eingerichteten Arbeitszimmer über die Kirschholztreppe hinunter in die großzügig geschnittene Wohnküche. Seine Hände zitterten, als er sich auf dem neuen, sündhaft teuren Kaffeevollautomaten einen Espresso zubereitete. Ein Luxus, den er sich zukünftig vermutlich nicht mehr leisten konnte. Ganz zu schweigen von den hohen Raten für das Haus. Er warf einen kurzen Blick auf das Prepaid-Handy in seiner Jackentasche, um sich zu vergewissern, dass er das Summen einer eingegangenen Nachricht nicht überhört hatte. Nichts. Er ballte die Fäuste. Auf was hatte er sich da nur eingelassen! Als sein selbstständiger Autohandel vor einem Jahr eingebrochen war, war ihm das Angebot des *Kardinals* wie ein Geschenk des Himmels erschienen. Jetzt führte es ihn direkt in die Hölle. Er ging ins Wohnzimmer. Vorbei an dem hohen Wandspiegel im Flur, aus dem ihm ein schlanker, sportlich gekleideter Mittvierziger mit den ersten grauen Strähnen in dem sonst so pechschwarzen Haar entgegenblickte. Der dezente Schatten des Dreitagebarts unterstrich sein attraktives Äußeres. Einzig die dunklen Ränder unter den braunen Augen spiegelten seine innere Angst und Erschöpfung wider. Im Wohnzimmer warf er einen Blick nach draußen, wo Chiara gerade einen Topf hinter einem Busch versteckte. Kurzentschlossen öffnete er die Terrassentür, um seine Frau unterstützen.

Die großgewachsene, durchtrainierte Gestalt stand in der Seitenstraße im Schatten der Bäume und beobachtete das muntere Treiben in dem großen Garten des Doppelhauses. Seit gut einem Jahr beobachte er *seine* Familie regelmäßig. Natürlich unerkannt und unangemeldet. Das gehörte zu seinem Geschäft. Er musste schließlich wissen, wie zuverlässig die von ihm ausgewählten Zwischenhändler waren. Und vor allem, wo sie ihre Schwachstellen hatten. Denn da konnte er sie packen, wenn es mal nicht so lief, wie sein *Capo Provincia* und er, Ema, Deckname *Kardinal*, sich das vorstellten. Und der *Bischof*, so der Tarnname, hatte gleich drei große Schwachstellen. Eine hübsche rotblonde Ehefrau, mit Rundungen an den genau richtigen Stellen. Nicht so hager und ausgemergelt, wie die Nachbarin, deren Zwillingsmädchen, als Einhörner verkleidet, ebenfalls mitfeierten. Und dann waren da die zwei Bambini. Chiara, die ältere der beiden im Feenkostüm, glich mit ihren langen dunklen Haaren und der zierlichen Figur eher ihrem Papa. Sie war mittlerweile in der zweiten Klasse, und ihm war ihr Entwicklungsschub nach den Weihnachtsferien nicht entgangen. Das Kindliche verschwand langsam aus ihren Gesichtszügen und aus ihr würde einmal eine bildschöne *Ragazza* werden.

Aber auch die kleine Sofia, die in der Vorschule des Kindergartens war, hatte ihren eigenen Charme. Mit ihrer properen Figur und den rotblonden Locken kam sie eher nach der Mama. Außerdem schien sie die dominantere der beiden Mädchen zu sein. Da paarte sich Frechheit mit Neugier. Eine gute Mischung.

Als er Robert Lang auf die Terrasse kommen sah, kochte eine gefährliche Wut in ihm hoch. Der Kerl hatte ihm einfach eine SMS geschickt, dass er sich heute nicht mit ihm treffen konnte. Normalerweise hielt Ema den persönlichen Kontakt nur mit Robert Lang und nicht mit dessen Familie. Aber besondere Situationen erforderten besondere Lösungen. Und 1.000 Gramm fehlendes Kokain mit einem Marktwert von 50.000 Euro rechtfertigten Emas Verhalten. Ungeduldig trat er von einem Fuß auf den anderen und rieb sich die klammen Finger in den dünnen schwarzen Lederhandschuhen. Es war kalt im Schatten, und er beschloss zu handeln.

Nervös wippte Robert mit dem Fuß, während er die Mädchen beim Topfschlagen beobachtete. Der *Kardinal* hatte sicher schon erfahren, dass der Stoff weg war. Vielleicht hätte er ihn zuerst informieren sollen, bevor er beim Genueser reklamiert hatte? Sollte er sich doch mit ihm treffen? Er konnte beim besten Willen nicht weg. Evi war sowieso schon sauer, weil er sich in sein Büro zurückgezogen hatte, während sie die Kinder bespaßte. Unschlüssig starrte er auf seine Schuhspitzen, als das Geschrei plötzlich verstummte. Er blickte auf und eine eiskalte Hand griff ihm in den Nacken. Der *Kardinal* schlenderte auf Evi und die Kinder zu, die ihn überrascht anschauten. Beide Hände in den Taschen seines schwarzen

Trenchcoats. Fieberhaft scannte er die ausgebeulten Taschen nach den Umrissen einer Waffe. Robert blieb das Herz stehen, als Sofia ihre Elfenflügel zurechtrückte und spielerisch auf den Besucher zuflatterte.

Jetzt kam Leben in Robert. Er sprang über das niedrige Mäuerchen, das die Terrasse vom Garten abgrenzte, und hechtete auf seine Frau und die Kinder zu. Noch bevor er Sofia wegziehen konnte, drehte sich diese um und meinte strahlend: »Du, Papa, dein Geschäftsfreund würde gerne mit uns Muffins essen.«

Kapitel 7

Korbinian Hinteregger stieg schwankend von der Bierbank und suchte sich einen Weg durch die schunkelnde Menge nach draußen. *Atemlos durch die Nacht,* dröhnte es in seinen Ohren, als er neben dem Faschingszelt in die Wiese kotzte. Mit dem Ärmel eines schwarzweiß-karierten Sakkos wischte er sich den Mund ab.

»Mensch Korbi, alles in Ordnung?« Theresa, eine ältere Ministrantin aus der Pfarrei im Micky-Maus-Kostüm, tauchte vor ihm auf. Sie war auch nicht mehr nüchtern, aber im Gegensatz zu Korbinian noch sicher auf den Beinen.

Er winkte ab. »Passt schon. Der Pitcher vorher in der *Sonderbar* muss schlecht gewesen sein.« Mit einem verlegenen Grinsen versuchte er, die peinliche Situation zu überspielen.

»Hast du noch Lust auf einen Döner und dann auf eine Tour in den Sommerkeller?«

Er zögerte. Allein bei der Erwähnung des Döners drehte sich sein Magen um. »Ich glaube, der Sommerkeller muss ohne mich auskommen. Mein Bedarf an Fasching ist für heute gedeckt.«

»Gut, aber dann vielleicht Handballerball am Samstag im Sportzentrum?« Sie sah ihn abwartend an. »Wir treffen uns um zehn am Pfarrhof und gehen zu Fuß hin.«

»Okay, bis Samstag Abend.« Er sah ihr nach, wie sie im Zelt verschwand, wo die anderen aus der Pfarreiclique von Mariä Himmelfahrt auf sie warteten.

Er mochte Theresa. Sie war vor kurzem 18 geworden und gehörte aus seiner Sicht zu der unkomplizierten Sorte Mädchen. Mit ihr konnte man über alles reden. Wie mit Pfarrer Jakub. Korbinian torkelte über den Parkplatz der Waitzinger Wiese in Richtung Von-Kühlmann-Straße. Die Sonne war bereits untergegangen. Im Zwielicht der hereinbrechenden Nacht tastete er sich an dem rauen Holzgeländer entlang hinunter zum Weg am Lech. Trotz der Kälte lag auf einer Bank ein leichtbekleidetes Pärchen, das so mit sich beschäftigt war, dass sie ihn gar nicht bemerkten. Er ertappte sich dabei, wie sein Blick an dem Spiel ihrer Lippen und Hände haften blieb. Es war lange her, dass er mit jemandem so am Fummeln war. Er schwankte über den Lechsteg weiter, vorbei an Gymnasium und Turnhalle. Überquellende Container mit den Resten eines ausgelassenen Lumpigen Donnerstags vor dem Inselbad. Die Fenster auf der rückwärtigen Seite des Pfarrhauses lagen im Dunkeln. Korbinian Hinteregger wunderte sich, denn Pfarrer Jakub war am Abend meistens zu Hause.

Er wählte die Abkürzung durch die Tiefgarage in den Pfarrhof. Die automatische Beleuchtung tauchte den Innenhof in ein milchiges Licht. Er sperrte die schwere Tür des zweistöckigen Gebäudes auf und stieg die von vielen Jahren blankgescheuerten Holztreppen hoch in den ersten Stock. In der kleinen Einliegerwohnung drehte er alle Heizungen auf. Ihm war kalt und schlecht. Er holte sich eine Flasche Wasser aus der Küche, warf sich auf das schmale Bett und schlief sofort ein.

Das Sechs-Uhr-Läuten vom nahen Kirchturm weckte ihn. Er hatte zehn Stunden wie tot geschlafen. Sein Magen fühlte sich flau an und sein Kopf dröhnte. Er griff nach der Wasserflasche und trank sie in einem Zug leer. Nach einer heißen Dusche und zwei Tassen Kaffee ging es ihm besser.

Schritte erklangen im Treppenhaus. Der Mieter aus der Wohnung über ihm fuhr in die Arbeit. Korbinian hatte noch eine Stunde. Heute war er allein für das Aufsperren der Kirche und die Vorbereitung des Gottesdienstes um neun zuständig. Der Mesner Paul Schäffler war gestern Vormittag mit seiner Frau und den beiden kleinen Buben in den Skiurlaub gefahren. Korbinian scrollte die verpassten *WhatsApp* Nachrichten durch und grinste. Theresa hatte ihm um halb drei ein Selfie aus dem Sommerkeller geschickt. Ein Kussmund in einem mit Faschingsschminke verschmierten Gesicht. Er schickte ihr einen erhobenen Daumen zurück und wünschte ihr mit einem Zwinker-Smiley viel Spaß für den letzten Schultag vor den Faschingsferien.

Postwendend kam die Antwort: *Danke du Arsch.*

Sein Lächeln verschwand, als er die drei verpassten Anrufe seiner Mutter sah. Vermutlich wollte sie gut Wetter machen, nachdem sie gestern Vormittag das Weißwurstessen im Pfarrhof kurzfristig abgesagt hatte. Angeblich wegen Migräne. Er hatte sich sowieso gewundert, dass sie ihn in der Pfarrei besuchen wollte. Ihr Verhältnis war nicht das Beste, seit er sich zum Mesner umschulen ließ. Sie war dagegen gewesen, dass er seinen sicheren und gutbezahlten Job als Elektriker aufgab. Egal. Er war seit vier Jahren volljährig und konnte tun und lassen, was er wollte. Selbst wenn er Pfarrer werden würde, war sie dagegen machtlos.

Kapitel 8

Rußiger Freitag

Müde saß Martin Viertaler im Ladencafé Manhart am Hauptplatz und schaute durch die großen Fenster auf den wolkenverhangenen Himmel. Ein rotbärtiger Straßenkehrer fegte die Reste des gestrigen Faschingsumzuges weg. Vereinzelt zogen Schüler mit verkaterten Gesichtern vorbei. Er nahm einen Schluck von seinem Cappuccino und wartete auf die belebende Wirkung des Koffeins. Auch ohne Faschingstreiben war die letzte Nacht kurz gewesen. Die ungewohnten Geräusche in dem sonst stillen Haus hatten ihn nicht zur Ruhe kommen lassen. Das Rauschen des Wassers, das Knarzen der Treppe, leise Gesprächsfetzen aus dem Zimmer seiner Tochter, das an seines angrenzte. Dann war er nochmal aufgestanden, um das Licht im Treppenhaus zu löschen, das durch seinen Türspalt schimmerte. Nach dem Auszug von Anna war die erste Strom- und Wasserrechnung erfreulich niedrig gewesen.

08:15 Uhr. Wo blieb Gertrud? Das gemeinsame Kaffeetrinken an ihrem freien Freitagmorgen war eine der wenigen Gemeinsamkeiten, die seit ihren Ermittlungen an Weihnachten übriggeblieben waren. Obwohl er ahnte, dass Gertrud mehr von ihm wollte, als nur das Kaffeetrinken und die Spaziergänge. Gerade, als er sein Mobiltelefon herausholte, um sie anzurufen, betrat sie die Bäckerei. Sie winkte ihm zu und holte sich eine Latte Macchiato.

»Entschuldigung, dass ich zu spät bin, aber meine Schwester hat mich angerufen, ob ich Lust auf Fasten-Exerzitien und Yoga habe. Auf der Nordseeinsel Spiekeroog. Ihre Freundin, mit der sie eigentlich fahren wollte, ist krank geworden. Und jetzt ist das Zugticket übrig.« Etwas atemlos stellte sie das Glas auf den Tisch und zog ihren roten Mantel aus. »Außerdem muss ich um neun in die Frühmesse.«

Martin sah sie irritiert an und räusperte sich. »Ich wusste gar nicht, dass du eine regelmäßige Kirchgängerin bist.«

»Eigentlich nicht. Ich habe meiner Oma versprochen, dass ich an ihrem Todestag immer eine Messe lesen lasse.«

»Dann solltest du dir aber vorher den Glitter aus dem Gesicht wischen.« Dabei deutete er auf die lila schimmernde Stelle auf ihrer Backe.

»Ach, die Glitzerschminke sieht man immer noch Tage später.« Sie zog ein Papiertaschentuch aus ihrem Pulloverärmel und wischte sich über die Wange. »Besser?« Sie rutschte mit dem Stuhl vor und hielt Martin ihre Backe hin.

»Ja, passt schon«, brummelte er. Ihr Gesicht so dicht vor seinem verunsicherte ihn.

Gertrud lehnte sich in ihrem Stuhl zurück. »Ich platze vor Neugier. Wie geht es Anna? Vor allem, wie ist denn ihr Freund Greg?«

Martin druckste herum. »Ich denke es geht ihr gut, ein bisschen zu dünn vielleicht. Greg ist ganz nett. Du wirst es nicht glauben, aber er kommt ursprünglich aus Augsburg.«

»Dann spricht er deutsch?«

»Ja, sein Vater war Soldat. Als dessen Brigade 1992 in der Sheridan-Kaserne aufgelöst wurde, ist er mit seinen Eltern zurück nach Amerika.«

»Hört sich doch gut an. Aber irgendwas scheint dir nicht zu passen.«

»Es fühlt sich einfach komisch an, dass die beiden in Annas Kinderzimmer schlafen«, konstatierte er.

»Ja und? Mit dreißig Jahren ist sie wohl alt genug dafür«, hakte sie spöttisch nach. Dabei zog sie ihre rechte Augenbraue hoch.

»Nein, versteh mich nicht falsch. Aber Sabine ohne Hund ...«

»Meinst du die wandelnde Bildzeitung?«, warf Gertrud ein.

»... hat mich gestern verunsichert«, fuhr Viertaler fort, ohne auf ihren Einwurf einzugehen. Er stockte.

Das spöttische Grinsen aus Gertruds Gesicht verschwand. »Ich glaube, was dir zu schaffen macht, ist eher die Tatsache, dass deine Prinzessin erwachsen geworden ist. Du bist nicht mehr der einzige Mann in ihrem Leben.«

Martin suchte nach Worten.

Sie winkte ab. »Mach dir nichts draus. Mein Schwager hat gerade das gleiche Problem wie du. Meine Nichte hat letzte Woche ihren ersten Freund mit nach Hause gebracht. Meine Schwester hat mir erzählt, dass er schön blöd aus der Wäsche geschaut hat, als aus dem Bad ein junger Mann in Boxershorts kam. Aber ganz etwas anderes. Weiß Anna eigentlich, dass wir gegen ihren früheren Lover ermittelt haben?«

Seine Halsschlagader begann zu pochen. »Nein, noch nicht, und du kannst froh sein, dass du selbst heil aus dieser Sache rausgekommen bist«, grantelte er.

Gertrud Mayer nickte ernst.

»Es sind keine zwei Monate her, dass dich dieser Verrückte fast umgebracht hätte. Und das nur, weil du die Unschuld deines Schützlings Selahattin Barzani beweisen wolltest.«

»Du hast ja recht. Aber letztlich ging es auch um mein seelisches Gleichgewicht in diesem Fall. Außerdem hatte ich das Gefühl, dass du nur zu gerne mitgemacht hast.«

Am Klang ihrer Stimme hörte Martin, dass Gertrud dieses Trauma noch nicht überwunden hatte. Er versuchte sie abzulenken: »Was macht eigentlich Selahattin jetzt?«

»Ich habe letzte Woche mit ihm telefoniert. Er arbeitet bei einem Bäcker. Sein Antrag auf Bleiberecht ist noch in Bearbeitung. Untergekommen ist er vorläufig bei einer Familie. Der Sohn ist für ein Jahr ins Ausland, und Selahattin wohnt in dem freien Einzimmer-Appartement.« Sie stand auf und schlüpfte in ihren Mantel. »Ich muss los.« Sie nahm ihre Tasse und stellte sie auf das Band bei der Geschirr-Rückgabe. An der Tür drehte sie sich noch einmal um. »Richte doch Anna Grüße von mir aus. Es ist ewig her, seit ich mein Firmpatenkind das letzte Mal gesehen habe. Vielleicht können wir ja mal zusammen essen gehen.«

Nachdenklich sah Martin ihr nach. Täuschte er sich, oder war Gertrud heute in sich gekehrter als sonst? Gleichzeitig fragte er sich, warum er sie auf Abstand hielt, obwohl ihm ihre Gegenwart guttat? Er trank den letzten

Schluck Cappuccino, der inzwischen kalt war und einen bitteren Geschmack in seinem Mund hinterließ, zog seine Jacke an und holte den Abholschein vom Schuster aus der Tasche. Aber erst musste er noch Semmeln und Brezen mitnehmen. Heute Morgen hatte er einen Klebezettel an der Kaffeemaschine entdeckt: »Wir freuen uns auf das Frühstück mit dir – aber bitte nicht vor 11:00 Uhr.«

Kapitel 9

Frierend zog Korbinian die Schultern hoch und begann den Bauzaun wegzuschieben. Von der Anstrengung, die schweren Betonelemente alleine zu versetzen, fing sein Kopf wieder an zu dröhnen. Etwas außer Atem sah der Jungmesner anschließend hoch zur Kirchturmuhr. Kurz vor halb neun. Gleich würde Pfarrer Jakub kommen. Er war immer dreißig Minuten vor Gottesdienst-Beginn da. Er schätzte es, wenn die Bücher bereitlagen und der Altar mit dem Gabentisch gerichtet war. Das half dem Priester bei der geistigen Einstimmung auf die Messe, wie dieser ihm gegenüber immer betonte. Die Chemie hatte von Anfang an zwischen ihnen gestimmt. Jakub interessierte sich für ihn, fragte ihn sogar nach seinen Beweggründen, warum er Mesner werden wollte.

Das zweimalige Schlagen der Kirchturmuhr riss ihn aus seinen Gedanken. Er nahm das Geschlossen-Schild ab und steckte den Schlüssel ins Schloss. Überrascht stellte er fest, dass die Tür unverschlossen war. Hatte er am Mittwochabend vergessen, die Kirchentür abzusperren? Er zog sie auf und trat ein. Leichter Weihrauchgeruch hing in der Luft. Unter dem Weihwasserbecken gleich links neben dem Portal lagen eine leere Wodkaflasche und zwei Kaffeebecher. Eine braune Lache zog ihre Spur über die ausgetretenen Fliesen. Beunruhigt stieß Korbinian den Atem aus und durchquerte eilig den Kirchenraum. Flüchtig beugte er das Knie vor dem Allerheiligsten vorne im Hochaltar. Erste Erleichterung stellte sich ein, als er die anderen Türen versperrt vorfand. Bis auf die Sauerei am Nordwestportal und Luftschlangen über den Ohren des Palmesels war alles in Ordnung. Er mochte sich gar nicht vorstellen, was hätte passieren können. Außerdem war Pfarrer Jakub bislang nicht aufgetaucht. Hoffentlich war er nicht krank. Schon gestern, beim Weißwurstessen war er so einsilbig gewesen. Aber vielleicht war das einfach der Tatsache geschuldet, dass er in ein paar Tagen die Pfarrei wieder verlassen musste. Schnell machte er sich daran, die Luftschlangen zu entfernen und die anderen Hinterlassenschaften der Narren aufzuräumen. Gerade als er den Kaffee mit den Papiertaschentüchern aus seiner Jackentasche aufwischte, trat eine Frau in einem roten Mantel ein. Überrascht sah sie ihn an, wie er da am Boden kniete, grüßte freundlich und setzte sich in die hinteren Reihen des Mittelgangs.

Routiniert bereitete Korbinian den Gottesdienst vor, während er immer wieder nervös auf die Uhr schaute. Organist und eingeteilter Lektor warteten in der Sakristei bereits auf die Anweisungen des Pfarrers. Ein letzter Blick auf den Mittelgang, wo sich das übliche Häufchen Kirchgänger verteilte. Kein Jakub Cibulski in Sicht. In diesem Augenblick hallte ein markerschütternder Schrei durch die Kirche.

Kapitel 10

Mit lautem Sirenengeheul raste das Einsatzfahrzeug der Polizei durch den Vorderanger. Dicht gefolgt vom Notarzt und dem Sanka.

»Da scheint etwas Größeres passiert zu sein.« Martin Viertaler wandte sich wieder dem Schuster zu, der ihm seine Schuhe mit den neuen Absätzen entgegenhielt.

»Vielleicht haben sie noch eine Alkoholleiche von gestern gefunden«, entgegnete dieser mit einem schelmischen Grinsen im Gesicht.

Martin gefiel der trockene Humor des Schuhmachers, der ihn an seinen Großvater erinnerte, der ebenfalls Schuster gewesen war. Immer wenn er in dem kleinen Laden stand, versetzte ihn der Geruch von Leim und Leder in seine Kindheit zurück. Ganz stolz war er gewesen, wenn ihm sein Opa einen Magnet in die Hand gedrückte hatte, mit dem er die kleinen Nägel aufsammeln durfte, die überall in der Werkstatt verstreut waren.

»Das macht dann zwölf Euro.«

»Entschuldigung, ich war in Gedanken.« Viertaler bezahlte und packte die Schuhe in den mitgebrachten Stoffbeutel.

Mit einer angedeuteten Verbeugung bedankte sich der Schuster. »Schönen Fasching noch. Treiben Sie es nicht zu bunt.« Dabei blitzte erneut der Schalk in den von zahlreichen kleinen Fältchen umrahmten Augen.

Viertaler nickte ihm lachend zu und verließ den Laden. Die feuchte Kälte kroch ihm augenblicklich in die Knochen und er zog den Reißverschluss seiner Jacke bis zum Kinn. Noch bevor er die Einsatzwagen sah, bemerkte er die blauen, flackernden Blitze an der Häuserreihe in der Fußgängerzone. Er beschleunigte seine Schritte. Da musste mehr passiert sein. Erste Schaulustige standen vor dem Altstadtsaal am Hellmairplatz und beobachteten, wie ein Sanitäter eine Trage in die Kirche fuhr. Gerti war dort drinnen! Er hastete die Treppen hoch und zog das schwere Portal auf. Ein seltsames Bild bot sich ihm. Etwa ein Dutzend Leute hatte sich vor dem Eingang zur Orgelempore versammelt. Gertrud unterhielt sich mit einem Herrn, der jünger war als die anderen Gottesdienstbesucher. Erleichtert atmete Martin auf.

Ein Kollege der Schutzpolizei, der mit ausdruckslosem Gesicht vor der Gruppe stand, kam mit einer abwehrenden Handbewegung auf ihn zu. Es war der Nachfolger von Michi Haas, der ihn beim Teufelsküchenmord mit Insiderwissen versorgt hatte und nun auf einer Fortbildung war.

»Grüß Gott, Herr Schulz. Was ist denn hier passiert?« Viertaler streckte ihm die Hand hin und versuchte mit einem jovialen Lächeln die defensive Haltung des jungen Beamten zu überspielen.

»Herr Viertaler?« Anton Schulz musterte den ehemaligen Kriminalkommissar, bevor sich seine angespannte Miene löste. »Entschuldigen Sie, dass ich Sie nicht gleich erkannt habe. Die Ausstands-Brotzeit von Michi ist schon ein paar Wochen her.« Er hielt kurz inne, bevor er mit dem Daumen auf das südliche Seitenschiff hinter seinem Rücken zeigte: »Wir haben einen toten Pfarrer mit einer unnatürlichen Todesursache.«

Viertaler kannte den Ausdruck aus seiner langjährigen Berufspraxis. Das bedeutete fast immer, dass ein

Mord passiert war. Noch bevor er sich dazu äußern konnte, fuhr der Polizist fort: »Auch wenn Sie einer von uns sind; waren«, verbesserte er sich, »darf ich Ihnen leider nicht mehr sagen.«

Viertaler nickte. »Das ist mir bewusst. Ich habe mir nur Sorgen um eine Bekannte gemacht, die in den Gottesdienst wollte.« Dabei deutete er mit dem Kopf auf Gertrud, die ihr Gespräch unterbrochen hatte und auf ihn zukam.

Der junge Beamte trat dazwischen. Zu Gertrud gewandt erklärte er: »Ich kann sie leider nicht gehen lassen. Wir brauchen die Zeugenaussagen von allen Kirchenbesuchern. Vor allem von Ihnen, weil Sie ja der alten Dame, die den Toten gefunden hat, geholfen haben.« Auf Viertalers fragenden Blick ergänzte er: »Die ist momentan nicht vernehmungsfähig. Sie hat einen Schwächeanfall erlitten und wird gleich ins Krankenhaus gebracht.«

In diesem Moment eilten die Sanitäter mit der fahrbaren Trage durch den Mittelgang auf sie zu. Viertaler trat zur Seite und öffnete den Sanitätern die Tür, die in diesem Moment kraftvoll nach außen aufgezogen wurde.

Viertaler wich einen Schritt zurück, als sein Nachfolger Ingo Bayerl vor ihm stand. Als Bayerl seinen ehemaligen Kollegen erblickte, nahm sein Gesicht einen ungläubigen Ausdruck an, und fast tonlos stieß her hervor: »Martl, du schon wieder!«

Kapitel 11

Bayerl traute seinen Augen nicht: Vor dem Hintergrund des düsteren Kircheninneren zeichnete sich die Gestalt seines alten Chefs bei der Fürstenfeldbrucker Mordkommission ab. So viel Alkohol konnte er gar nicht mehr im Blut haben! Nicht nur, dass es schon wieder einen Fall in Landsberg am Lech gab; jetzt schlich auch noch Martin Viertaler hier am Tatort herum. Beim letzten Mal vor vier Wochen hatte ihm der Pensionär auch ins Handwerk gepfuscht. Was für ein Alptraum!

Sein Kopf pochte unangenehm.

»Ingo, ich weiß, es sieht saublöd aus, aber das ist reiner Zufall, glaub mir.«

Ingo Bayerl winkte ab und beschattete die Augen mit der Hand. Das helle Morgenlicht verstärkte die Kopfschmerzen. »Martl, sag nichts. Auch wenn deine unorthodoxen Ermittlungen im letzten Fall hilfreich waren, rechtfertigt das nicht dein erneutes Auftauchen hier.« Dass Viertaler durch seine Beteiligung indirekt Bayerls Beförderung zum Chef des K1 unterstützt hatte, sagte er ihm nicht.

»Dann gehe ich jetzt.«

»Ist besser so.« Mit einem Seufzer wandte sich Ingo Bayerl ab und trat ins Kircheninnere, wo er dem Uniformierten seinen Dienstausweis zeigte.

»Guten Morgen, Herr Hauptkommissar. Der Kriminaldauerdienst hatte Sie schon angekündigt. Sie sind ja schneller vor Ort als erwartet.«

Bayerl brummte etwas Unverständliches. Er musste dem Kollegen ja nicht auf die Nase binden, dass er sich gestern nach der Trennung von seiner Freundin Maren als Single-Pirat in den Landsberger Fasching gestürzt hatte. Im urigen Lokal *Zum Trödler* gleich hier um die Ecke in der Altstadt hatte er sich mit einer langbeinigen Blondine über den Verlust hinweggetröstet.

Der Beamte musterte ihn abwartend.

Bayerl erklärte entschuldigend: »Die Straßen waren frei. Was haben wir?«

»Eine männliche Leiche, der örtliche Pfarrer. Der Notarzt ist bereits da. Er vermutet, dass die Verletzung am Hinterkopf die Folge eines Schlages ist. Die alte Dame, die gerade ins Krankenhaus Landsberg gebracht wird, hat den Toten gefunden.«

Bayerl deutete auf die Menschen, die unter der Orgelempore warteten. »Was machen die hier?«

»Besucher des Gottesdienstes.«

Bayerl sah genauer hin. Gertrud Maier! Da wurde doch der Hund in der Pfanne verrückt. Nicht nur, dass Martl hier herumlungerte, jetzt war auch noch dessen Bekannte, die *Gutmenschin* unter den Zeugen. Ingo Bayerl schloss kurz die Augen. Ruhig bleiben, durchatmen.

»Wann sind KDD und Erkennungsdienst vor Ort?«

Der Schutzpolizist sah auf seine Armbanduhr: »In einer Viertelstunde, schätze ich.«

Ingo Bayerl bedankte sich, nickte den wartenden Zeugen kurz zu und wandte sich nach rechts. Das rot-weiße Band, das quer über den Seitengang zu den Kirchenbänken des südlichen Seitenschiffes gespannt war, sperrte den Bereich vor der Kapelle ab. Bayerl stieg über das Kunststoffband, ein stilloser Fremdkörper in einem sakralen Raum, in dem selbst einfachste Gegenstände künstlerisch durchdacht waren. Er faltete automatisch die Hände, so als ob man sich in einem Gotteshaus nur in dieser Haltung bewegen durfte. Der Kommissar ließ seinen Blick über die Kapelle schweifen. In der Mitte lag ein lebloser Körper in einem schwarzen Anzug auf dem Rücken. Auf den ersten Blick konnte Ingo kein Blut entdecken. Das Opfer eines Tötungsdelikts in einer Kirche zu finden war etwas anderes als auf einem Parkplatz. Wer um Himmels Willen brachte einen Pfarrer in seiner eigenen Kirche um?

Neben dem Toten kniete der Notarzt, der gerade seine Tasche zusammenpackte. Als er Bayerl bemerkte, erhob sich der Arzt und kam auf ihn zu. »Horst Lauterjung. Ich bin der Notarzt.« Sein Händedruck war kräftig. »So wie das für mich aussieht, hat man ihn von hinten mit einem schweren Gegenstand erschlagen. Eindeutig nicht natürliche Todesursache. Darum haben Ihre Kollegen von der Schutzpolizei den Kriminaldauerdienst informiert.«

»Haben Sie eine Tatwaffe gefunden?«

»Nein. Ich will Ihren Kollegen nicht vorgreifen, aber ich denke, dass er nicht hier erschlagen wurde. Dazu gibt es viel zu wenig Blut. Man hat ihn wohl in die linke Kabine gesetzt.« Damit deutete Dr. Lauterjung in Richtung des Beichtstuhls.

»Haben Sie ihn dort rausgeholt?«, wollte Bayerl wissen.

»Ja, weil ich ihn dort nicht untersuchen konnte. Im ersten Moment habe ich gedacht, ich kann ihm helfen. Er ist vermutlich herausgerutscht. Als ich kam, hingen die Beine unter dem Vorhang heraus.«

»Darum hat man ihn wohl auch gefunden«, warf der Kommissar ein.

Dr. Lauterjung nickte. »Ich hoffe, dass ich nicht zu viele Spuren verwischt habe.« Dabei grinste der Notarzt. »Das kennt man ja aus dem *Tatort*.«

Bayerl erwiderte nichts. Er war es gewohnt, dass Fernseh-Deutschland sein kriminalistisches Wissen aus dem *Tatort* bezog. Dass Kripoarbeit dabei zumeist falsch dargestellt wurde, hatte er irgendwann akzeptiert. Und mit Zivilpersonen zu diskutieren, führte am Ende zu nichts.

»Ich schreibe draußen meinen Bericht fertig und warte auf den Gerichtsmediziner.«

Ingo Bayerl bedankte sich und wandte sich wieder der barocken Kapelle zu. Er ließ den Blick schweifen und entdeckte in der Stuckdecke ein Dreieck, das das göttliche Auge darstellte. Das kannte er noch aus dem Religionsunterricht. Der Beichtstuhl weckte bei Bayerl unschöne Erinnerungen an seine eigene Kindheit. Wie hatte er das erzwungene Beichten vor Kommunion und Firmung gehasst, dieses Arme-Sünder-Gefühl, eingesperrt in einem Schrank. Er schüttelte sich. Durch ein blankverglastes Fenster war der graue Himmel zu erkennen. Er ging ein paar Schritte weiter nach links. Auch hier ein Beichtstuhl und ein barocker Altar, von goldenen Säulen umrahmt. Das Glasfenster war im Gegensatz zu dem vorherigen prachtvoll bemalt. Es zeigte Jesus wohl bei einem Kranken. Im unteren Teil des Altarbildes entdeckte Bayerl eine enthauptete Frau, was ihn irritierte; erinnerte sie ihn doch an seinen letzten Fall in der Landsberger Teufelsküche.

Unter der Szene stand ein Satz, der Bayerl irritierte:

Selig sind die Toten, die im Herrn sterben

Der Kommissar stellte sich die Frage, was es wohl bedeutete, ´im Herrn´ zu sterben. Musste man da an Gott glauben? An eine Wiedergeburt? War es dann leichter, zu gehen? Starb ein Pfarrer eher im Herrn, als beispielsweise eine gläubige Prostituierte?

In diesem Moment trafen Kriminaldauerdienst und Erkennungsdienst fast gleichzeitig zusammen mit seiner neuen Kollegin Antonia Buck ein. »Morga Chef, du siehsch gschaffd aus. Bischd de Gumba Donschdig nemme gwehnd?«

Bayerl zog die Augenbrauen zusammen. »Tu mir einen Gefallen, Toni. Mir ist heute nicht nach jemandem zumute, der einen schwäbischen Clown verschluckt hat.«

Kriminalkommissarin Antonia Buck war erst seit wenigen Wochen im Team und meistens bester Laune.

»Koi Problem. Wia schdohd´s?« Buck ließ sich auch vom Geknurre eines Alphamännchens nicht aus der Ruhe bringen.

»Die Spusi soll die ganze Kirche auf den Kopf stellen und speziell nach einem schweren Gegenstand suchen, der die Tatwaffe sein könnte. Außerdem sollen die nach Blutspuren suchen. Wir brauchen den Tatort. Du befragst die Zeugen. Vielleicht ist ihnen aufgefallen, ob irgendetwas fehlt, ob etwas anders ist, als sonst.« Dabei wies er auf die Wartenden.

Antonia ging um die Säule herum. »Do hennadrieba isch a Vitus-Altar, Chef. De Zoige warda vor am heilige Veit.«

»Was?«, entfuhr es Bayerl.

»Der Altar isch dem heilige Veit gweiht. Des siehsch an dem Häfele zu seine Fiaß.«

»Wie?« Bayerl war verloren. Seine Kopfschmerzen kamen zurück. »Bitte Hochdeutsch! Mein Kopf platzt.«

Grinsend fuhr sie fort: »Sankt Vitus wurde in siedendes Öl gesetzt und überlebte. Weil der Kessel für die meisten Darstellungen zu groß war, schrumpfte man ihn mit der Zeit und die Leute dachten schließlich, dass das ein Nachttopf sei. Darum ist der heilige Veit auch der Schutzpatron der Bettnässer.«

»Toni! Um Himmelswillen, verschone mich mit deinen Weisheiten. Nimm dir die Gottesdienstbesucher und den Mesner vor, okay?«

»Und was machst du, Chef?«, wollte sie unbeirrt wissen.

»Ich gehe rüber ins Pfarrzentrum und besorge dir für die Zeugenvernehmungen einen Raum. Du kannst so lange die Personalien aufnehmen und eine Reihenfolge festlegen. Ich befrage derweil die Angestellten des Pfarrbüros, und wenn der Durchsuchungsbeschluss da ist, nehmen wir die Wohnung des Pfarrers in Augenschein.«

»Klingt wie ein Plan, Chef. So mach mer´s.«

Kapitel 12

Kurze Zeit später betrat Kriminalhauptkommissar Ingo Bayerl den historischen Pfarrhof, der gegenüber der Kirche lag. Das Erste, was ihm auffiel, war ein Turm in der rechten hinteren Ecke. Zusammen mit den roten Ziegelmauern verlieh er dem Anwesen ein mittelalterliches Erscheinungsbild. Ein wenig verloren wirkte eine Bronzeplastik, die einen Mann mit einem Schaf auf den Schultern darstellte. Bayerl trat näher. Der Gesichtsausdruck des kahlköpfigen Mannes schien dem Kommissar fragend. So fühlte er sich auch gerade. Eine braunhaarige Frau mit einem Pferdeschwanz trat aus einer Tür zu seiner Linken. Freundlich lächelnd kam sie auf ihn zu.

»Das ist der gute Hirte. Er lässt kein Schaf seiner Herde zurück. Das ist ein wichtiges, christliches Motiv«, erklärte sie ihm. Sie gab Bayerl einen feuchten Händedruck und stellte sich vor: »Mein Name ist Sabine Ehlers. Ich leite das Pfarrbüro.«

Der Kommissar wies sich aus.

»Ich habe schon auf Sie gewartet.« Ihr ungeschminktes Gesicht wirkte mit einem Mal angespannt.

»Wieso? Was ist denn zu Ihnen durchgedrungen?«

»Na ja, der Korbinian hat mich ja angerufen, dass der Pole tot ist. Das stimmt doch, oder?«

Bayerl überging ihre Frage, die nicht sehr wertschätzend klang. »Haben Sie einen Raum, wo wir Zeugen befragen können?«

»Sie können den Elisabeth-Raum dafür nutzen, gleich hier vorne. Ich zeige es Ihnen.« Sie führte ihn in einen hell eingerichteten Raum im vorderen Trakt des Pfarrhofs.

Die Wandverkleidung und die Bänke aus Holz verliehen dem Versammlungsraum eine angenehme Atmosphäre.

»Dahinten sind die Toiletten. Ich muss noch unseren Stadtpfarrer zurückrufen, dann bin ich für Sie da.« Mit diesen Worten wandte sie sich zum Gehen.

»Stadtpfarrer? Ich dachte, der Tote ist der Pfarrer.«

»Jakub Cibulski war hier nur der Aushilfspfarrer. Am Faschingsdienstag sollte Pfarrer Heidenblut nach seiner Reha zurückkommen. Ich hoffe, er kann früher hier sein. Nach all dem ...« Sie ließ den Satz in der Luft hängen und verließ den Raum.

Ingo Bayerl ließ sich mit einem Seufzer auf einer der Fensterbänke nieder. Er stieß die Luft aus und fuhr sich mit der Hand über den Kopf. Was würde er für einen doppelten Espresso geben. Doch es half nichts. Er musste jetzt präsent sein. Der Tote in der Landsberger Stadtpfarrkirche nahm keinerlei Rücksicht auf seinen Kater. Die unmittelbare Zeit nach einem Mord war für die Ermittlungen immens wichtig. Mit jeder Stunde, jedem Tag erkalteten die Spuren, deren Auswertung und Deutung für die Aufklärung bedeutsam waren. Er holte sein Mobiltelefon heraus und beschrieb seiner jungen Kollegin den Ort. Er ignorierte das Hämmern in seinem Kopf und begann, zwei der Tische für die Befragung zusammenzuschieben.

Wenig später tauchte Antonia Buck zusammen mit der ersten Zeugin, einer älteren Dame, bei ihm auf.

Bayerl bot ihr einen Stuhl an und zwinkerte Antonia zu. Seine neue Kollegin war eine gute Beobachterin, die mit ihrem empathischen Befragungsstil den Menschen Informationen entlockte, die diesen oft selbst gar nicht bewusst waren.

Er verließ den Elisabeth-Raum und wandte sich im Hof nach links, dorthin, woher die Pfarrsekretärin vorhin gekommen war. Die Tür des Pfarrbüros war nur angelehnt. Er fand sie an ihrem Schreibtisch in ein Telefongespräch vertieft. Um sie herum war alles penibel aufgeräumt. Jeder Büroartikel hatte seinen Platz; alle Schubladen und Ordner in den Regalen waren maschinell beschriftet. Sie selbst wirkte nicht so aufgeräumt wie ihr Büro. Ihr gehetzter Gesichtsausdruck ließ sie älter aussehen, als sie vermutlich war. Mit einem schiefen Lächeln quittierte sie sein Auftauchen und drehte sich von ihm weg. Der Gesprächspartner am anderen Ende der Leitung schien einen Monolog zu halten, denn Frau Ehlers nickte nur ab und an.

Der Kommissar nahm sich aus einem Ständer neben der Eingangstür einen Flyer. Darin waren die Sehenswürdigkeiten und Kunstschätze der Stadtpfarrkirche ´Mariae Himmelfahrt´ beschrieben. Dort war zu lesen, dass die Kirche bereits 1219 das erste Mal urkundlich erwähnt wurde. Im Spätmittelalter war sie neu erbaut und geweiht worden. Im Jahr 2009 schloss man eine umfangreiche Restaurierung ab, die wegen statischer Probleme notwendig geworden war. Bayerl dachte bei sich, dass so manches Haus, das heute gebaut wurde, vermutlich in 500 Jahren gar nicht mehr stehen würde. Bayerl schmunzelte: Qualität hatte eben seinen Preis. Vielleicht stünde die Landsberger Kirche heute gar nicht mehr, wenn man damals die jeweils günstigsten Handwerker genommen hätte.

Sabine Ehlers legte auf. »Jetzt bin ich für Sie da, Herr Kommissar.«

Bayerl steckte den Prospekt zurück in den Ständer. »Offenbar wissen Sie ja schon, warum ich mit Ihnen sprechen möchte. Wie haben Sie vom Tod des Pfarrers erfahren?«

»Das habe ich Ihnen bereits gesagt. Der Korbi hat mich angerufen.« Frau Ehlers hielt seinem musternden Blick stand.

Er lächelte ihr aufmunternd zu: »Wer ist denn der Korbi?«

»Der Korbinian Hinteregger, unser Ausbildungsmesner. Er war so aufgewühlt und hat mich gefragt, was er tun soll.«

»Was haben Sie ihm denn geraten?«

»Die Polizei rufen, was sonst.« Obwohl ihre Haare zu einem Pferdeschwanz zusammengebunden waren, strich sie sich eine Haarsträhne aus dem Gesicht hinters Ohr.

War das ein Flirtsignal? Bayerl verkniff sich ein Grinsen. »Sie hatten vorhin erwähnt, dass das Opfer als Aushilfspfarrer tätig war. Wo ist denn der etatmäßige Stadtpfarrer?«

Frau Ehlers sah an ihm vorbei zu einem Papst-Plakat an der Wand. »Pfarrer Heidenblut hatte eine Bandscheiben-OP Ende letzten Jahres und ist auf Reha. Am Faschingsdienstag sollte er planmäßig wieder übernehmen. Er kommt so schnell wie möglich nach Landsberg zurück.«

Bayerl unterbrach sie: »Sie haben also mit Pfarrer Heidenblut telefoniert?«

»Ja. Ich finde, er hat ein Recht darauf zu erfahren, was in seiner Pfarrei vor sich geht.« Sie sah ihn unvermittelt an. »Werde ich jetzt belangt deswegen?«

Bayerl hob beschwichtigend die Hände. »Kein Problem. Können Sie mir etwas zum Opfer sagen? Sein Name klingt polnisch, oder?«

»Ja, er ist – eigentlich war – Pole. Er hatte früher selbst eine Pfarrei, hat aber dann überwiegend Urlaubs- und Krankheitsvertretungen gemacht, bevor er den Bischof um eine Auszeit gebeten hat.«

»Warum?«, hakte Bayerl nach.

Frau Ehlers senkte die Stimme, so als ob man sie belauschen könne: »Ich denke, dass er einen Burnout hatte. Der Bischof hat ihm ein Sabbatjahr genehmigt, wenn er vorher bei uns einspringt. Was er ja auch gemacht hat.« Ihr stockte die Stimme und sie wischte sich theatralisch eine Träne aus dem Augenwinkel.

Der Kommissar wechselte das Thema: »Gab es denn keine andere Möglichkeit, Herrn Heidenblut zu vertreten? Einen Kaplan vielleicht?«

Sie zog ein Papiertaschentuch aus der Schreibtischschublade und schnäuzte sich geräuschvoll, bevor sie antwortete: »Wir haben keinen Kaplan. Wir haben über sechstausend Gläubige in unserer Pfarrei, vier aktive Kirchen, zwei Kindergärten und das Heilig-Geist-Spital. Mit zwei Ruhestandsgeistlichen, die auf die achtzig zugehen, und einem Diakon kann man das alles nicht am Laufen halten. Vor allem nicht an Weihnachten.«

»Die Kirche«, Bayerl zeigte mit dem Daumen über seine Schulter, »ist also nicht die einzige in euerer Pfarrei?«

»Sie ist die Hauptkirche, aber wir haben noch *Heilig Kreuz* auf dem Berg, *St. Johann Baptist* in Pitzling und *Mariä Himmelfahrt* in Reisch.«

»Ich sehe schon, ich weiß gar nichts über die komplexen Zusammenhänge in einer Pfarrei. Würden Sie mich aufklären?« Dabei versuchte Bayerl, sein Sonntagsgesicht aufzusetzen, und legte den Kopf schräg.

Sabine Ehlers steckte ihr Taschentuch weg. »Gerne. Wollen Sie einen Kaffee, Herr Kommissar?«

Kapitel 13

»Was sollte das gestern Nachmittag?« Evi tigerte in der Wohnküche auf und ab.

»Jetzt hör doch mal mit diesem Gerenne auf. Das macht mich ganz wahnsinning«, entgegnete Robert.

»Weißt du, was mich wahnsinnig macht?« Ihre Stimme wurde auf einmal gefährlich leise. »Deine Heimlichtuerei, deine Ausreden, dein komischer Geschäftsfreund, der plötzlich bei uns im Garten auftaucht.« Sie blieb stehen und stellte sich dicht vor ihn. Hektische rote Flecken breiteten sich über ihre Wangen bis hinunter zum Hals aus. »Der nicht einmal beim Kaffeetrinken seine Handschuhe auszieht. Und als Chiara ihn darauf angesprochen hat, meinte er, dass das seine Faschingsverkleidung wäre. Pah, wie blöd ist das denn?«

Den letzten Satz stieß sie so kräftig hervor, dass Robert die feinen Spucketröpfchen in seinem Gesicht spürte. Er trat einen Schritt zurück. Normalerweise liebte er das hitzige Temperament seiner Frau, doch heute befeuerte es nur seine eigene tief in ihm sitzende Verzweiflung. Er hatte die ganze Nacht kaum geschlafen. Immer wenn er die Augen geschlossen hatte, war sofort das Bild des glatzköpfigen *Kardinals* aufgetaucht, wie er am Küchentisch saß und alles beobachtete.

»Evi ...« Er suchte noch nach einer Erklärung, als es klingelte.

Seine Frau drehte sich um und eilte wortlos zur Haustür. Robert hörte, wie sie einige Worte mit Felicitas, der Mutter der Zwillinge wechselte, die heute den Abholdienst vom Kindergarten übernommen hatte.

Mit einem freudigen Kreischen stürmte Sofia herein, sprang auf seinen Schoß und hielt ihm ein kleines Einhorn aus Kunststoff hin. »Schau mal, das war heute Mittag in meiner Kindergartentasche. Ich glaube, das hat eine Fee hineingezaubert.«

Robert wusste gar nicht, was er sagen sollte, als Evi plötzlich kreidebleich in der Tür stand.

»Die arme Gertrud!« Anna rührte nachdenklich in ihrer Teetasse, während Martin Viertaler ihr die Ereignisse des Vormittags erzählte. »Und wie geht es dir damit?« Anna unterbrach ihr Rühren und sah ihren Vater mit großen Augen an. Eine unangenehme Stille breitete sich aus.

»Wie meinst du das?« Martin ahnte, worauf sie hinauswollte, und das war nicht der tote Pfarrer in der Kirche. Mit der eher rhetorischen Gegenfrage versuchte er, das Thema Gertrud zu umschiffen, das nicht erst seit gestern unausgesprochen zwischen ihnen stand.

»Na, machst du dir da keine Sorgen um Gertrud, wenn sie so etwas miterleben muss?«

»Pah!« Martin winkte ab. »Gerti ist hart im Nehmen, die hat schon ganz andere Sachen weggesteckt.«

»Ah! Und was?«

Der inquisitorische Tonfall gefiel Martin gar nicht. Außerdem ging es seine Tochter gar nichts an, was zwischen ihm und Gerti war. Sie hielt sich ja auch bedeckt, was Greg anbelangte. Und für die Geschichte zwischen Gertrud und Annas ehemaligem Lover, war heute der falsche Zeitpunkt. Er blieb seiner Tochter die Antwort schuldig und atmete innerlich auf, als Greg in diesem Moment in die Küche trat.

»Come on, darling. Wir müssen los. Meine Freunde warten schon auf uns. Sie wollen dich endlich kennenlernen.« Beim Aufstehen fiel ihr das blaugrüne Tuch von der Schulter, das sie wärmend um sich geschlungen hatte. Für einen kurzen Moment hatte Martin ein Déjà-vu. Seine verstorbene Frau Franziska war auch immer mit einem Schultertuch beim Frühstück gesessen.

Anna fügte erklärend hinzu: »Wir fahren vermutlich von dort am Montagmorgen gleich nach München weiter. Seine Freunde haben uns angeboten, dass wir bei ihnen übernachten können. Greg fliegt am Aschermittwoch nach Amerika zurück und ich …« Sie unterbrach sich. »Das können wir dann am Mittwoch besprechen. Und du erzählst mir, was Gertrud alles wegsteckt.« Sie grinste und drückte ihm einen Kuss auf die Stirn.

Martin begleitete sie zur Haustür und sah ihnen nach, wie sie die enge Gasse Richtung Klösterl gingen. Dort hatten sie gestern Nacht ihr Leihauto auf Gertruds Parkplatz abgestellt. Hexle stupste ihn mit ihrer Schnauze in die Kniekehle, so als wollte sie ihn an den ausgefallenen langen Morgenspaziergang in den Wildpark erinnern. Viertaler kraulte ihr gedankenverloren den Kopf. Er spürte, wenn Ereignisse ihre Schatten vorauswarfen, und dieses Gefühl hatte sich seit heute Morgen verstärkt.

»Aber wie kann ein Fremder einfach so in den Kindergarten gehen und unserer Tochter ein Einhorn in die Kindergartentasche stecken?« Verzweifelt fuhr sich Robert Lang durch die Haare, und die schwarzen Ringe unter den Augen traten noch deutlicher hervor als am Morgen.

»Ich weiß es doch auch nicht!« Evi rieb sich mit einem kaum mehr vorhandenen Papiertaschentuch über die Augen. Unzählige kleine Fetzen lagen zu ihren Füßen. »Felicitas hat mir nur erzählt, dass die Erzieherin einen dunkel gekleideten, älteren Herrn an der Garderobe der Kinder gesehen hat. Sie hat sich nichts gedacht, weil ja noch Bringzeit war und es öfter vorkommt, dass ein Opa sein Enkelkind abliefert. Sie ist erst stutzig geworden, als Sofia am Mittag ihr Bild in die Kindergartentasche gesteckt und dabei das Einhorn gefunden hat.«

Eine beklemmende Stille breitete sich aus, nur unterbrochen durch die Hex-Hex-Sprüche von Bibi Blocksberg, die vom CD-Player aus dem Kinderzimmer bis in die Küche drangen. In ihrem Leben gab es noch Einhörner, Feen und andere Fabelwesen. Und wenn ein Bösewicht in ihre magische Welt eindrang, dann sorgte ein Held oder ein Zauberspruch wieder für Ordnung.

Aber sein *Geschäftsfreund* ließ sich nicht durch einen Zauberspruch verhexen und es gab keinen Helden, der den Bösewicht aus seinem Leben fortjagte. Die Ausweglosigkeit der Lage trieb ihm die Tränen in die Augen und er ließ den Kopf auf die Tischplatte sinken.

Kapitel 14

»Willst du noch einen Kaffee, Toni? Ich nehme einen Espresso.« Ingo Bayerl gab dem Kellner im *Principe* ein Zeichen.

»Einen Espresso Doppio für mich«, antwortete Antonia und strich Brösel vom Tischtuch.

Es war kurz nach drei Uhr am Nachmittag. Zusammen mit Antonia Buck hatte er sich auf eine schnelle Mittagspause im italienischen Lokal neben der Stadtpfarrkirche getroffen. Sie mussten sich mit einer Bruschetta begnügen, da die Küche bereits seit 14:00 Uhr kalt war.

Nachdem Bayerl bezahlt hatte, wandte er sich wieder seiner Kollegin zu: »Hast du bei deinen Befragungen etwas herausgefunden?«

Antonia holte ihr Notizbuch aus der Umhängetasche und blätterte zu den letzten Einträgen. »Also, die Leiche hat wohl eine ältere Dame entdeckt. Sie hat ihr Gotteslob vergessen und ist noch einmal nach hinten zum Gesangbuchwagen gegangen. Das hat mir eine Frau ...« Sie fuhr mit dem Finger suchend über ihre Aufzeichnungen, »... Gertrud Maier erzählt. Sie ist sofort hingelaufen, als die alte Dame geschrien hat. Die kam mit einem Schock ins Krankenhaus.«

Der Kommissar unterbrach sie: »Das können die Landsberger Kollegen abklären, wenn sie vernehmungsfähig ist.«

Antonia Buck fuhr fort: »Der Aushilfsmesner hat dann den Notruf gewählt. Das hat ihm die Pfarrsekretärin geraten, die er in seiner Hilflosigkeit angerufen hat. Der war auch bei der Befragung noch ziemlich durch den Wind. Er hat mir gar nicht erzählt, dass am Eingang etwas verschüttet war.«

»Wie, verschüttet?«

»Das hat mir später auch diese Frau Maier berichtet. Als sie in die Kirche kam, kniete der Mesner am Boden und hat einen braunen Fleck aufgewischt.«

»Bleib da mal dran. Jede Spur ist wichtig. Wissen wir schon, wie lange der Tote dort lag?«

Antonia blätterte um und tippte auf eine Stelle: »Die Rechtsmediziner wollten sich nicht festlegen. Aber sie schätzen aufgrund der voll ausgeprägten Leichenstarre, dass die Tat irgendwann gestern Nachmittag verübt wurde.«

»Dann werden vermutlich auch die Befragungen in den umliegenden Geschäften und Lokalen nichts ergeben. Gestern war hier Ausnahmezustand. Hat die Spusi schon was zu Tatort und Tatwaffe herausgefunden?«

Toni grinste ihren Chef an. »Do schnallsch ab. Was moinsch, wo dr Bfarrer erschlaga worda isch?«

Dann machte sie eine Pause, die Bayerl mit einem Schnauben quittierte. »Nun spuck´s schon aus – auf Hochdeutsch.«

»Das Opfer wurde doch tatsächlich vor dem Altar der Schutzmantelmadonna im Nordosten der Kirche erschlagen. Der Lois von der Spusi hat Blutspritzer dort gefunden. Einer der beiden Kerzenleuchter auf dem Altar war nur notdürftig abgewischt. Der Täter muss die Leiche dann zum Beichtstuhl ans andere Ende der Kirche geschleppt haben, in den Südwesten.«

Bayerl pfiff leise durch die Zähne. »Der Pfarrer war ja nicht so schwer. Sonst noch was Wichtiges?«

»Ja! Der Lois ist sich sicher, dass in der mittleren Kammer des Beichtstuhls Kokain gelegen hat. Er hat einen chemischen Schnelltest gemacht, nachdem er weiße Krümel gefunden hat.«

»In dem Kabuff, wo normalerweise der Pfarrer drin sitzt, haben die Drogen gefunden?«

»Genau da.«

Eine halbe Stunde später war der Durchsuchungsbeschluss da und Ingo Bayerl öffnete die Tür, die die Pfarrwohnung vom Pfarrbüro unten trennte. Der Schlüssel war in der Manteltasche des Opfers gewesen, zusammen mit dem für die Kirchentür.

Antonia reichte ihrem Kollegen ein Paar Einmalhandschuhe: »Hab ich von der Spusi. Sollten wir was Verdächtiges finden, kommt der Lois Zettl mit seiner Truppe rüber. Die brauchen noch in der Kirche. Da gibt es tausende Spuren.«

Bayerl zuckte mit den Achseln. »Der Zettl tut immer so, als wäre er der Einzige, der arbeiten muss.« Dann streifte er sich die Handschuhe über.

Beim Eintreten in den Flur fiel ihm als Erstes auf, dass alles ordentlich aufgeräumt war. Drei Jacken hingen an einer Garderobe, und auf dem Boden standen ein paar schwarze Slipper und Laufschuhe. Im nächsten Raum lag ebenfalls nichts herum. Selbst die acht Stühle, die um einen großen Holztisch angeordnet waren, schienen mit dem Lineal ausgerichtet. Links führte eine Verandatür in einen gepflasterten Innenhof.

Bayerl betrachtete die zwei Papstfotos an der Wand. Ein großformatiges zeigte Benedikt XVI, ein kleineres den aktuellen Pontifex Franziskus.

»Katholischer Lokalpatriotismus!«, gluckste Antonia. »Der bayerische Papst über allem.«

Sie erreichten eine kleine Treppe, die zu einem zweiten Flur nach oben führte. Auf der linken Seite befanden sich, wie von der Pfarrsekretärin beschrieben, ein Gästezimmer und eine Abstellkammer. Geradeaus ging es zur Einliegerwohnung des Verstorbenen, die aus Wohnzimmer mit Arbeitsbereich, Schlafzimmer und Badezimmer mit Toilette und Dusche bestand.

»Nimmst du das Bad und den Schlafraum, Toni? Ich sehe mich hier um.« Bayerl untersuchte den Wohnzimmerschrank, der bis auf ein paar religiöse Bücher leer war. Er rief Antonia zu, die gerade vom Bad ins Schlafzimmer wechselte: »Du, der Pfarrer Cibulski scheint hier keine Spuren hinterlassen zu haben. Alles sieht aus wie in einem Hotelzimmer. Es ist irgendwie so, dass man den Koffer öffnet, aber nicht auspackt. Nichts wird in den Schränken verstaut. Wenn man geht, war man irgendwie nie richtig da. So, wie ich die Pfarrsekretärin verstanden habe, wurde diese möblierte Wohnung mal für einen Kaplan eingerichtet und ist seit vielen Jahren nicht verändert worden.«

Sie erschien im Türrahmen. »Bei mir ist auch alles akkurat. Schlafzimmerschrank leer. Bett gemacht, eine Bibel auf dem Nachttisch. Im Bad nur die persönlichen Toilettenartikel.«

Bayerl hielt ihr ein aufgeklapptes Schweizer Offiziersmesser entgegen. »Das lag auf dem Couchtisch. Ansonsten gibt es hier nur diesen Koffer und eine Aktentasche.« Bayerl hielt das Messer näher ans Auge. »Ich vermute mal, dass es an der Schneide, wie auf der Glasplatte dort, Rückstände eines feinen, weißen Pulvers gibt.« Er zog geräuschvoll die Luft durch die Nase. »Das soll sich der Lois mal genauer anschauen.«

In diesem Augenblick wurde die Tür zur kleinen Wohnung schwungvoll geöffnet. Ein Mann mittleren Alters kam herein. »Ah, die Kriminalpolizei!«, dröhnte sein Bass. »Haben Sie einen Durchsuchungsbeschluss?«

Bayerl erhob sich und antwortete ungerührt: »Kriminalhauptkommissar Ingo Bayerl von der Mordkommission Fürstenfeldbruck.« Er hielt ihm den Beschluss und seinen Dienstausweis hin und nickte in Richtung seiner Partnerin: »Das ist meine Kollegin, Kriminalkommissarin Antonia Buck. Mit wem haben wir das Vergnügen?«

Der Neuankömmling musterte die beiden Beamten und deutete auf das Kreuz am Revers seines Sakkos. »Ich bin der Stadtpfarrer.« Dann streckte er Bayerl die Hand hin: »Andreas Heidenblut. Ich komme gerade von der Reha. Ich nehme an, dass Sie von Frau Ehlers bereits ins Bild gesetzt wurden?«

»Ein wenig. Wir sollten uns dennoch unterhalten. Würden Sie bitte mit meiner Kollegin hier in den Elisabeth-Raum gehen? Sie hat ein paar Routinefragen an Sie.« Dabei hob er die Augenbrauen in Richtung Antonia gewandt.

»Wann kann ich in meine Wohnung, Herr Kommissar?«

»Ich fürchte, das dauert noch. Die Spurensicherung muss die Räume hier und die gemeinsam genutzten Zimmer untersuchen.«

»Ich denke, die scheußliche Tat wurde in der Kirche verübt«, wandte Heidenblut ein und bekreuzigte sich.

»Sie können wieder zurück, sobald die Spurensicherung fertig ist. Heute Abend haben Sie Ihre Wohnung wieder für sich. Versprochen.« Dann wählte er Lois Zettls Mobilnummer.

Im Gehen griff sich Antonia den Koffer und die Aktentasche. Vielleicht verriet deren Inhalt, was für ein Mensch Jakub Cibulski gewesen war.

Kapitel 15

Nachdenklich betrachtete Gertrud Maier den leeren Koffer auf ihrem Bett. Nach dem heutigen Vormittag bereute sie ihre spontane Zusage, mit ihrer Schwester nach Spiekeroog zum Fasten und Yoga zu fahren. Der tote Pfarrer hatte die Ereignisse an Weihnachten wieder an die Oberfläche gespült. Das milchig trübe Tageslicht wich der heraufziehenden Dämmerung. Dennoch wurden die Tage wieder spürbar länger. Wie sagte ihre Großmutter immer: *Weihnachten um an` Muggenschritt, Neujahr um an` Hahnentritt, Dreikönig um an` Hirschensprung, Lichtmess um a ganze Stund.* Ein stilles Lächeln schlich sich auf ihr Gesicht, als sie an diese willensstarke Frau dachte, deren Mann im Krieg geblieben war. Heute war der Todestag ihrer Oma, die trotz aller Schicksalsschläge lebenssatt und seelenruhig eingeschlafen war.

Das Bild des toten Pfarrers schob sich vor Gertruds Augen. Sein gebrochener Blick, ein dünner Faden von getrocknetem Blut, der sich wie eine Tränenspur vorbei an der Nase bis zum Kinn zog. Eine unheilvolle Stille hatte sich nach dem Aufschrei der alten Dame durch die Kirchenbänke geschlichen, nur unterbrochen von den quietschenden Sohlen des Mesners, der von der Sakristei gerannt kam. Wie gelähmt war er vor dem Beichtstuhl stehen geblieben. Sein Gesicht ein ungläubiges Nichtbegreifen.

Ihr Blick blieb an ihrem Spiegelbild hängen. Die letzten Wochen hatten ihr zugesetzt. Ihr Teint wirkte fahl und blass. Ihre blauen Augen ohne Glanz. Aber mehr noch als ihr Äußeres beschäftigte sie die Frage, ob ihre Gegenwart auf eine Zukunft hoffen ließ. Sie war froh, dass sie das Läuten der Türglocke aus ihren Gedankenspielen riss, bevor sie sich, wie so oft in der letzten Zeit, in melancholischen Grübeleien verlor.

»Wie kommst du darauf, dass Fasten für mich nicht das Richtige ist?« Gertrud nippte vorsichtig an ihrem heißen Ingwertee. Dabei musterte sie Martin Viertaler, der noch einmal bei ihr vorbeigekommen war.

»Na, ja ...«, druckste er herum und deutete auf sie. »Ich glaube nicht, dass du abnehmen müsstest. Deine Rundungen stehen dir gut.« An ihrem Gesichtsausdruck bemerkte er, dass er ohne Vorwarnung in den aufgestellten Fettnapf getreten war.

»So, du meinst also, dass ich zu dick bin?«

»Das habe ich so nicht gesagt. In unserem Alter ist das mit dem Schlanksein nicht mehr so einfach.«

»Ach, in unserem Alter ...?«

Das war der zweite Fettnapf gewesen. Martin starrte angestrengt auf seine Hände auf der Tischplatte und überlegte fieberhaft, wie er dem Gespräch eine andere Wendung geben konnte. In der letzten Zeit war Gertrud so empfindlich.

»Die Fastenexerzitien haben nichts mit Abnehmen zu tun«, brach Gertrud das peinliche Schweigen, das sich langsam zwischen ihnen ausbreitete. »Das ist nur der Nebeneffekt, weil du in dieser Zeit entweder anders oder gar nichts isst. Und außerdem tut es dem Körper gut, wenn er mal längere Essenspausen hat und nicht dauernd mit Verdauen beschäftigt ist. Erhöht laut einer wissenschaftlichen Studie, die man bei Mäusen durchgeführt hat, sogar die Lebensdauer.«

Martin schob den Teller mit der angebissenen Leberkässemmel weg. Seine zweite, nachdem Gertrud die mitgebrachte Brotzeit dankend abgelehnt hatte und lieber bei ihrer Banane und dem Ingwertee geblieben war.

»Außerdem«, fuhr Gertrud leiser fort, »tut es einfach gut, Gewohnheiten infrage zu stellen und im Schweigen zu schauen, wer man eigentlich ist und welche Bedürfnisse man noch hat. Das Leben kann so schnell vorbei sein.« Sie hielt kurz inne. »Der erschlagene Pfarrer hat sich sein Lebensende vermutlich auch anders vorgestellt.«

Jetzt sorgte sich Martin ernsthaft, denn Gertrud und Schweigen brachte er beim besten Willen nicht zusammen. Gleichzeitig war er froh, dass sie von sich aus das Gespräch auf den toten Geistlichen gebracht hatte. Wer sonst als eine Tatortzeugin könnte seinen kriminalistischen Instinkt besser befriedigen? Von seinem Nachfolger Kriminaloberkommissar Bayerl, auch Gscheithaferl genannt, würde er keine Informationen bekommen.

»Wie ist das denn heute vormittag abgelaufen?« Martin versuchte, seine Frage so neutral wie möglich zu stellen.

Misstrauisch sah Gertrud ihn an. »Wieso? Ermittelst du schon wieder? Du bist in Pension, schon vergessen?«

Gertrud schien auf Krawall gebürstet. Er verkniff sich deshalb die Aussage, dass sie die treibende Kraft bei der Aufklärung des Teufelsküchen-Mordes gewesen war. Stattdessen erwiderte er: »Ich mache mir halt Sorgen um dich. Schließlich ist das Auffinden einer Leiche etwas Traumatisches.« Sein schlechtes Gewissen streifte ihn nur kurz.

Ihre Gesichtszüge wurden weicher. »Mein Schreck kam erst später. Als die alte Dame geschrien hat, bin ich zu ihr hingelaufen. Sie saß im Seitenschiff und ist nochmal nach hinten gegangen, weil sie das Gotteslob vergessen hatte. Beim Zurückgehen hat sie das Bein gesehen, das aus dem Beichtstuhl ragte und den Vorhang zurückgeschoben. Dann kam auch schon der Mesner. Der war so durch den Wind, dass er erst die Sekretärin im Pfarrbüro angerufen hat, was er machen soll. Schon komisch, findest du nicht? Jeder normale Mensch ruft doch sofort den Notarzt. Und alles Weitere kennst du ja.« Ihre Stimme war von Satz zu Satz zittriger geworden.

Unbeholfen legte ihr Martin die Hand auf den Arm. »Die Auszeit auf der Nordseeinsel Spiekeroog wird dir guttun, und das mit dem Fasten kannst du dir ja noch überlegen.« Er stand auf und ging in den Flur, wo er seine Schuhe und die Jacke anzog.

»Glaubst du eigentlich an Gott, Martin?« Die Frage kam unvermittelt.

»Na ja ...« Er suchte nach den richtigen Worten. »Ich bin katholisch erzogen, war Ministrant, aber was da gerade in der Kirche abläuft ...« Diese Frau machte ihn immer wieder sprachlos.

Sie unterbrach ihn und sah in prüfend an. »Ich habe dich nach deinem Glauben gefragt, nicht nach deiner Religion.« Sie winkte ab. »Lass uns ein anderes Mal darüber reden. Es ist zu spät für tiefschürfende Gespräche.«

Sie öffnete die Haustüre und Martin trat hinaus. Nebelfeuchte legte sich in feinen Tröpfchen auf sein Gesicht. Mittlerweile war es dunkel geworden und im Schein der Straßenlaterne glänzte das Pflaster wie frisch geputzt.

»Wenn du magst, begleite ich dich am Sonntag zum Bahnhof.«

»Gern. Ich muss um sechs Uhr los.«

Er nickte. »Dann bis übermorgen.«

»Gute Nacht, Martin. Schlaf gut.« Sie schloss die Tür.

Martin strich sich über den Bauch. Er wusste nicht, was ihm mehr im Magen lag. Die zweite Leberkässemmel oder Gertruds Frage nach Gott, die er sich seit dem Tod seiner Frau Franziska öfter stellte.

Kapitel 16

Faschingssamstag

Ema, der *´Ndrinu* und *Capobastone* auf Bewährung, saß in einem Café des *Forum Allgäu*, des Einkaufs- und Erlebniszentrums in Kempten. Diese kreisfreie Stadt war ein wunderbarer Ort und der perfekte Handelsplatz für seine Famiglia. Während er an seinem Cappuccino nippte, sah er den jungen Damen beim Flanieren zu. Mehr Familien als sonst nutzten den ersten Samstag in den Faschingsferien zum Einkaufen. Ideal für ein unauffälliges Treffen. Ein diabolisches Grinsen glitt über Emas stoppeliges Gesicht. Der Familie Lang ging es heute vermutlich nicht so gut. Das Einhorn, das er der süßen Sofia geschenkt hatte, dürfte seinem *Bischof* einen gehörigen Schrecken eingeflößt haben. Zu gerne wäre er dabei gewesen, als Robert Lang seine Warnung begriffen hatte, doch er musste auf der Hut sein – die Alte dieses Zwischenhändlers war cleverer, als sie auf den ersten Blick wirkte.

Er sah auf die Uhr: kurz vor eins. Gleich würde der *Capo Provincia* kommen. Das Grinsen verging Ema, als er an das Oberhaupt der Region Süddeutschland dachte. Jovial im Umgang aber knallhart in geschäftlichen Angelegenheiten. Hinter seiner verbindlichen Art verbarg sich ein sadistischer Charakter, dessen Aggression sich auch gegen abtrünnige Familienmitglieder richten konnte. Was allerdings abtrünnig war, bestimmte alleine der *Capo*. Wegen dieser Unberechenbarkeit fürchteten ihn sogar enge Verwandte.

»Ciao, Ema. Come stai?« Wie aus dem Nichts erschien der *Capo* und ließ sich auf dem Stuhl neben seinem *Capobastone* nieder. Die rauchige Stimme verursachte eine unangenehme Gänsehaut in Emas Nacken.

»Va bene«, antwortete er und versuchte, dabei lässig zu klingen. Unsicherheit und Angst roch der *Capo* förmlich.

»Wie lange arbeitest du schon für mich?«

Diese Frage hatte Ema nicht erwartet. »Seit meiner frühestens Jugend bin ich für die Familie als *´Ndrinu* aktiv. Seit über 40 Jahren.« Seine Stimme klang jetzt doch unsicher.

»Soweit ich mich erinnere, war ich dir immer ein väterlicher Freund und habe dich zuvorkommend behandelt.« Er rutschte näher und sein Gesicht war nur eine Handbreit von seinem entfernt.

»Ich habe auch immer meine Pflicht getan.« Ema wich ein Stück nach hinten.

»Nicht umsonst bist du zum *Capobastone Alta Baviera*, zum Chef der Organisation Oberbayern aufgestiegen. Dein Ruf war glänzend. Bis jetzt.« Der letzte Satz klang drohend. »Du weißt, ich hasse Misserfolge und ein Kilogramm verschwundenes Kokain ist ein Misserfolg.« Die Stimme wurde schneidend.

»Ich bin schon aktiv.« Ema hatte das Gefühl, sich verteidigen zu müssen, bevor ihn der *Capo* in die Schublade für Abtrünnige steckte.

»Das ist gut. Lass hören.« Der *Capo* lehnte sich wieder zurück.

»Ich glaube nicht, dass Robert Lang, der Autoverkäufer, den Stoff hat. Er ist zwar ein schmieriger Kerl, aber dafür hat er nicht die Eier.«

Der *Capo* verzog das Gesicht. »Bisher habe ich deiner Menschenkenntnis vertraut, aber …«

Ema beeilte sich, weiterzusprechen. »Vorsichtshalber habe ich seine hübsche Frau etwas erschreckt. Das hilft immer.«

»Bene. Aber mit Fingerspitzengefühl. Es wäre schade, wenn dein Zwischenhändler die Nerven verliert. Bislang war er der perfekte Geschäftspartner für uns. Lebt in stabilen Verhältnissen, hat Familie mit zwei Kindern, einen festen Job und beste Kontakte in die richtigen Kreise. Er ist Deutscher und es führen keine Verbindungen von ihm zu unserer *Familie*. Außer seiner Geldgier verbindet uns nichts mit ihm.« Der *Capo Provincia* hatte leise, aber mit Nachdruck gesprochen.

Ema schluckte. Sein Chef war wie immer erstaunlich gut informiert.

»Und sonst?«

»Was meinst du?« Feine Schweißperlen standen auf Emas Oberlippe.

»Du willst mir doch nicht erzählen, dass das alles war. Was ist mit dem Umfeld des toten Pfarrers? Vielleicht hat die Heilige Mutter Kirche ihre Finger im Spiel. Das wäre nicht das erste Mal.« Er lachte höhnisch. »Der Pole war nur Aushilfspfarrer in der Pfarrei. Durchleuchte den richtigen Pfarrer, diesen Heidenblut, die Pfarrsekretärin, die Gemeindereferentin, den *Sacrestano*. Es gibt sogar einen *Sacrestano* in Ausbildung. Einen jungen Burschen aus Freising, dem der Tod des Pfarrers sehr nahezugehen scheint. Vielleicht waren die beiden ein Paar und das Rauschgift ist die Mitgift für ein sorgenfreies Leben. Soviel ich weiß, wollte der tote Pfaffe seinen Beruf an den Nagel hängen.« Er zog einen braunen Umschlag aus der

Tasche. »Hier einige Informationen für dich.« Er schob das Kuvert über den Tisch. »Ein Maulwurf bei der Kemptener Drogenfahndung war mir noch einen Gefallen schuldig. Er hat mir freundlicherweise die Berichte der Kripo in Fürstenfeldbruck kopiert. Mach dich an die Arbeit, Ema. Ich zähle auf dich. Und«, dabei legte er dem *´Ndrinu* die Hand auf den Unterarm, »das muß alles geräuschlos ablaufen, hörst du?«

»Certo! Ich werde alles durchleuchten ... con discrezione.«

Der *Capo* beugte sich vor und tätschelte Emas Wange. »Ich habe gewusst, dass ich mich auf dich verlassen kann. Trinken wir einen Amaretto zusammen?«

Kapitel 17

Faschingssonntag

Das Rattern der Kofferräder auf den Pflastersteinen des Klösterls durchbrach die sonntägliche Morgenstille. Die ersten Ausläufer eines Sturmtiefs fegten das Laub aus den Häuserecken und trieben sie in kreiselnden Bewegungen durch die Gasse. Zur Freude von Hexle, die den Blättern bellend hinterherjagte.

»Hexle, aus! Bei Fuß!« Widerstrebend folgte die Hündin Martins Kommando, der ihm die Leine anlegte, bevor sie auf der Katharinenstraße Richtung Bahnhof gingen.

Er warf einen Seitenblick auf Gertrud, die ungewohnt schweigsam ihren Rollkoffer hinter sich herzog. »Die ersten Karnevalsumzüge haben sie schon abgesagt. Hoffentlich geht eure Fähre.«

»Der Höhepunkt des Orkans wird für den Rosenmontag erwartet. So stand es zumindest im Internet. Und da sind wir schon längst auf der Insel.«

»Ich bin froh, dass du dich gegen das Fasten entschieden hast.« Martin versuchte, das Gespräch am Laufen zu halten.

»Ja, du hast recht. Ich habe gestern lange mit meiner Schwester telefoniert und die fand auch, dass eine Auszeit ohne Fasten in meinem Fall besser wäre.«

»Kannst du dann trotzdem in der gleichen Pension wohnen wie deine Schwester?«

»Nein, das geht leider nicht. Aber die Leiterin des Seminars hat mir eine kleine Ferienwohnung besorgt. Sie ist auch Heilpraktikerin und ich kann jederzeit ihr Beratungsangebot in Anspruch nehmen. Falls ich das Bedürfnis habe«, schob sie nach. Sie blieb stehen und wechselte den Koffergriff von der rechten in die linke Hand.

»Wenn du Hexle nimmst, nehme ich den Koffer«, warf Martin ein.

»Nein, danke, er ist nicht schwer, nur etwas unhandlich. Was machst du mit dem angebrochenen Tag?«

Martin zögerte. »Erst mal frühstücken, dann gehe ich zum Gottesdienst in die Heilig-Kreuz-Kirche.«

»Aha.« Sie sah ihn prüfend an. »Du ermittelst doch.« Sie schüttelte den Kopf. »Dein Nachfolger macht das schon. Dir wäre das auch nicht recht, wenn ein Ehemaliger dir ins Handwerk pfuscht. So verkehrt ist der gar nicht.«

»Kann schon sein. Aber das ist mir eigentlich egal. Ich wollte nur schauen, wie die Gemeinde mit dem Verlust ihres Pfarrers umgeht.«

»So etwas nennt man Voyeurismus.«

»Das ist kein Voyeurismus, sondern Interesse.«

»Da werden vermutlich viele interessiert sein.« Gertrud lächelte. Zum ersten Mal heute Morgen.

Martin fühlte sich in die Enge getrieben. Gertrud kannte ihn mittlerweile besser, als ihm lieb war. Er deutete auf seine Armbanduhr und hielt dagegen: »Du verpasst deinen Zug, wenn du hier noch lange stehen bleibst.«

Wortlos gingen sie weiter. Der Zug fuhr bereits ein, als sie am Bahnsteig ankamen. Gertrud umarmte ihn kurz. Eine mittlerweile vertraute Geste, die Martin nicht mehr unangenehm war, obwohl er sich sonst diesem Bussi-Bussi-Getue bei jeder sich bietenden Gelegenheit entzog.

Gertrud stieg ein, setzte sich und winkte ihm noch einmal zu, bevor der Zug den Bahnhof verließ.

Martin fühlte sich komisch, als die Lichter des Zuges in der Ferne verschwanden. Diese Woche würden sie nicht zusammen Kaffee trinken und spazieren gehen. Ein leiser Pfiff in seiner Manteltasche zeigte den Eingang einer Nachricht auf dem Smartphone an.

Ich melde mich am Donnerstag. Vielleicht hat sich bis dahin etwas Neues über unseren toten Pfarrer ergeben und das Gscheithaferl braucht unsere Hilfe. Gerti

Er schmunzelte. Ganz war ihr die Neugier dann doch nicht abhandengekommen. Aber was das Gscheithaferl anging, musste er sie enttäuschen. Eher würde der Zölibat abgeschafft, als dass der Bayerl um Unterstützung bat.

Der Kies knirschte unter seinen Füßen, als Korbinian die 114 Stufen zum Leitenberg hochstieg. An der kleinen Kapelle mit der Pietà am Ende der Treppe blieb er kurz stehen. Die kalte Luft brannte in den Lungen. Ein glatzköpfiger Herr drängte sich mit einer gemurmelten Entschuldigung an ihm vorbei und verschwand hinter der Biegung. Korbinian hatte ihn auf der Treppe hinter sich nicht bemerkt. Er atmete tief durch und betrachtete die Marienfigur mit dem toten Jesus auf dem Schoß. Die Hand der Muttergottes lag zärtlich auf der Schulter ihres Sohnes. Wie oft hatte Pfarrer Jakub seine Hand auf die Schulter Korbinians gelegt. Er klammerte sich an das Gitter mit den goldenen Blumen, bis seine Fingerknöchel weiß hervortraten. Er fühlte sich wie in einer Blase, die ihn vom Leben abschirmte, das weiterhin seinen gewohnten Gang nahm. Lebhafte Kinderstimmen näherten sich vom Treppenaufgang her. Er löste die klammen Finger vom Gitter und eilte die sanfte Steigung hoch, die sich fast bis zur Heilig-Kreuz-Kirche zog, die auf einer Anhöhe über der Altstadt lag. Nachdem die Stadtpfarrkirche bis zur Entsühnung gesperrt war, fand der Sonntagsgottesdienst heute in der ehemaligen Jesuitenkirche statt. Überrascht sah er, dass bereits zahlreiche Gottesdienstbesucher in Grüppchen zusammenstanden und sich aufgeregt unterhielten. Mit einem kurzen Nicken eilte er an ihnen vorbei und durch den Kreuzgang in die Sakristei. Obwohl Korbinian heute keinen Dienst hatte, war der Mesner von Heilig Kreuz aufgrund des zu erwartenden Andrangs bestimmt dankbar für jede helfende Hand.

Martin Viertaler betrat die Kirche mit dem ersten Läuten der Glocken. Er fühlte sich an den letzten Weihnachtsgottesdienst zusammen mit Gerti erinnert, wo sie wegen der Leiche in der Teufelsküche undercover ermittelt hatten. Auch damals waren die Bänke und die Seitenschiffe bis auf den letzten Platz besetzt gewesen. Er sah sich suchend um. Ein Herr aus der Bank vor ihm rutschte und deutete auf den schmalen Spalt neben ihm. Es war zwar etwas eng, aber besser schlecht gesessen als gut gestanden.

»Danke. Nett von Ihnen.« Martin musterte aus dem Augenwinkel seinen Banknachbarn. Das kantige Gesicht mit den Bartstoppeln und der Glatze erinnerte ihn an jemanden. Als er noch überlegte, an wen, spürte er, wie ihm jemand von hinten auf die Schulter klopfte. Er wandte sich um. Sabine ohne Hund.

»Hallo Martin. Auch mal wieder in der Kirche?«, flüsterte sie ihm zu.

Das war vermutlich heute die Gelegenheit, um ihren unerschöpflichen Fundus an Landsberger Neuigkeiten wieder aufzufüllen. Der Bonus als Pfarrsekretärin kam ihr da sicherlich zugute. Aber er selbst war auch nicht besser. Wäre der Pfarrer nicht erschlagen worden, würde er jetzt nicht hier sitzen. Noch bevor Martin etwas sagen konnte, läutete die Glocke an der Sakristei und die Orgel spielte das Eingangslied. Sie nickte ihm zu und drängte sich durch die Menge zum Seitenschiff. Gott sei Dank. Martin konzentrierte sich wieder auf die einleitenden Worte von Pfarrer Heidenblut, der als charismatischer Redner mit seiner volltönenden Bassstimme den ganzen Kirchenraum füllte.

»Der Tod am Ende eines langen, erfüllten Lebens ist etwas Natürliches. Der Tod nach einer schweren Krankheit ist manchmal Erlösung. Bei Pfarrer Cibulski kam der Tod zu früh und als Zerstörer von Lebensplänen. Mit dieser Tat hat der Mörder aber nicht nur fremdes Leben zerstört, sondern auch sein eigenes. Deshalb wollen wir heute nicht nur für unseren Verstorbenen beten, sondern auch für seinen Mörder, dessen Beweggründe für die nicht zu entschuldigende Tat noch im Dunkeln liegen. Lasst uns für eine Minute schweigen.« Die Sonne brach in diesem Moment durch die vom Wind gepeitschten Wolken und flutete das Gotteshaus mit Licht.

Nach dem Gedenken erläuterte der Geistliche das Prozedere, das aufgrund der Schändung der Kirche durch den Mord notwendig war. Martin Viertaler hatte erst angenommen, dass der sakrale Raum neu geweiht werden musste. Das war nicht der Fall. Es reichte ein Bußgottesdienst, dessen Termin bisher nicht feststand. Dann leitete der Geistliche auf den Bußakt der Sonntagsliturgie. Die bekannten Rituale und Gebete lösten langsam die Anspannung, die bleiern in dem Kirchenraum lag. Viertaler hing seinen eigenen Gedanken nach, während sein Körper mechanisch die Gesten ausführte, die der Ritus des Gottesdienstes vorgab. Für seine Frau Franziska war der Tod nach ihrer Krankheit Erlösung gewesen. Er selbst hatte sich wie amputiert gefühlt. Vielleicht ging es dem jungen Mesner in Ausbildung ähnlich, der gerade das Sammelkörbchen durch die Bankreihen reichte. Die Trauer wie in Stein gemeißelt in seinem Gesicht. Korbinian Hintereggers offensichtliche Erschütterung schien weit mehr zu sein, als es ein normales Dienstverhältnis mit sich brachte. Das hatte Gertrud schon angemerkt. Gut, vielleicht hatte die beiden ja mehr verbunden. Bei den aktuellen Schlagzeilen über homosexuelle Zirkel im Vatikan schossen solche Spekulationen auch in Landsberg wie Pilze aus dem Boden.

Als der letzte Orgelton erklang, stand sein Banknachbar hastig auf und verließ die Kirche. Viertaler folgte ihm, bevor alle zum Ausgang drängten. Beim Hinausgehen durchzuckte es ihn wie ein Blitz. Eine Filmsequenz aus ´Stirb langsam´, tauchte vor seinem geistigen Auge auf. Sein Kirchenbanknachbar erinnerte ihn an diesen Actionhelden, der es in dem Streifen mit einer Horde von Terroristen aufnahm. Wie hieß er noch gleich, dieser amerikanische Actiondarsteller mit dem kahlen Kopf? Den hatte er sich mit Franziska im Kino angeschaut. Leise Wehmut schlich sich an, die Martin sofort wieder verdrängte. Für heute hatte er genug von diesem emotionalen Wechselbad der Gefühle. Er würde jetzt in seinem Lieblingscafé eine Mohnschnecke essen und eine Tasse Cappuccino trinken. Und dann wartete hoffentlich ein ungestörter Mittagsschlaf auf ihn.

Kapitel 18

»Korbinian, warte!« Stadtpfarrer Andreas Heidenblut beschleunigte seine Schritte, um den jungen Mann einzuholen, der durch die malerische Helfensteingasse Richtung Alte Bergstraße ging.

»Wir haben den gleichen Weg und ich wollte gestern schon mit dir reden, aber ich komme gerade nicht von meinem Schreibtisch weg«, fügte er entschuldigend hinzu. »Pfarrer Cibulski …« Er stockte, als er bemerkte, dass Korbinian bei der Erwähnung des Toten schneller ausschritt. Der Geistliche sah auf seine Armbanduhr. »Lass uns doch zusammen eine Pizza essen. Ich lade dich ein.«

Korbinian zögerte. »Sie haben doch bestimmt noch einiges zu erledigen.«

»Es gibt immer irgendetwas zu erledigen. Wenn man mit starken Schmerzen wach liegt und seine Beine nicht mehr spürt, dann stellen sich plötzlich andere Prioritäten.«

»Ich erinnere mich noch gut an diesen Freitagmorgen vor dem ersten Advent«, warf Korbinian ein. »Als Notarzt und Krankenwagen mit Blaulicht im Pfarrhof standen. Vor allem, als feststand, dass Sie für längere Zeit ausfallen würden, war die Aufregung groß gewesen. Schließlich konnte unser Ruhestandsgeistlicher allein die anfallenden Verpflichtungen in der Vorweihnachtszeit nicht stemmen.«

»Das ist nun vorbei und ich schaue nach vorne. Viel wichtiger ist es mir, wie es dir gerade geht. Ich sehe dir an, dass dich die Ereignisse um Pfarrer Jakub ganz schön mitnehmen.«

Korbinian blieb stumm.

»Ich kannte meine Vertretung nicht. Unserer Pfarrsekretärin schien er nicht besonders zu liegen.«

»Pah! Die mag sich doch selber nicht«, stieß Korbinian hervor.

Endlich eine Reaktion. Als erfahrener Seelsorger konnte er mit dem Schweigen seines Gegenübers umgehen, aber ein handfester Gefühlsausbruch war ihm lieber. Da konnte er sich festhaken, diskutieren und eine Beziehung herstellen, selbst wenn unterschiedliche Meinungen aufeinanderprallten, was ihm in letzter Zeit immer öfter passierte. Vorausgesetzt, er kommunizierte auf Augenhöhe mit seinem Gesprächspartner. »Mochtest du Pfarrer Jakub?« Sie waren mittlerweile auf der Alten Bergstraße angekommen und Korbinian blieb stehen und suchte nach Worten. Die Tür zu seiner Trauerhöhle hatte sich einen Spaltbreit geöffnet.

»Er war anders als Sie.« Korbinian deutete auf das Kreuz am Sakko. »Pfarrer Jakub trug immer das Collar, den Priesterkragen.«

»Ich weiß, dass ich da mittlerweile eine Ausnahme bin. Viele junge Priester, aber auch Kollegen in meinem Alter, tragen das Collar wieder. In erster Linie sehe ich mich nicht als Pfarrer, sondern als Glaubender, als Suchender, als Zweifler inmitten meiner Gemeinde. Ich bin kein Heilsbringer mit heiligen Händen. Ich möchte, und da zitiere ich Saint-Exupéry, ein Schiff mit Tiefgang sein, dass ich auch die erreiche, die unten sind.«

»Pfarrer Jakub war sehr gläubig.«

»Das wollte ich mit meiner Aussage nicht infrage stellen.«

»Der Missionsgedanke stand bei ihm an erster Stelle. Er war der Meinung, dass sich besonders die deutsche Kirche zu sehr an den Zeitgeist anpasst.«

»Was ist Zeitgeist? Die Kirche existiert nun seit zweitausend Jahren. Und immer wieder gab es tiefgreifende Veränderungen. Auch solche, die die Lehrmeinung der katholischen Kirche in Frage gestellt haben. Oder zweifelst du heute an der Evolutionstheorie von Darwin?«

Korbinian erhob die Stimme. »Das ist etwas anderes!«

»Bist du da sicher? Für nicht wenige war das damals Ketzerei. Schließlich hat diese Theorie die Deutungshoheit und damit die Macht der Kirche geschmälert.«

»Wenn immer mehr Menschen nach Orientierung suchen, muss die Kirche um so mehr mit festen Positionen führen.«

Pfarrer Heidenblut war sich nicht sicher, ob hier der junge Mann oder der Verstorbene zu ihm sprach. »Ich bin überzeugt, dass jeder Mensch auch außerhalb der Kirche Heil findet, weil die Wege zu Gott so unterschiedlich sind, wie die Menschen selbst. Trotzdem macht es mich traurig, wenn ich sehe, wie viele Gläubige unserer Gemeinschaft den Rücken kehren und austreten. Ich frage mich, ob es nicht die Kirche ist, die sich von den Menschen entfernt, und nicht umgekehrt.« Pfarrer Heidenblut vermutete, dass er damit nicht auf Zustimmung bei Korbinian stieß. »Im September werden es zwölf Jahre, dass ich in Landsberg bin. Meine verstorbene Mama war nicht begeistert, dass ich als einziges Kind Pfarrer geworden bin. Enkelkinder waren somit keine zu erwarten.« Er grinste.

»Vielleicht werde ich auch Priester. Pfarrer Jakub hat mir dazu geraten. Meine Mutter wird auch nicht begeistert sein.«

Andreas Heidenblut spürte, wie sich der junge Mann wieder verschloss. Er drängte nicht mehr und so verlief der Rest des Weges bis zum Pfarrhof schweigend.

»Und, was ist mit Pizza?« Der Priester deutete auf das *Principe*, schräg gegenüber.

»Theresa hat mir heute Morgen geschrieben, weil ich sie gestern versetzt habe, obwohl es ausgemacht war.«

»Meinst du unsere Theresa, die Leiterin der Jugendgruppen?«

»Ja. Die ganze Pfarreiclique war auf dem Handballerball, aber ich hatte keine Lust. Und habe ihr auch nicht Bescheid gesagt.«

Pfarrer Heidenblut schmunzelte. »Deshalb waren heute beim Gottesdienst so wenig große Ministranten da. Ich habe mich schon gewundert.«

»Sie trifft sich gleich im Café *Maximilians* mit den anderen.«

»Da gehst du natürlich hin, keine Frage. Ich esse jetzt trotzdem eine Pizza. Mein Kühlschrank ist leer. Ich bin noch gar nicht zum Einkaufen gekommen.«

»Danke trotzdem für die Einladung.« Korbinian verabschiedete sich und eilte Richtung Hellmairplatz.

Pfarrer Heidenblut sah ihm gedankenverloren nach und nahm sich vor, dem jungen Mann in den nächsten Wochen beizustehen. Nicht, weil er ihn als Priester in einer priesterlosen Zeit gewinnen wollte, sondern weil er die innere Not des Ausbildungsmesners spürte. Er öffnete die Tür der Pizzeria und nahm gleich an dem ersten Tisch am Fenster Platz. Er war noch in die Speisekarte vertieft, als ihn von hinten jemand ansprach: »Mi scusi. Darf ich Sie kurz etwas fragen?«

Kapitel 19

Rosenmontag

Der Kaffeevollautomat stöhnte und ächzte, während er Espresso zubereitete. Kriminalhauptkommissar Ingo Bayerl strich sich über sein eckiges Kinn. Der belebende Duft frisch gebrühten Kaffees erfüllte die kleine Küche in einer Nische des Flures und hob seine Stimmung. In zwanzig Minuten stand die erste Lagebesprechung der Mordkommission zur Soko ´Landsberger Pfarrer´ an. Bayerl ordnete noch einmal seine Gedanken. Er wollte einen guten Einstieg in diesen Fall, der sicherlich wieder für Aufmerksamkeit bei seinen Vorgesetzten sorgen würde. Ein toter Pfarrer in einer Kirche war genau das, wonach die Presse gierte und wovor leitende Beamte zurückschreckten.

Vom Flur her vernahm er das Klacken hochhackiger Schuhe. Einen Augenblick später bog Maren um die Ecke. Die optische Präsenz der langbeinigen Blondine traf ihn mit voller Wucht, noch bevor er ihr schweres Parfüm roch. Selbst in Jeans und schlichter, weißer Bluse sah sie umwerfend aus.

»Hallo Ingo, lange nicht gesehen.« Affektiert warf sie ihren Kopf zurück.

Bayerl war nicht auf eine Begegnung mit seiner Ex-Freundin aus der Dienststellenverwaltung vorbereitet. Er rang nach Worten: »Hallo Maren«, war alles, was er schließlich herausbrachte. Ihre Erscheinung raubte ihm immer noch den Atem. Doch sie war auch eine Frau, für die im Moment nur Äußerlichkeiten, Sex und Spaß zählten. Dafür fühlte er sich langsam zu alt.

»Hab gehört, dass du wieder einen *großen* Fall hast.« Die Betonung auf ´großen´ entging ihm nicht. »Ist dir deine Schwabenschönheit nützlich auf dem Weg nach oben?«, ätzte sie. »Oder ist sie auch bloß ein Betthase für den Herrn Hauptkommissar?«

Sie war also auf Streit aus. Sie hatte es nicht überwunden, dass er die Beziehung beendet hatte. Eine schöne Frau wie Maren machte Schluss mit den Männern, nicht umgekehrt. Vorsichtig begann er: »Maren, ich kann verstehen, dass du ...«

»Was kannst du verstehen?«, blaffte sie zurück. »Dass es Scheiße ist, mit Mitte Dreißig wieder bei den Eltern einzuziehen?«

In diesem Moment tauchte Alois Zettl vom Erkennungsdienst in der kleinen Kaffeeküche auf. »Hab ich was verpasst?«, fragte er in die Runde. »Wer zieht zu seinen Eltern? Übrigens, gar nicht so schlecht. Ich wohne auch bei meiner Mutter. Da gibt es gar nix dran auszusetzen. Ich muss nicht waschen, bügeln oder kochen und meine Mama ist nicht alleine. Nennt sich Mehrgenerationenhaus, oder so.« Dabei grinste er verlegen Ingo an, vermied es aber, Maren anzusehen.

Doch Ingo Bayerl war froh, dass er die Situation mit Maren, die gerade zu eskalieren drohte, mit seinem Hereinplatzen entschärfte. »Du, Lois, gut, dass ich dich sehe. Ich wollte noch etwas mit dir durchgehen, bevor wir uns mit den anderen treffen.«

Maren schnaubte und klackte davon, ohne Bayerl eines weiteren Blickes zu würdigen.

Um Punkt elf Uhr setzte sich Ingo Bayerl an den Besprechungstisch des Konferenzraums. Antonia Buck, Alois Zettl von der Spurensicherung und Anni Höfer aus dem Rechercheteam sahen ihn aufmerksam an. Dass Anni an der Besprechung teilnahm, brachte bereits die Brisanz des Falles zum Ausdruck. Der Stellvertreter des Polizeichefs hatte ihm sogar weitere Verstärkung zugesagt.

Bayerl schlug die Akte auf, die vor ihm lag, und eröffnete die Besprechung: »Also, wir haben einen toten Pfarrer in der Stadtpfarrkirche in Landsberg am Lech. Vorbehaltlich der Obduktionsergebnisse handelt es sich um Jakub Cibulski, der als Aushilfspriester in der Pfarrei Mariä Himmelfahrt tätig war.«

»Wir haben Fingerabdrücke in der Wohnung genommen, die wir morgen mit dem Opfer abgleichen können«, warf Alois Zettl ein, ohne von seinem Samsung-Galaxy-Tab aufzublicken.

Bayerl sah ihm fasziniert dabei zu, wie er auf dem Tablettcomputer herumtippte. Ihm war es schleierhaft, wie man damit effizient Notizen verwalten konnte. Er sah wieder in die Akte: »Aus Tonis Protokollen geht hervor, dass ihn alle Zeugen als Pfarrer Jakub identifiziert haben.«

Antonia Buck nickte und nahm einen Schluck aus ihrer Kaffeetasse, auf der in breitem Schwäbisch ihr Motto stand: *S´Läba isch koi Schloddzr*.

»Toni, wer war alles in der Kirche um diese unchristliche Uhrzeit?«

Antonia räusperte sich. »Da waren in der Hauptsache alte Leute. An diesem Freitagvormittag liegen normale Menschen entweder im Bett oder sie sind bei der Arbeit. Trotzdem haben wir ein paar jüngere Zeitgenossen dabei.

Da wäre zum einen der Ausbildungsmesner Korbinian Hinteregger aus Freising. Der hat den Mesner vertreten, der im Skiurlaub war.«

»Gibt es irgendetwas Besonderes an diesem jungen Mann?«

»Er ist 22 und hat bereits eine Lehre zum Elektriker hinter sich.«

»Wieso will er dann Mesner werden? Anni, check doch bitte mal seinen Hintergrund und warum er diesen für junge Leute so ungewöhnlichen Beruf anstrebt.«

»Geht klar. Gibst du mir die persönlichen Daten, Toni?«

Antonia nickte.

»Wer war noch da und noch nicht in Pension?«, wollte Bayerl wissen.

»Ein Bankangestellter, 38, der Urlaub hatte, eine junge Mutter, 29, die vom Kindergarten kam und eine Handarbeitslehrerin mit Freistunde, 53 Jahre alt.«

Bayerl zuckte kurz, denn diese Lehrerin kannte er schon. Sie war Martin Viertalers Bekannte und hatte bereits seinen letzten Fall an Weihnachten verkompliziert. »Anni, bitte erstelle auch von denen ein Exposé. Du kannst die später durch unsere Befragungsergebnisse vervollständigen. Ich möchte sichergehen, dass wir nichts übersehen.«

Bayerl sah Zettl an. »Lois, was hast du für uns?«

Zettl schob seine Hornbrille zurück auf die Nasenwurzel und leerte einen Energydrink, bevor er auf seinem Tablett herumwischte. »Also, du hattest recht mit deinem Verdacht. Wir haben sowohl im Beichtstuhl als auch auf dem Couchtisch in der Wohnung des Priesters Spuren von Kokain gefunden. Die Tests sind vorhin durchgelaufen und eindeutig.«

Bayerl stieß die Luft aus. Das verkomplizierte den Fall. »Gibt es was zur Tatwaffe?«

»Wie vermutet, wurde das Opfer mit einem barocken Kerzenleuchter erschlagen. Das Tatwerkzeug stand zusammen mit einem Zwilling auf dem Altar der Schutzmantelmadonna. Der oder die Täterin hat sich den Leuchter geschnappt und heftig zugeschlagen. Sieht so aus, als ob da jemand richtig wütend war.«

»Denkst du, der Pfarrer hat mit Drogen gehandelt?«

»Oder jemand aus seinem Umfeld. Vielleicht hat er den Täter oder die Täterin überrascht und ...« Zettl machte eine zuschlagende Handbewegung. »Wenn ihr mich fragt, das sieht nach einer Affekttat aus.«

»Vielleicht haben wir es mit organisierter Kriminalität zu tun. Soll ich mal in diese Richtung stöbern?«, wandte Antonia ein.

Bayerl schüttelte den Kopf. »Die stecken ihre Opfer in Säurefässer oder betonieren sie ein. Unser Fall sieht nach einer ungeplanten Tat aus. Wir sollten im Umfeld ermitteln.«

»Auch ein Mafioso kann ja im Affekt handeln, oder?« Antonia setzte ein schiefes Lächeln auf.

Bayerl rollte mit den Augen. »Toni, bitte, verschone uns mit deinen unkonventionellen Ermittlungsansätzen. In jedem Fall müssen wir den letzten Tag des Opfers rekonstruieren. Das übernehme ich, weil ich die Pfarrsekretärin dazu schon befragt habe. Die sprach von einer kleinen Feier mit mehreren Personen. Toni, würdest du bitte checken, ob jemand, der in der Kirche war, schon mal mit

Drogen zu tun hatte? Da hast du doch als Ehemalige der Drogenfahndung Erfahrung.«

Buck protestierte: »Das ist stupide Routine. Da gleiche ich nur Datenbanken ab. Ich denke, ich sollte mir das Umfeld in der Pfarrei vornehmen: Pfarrgemeinderäte, Putzfrauen, Hausmeister, Chormitglieder und so weiter. Außerdem müssen wir morgen zur Obduktion.«

Bayerl zuckte. »Wer soll es sonst machen? Von deinen alten Kollegen beim K4 bekommen wir keine Unterstützung. Du kannst nach Landsberg fahren, wenn du damit fertig bist.« An Zettl gewandt fuhr er fort: »Hast du schon eine Arbeitshypothese zum Tathergang, Lois?«

»Aufgrund der Blutspritzer haben wir festgestellt, dass der Täter vor dem Marienaltar heftig zugeschlagen haben muss. Dann hat er den Fliesenboden und den Kerzenleuchter abgewischt und vermutlich Tuch, Schal, oder was er sonst dazu benutzt hat, mitgenommen. Gefunden haben wir nichts dergleichen. Dabei war er aber nicht sehr gründlich. Er hat den Leuchter wieder an seinen Platz bei der Schutzmantelmadonna gestellt.«

»Geschmacklos!«, warf Anni ein. »Das ist ein Sakrileg.«

Als niemand etwas dazu sagte, fuhr Zettl fort: »Wir gehen davon aus, dass der Täter sein Opfer durch die halbe Kirche geschleppt hat, denn wie sollte der Tote sonst in den Beichtstuhl gekommen sein. Das war sicher nicht ohne, auch wenn der Pfarrer nur um die siebzig Kilo wog.«

»Könnte es auch eine Frau gewesen sein?«, warf Bayerl ein.

»Möglich, der Pfarrer war ja nicht so schwer. Oder es gab einen Komplizen. Zu zweit geht das ruck-zuck.«

»Anni, würdest du auch prüfen, ob und welchen Sport die Zeugen aus der Kirche ausüben? Nur der Vollständigkeit halber.« Dann beendete er die Besprechung und wünschte allen viel Glück.

Lager ´Kaufering XI´ im Westen von Landsberg, 26. April 1945, 19:34 Uhr

Der jüdische Zwangsarbeiter mit der Nummer B-3419 versteckte sich in der Küchenbaracke. Er kauerte hinter dem Tresen, wo die spärlichen Essensrationen ausgegeben wurden. Die Küche war ein unappetitlicher Ort, wo man eher von hungrigen Ratten gefressen wurde, als dass man selbst etwas Essbares dort finden würde. Doch heute war sie ein brauchbares Versteck, denn draußen trampelten unzählige Füße durcheinander.

Die Wachmannschaften trieben die Häftlinge auf dem Appellplatz im Lager ´Kaufering XI´ zusammen. Der junge Häftling B-3419 wusste, dass der Krieg bald zu Ende sein musste, weshalb ihn dieses unerwartete Zusammentreiben in Panik versetzte. Vor allem, weil er Gerüchte gehört hatte, was die SS mit KZ-Häftlingen anstellte, wenn die Alliierten anrückten. Er kauerte sich zusammen und steckte den Kopf zwischen die Knie, so, als ob er damit das Böse von sich fernhalten könnte. Ein Stiefeltritt in die Seite beendete diese Hoffnung.

Jemand schrie ihn an: »Raus! Raus, sonst muss ich schießen.«

B-3419 hob den Kopf. Vor ihm stand ein SS-Mann, der ihm sein Gewehr ins Gesicht hielt. Ein Bursche, noch jünger als er selbst, den man in eine SS-Uniform gesteckt hatte. Er war gut genährt und unterschied sich auch deshalb von dem Heer erbarmungswürdiger Gespenster, die im Lager umherstolperten. B-3419 hatte ihn im Lager noch nie gesehen, aber in seinen Augen sah er die gleiche Angst, die er selbst in seinem Herzen spürte.

B-3419 taumelte ins Freie. Im Licht der untergehenden Sonne sah er, wie die Lagerwachen alle noch gehfähigen Insassen aus den Erdbunkern trieben. Selbst sichtlich nervös und angespannt, gaben sie sich keine Mühe, die Blöcke wie sonst auch, getrennt nach Baracken aufzustellen. Kein gutes Zeichen. Auch nicht, dass das Durcheinander nicht mit einer Brüllorgie der Kapos einherging.

Hinter ihm murmelte ein Mitgefangener: »Ihr werdet sehen, die erschießen uns jetzt. Der Ami kommt und wir sollen sterben, um nicht Zeugnis abzulegen für die Verbrechen der Nazis.«

Der erschöpfte Häftling B-3419 drehte sich nach dem Sprecher um und sah in das Gesicht eines ausgemergelten jungen Mannes. Dann suchte er panisch nach einem auf sie gerichteten Maschinengewehr, mit dem man sie im Angesicht eines goldenen Sonnenunterganges hinrichten würde. Welche Ironie! Nach all den Entbehrungen und Erniedrigungen stellte man ihn auf, um ihn – typisch deutsch – effizient mit einem Maschinengewehr zu erschießen.

Eine Stunde später war es dunkel und der hoffnungslose Häftling B-3419 noch immer am Leben. Gemeinsam mit allen, die noch laufen konnten, trieb man ihn in einem langen Zug nach Westen. Er wusste, dass dort ein Wald lag. Der kurzen Erleichterung seit dem Aufbruch aus dem Lager folgten wieder panische Gedanken. Sollten sie im Wald erschossen werden? Die wollen unsere Leichen vor den Amerikanern verbergen, schoss es ihm durch den Kopf. In dem Zug aus schwitzenden, stinkenden Gestalten, die dem Tod ohnehin nahe waren, versuchte er abzuschätzen, wie viele Wachsoldaten den Zug begleiteten. Aufgrund der Dunkelheit sah er nur drei dieser Kerle, aber vermutlich waren es wesentlich mehr.

Wenn er einfach losrannte? Doch in seinem Zustand würde er auf freiem Feld auch nachts nicht weit kommen. Er musste abwarten, bis sie in den Wald kamen. Dann bogen sie nach Norden ab.

Immer weiter stolperten sie durch die Nacht. Gott sei Dank hatte er Schuhe im Gegensatz zu manch anderem armen Kerl. Trotzdem war jeder Schritt eine Qual, weil seine Gelenke schmerzten und der Hunger wie ein wildes Tier in seinen Eingeweiden wühlte. Er redete sich selbst Mut zu. So weit hatte er es geschafft. Hatte im Ghetto in Łodz seinen kleinen Sohn Wojciech bei einem fremden Ehepaar zurückgelassen in der Hoffnung, dass er dadurch überleben würde. In Auschwitz war seine geliebte Golda von ihm getrennt worden; wie es ihr wohl ging? War sie jetzt an einem besseren Ort oder hatte sie durch eine Laune des Schicksals überlebt? Zumindest er war in Auschwitz dem Tod von der Schippe gesprungen, weil er sich als Bauarbeiter ausgegeben hatte. Er musste weitermachen. Das war er all denen schuldig, die unter dem NS-Regime den Tod gefunden hatten. Und seinem kleinen Wojciech, den er vermutlich trotzdem nie wieder sehen würde.

Sie passierten die Abzweigung zur Baustelle. Äußerlich bereits fertiggestellt, war der Innenausbau des Bun-

kers, für welchen Zweck auch immer, im Gange. B-3419 wollte gar nicht wissen, wofür dieser über zweihundert Meter lange Bunker gedacht war.

Plötzlich peitschte ein Schuss durch die Nacht. Vermutlich die Erlösung für einen Kameraden, der am Ende seiner Kräfte war. Der stöhnende Treck stolperte weiter. B-3419 starrte apathisch hinüber in die Dunkelheit. Der Bunker war nicht zu sehen, aber er spürte die Anwesenheit des Bösen. Dieses Bauwerk war vor allem in den letzten Wochen verantwortlich gewesen für den Tod so vieler Kameraden.

Nach einer gefühlten Ewigkeit erreichten sie die Ortschaft Igling, wo es ohne Pause weiterging nach Osten. Die Wachmänner trieben sie mit Rufen und ihren Gewehrkolben zur Eile an. Immer mehr Häftlinge brachen zusammen, immer mehr Schüsse zeugten von ihrem Ende.

Der erschöpfte Häftling B-3419 verfiel in eine Art Trancezustand. Er bekam kaum noch Luft, doch er schleppte sich weiter. Ein Schritt vor den anderen. Ein Schritt vor den anderen. Seine Gedanken kreisten nur noch darum. Hinzufallen bedeutete den sicheren Tod.

Als direkt neben ihm ein Kamerad umfiel und von den Wachen erschlagen wurde, fand er sich jäh in der Wirklichkeit wieder. Der Zug stockte. Er sah sich um, während er sich mit den Händen auf den Knien abstützte. Sie waren unterwegs zum Bahnhof in Kaufering! Auf diesem Weg war er vor sechs Monaten ins Lager marschiert.

Im Oktober 1944 war er noch guten Mutes gewesen, weil er vom KZ Auschwitz über Dachau hierhergekom-

men war. Die Aussicht auf Arbeit auf einer Baustelle hatte ihn ´frei´ gemacht, im Gegensatz zu seiner Familie, die vermutlich in den Gaskammern ihr Leben verloren hatte. Dass diese Baustelle nach anfänglich guten vier Wochen zum Albtraum werden würde, hatte er nicht erwartet. Erniedrigung, Unterernährung, Krankheit, Prügel und Tod waren der Lohn der knochenharten Arbeit an diesem verfluchten Bunker.

Brüllende Wachmänner drängten zum Weitergehen. Immer weiter stolperten die Häftlinge über die Straße und durch den Wald, bis sie am Bahnhof Kaufering ankamen. Sie erreichten einen Bahnsteig, neben dem ein Güterzug bereitstand. Ein Schuss peitschte durch die Nacht und eine Stimme schrie: »Wer nicht in den Zug steigt, wird erschossen!«

B-3419 war der Schmächtigste in seinem Erdbunker gewesen, aber auch der Zäheste. Doch nun konnte selbst er nicht mehr, war gebrochen. Er fühlte sein Ende nahen und sperrte sich nicht dagegen, obwohl das Leben auf der Erde für einen Juden das höchste Gut ist. Er sehnte den Tod herbei, der seinen Schmerzen und seinem Leid ein Ende setzen würde. Er hatte sich immer um ein redliches Leben bemüht, deshalb hoffte er, dass seine Mizvot für den unendlichen Frieden und die Nähe zu Gott reichen würden. Er sackte auf die Knie, während links und rechts von ihm die ersten in die Waggons kletterten.

Plötzlich packte ihn jemand, zerrte ihn hoch und hievte ihn in den Zug. Unter Schmerzen drehte B-3419 den Kopf und erkannte den jungen SS-Mann aus der Küchenbaracke! Eine große Dankbarkeit erfüllte ihn, doch bevor er etwas sagen konnte, wurde wieder geschossen und die Tür des Güterwaggons schloss sich. Er lag zusammen mit vielen anderen in völliger Finsternis, und wartete inmitten von stinkenden, ausgezehrten Leibern auf das Ende. Dann verlor er das Bewusstsein.

Kapitel 20

Kehraus

Als Staatsanwalt Dr. Markus Gruber das Institut für Rechtsmedizin der Uni München betrat, schlug ihm der bekannte Geruch aus Verwesung und Desinfektionsmittel entgegen. Im Sektionssaal erwarteten ihn schon alle. »Guten Morgen, bitte entschuldigen Sie meine Verspätung!«, rief er ihnen an der Tür entgegen. »Ich hatte noch einen Termin hier in München und habe den Verkehr unterschätzt.«

Ingo Bayerl raunte seiner Kollegin Antonia Buck zu: »Wenn ein Augsburger auf Reisen geht.«

Antonia grinste unwillkürlich, was dem Staatsanwalt nicht entging.

Mit einem jovialen Lächeln gab er den Kommissaren die Hand. »Wie ich sehe, haben Sie sich die gute Laune deshalb nicht verderben lassen.« Als er jedoch sah, wer die Obduktion vornehmen sollte, erstarb sein gewinnendes Siegerlächeln.

Frau Dr. Brahms-Kurbjeweit griff seine Bemerkung auf: »Bei mir müssen Sie sich nicht entschuldigen, Doktor Gruber. Am Münchner Verkehr sind wir alle schon einmal verzweifelt. Ich beiße Ihnen deswegen den Kopf nicht ab. Können wir beginnen?«

Der sonst so redselige Staatsanwalt nickte irritiert. Normalerweise fand die Pathologin nur Erfüllung in ihrer blutigen Arbeit. In ihrer Kommunikation war sie ausschließlich sachbezogen und humorlos.

So, als ob die Rechtsmedizinerin seine Gedanken erraten könne, drehte sie sich um und zwinkerte ihm zu.

Dann begann sie, die äußeren Eindrücke des Leichnams zu dokumentieren: »Männliche Leiche, 176 Zentimeter groß, 72 Kilogramm schwer.« Sie nahm die Akte zur Hand. »Der Tote ist 52 Jahre alt und stammt ursprünglich ... aus Polen.« Dann stutzte sie. »Die Haut ist ungewöhnlich stark pigmentiert.« Sie holte eine Lupe vom Instrumententablett und untersuchte die Hautoberfläche genauer. »Der Anteil an Eumelanin ist relativ hoch. Ihr Toter könnte auch aus dem Mittelmeerraum stammen und nicht aus Polen. Aber das kann nur ein teuerer zytologischer Test genauer bestimmen, was aber für Ihren Fall vermutlich nicht relevant ist.« Dann hielt sie inne. »Zwischen den Schulterblättern sind leichte Hämatome sichtbar.« Sie trat einen Schritt zurück. »Sieht aus, als ob das Opfer einen kräftigen Schlag erhalten hat.«

»Kann das von einem Streit herrühren?«, wollte Ingo Bayerl wissen.

»Gut möglich. Vielleicht sollten Sie nach Augenzeugen suchen. Das muss kurz vor seinem Tod passiert sein.« Sie nahm ein Foto des Rückens auf. Während ihr Assistent dem Leichnam Fingerabdrücke abnahm, untersuchte sie die Extremitäten des Toten. Am linken Unterarm fand sie eine relativ frische Tätowierung. »B-3419«, las sie vor. »Sieht aus wie eine KZ-Nummer, nur neueren Datums. Vielleicht ein paar Jahre alt. Wenn ich es nicht besser wüsste, würde ich sagen, Ihr Mordopfer war in einem Konzentrationslager.« Sie überlegte kurz. »Wie ich mal gelesen habe, gibt es einen weit verbreiteten Trend, dass sich Nachkommen von KZ-Opfern die Nummer ihres verstorbenen Vorfahren als Memento tätowieren lassen.«

Antonia notierte die Nummer und murmelte: »Der Herr Pfarrer birgt jede Menge Geheimnisse.«

Schließlich begann Frau Dr. Brahms-Kurbjeweit das Standardprogramm, indem sie den Schädel öffnete. Danach kamen Brustkorb und Bauchhöhle an die Reihe. Während der gesamten Prozedur summte sie ein Lied vor sich hin.

Der Staatsanwalt trat näher an Ingo Bayerl heran und raunte ihm zu: »Dann stimmt es also doch, was man so hört.«

»Was sagt denn der Flurfunk?«

»Es heißt, Frau Doktor ist frisch verliebt. Das wäre auch ein Grund, warum sie heute so gut drauf ist. Als wir an Weihnachten zusammen hier standen, war sie richtig ungenießbar.« Während die Organe des Toten entnommen und verwogen wurden, fuhr der Staatsanwalt fort: »Wie laufen die Ermittlungen? Gibt es schon Verdächtige? Ich hatte heute früh einen Anruf von einem Monsignore aus Augsburg. Langsam baut sich Druck auf.«

Bayerl rollte innerlich mit den Augen. Er hatte fast damit gerechnet, dass sich der um seine Karriere bedachte Staatsanwalt Dr. Gruber in die Hosen machen würde. »Momentan ermitteln wir noch in alle Richtungen. In jedem Fall sind Drogen im Spiel. Das hat die Spurensicherung eindeutig nachweisen können.«

»Gut, dass Sie es erwähnen. Dieser Drogenhintergrund macht mir Sorgen.«

»Warum?« Bayerl runzelte die Stirn. »Wir haben noch keinen konkreten Hinweis darauf, dass der Priester Drogen konsumiert hat. Das wird erst das Drogenscreening zeigen.«

»Sie vergessen die Kokainspuren in seinem Wohnzimmer! Ich lese Ihre Berichte sehr sorgfältig, Herr Hauptkommissar. Was, wenn es sich um organisierte Kriminalität handelt? Die *´Ndrangheta* reißt derzeit den Drogenhandel in Süddeutschland an sich.«

»Mafia? Sie meinen, der Tote war Teil der Mafia?« Ingo Bayerl war überrascht. »Das glaube ich nicht.«

Dr. Gruber insistierte: »Ich habe mich heute Vormittag bei der Staatsanwaltschaft *München 2* aus erster Hand informiert.«

Antonia grätschte dazwischen: »Wir sollten uns nicht vorschnell in eine Richtung festlegen, Herr Staatsanwalt. Immerhin sollten wir herausfinden, warum der Tote eine tätowierte KZ-Nummer am Unterarm hatte.«

Dr. Gruber warf der jungen Kommissarin einen tadelnden Blick zu. Ohne auf ihre Bemerkung einzugehen, fuhr er fort: »Wie gesagt, die StA *München 2* ist für organisierte Kriminalität zuständig. Der ganze Fall sieht nach Mafia aus, und dann wären wir in Augsburg außen vor.«

Darauf lief es also hinaus. Die ´feige Sau´, wie Bayerl den Staatsanwalt gerne bezeichnete, wollte den Fall abschieben.

Bayerl war gerade im Begriff, etwas zu erwidern, als es gut gelaunt von Frau Dr. Brahms-Kurbjeweit klang: »Fertig! Todesursache war eine Quetschrisswunde mit Schädelfraktur und schwerer Hirnverletzung infolge einer stumpfen Gewalteinwirkung oberhalb der Hutkrempenlinie. Der Kerzenleuchter, den der Erkennungsdienst sichergestellt hat, war das Tatwerkzeug.«

Bayerl wandte sich der Rechtsmedizinerin zu: »Und wie ist er dann gestorben?«

»Infolge des Schlages kam es zu einem Atemstillstand, das Gehirn wurde nicht mehr versorgt, Exitus.«

»Hätte er noch gerettet werden können?«, wollte der Staatsanwalt wissen.

»Da lege ich mich noch nicht fest. Das steht dann alles in meinem Bericht. Dauert noch ein paar Tage, bis das Labor fertig ist. So, nun muss ich Sie hinauskomplimentieren. Meine Dame, meine Herren, heute ist Kehraus und wir wollen noch ein wenig feiern.«

Ingo Bayerl war nach dieser Sektion nicht mehr nach Fasching zumute. Für ihn wäre das kein Job. Mit einem Seufzer verabschiedete er sich.

Dr. Gruber hielt ihn noch einmal kurz am Arm zurück: »Bringen Sie mir belastbare Fakten, dann bleibt der Fall in Fürstenfeldbruck. Ansonsten ...«

»Ansonsten was?«

»Sie wissen schon, was ich meine. Aber beeilen Sie sich. Auf Wiedersehen.«

Kapitel 21

Der Kehraus im Iglinger *Sommerkeller* würde heute ohne sie stattfinden. Anna hielt sich die Hände schützend über die Ohren und drängte Greg Richtung Ausgang. Er nickte und deutete mit dem Kopf auf das Toilettenzeichen.

»Ich warte draußen«, brüllte sie gegen den Lärm der Musik an und folgte den Süchtigen, die im Außenbereich der Diskothek *Sommerkeller* schnell eine Kippe ziehen wollten. Draußen empfing sie kalte Nachtluft durchzogen von Zigarettenrauch. Sie hielt kurz den Atem an und suchte sich einen geschützten Platz, wo sie den Ausgang im Blick hatte. Frierend zog sie den Reißverschluss ihrer Jacke bis zum Kinn.

»Na, Anna, keine Lust mehr auf Faschingsendspurt?«

Sie zuckte zusammen. Ein als Captain Kirk verkleideter Mann stand unvermittelt vor ihr. Er kam ihr bekannt vor, sie wusste aber im Augenblick nicht woher.

»Du kennst mich wohl nicht mehr?«

Eine rauch- und alkoholgeschwängerte Fahne schlug ihr ins Gesicht. Ihr wurde schlecht und sie drehte den Kopf zur Seite.

»Immer noch so hochnäsig wie damals, die Bullen-Tochter.«

»Matthias?« Sie kniff die Brauen zusammen und nach der ersten Schrecksekunde konterte sie schlagfertig: »Immer noch die alten Sprüche. Du scheinst nichts dazugelernt zu haben. Und wenn ich mir deine Haare und deine Stiefel so anschaue, hast du immer noch die falschen Freunde.«

Das saß. Sein Gesichtsausdruck verdüsterte sich.

Mit seinen blonden Locken und dem durchtrainierten Body war er damals auf dem Gymnasium ihr Jugendschwarm gewesen. Das kam Anna in den Sinn, als Matthias vor ihr stand. Von den blonden Locken war nichts mehr übrig. Seine Stoppelfrisur verlieh seinem kantigen Gesicht einen harten Ausdruck und er erinnerte Anna an die Typen mit den Springerstiefeln, die in der letzten Zeit wie Pilze aus dem Boden schossen. Hässliche, braune Pilze.

»Also, keine Lust mehr auf Kehraus?«, wiederholte Matthias seine Frage. Dabei ging er ein Stück zurück und blickte Anna abwartend an.

»Nein, ich muss morgen meinen Freund ziemlich früh zum Flughafen bringen.« Sie deutete auf die Disco. »Der ist noch auf der Toilette.« Damit war ihr Beziehungsstatus geklärt und sie hoffte, dass dieser betrunkene *Star Trek* Verschnitt endlich abzog.

»Schon klar! Dein anderer Lover von damals, du weißt schon, der mit dem geilen Sportwagen. Der hat jetzt Probleme, die ihm dein alter Herr eingebrockt hat.«

Eine brennende Schamröte zog Anna ins Gesicht, als Matthias sie auf ihren ersten Freund ansprach und für einen kurzen Moment war sie sprachlos. »Was für Probleme soll Ernst haben?«

Ohne auf ihren Einwand einzugehen, fuhr er fort: »Ernst, ja, so hieß der reiche Fatzke. Mit ihm bist du doch nach dem Abitur abgehangen. Und als er dich abserviert hatte, bist du nach Australien abgehauen. Zumindest habe ich das so gehört.«

Obwohl das Ganze schon zehn Jahre zurücklag, verspürte sie immer noch ein Schamgefühl, wenn sie an diese Zeit erinnert wurde. Als Anna noch nach Worten suchte, kam Greg auf sie zu.

»Hallo Darling, alles in Ordnung?«

Matthias drehte sich abrupt um, und über sein Gesicht zog ein spöttisches Grinsen. »Deine ausgefallenen Vorlieben für Männer haben sich in den letzten Jahren scheinbar nicht geändert.«

»Was ist mit Ernst?«, hakte sie nach.

»Ah! Der Bullenpapa hat seine Tochter nicht informiert. Vielleicht fragst du deinen Vater mal danach.«

Anna zuckte wie von einem Schlag getroffen zusammen und Greg packte Matthias an seinem goldfarbenen T-Shirt. »Ich glaube, du gehst jetzt besser.«

Matthias hob abwehrend die Hände. »Alles klar, kein Stress. Die wollen hier keine Schlägerei.« Dabei deutete er mit dem Kopf auf den Türsteher am Eingang der Diskothek. Ohne Anna eines Blickes zu würdigen, torkelte er davon.

»Was war das denn für ein Idiot?«

Anna suchte nach Worten, doch bevor sie etwas erwidern konnte, schmeckte sie bittere Magensäure im Mund. Sie krümmte sich zusammen und erbrach sich in einen kahlen Strauch.

Kapitel 22

Aschermittwoch

»Warum soll ich mit den Kindern für den Rest der Ferien zu meinen Eltern?« Evi Lang stand im Türrahmen des Büros der exklusiven Doppelhaushälfte und schaute ihren Mann ausdruckslos an. Sie hatte in der vergangenen Nacht schlecht geschlafen und ihre Stimme klang müde. Die Ereignisse der letzten Tage hatten Spuren in ihrem Gesicht hinterlassen. Zwei tiefe Falten zeichneten sich neben ihren Mundwinkeln ab und die dunkeln Augenringe bildeten einen starken Kontrast zu ihrem bleichen Teint. »Bis Würzburg fahre ich drei Stunden und du weißt doch, dass es Sofia im Auto immer schlecht wird. Wie soll ich das machen, allein, wenn sie spuckt?«

»Dann nimm doch den Zug.« Ohne von seinem Laptop aufzusehen, wischte Robert mit einer fahrigen Handbewegung ihren Einwand auf die Seite. »Die Kinder fahren gerne mit der Bahn und für dich ist es dann auch weniger stressig.« Seine Stimme klang gereizt und er atmete tief durch, bevor er weitersprach. »Deine Eltern freuen sich sicher über euren Besuch.« Er stand abrupt auf und wandte sich ihr zu. Ein stechender Schmerz schoss in seine rechte Niere und er fasste sich an den Rücken.

Für einen kurzen Augenblick huschte eine Mischung aus Besorgnis und Zärtlichkeit über ihre Züge, bevor sie sich umwandte und mit gebeugten Schultern Richtung Treppe ging. Dort drehte sie sich noch einmal um und fixierte Robert aus zusammengekniffenen Augen. »Ich packe jetzt unsere Sachen, und wenn die Kinder aufgestanden sind, fahren wir los. Du hast bis Sonntag Zeit, um dir zu überlegen, wie es mit uns weitergehen soll.« Sie hielt kurz inne. »Glaubst du, ich habe in den letzten Monaten nicht gespürt, dass irgendetwas nicht stimmt? Deine Gereiztheit, deine Außentermine zu den unmöglichsten Zeiten und deine Lügen.«

Ihre Lippen zitterten und Robert sah, dass sie kurz davor war, in Tränen auszubrechen. Instinktiv machte er einen Schritt auf sie zu, doch sie hob abwehrend beide Hände.

»Lass mich. Ich meine es ernst. Ich habe dich letzten Mittwoch gesehen, als du gegen fünf Uhr aus der Stadtpfarrkirche gekommen bist, wo du doch angeblich einen Termin in Klosterlechfeld hattest. Ich war im Drogeriemarkt, weil ich die Einhorn-Servietten für den Kinderfasching vergessen hatte.« Ihre Stimme wurde fester und sie gewann langsam ihre Fassung wieder zurück. »Ich will jetzt gar nicht wissen, was du da gemacht hast, denn zum Beten bist du sicher nicht in der Kirche gewesen.« Etwas schärfer fügte sie hinzu: »Außerdem bekomme ich die Bilder nicht mehr aus dem Kopf, dass ein durchgeknallter Mafia-Verschnitt unsere Tochter bis in den Kindergarten verfolgt und ihr Einhörner in die Kindergartentasche steckt.«

Robert zuckte zusammen. Evi ahnte nicht, wie nahe sie mit ihrem Mafia-Vergleich einer gefährlichen Wahrheit kam.

»Und wenn wir schon bei dem Thema der Klärung sind, kannst du vom Arzt abklären lassen, ob dein Sturz beim Joggen wirklich so harmlos war. Es ist nicht zu übersehen, dass du mehr Schmerzen hast, als du zugeben willst.«

In diesem Moment öffnete sich die Tür des Kinderzimmers am Ende des Flurs und eine verschlafende Chiara lugte durch den Türspalt. »Streitet ihr?«

Evi eilte auf sie zu und nahm sie in den Arm. »Nein, meine Große, wir haben nur etwas lauter geredet. Dein Papa und ich haben gerade beschlossen, dass wir für den Rest der Faschingsferien zu Oma und Opa nach Würzburg fahren.«

»Wir alle?«

»Nein, Papa kann leider nicht, der muss arbeiten.«

Für einen kurzen Moment verzogen sich die Lippen von Chiara zu einem Schmollmund, doch ihr Frust wich schnell der Vorfreude auf die Großeltern. »Ich wecke Sofia und dann fahren wir.« Sie stürmte in das Zimmer ihrer Schwester, wohl wissend, dass diese als Morgenmuffel von ihrem Überfall nicht unbedingt begeistert sein würde.

Ohne Robert eines Blickes zu würdigen, ging Evi runter ins Erdgeschoss, um die Reisetasche zu packen. Das Klackern ihrer Absätze auf der Holztreppe hallte in seinen Ohren wider.

Auf was hatte er sich nur eingelassen? Er setzte mit seiner Lügerei alles aufs Spiel: das Vertrauen seiner Frau, die Sicherheit seiner Familie und vielleicht sogar sein eigenes Leben. Der *Kardinal* war nicht zimperlich. Am Sonntagnachmittag hatte er ihn auf seiner Laufstrecke abgepasst und ihm deutlich zu verstehen gegeben, dass er die fehlende Lieferung nicht hinnehmen würde. Dabei war der Schlag in die Nierengegend harmlos gewesen, im Gegensatz zu den Drohungen, die er gegen Roberts Familie ausgestoßen hatte. Verzweifelt fuhr sich Robert durch die Haare. Was tun? Das Rauschgift konnte er nicht ersetzen, weil ihm die Bank keinen weiteren Kredit geben würde. Die Mafia würde ihn nie in Ruhe lassen. Dafür wusste er zu viel.

Bereits zwei Stunden später bekam seine Angst neue Nahrung.

»Was bildest du dir überhaupt ein«, zischte Ema in sein Handy. »Du glaubst doch wohl selbst nicht, dass das Problem gelöst ist, wenn du deine Familie wegschickst. Außerdem«, schob er mit einem spöttischen Unterton nach, »kannst du sie nicht für immer verstecken. Spätestens am Montag, wenn die Schule beginnt, sind sie wieder hier und dann werden wir sehen, wer am längeren Hebel sitzt. Du hast bis Sonntag Zeit, um herauszufinden, wo das Rauschgift abgeblieben ist. Und gnade dir Gott, wenn du das Zeug selbst vertickst.« Er wartete die Antwort von Robert Lang nicht mehr ab und beendete das Telefonat.

Seine Kiefer mahlten und Ema überlegte, wie er weiter vorgehen sollte. Zumindest Pfarrer Heidenblut konnte er von seiner Liste streichen. Das Gespräch in der Pizzeria war informativ gewesen. Der Pfaffe hatte ihm den Touristen abgenommen, der es bedauerte, nicht in die Stadtpfarrkirche zu kommen. Ein fingierter Anruf in der Rehaklinik hatte die Aussage des Priesters bestätigt. Er war erst Freitag Nachmittag nach Landsberg abgereist. Zudem hatte er bei dem Gespräch erfahren, dass der hauptberufliche Mesner, ein gewisser Paul Schäffler, bereits am Donnerstag mit seiner Familie in den Skiurlaub gefahren war. Alle Aufgaben hatte er seinem Mesner-Azubi übertragen, mit dem irgendetwas nicht stimmte. Der Tod des Pfaffen schien ihm sehr nahe zu gehen, obwohl er ihn erst einige Wochen gekannt hatte. Die Verzweiflung stand diesem Hinteregger ins Gesicht geschrieben, als Ema ihn vergangenen Sonntag an der Treppe zum Leitenberg überholt hatte. Vielleicht lag der *Capo* mit seinem Verdacht richtig, dass die beiden ein Paar waren. Oder der Pfaffe hatte den jungen Mann gegen dessen Willen gefickt und Korbinian hatte ihn erschlagen und das Rauschgift auf die Seite gebracht. Doch dann wäre er nicht so betroffen gewesen. Diese Spur hatte noch Zeit. Zunächst einmal würde er der Pfarrsekretärin einen Besuch abstatten. Verwitwet und sehr gläubig. Das hatte er zwischen den Zeilen des Gesprächs mit Heidenblut entnehmen können. Ema hatte seinen katholischen Glauben quasi mit der Muttermilch eingesogen. Nicht umsonst hatte ihn der *Capo* einmal als katholische Allzweckwaffe bezeichnet. Eine Waffe, die vor allem bei alleinstehenden, gläubigen Damen Wirkung zeigte.

Kapitel 23

Donnerstag nach Aschermittwoch

Antonia hatte Blut geleckt. Die Tätowierung am linken Arm des Mordopfers ließ sie nicht mehr los. Seit gestern Mittag klickte sie sich durch unzählige Webseiten, sammelte Fakten, ordnete sie in verschiedenen Mindmaps und telefonierte sich durch Ämter und Behörden. Der tote Pfarrer in Landsberg fesselte sie wie noch kein Fall vorher. So sehr, dass sie gar nicht mitbekam, dass jemand ins Büro trat.

Ingo Bayerl räusperte sich. »Wie gehts voran, Toni?« Er hatte seine junge Kollegin damit betraut, die KZ-Spur zu verfolgen. Genau genommen hatte sie sich diese Aufgabe selbst zugeteilt.

Antonia Buck blickte kurz auf und brummte ihren Standardspruch: »S´Läba isch koi Schloddzr«, bevor sie sich wieder ihrer Internetrecherche widmete.

Bayerl schmunzelte, wie er sie so fokussiert bei der Arbeit beobachtete. Er war seinem Vorgesetzten Freyschle dankbar, dass der Antonia aus dem Drogendezernat zu ihm in die Mordkommission versetzt hatte. Ursprünglich aus dem baden-württembergischen Aalen, hatte es sie vor einigen Jahren ins bayerische Fürstenfeldbruck verschlagen. Er musste sich eingestehen, dass sie mit ihrem jugendlichen Elan Schwung ins Team gebracht hatte. »Erde an Antonia, Erde an Antonia.«

Sie sah auf. Ohne auf seine Anspielung einzugehen, erklärte sie: »Hinter unserem toten Pfarrer tut sich tatsächlich eine Welt auf.«

»Das glaube ich gerne, aber könnten wir auch noch kurz die anderen Ermittlungsansätze abgleichen? Also nur, wenn du Zeit dafür hast«, fügte er in sarkastischem Ton hinzu.

Antonia stieß die Luft aus. »Also gut!« Sie erhob sich und deutete auf die alte Ledercouch: »Wenn du einen Kaffee ausgibst, hole ich meine Unterlagen und spendiere einen Nusskeks dazu. Was meinst du?«

Fünf Minuten später begann Ingo Bayerl seinen Bericht: »Also, ich war gestern in Landsberg und habe mir die Teilnehmer des Weißwurstessens vorgenommen. Das hat um zehn Uhr begonnen und war kurz nach elf zu Ende. Die Gemeindereferentin Johanna Braun war angeblich direkt danach mit ihrer Kollegin, der Pfarrsekretärin Sabine Ehlers, im Fasching unterwegs. Die beiden sind nach dem Essen durch die Stadt gezogen und haben sich ab zwei Uhr den Faschingsumzug angesehen der bis nach drei gedauert hat.« Er schüttelte den Kopf, bevor er fortfuhr: »Du wirst es nicht glauben, die haben dabei auch unseren Martin Viertaler gesehen.«

»Deinen Ex-Chef?«

»Wenn das stimmt, können wir beide fast aus dem Kreis der Verdächtigen ausschließen.«

»Warum?«

»Was ich über den Lois vom Erkennungsdienst gehört habe, geht die Rechtsmedizin von einem Todeszeitpunkt zwischen 11:30 Uhr und 14:30 Uhr aus. Wenn Martin das Treffen bestätigt, wären sie raus. Ich werde ihn fragen. Außerdem traue ich es den beiden nicht zu. Da ist der junge Mesner schon eher verdächtig.«

»Inwiefern?«, wollte Antonia wissen. »Als ich ihn vernommen habe, war er völlig durch den Wind, aber das ist doch normal, wenn man eine Leiche findet – noch dazu den eigenen Chef. «

»Als ich ihn gestern noch einmal befragt habe, war er sehr nervös und ist sogar in Tränen ausgebrochen, als wir über den toten Pfarrer gesprochen haben. Würde mich nicht wundern, wenn da mehr als nur Sympathie zwischen diesen beiden war. Aber ich will hier nicht vorschnell schlussfolgern. Was hast du herausgefunden?«

Antonia sah ihre Notizen durch. »Ich habe gestern Vormittag mit verschiedenen Mitarbeitern der Pfarrei Mariä Himmelfahrt sprechen können. Da war ein Hausmeister, der für das Pfarrzentrum und den katholischen Kindergarten zuständig ist. Fand den polnischen Aushilfspfarrer in Ordnung. Offenbar hat der sich nicht für ihn interessiert. Das sah der Kantor schon anders.«

»Der Kantor?«

»Der Organist, Chef. Der war gar nicht gut auf das Opfer zu sprechen.«

»Aha! Und wieso?«

»Na, weil der halt so konservativ war, der Pole. Ganz das Gegenteil zum progressiven und leutseligen Stadtpfarrer Heidenblut. Das haben mir auch zwei Mitglieder des Pfarrgemeinderates so bestätigt. Es gab also durchaus Spannungen. Aber nichts Ernstes, wenn du mich fragst. Ich glaube, dass wir mit Priorität die nationalsozialistische Spur verfolgen sollten.«

»Du meinst wegen der eintätowierten KZ-Nummer?«

Antonia nickte: »Das ist tatsächlich eine Nummer, die im Konzentrationslager Auschwitz in einer sogenannten B-Serie in der Zeit von August bis November 1944 vergeben wurde.«

»Der Pfarrer Cibulski war wohl kaum in Auschwitz, der ist doch viel zu jung«, wandte Bayerl ein.

Antonia rollte theatralisch mit den Augen. »Danke für den Hinweis. Da wäre ich selbst nicht draufgekommen.« Ungerührt fuhr sie fort: »Wie schon Frau Doktor Brahms-Kurbjeweit angemerkt hat, sind derartige Tattoos mittlerweile in Mode bei Nachfahren von NS-Opfern. Aus Solidarität lassen sich Enkel von früheren KZ-Häftlingen die Nummern ihrer Großeltern stechen.«

Bayerl schüttelte den Kopf. »Schräg, oder? Was heißt das jetzt für Jakub Cibulski? Hatte der einen Opa im KZ?«

»Eben nicht. Das ist ja das Komische. Über die bischöfliche Verwaltung in Augsburg habe ich herausgefunden, dass unser Opfer am 20. April 1963 in Łodz geboren wurde als Sohn von Wojciech und Katarzyna Cibulski. Er ging 1983 ins Priesterseminar nach Katowice. 1991 war er im Organisationsteam des Weltjugendtages im polnischen Tschenstochau, wo er deutsche Teilnehmergruppen betreute. Dafür hat er offenbar Deutsch gelernt und im Jahr 2005 kam er nach Deutschland, weil bei uns immer weniger junge Männer Pfarrer werden wollen.«

»Priester sind der Exportschlager Polens«, warf Bayerl ein. Als ihn Antonia mit großen Augen ansah, setzte er hastig hinzu: »Also, das habe ich mal gelesen. Was hast du noch rausgefunden?«

»Mehr wussten die in Augsburg auch nicht. Aber das Generalkonsulat der Republik Polen in München war sehr hilfreich. Die Großeltern väterlicherseits unseres Opfers waren Wiesław und Agnieszka Cibulski, ebenfalls aus

Łodz. Katholisch. Die Eltern von Katarzyna waren ebenfalls Katholiken, also alle vier Großeltern waren keine Juden, Kommunisten oder homosexuell.«

»Aber …«, begann Bayerl.

»Aber die Nummer auf dem linken Arm des Opfers gehörte einem Abram Canoch aus Łodz.«

»Łodz«, wiederholte Bayerl tonlos.

»Mensch, Chef! Der Canoch war auch aus Łodz!«

»Ja und?« Bayerl war verwirrt.

»Der kam im August 1944 nach Auschwitz, wo man ihm die Nummer eintätowierte. Dann wurde er nach Dachau verlegt und im Oktober 1944 kam er nach Kaufering.«

»Nach Kaufering? Was hat er denn dort gemacht?«

»Offenbar an einem geheimen Rüstungsprojekt der Nazis gearbeitet.«

»Als Arbeiter?«, entfuhr es Bayerl.

»Ja, als Zwangsarbeiter. Bei dem Projekt kamen viele Tausend KZ-Häftlinge ums Leben. Würde mich nicht wundern, wenn der Tote mit diesem Abram Canoch irgendwie verwandt war.«

Draußen brach die Sonne durch eine niedrig hängende Wolkendecke. Ingo Bayerl umrundete den Doppelschreibtisch und setzte sich. Über seinen alten Röhrenbildschirm hinweg hakte er nach: »Was sagt die polnische Botschaft dazu?«

»Das ist ja das Problem: Beim Thema Holocaust haben die sofort zugemacht; Kooperation futschikowski. Ich bin da noch nicht weitergekommen. Ich werde mich über andere Quellen rantasten.«

Bayerl wog den Kopf hin und her. »Das wäre in der Tat eine Spur. Was ist, wenn der Tod von Jakub Cibulski etwas mit der Nazi-Vergangenheit von irgendwelchen Landsbergern zu tun hätte? Bleib da dran, Toni. Sehr gute Arbeit.«

Antonia strahlte, als ob sie gerade im Lotto gewonnen hätte.

»Trotzdem müssen wir unsere Ermittlungen auch auf das Umfeld des Opfers ausweiten. Zuerst mal, wie Pfarrer Cibulski den Lumpigen Donnerstag verbracht hat, bis er das Zeitliche segnete.«

Antonia sah ihn mit ihren dunkelblauen Augen an und klimperte mit den Wimpern: »Übernimmst du das, Chef? Ich kümmere mich dafür um die Übersetzung des alten Tagebuches, das wir in der Aktentasche des Opfers gefunden haben.«

Zwei Stunden später legte sie den Hörer auf und lehnte sich in ihrem Bürostuhl zurück. Sie schloss die Augen. Jetzt erst bemerkte sie, dass ihr Nacken verspannt war. Sie verschränkte die Hände hinter ihrem Kopf und massierte mit ihren Daumen die Nackenmuskulatur. Das war der Preis dafür, wenn sie für ein Thema brannte.

Trotz eines anregenden Telefonats mit einem sympathischen Angestellten des israelischen Konsulats in Berlin verweigerte man ihr auch dort Hintergrundinformationen über Abram Canoch. Doch im Internet fand sich eine interessante Spur. Herr Canoch war in den Nachkriegsjahren in einer Opferorganisation in Erscheinung getreten, sodass die wichtigsten Stationen seines Lebens in den Medien einigermaßen dokumentiert waren. Er lebte für einige Zeit in einem *Displaced Persons Camp* in Landsberg, bevor er nach Israel auswanderte. In diesen

Camps versorgten die Amerikaner ehemalige KZ-Häftlinge, bevor sie ein Visum für die USA oder den jungen Staat Israel bekamen. Abram Canoch hatte danach im israelischen Unabhängigkeitskrieg gekämpft, eine Familie gegründet, zwei Söhne, viele Enkel und Urenkel bekommen und war hochbetagt 2011 in Tel Aviv gestorben.

»Was hast du mit Jakub Cibulski zu schaffen?«, sagte sie leise zu sich selbst.

Die Tür flog auf. Lois Zettl streckte den Kopf herein. »Kommst du mit in die Kantine?«

Antonia nickte und stand auf: »Mittagspause!«

Kapitel 24

Gerti Maier vergrub die Hände in den großen Taschen ihrer Winterjacke. Von dem erhöhten Aussichtspunkt im Osten der Insel Spiekeroog beobachtete sie die peitschenden Wellen der anbrandenden Nordseeflut. Die tiefhängenden Regenwolken hatten aufgerissen und ein klarer, blauer Himmel blitzte zwischen den Wolkenfetzen auf. Der eisige Ostwind trieb ihr die Tränen in die Augen und ließ ihr Gesicht hinter dem dicken Schal zu einer Maske erstarren. Doch die Kälte störte sie nicht. Obwohl sie erst seit wenigen Tagen auf dieser Nordseeinsel war, hatte sie das Gefühl für Raum und Zeit verloren. Die Ereignisse der letzten Woche in Landsberg schienen weit weg und sie fühlte sich erholt, wie schon lange nicht mehr.

»Na, Spaziergang beendet?«

Gertrud wandte sich um. »Sie auch hier?« Vor ihr stand der nette Nachbar aus dem ´Haus am Park´, der ihr bei ihrer Ankunft ihren schweren Koffer zwei Stockwerke hochgetragen hatte.

»Das ist einer meiner Lieblingsplätze, und bevor ich morgen abreise, muss ich mich schließlich von meiner Insel verabschieden.« Er hielt kurz inne und die dunkelblauen, von zahlreichen Lachfältchen umrahmten Augen strahlten sie schelmisch an. »Da gehört auch ein letztes Stück Sanddorntorte im Inselcafé dazu. Vielleicht haben Sie ja Lust mitzugehen?« Während er sie fragend ansah, zog er seinen Handschuh aus und steckte ihr die Hand entgegen. »Entschuldigung, ich habe mich bisher offiziell nicht vorgestellt. Ich bin Richard. Richard Waibel aus Hamburg.«

Verlegen nestelte sie die dicken Wollhandschuhe von ihren Fingern und erwiderte seinen Händedruck. »Gertrud Maier.« Eine kurze Pause entstand, bevor sie lächelnd fortfuhr: »Das Café gehört auch zu meinen Lieblingsplätzen, und nach dem täglichen Spaziergang mit meiner Schwester genehmige ich mir dort jeden Nachmittag ein Stück Kuchen.«

Richard sah sich suchend um. »Ich hoffe, ich störe nicht. Wenn Sie lieber mit Ihrer Schwester allein sein wollen ...«

»Nein, nein.« Gertrud deutete mit der Hand Richtung Deich. »Barbara wohnt dort oben. Sie hat ein Yoga- und Fastenseminar gebucht. Wir treffen uns immer gegen 14:00 Uhr und gehen dann zwei Stunden spazieren. Anschließend geht sie zu ihrer Gemüsebrühe und ich zu meiner Sanddorntorte.«

»Dann steht ja unserem gemeinsamen Cafébesuch nichts entgegen, vorausgesetzt ...« Er hielt kurz inne. »Vorausgesetzt, Sie haben nichts dagegen?«

Gertrud spürte, dass eine Röte von ihrem Hals aufstieg. »Nein, alles gut. Ich komme gerne mit. Aber lassen Sie uns doch am Strand zurück ins Dorf gehen. Ich liebe es, wenn die Flut aufläuft.«

Hintereinander stapften sie durch den tiefen Sand hinunter an den Strand, von dem mittlerweile nur ein schmaler Streifen übrig war. Der Wind hatte in der letzten Stunde ordentlich an Kraft zugelegt. Die Gischt spritzte in ihr Gesicht und sie schmeckte das Salz auf ihren Lippen. Die blauen Lücken zwischen den Wolkenfetzen waren verschwunden und graue Nebelschwaden hatten sich vor die Sonne geschoben. Dicke Regentropfen platschten unvermittelt herab und gerade noch rechtzeitig erreichten sie das Inselcafé, bevor ein heftiger Wolkenbruch einsetzte. Der Gastraum war bis auf zwei sich leise unterhaltende, ältere Damen leer. Richard half Gertrud aus ihrer Jacke und ging zur Garderobe. Sie beobachte ihn, wie er bei der Bedienung die Bestellung aufgab. In der hellblauen Jeans und dem türkisfarbenen Sweater erinnerte er sie an den gutaussehenden Mittsechziger auf dem Werbeflyer eines Fitness-Studios, der vor einigen Wochen in ihrem Briefkasten gelegen hatte. Mittelgroß, schlank, ein leicht gebräuntes Gesicht mit unverschämt stahlblauen Augen, kurzgeschnittene Haare und perfekt rasiert. Das Bild von Martin Viertaler schob sich vor ihr inneres Auge, der so anders war als Richard und der vermutlich schon auf ihren versprochenen Anruf wartete. Sie sah aus dem Fenster. Regentropfen perlten an der beschlagenen Scheibe und die kleinen umliegenden Häuschen waren hinter dem dicken Regenvorhang kaum zu erkennen.

»Ich habe uns einen Ostfriesentee und Sanddorntorte bestellt.«

Schwungvoll schob Richard den Stuhl zurück und setzte sich. »Nachdem Sie das vorher erwähnt haben, bin ich davon ausgegangen, dass das für Sie passt. Oder hätten Sie lieber einen Kaffee gewollt?«

»Nein, danke, so spät am Nachmittag trinke ich dann lieber Tee.«

Eine wortlose Pause entstand, in der Richard Gertrud aufmerksam ansah. »Was verschlägt jemanden aus Bayern auf eine Nordseeinsel?«

»Wie kommen Sie darauf, dass ich aus Bayern bin?«

»Das ist ja nicht zu überhören.«

Gerti zog irritiert ihre linke Augenbraue hoch. »Ich dachte eigentlich, dass man meine Herkunft nicht unbedingt an meinem Dialekt erkennt.«

»Also, dass Sie nicht in Norddeutschland beheimatet sind, ist eindeutig. Außerdem ...« Er griff sich entschuldigend an die Brust. »Außerdem steht die Adresse auf Ihrem Kofferanhänger. Und ich habe früher einmal in Kempten gewohnt. In einem anderen Leben.«

»Für mich haben Sie eher einen Hamburger Zungenschlag.«

Richard grinste. »Stimmt. Ich wohne seit vielen Jahren dort. Nach meiner Scheidung habe ich eine Professur für Maschinenbau an einer kleinen Privatuni angenommen. Und ich habe es nicht bereut, dort gelandet zu sein. Ich bin gerne am Meer, wobei ich zugeben muss, dass auch die bayerische Seenlandschaft ihren Reiz hat.«

Die Bedienung brachte die Bestellung und sie unterbrachen ihr Gespräch für einen Augenblick.

»Und, was machen Sie auf Spiekeroog?«

Richard wiederholte seine Frage und Gertrud überlegte für einen kurzen Moment, was sie ihm anvertrauen sollte. Sie kannte ihn kaum und sein smartes Auftreten erinnerte sie an ihren Ex-Mann Harald. Eine Episode, die sie gerne aus ihrem Leben gestrichen hätte. Sie nahm einen Schluck von dem heißen Tee und sah Richard an. »Ich bin Handarbeitslehrerin an einer Grundschule in Landsberg am Lech und genieße hier die Faschingsferien. Meine Schwester Barbara hat mich eingeladen, mit ihr eine Woche auf Spiekeroog zu verbringen, nachdem ihre Freundin krankheitsbedingt ausgefallen ist. Aber Fasten kam für mich nicht infrage, dafür schmeckt mir dieser

Kuchen einfach zu gut.« Genießerisch schob sie das kleine Sahnehäubchen in den Mund. In diesem Augenblick klingelte das Handy, das sie aus ihrer Jackentasche genommen und auf den Tisch gelegt hatte. Gertrud sah auf die Anzeige. »Entschuldigen Sie, da muss ich rangehen.« Sie strich über das Display. »Hallo Martin.« Für einen kurzen Moment lauschte sie dem Redeschwall am anderen Ende, bevor sie fortfuhr: »Entschuldige bitte, dass ich mich noch nicht gemeldet habe, aber ich habe die Zeit vergessen. Ich lebe noch und der Orkan hat mich nicht ins Meer gepustet. Ich kann gerade schlecht reden, weil ich mit einem Bekannten aus der Pension beim Teetrinken bin. Ich melde mich so gegen acht Uhr bei dir. Martin?« Aber der hatte aufgelegt.

»Macht sich Ihr Mann Sorgen?«

Gerti hob abwehrend die Hände. »Nein, Martin ist nicht mein Mann. Er ist der Mann meiner verstorbenen Freundin. Und mittlerweile auch ein guter *Bekannter* von mir.« Das Wort Freund kam ihr in diesem Moment nicht über die Lippen. Erstens ging das diesen Richard nichts an und zweitens war sich Gertrud mittlerweile nicht mehr sicher, was ihr Martin bedeutete. Mit ein Grund, warum sie so spontan mit ihrer Schwester nach Spiekeroog gefahren war. Sie hatte gehofft, sich über ihre Gefühle zu ihm klar zu werden.

»Was hältst du davon, wenn wir uns duzen?«

Gertrud schreckte hoch und sah in die Augen von Richard. »Wir kennen uns doch kaum.«

»Ich habe das Gefühl, dich zu kennen. Vielleicht sind wir uns ja in einem früheren Leben schon einmal begegnet, sollte es so etwas geben«, schob er nach. Seine Stimme klang rau. »Außerdem wird in unserem Alter die Zeit kostbar.« Er winkte der Bedienung. »Bitte bringen Sie uns zwei Gläser ´Sanddorn Spritz´.« An Gertrud gewandt fuhr er fort: »Solange es draußen so bläst, können wir es uns ja hier gemütlich machen, oder?«

Gertrud zögerte nur kurz, bevor sie ihm entschlossen die Hand entgegenstreckte: »Ich bin die Gerti.«

Nach einer Stunde angeregter Unterhaltung machten sie sich auf den Heimweg. Die kurze Strecke vom Inselcafé zu ihrer Unterkunft legten sie schweigend zurück, doch das fühlte sich gut an.

Am Ende verabschiedete sich Richard vor ihrer Ferienwohnung mit zwei angedeuteten Wangenküssen. »Ich wünsche dir noch einen schönen Aufenthalt hier. Vielleicht sehen wir uns ja mal wieder.«

Unschlüssig sah ihn Gertrud an. Schließlich brachte sie ein: »Gute Heimreise!«, hervor, bevor sich die Tür hinter Richards gegenüberliegender Wohnung schloss.

Sie sperrte ihre Tür auf und setzte sich aufs Bett. Der vielversprechende Nachmittag hatte einen faden Beigeschmack erhalten und sie wusste nicht warum. War es das Gefühl, eine Chance vertan zu haben? Das, was sie vorher in den Augen von Richard gesehen hatte, hatte sie irritiert und gleichzeitig angezogen. Es war lange her, seitdem sie ein Mann so angeschaut hatte, und zum ersten Mal seit vielen Jahren fühlte sie sich wieder begehrt. Sicher, Martin sah sie auch an, aber anders. Oder war sie so durcheinander, weil sie die Begegnung mit Richard an ihren Ex erinnert hatte? Gertrud zog sich aus und ging unter die Dusche, doch obwohl das heiße Wasser minutenlang über ihren Körper lief, ließ sich damit das schale Gefühl nicht wegspülen. Sie hüllte sich in das große rote Badetuch und legte sich auf das Bett. Der Regen prasselte wieder auf das Dachflächenfenster und ihre Augen wurden schwer. Mit dem Gedanken, dass sie Martin anrufen musste, schlief sie ein. In ihren unruhigen Träumen lief sie am Strand entlang. Vor ihr war Martin. Sie rief, aber der Wind zerriss ihre Stimme und wehte die Wortfetzen über das Meer. Sie wollte ihm nachlaufen, aber ihre Füße schienen auf dem sandigen Untergrund mit den zerbrochenen Muschelresten wie festgeklebt. Sie blickte an sich hinab und bemerkte das dicke Seil, das um ihre Hüfte gebunden war. Das andere Ende des Seils lag in den Händen von Richard, der sie mit einem traurigen Blick ansah.

Kapitel 25

Freitag nach Aschermittwoch

Missmutig rührte Martin Viertaler in seinem Haferl Kaffee und das quietschende Geräusch, das der Löffel in der Tasse erzeugte, ging Anna durch und durch. »Ich glaube, der Zucker hat sich mittlerweile aufgelöst, Paps.«

»Wieso?« Martin schien nicht zu merken, dass seine Tochter auf die Rührbewegungen anspielte, und verstärkte seine Bemühungen. Was dazu führte, dass die Tasse umfiel und sich eine braune Brühe über den Tisch ergoss. »Kreuzkruzi ...« Mit einem Blick auf Anna hielt er inne. Franziska hatte ihn immer ermahnt, vor dem Kind nicht zu fluchen. Er sprang auf und riss einige Küchentücher von der Rolle. Mit diesen versuchte er, die Sauerei in den Griff zu bekommen, bevor alles auf den Boden tropfte.

»Was ist los mit dir? Schlecht geschlafen?«

Martin brummelte etwas vor sich hin.

Sie sah ihn fragend an.

»Ich mache mir halt Sorgen, weil sich die Gertrud gestern nicht mehr gemeldet hat.« Er hielt inne, dann schob er nach: »Obwohl sie mir das versprochen hat.«

»Ihr ist bestimmt etwas dazwischengekommen. Sie ist doch mit ihrer Schwester unterwegs und vielleicht haben sie sich einfach einen schönen Mädelsabend in einem Restaurant gemacht.«

»Ihre Schwester Barbara isst doch nichts. Die fastet und macht so einen Kurs. Ich glaube, Yoga oder war das Pilatus?«

Anna unterdrückte das Lachen. »Ich glaube, dass ein römischer Statthalter nichts mit Ganzkörpertraining zu tun hat, Paps. Du meinst wohl Pilates. Das machen Greg und ich übrigens auch. Kräftigt die Muskulatur.«

Langsam reichte es Martin. Anna war wie Franziska. Die hatte auch immer das letzte Wort haben müssen. Außerdem war es ihm völlig egal, ob das Pilates hieß. Früher hatte es Turnen und Skigymnastik gegeben, beides hatte ihn nie interessiert. Er ging schwimmen oder in die Berge, obwohl er sich eingestehen musste, dass die Spaziergänge mit Hexle seit dem Tod von Franziska die einzige körperliche Bewegung waren. Er strich sich prüfend über den leichten Bauchansatz. Vier, fünf Kilo weniger würden ihm nicht schaden. Vielleicht sollte er in ein Fitness-Studio gehen. Da war vor einigen Wochen ein Werbeflyer im Briefkasten gewesen mit diesem durchtrainierten, grauhaarigen Mittsechziger drauf. »Mädelsabend, pah! Die ist mit einem Bekannten aus ihrer Pension unterwegs. Kurschatten hieß das früher.«

»Eifersüchtig, Paps? Ich wusste gar nicht, dass dir Gertrud etwas bedeutet?«

»Die Gerti und ich ... Wir gehen spazieren und einmal die Woche zum Frühstücken. Mehr ist da nicht.«

»Reicht dir das?«, konterte Anna.

Er schenkte sich einen neuen Kaffee ein und musterte über den Rand der Lesebrille hinweg seine Tochter, die mit verschränkten Beinen auf dem Stuhl ihm gegenüber saß und über ihre Teetasse pustete. Ihr Gesicht war spitz und blass und unter den Augen zeichneten sich tiefe Ringe ab. Musste er sich Sorgen machen?

»Ist Greg gut gelandet?« Er versuchte, das Gespräch in eine andere Richtung zu lenken.

»Ja, alles gut. Er arbeitet heute.« Ihr Handy summte. Sie sah auf das Display und stand auf. »Ich muss los. Ich bleibe übrigens die nächsten Tage in München bei meiner Kollegin. Aber das habe ich dir ja schon gesagt. Das ist weniger stressig, als wenn ich spät nachts noch heimfahre.« Sie stand auf und umarmte ihn flüchtig. An der Tür zum Treppenhaus hielt sie kurz inne und sah ihn prüfend an. »Wann wolltest du mir eigentlich sagen, dass du gegen meinen früheren Freund ermittelt hast?« Dann drehte sie sich um und die Tür fiel lauter als sonst ins Schloss.

Kapitel 26

Kriminalhauptkommissar Ingo Bayerl überquerte die Lechbrücke in Richtung der Landsberger Altstadt. Er folgte einem Gefühl, dem sein Kopf die Zustimmung verwehrte. Doch nun war er hier. Beim altbekannten, rosafarbenen Haus, in dem früher christliche Devotionalien und Krippen verkauft worden waren, bog er ab und nahm die Treppe hinauf zu Martin Viertalers Haus. Während er an der Haustür klingelte, kamen ihm erneut Zweifel. Als nach einer endlos langen Minute niemand öffnete, war er erleichtert. »Immerhin habe ich es versucht«, murmelte er vor sich hin und wollte zurück zu seinem Auto, das er vor der Post am Westufer des Lechs geparkt hatte. Doch auf der Treppe hinunter zur Lechbrücke stand mit einem Mal Viertaler vor ihm.

»Ingo, das freut mich aber. Wolltest du zu mir?«

»Eigentlich ... ich war in der Stadt und ...«

»Willst du einen Kaffee? Ich habe sozusagen sturmfrei. Meine Tochter ist in München bei der Arbeit.«

»Ich wusste gar nicht, dass deine Tochter wieder bei dir eingezogen ist.«

»Das ist eine längere Geschichte. Die erzähle ich dir später.«

Kurze Zeit später saßen die beiden Männer an Viertalers Küchentisch und tranken frisch aufgebrühten Kaffee. Kurzentschlossen ergriff Viertaler die Initiative: »Du, Ingo, ich hoffe, du glaubst mir, dass ich bei diesem Fall mit dem toten Pfarrer rein gar keine Aktien habe. Ich war völlig zufällig da.«

Ingo Bayerl rieb sich die Nase, so wie er es immer tat, wenn er nicht so recht wusste, wie er anfangen sollte.

Als er nichts erwiderte, holte Martin weiter aus: »Letzte Weihnachten, da wollte ich nur meine Bekannte schützen, weißt du. Ich weiß doch, wie blöd es aussieht, wenn einem Zivilisten ...«

Bayerl unterbrach ihn: »Martl, Schwamm drüber. Letzten Endes hat mir deine Aktion sogar genützt. Ich weiß nicht, ob du das schon weißt, aber ich bin jetzt offiziell der Leiter der Mordkommission im K1.« Dann sah er ihn an wie ein kleiner Junge, der eine Eins in Mathe nach Hause gebracht hatte.

»Herzlichen Glückwunsch, Ingo! Das freut mich jetzt aber.«

»Der Fall alleine war es sicher nicht. Als Chef hast du mir sehr viel beigebracht. Und ich habe es immer geschätzt, dass du mich an der langen Leine hast laufen lassen. Deswegen wollte ich dich auch nie enttäuschen. Auch, wenn mir das den Spitznamen Gscheithaferl eingebrockt hat.«

Martin wusste im ersten Moment nicht, was er sagen sollte. So offen war sein ehemaliger Mitarbeiter noch nie gewesen. Verlegen winkte er ab. »Um mir das zu sagen, bist du aber sicherlich nicht gekommen?«

»Nein, Martl. Doch ... Also, ich wollte dich einfach mal fragen, ob du es für möglich hältst, dass der ermordete Pfarrer etwas mit Drogen zu tun hatte. Wo du doch sozusagen ein Insider bist. Das bist du doch, oder? Ein Landsberger *Ureinwohner*.«

»Ureinwohner ist vielleicht ein wenig zu dick aufgetragen, aber ja, es stimmt ...« Martin musterte seinen früheren Kollegen eingehend. »Komm zum Punkt, Ingo. Warum bist du wirklich hier?«

»Der Staatsanwalt macht Druck.«

»Versucht vielleicht jemand von oben, den Ermittlungen eine bestimmte Richtung zu geben? Wäre ja nicht das erste Mal.« Als Bayerl nichts erwiderte, fuhr er fort: »Du weißt so gut wie ich, dass es in 90 Prozent aller Fälle um Beziehungstaten geht.«

»Stimmt schon. Darüber hinaus verfolgt eine junge Kollegin eine Spur in die nationalsozialistische Vergangenheit Landsbergs.«

Martin nickte. »In der NS-Zeit war unser Städtchen ja eine große Nummer.«

»Der Staatsanwalt hält aber bislang nichts von unseren Ermittlungsansätzen. Der hat sich anderweitig festgelegt.« Dann brach es aus Ingo heraus: »Ist die Mafia deiner Meinung nach in Landsberg aktiv?«

Eine Stunde später war er auf dem Weg zurück nach Fürstenfeldbruck. Er fuhr die Bummelroute über die Dörfer: Penzing, Geltendorf, Moorenweis, Jesenwang. Eine gute Gelegenheit, sein Gespräch mit Martin Viertaler noch einmal Revue passieren zu lassen. Am Ende hatte ihn sein alter Chef darin bestärkt, das Tatmotiv im Umfeld des Opfers zu suchen. Selbst, wenn ihn die Staatsanwaltschaft in Richtung Organisiertes Verbrechen drängte. Und Antonia wühlte in der braunen Vergangenheit Landsbergs. Vielleicht kam dabei am Ende sogar eine brauchbare Spur zutage.

Kurz vor dem Wochenende hatte er deswegen eine Lagebesprechung mit dem gesamten Team anberaumt. Sie mussten noch einmal alle Fakten auf den Tisch legen und die weiteren Ermittlungen abstimmen.

Unerwartet ruckte sein Wagen zur Seite, als ihn eine Windböe erfasste. Für eine Sekunde fühlte sich Ingo, als würde er abheben. Adrenalin durchflutete seinen Körper. Hektisch lenkte er gegen und das Fahrzeug schlingerte auf der unebenen Landstraße. Die Zeichen standen auf Sturm. Hoffentlich galt das nicht für die Besprechung nachher.

Im großen Konferenzraum des Kommissariats 1 für Tötungsdelikte und Sitte herrschte aufgekratzte Stimmung. Etwas lag in der Luft. Ingo Bayerl konnte es in den Gesichtern der Teammitglieder der Soko ´Landsberger Pfarrer´ sehen. Er fühlte sich spontan in seine Schulzeit zurückversetzt. Mit einem Gefühl zwischen Angst vor dem, was gleich kommen würde, und Zuversicht, gut vorbereitet zu sein, nahm er Platz am großen Besprechungstisch. Dieser Fall war sozusagen seine Bewährungsprobe als Leiter der Mordkommission.

Bayerl legte die Akte vor sich hin und musterte seine Kollegen. Antonia Buck ergänzte ihre Notizen mit einem Bleistift und wirkte dabei wie die Klassenbeste im Gymnasium kurz vor einer Schulaufgabe. Bayerl lächelte in sich hinein.

Alois Zettl von der Spurensicherung dagegen war der typische Nerd und wie immer in seinen Tablettcomputer vertieft. Er wirkte, als wüsste er alles, es aber mit niemandem teilen wollte.

Einzig Anni Höfer aus dem Recherchęteam war bereit für die Besprechung. Sie saß kerzengerade auf ihrem Stuhl. Ihre hellblauen Augen erwiderten seinen Blick. Dann klopfte sie auf die Tischplatte. Alle fuhren hoch. »Fangen wir an, oder warten wir auf den Skype-Anruf von Frau Doktor Brahms-Kurbjeweit?«

In diesem Moment ertönte auch schon das charakteristische Glockenmotiv des Diensteanbieters und Lois Zettl schaltete den Anruf auf den Beamer.

Von der Rechtsmedizinerin erfuhren sie kaum Neues. Sie bestätigte die bei der Obduktion geäußerten Vermutungen über die Todesursache. Der Pfarrer wurde mit dem Kerzenleuchter erschlagen. Allerdings war er nicht sofort tot gewesen: »Er starb letztendlich an einem sekundären Atemstillstand. Durch die Verletzung des Gehirns entstand ein Hirnödem mit intrakraniellem Druckanstieg. Das hat den Hirnstamm eingequetscht und er war zunächst bewusstlos.«

»Hätte er denn noch gerettet werden können?«, wollte Ingo Bayerl wissen.

»Theoretisch ja, wenn man sofort den Notarzt verständigt.«

»Haben Sie sonst noch etwas für uns?«

»Von den Hämatomen auf dem Rücken wissen Sie ja schon. Der guten Ordnung halber möchte ich noch hinzufügen, dass das Opfer keinerlei Drogen genommen hat. Wir konnten nichts nachweisen, weder im Blut noch in den Haaren. Allerdings«, dabei machte sie eine Pause, »hat er wohl über einen längeren Zeitraum starke Schmerztabletten genommen. Solche, wie sie Herr Zettl auch in der Jackentasche des Toten gefunden hat.«

Lois Zettl meldete sich zu Wort. »Konnten Sie den Todeszeitpunkt weiter eingrenzen?«

»Leider nein. Sie müssen von einem Zeitraum zwischen halb zwölf und halb drei ausgehen. Genauer bekommen wir das nicht hin.« Frau Brahms-Kurbjeweit erklärte auch, dass die gefundene Tätowierung vermutlich neueren Datums sei: »Woher es stammt, ist nun Ihre Aufgabe.« Dann verabschiedete sie sich: »Meine Damen und Herren, ich habe noch einen Termin. Viel Erfolg und ein schönes Wochenende.«

Ingo Bayerl dankte ihr und beendete die Skype-Sitzung mit einem langgezogenen Seufzer der Software, der ihn immer wieder zum Schmunzeln brachte. »Weiter im Text, wir wollen auch ins Wochenende. Was hast du für uns, Anni?«

Anni Höfer vom Rechercheteam öffnete ihre Akte. Obenauf lag ein Blatt mit einer Zusammenfassung. »Meine Aufgabe war es, Exposés von allen Besuchern in der Kirche anzufertigen. Vorweg: Laut den Kollegen vom K4 hatte keiner je mit Drogen zu tun. Zumindest gibt es keine Einträge bei uns. Die meisten Gottesdienstbesucher waren deutlich über 70. Die gehen alle regelmäßig freitags zur Messe.«

Bayerl hakte nach: »Und wer war noch kein Pensionär?«

»Marlies Kurz, 29, klein und zierlich, verheiratet, eine Tochter, vier Jahre alt, die sie zum Kindergarten gebracht hatte. Nutzte die freie Zeit, um in der Kirche den Kopf freizubekommen.«

»Geht das?«, wollte Alois Zettl wissen. »In der Kirche den Kopf frei bekommen?«

»Versuch´s doch mal«, ermunterte ihn Anni Höfer mit einem spöttischen Lächeln. »Würde dir vielleicht guttun, Lois.«

Bayerl bedeutete Anni, fortzufahren.

»Heinz Socher, 38, ledig, Angestellter bei der VR-Bank. Er hatte Urlaub. Er ist ehrenamtlich im Pfarrgemeinderat tätig. Wandert in seiner Freizeit und fotografiert. Ich denke, er hätte die Konstitution, um den Pfarrer erschlagen und zum Fundort zu schleppen.«

»Der ist Vorsitzender des Pfarrgemeinderates und war wohl ein Fan des Opfers«, ergänzte Antonia. »Der hat mir auch bestätigt, dass die Pfarrei sehr unterschiedlich auf den Vertretungspfarrer reagiert hat.«

Anni Höfer drückte auf´s Tempo: »Gertrud Maier, 53, ledig, Handarbeitslehrerin mit Freistunde. Sie hatte diese Messe für ihre Oma zum Todestag lesen lassen.«

»Die können wir ausschließen«, schaltete sich Bayerl ein. »Sie ist eine gute Bekannte von Martin Viertaler.«

»Hört, hört«, murmelte Alois Zettl. »Aber das schließt die Dame nicht von unseren Ermittlungen aus. Oder weißt du da mehr?«

Ingo Bayerl überging diesen Einwurf. »Anni, hast du noch was über den Mesner, Korbinian Hinteregger?«

»Er ist 22, ledig und seit letztem Herbst macht er eine Ausbildung zum Mesner in Freising. Dort ist er noch bei der Mama, Monika Hinteregger, gemeldet, einer alleinerziehenden, examinierten Altenpflegerin mit Demenzfortbildungen. Vater unbekannt. Derzeit leistet er ein Praktikum in Landsberg ab. In seiner Freizeit besucht er ein Fitness-Studio.«

»Dem fühle ich nächste Woche noch einmal auf den Zahn«, sagte Bayerl. »Die Alibis der anderen Protagonisten des Weißwurstessens mit dem Opfer sind ja geklärt und schlüssig.«

Anni fuhr fort: »Der hauptamtliche Mesner Paul Schäffler ist mit seiner Frau und den beiden Kindern schon vor dem Trubel des Lumpigen Donnerstags in aller Frühe in den Skiurlaub aufgebrochen. Er war nicht in der Stadt, das konnte ich schon gegenchecken mit seinem Hotel. Die Pfarrsekretärin Sabine Ehlers war mit der Gemeindereferentin Johanna Braun im Fasching unterwegs. Die beiden Damen geben sich ja gegenseitig ein Alibi. Den Aushilfsmesner übernimmst ja du noch mal. Außerdem habe ich noch in der Rehaklinik angerufen. Pfarrer Heidenblut hat diese erst am Freitag Mittag nach dem Anruf seiner Sekretärin verlassen.«

»Danke, Anni. Saubere Arbeit, den richtigen Pfarrer hätte ich beinahe vergessen.« Er wandte sich an Antonia: »Was hast du über den toten Pfarrer herausgefunden?«

»Es besteht ein Zusammenhang zwischen dem Opfer und einem KZ-Häftling, der 1945 in Landsberg inhaftiert war. Da muss ich noch weiter graben, um die Verbindungen zu durchleuchten. Darüber hinaus habe ich eine Zwei-Zimmer-Wohnung von Jakub Cibulski in Augsburg gefunden, wo er gemeldet ist. Josef-Priller-Straße, im Univiertel. Ich würde diese Wohnung gerne in Augenschein nehmen, aber der Durchsuchungsbeschluss wurde bislang nicht erteilt.«

Es war kein gutes Zeichen, wenn der Staatsanwalt Dr. Gruber sie zappeln ließ. »Ich hake gleich nachher noch einmal nach. Irgendwie ist der Gruber nicht mehr so kooperativ wie früher. Den kleinen Dienstweg scheint er nicht mehr zu kennen. Will wohl Oberstaatsanwalt werden.«

»Was machen wir bezüglich der Hämatome? Wie willst du dazu Zeugen finden?«, hakte Lois nach.

»Ich denke, wir könnten einen Aufruf über das Landsberger Tagblatt starten. Nach dem Motto: ´Wer hat etwas gesehen?´ Ich mache mir dazu noch Gedanken. Nachdem der Zeitraum, in dem der Todeszeitpunkt liegt, immer noch sehr grob ist, müssen wir noch einmal von allen Personen die Alibis prüfen. Das wird uns nächste Woche beschäftigen. Aber jetzt erst mal ein schönes Wochenende für euch alle.«

Kapitel 27

Samstag nach Aschermittwoch

Der Nachthimmel brannte und der Geruch von Rauch und fauligem Fleisch hing in der Luft. Maschinengewehrfeuer dröhnte in seinen Ohren. Hans Huber schlug die faltigen Hände vors Gesicht. Seit einigen Wochen suchten den alten Mann die Bilder und Gerüche, die er sorgsam verdrängt hatte, unbarmherzig heim.

Es waren die Augen gewesen, die die Schatten der Vergangenheit kurz vor Weihnachten aus ihrer Höhle gelockt hatten. Die Augen und der leichte polnische Akzent von Pfarrer Cibulski, der ihm einen Tag vor Heilig Abend die Krankenkommunion gebracht hatte. Hans Hubers Schwiegertochter hatte den kirchlichen Beistand eingefädelt. Geistesabwesend hatte er danach tagelang aus dem Fenster gestarrt, und in der Nacht wurde die Vergangenheit zur Gegenwart. Das Licht hatte er oft erst in den frühen Morgenstunden gelöscht, so als könnte die Helligkeit ihm die Angst nehmen.

Sein Blick blieb an den Schwarz-Weiß-Aufnahmen auf der alten Nussbaumkommode hängen. Sein stolzer Vater in der Uniform eines Offiziers der Waffen-SS. Daneben er selbst in der Hitlerjugend-Uniform. Ein hagerer Junge, der mit ernstem Blick in die Kamera schaute. Seine Mutter, eine zierliche Frau mit schmalem Gesicht zwischen langen schwarzen Haaren, fast am Rand des Bildes. Die Aufnahme war Anfang 1944 entstanden. Das hatte ihm später sein Vater gesagt.

Kurz danach war sie gegangen. Einfach so, ohne ein Wort des Abschieds. Der zart auf seine Stirn gehauchte Kuss am Abend vorher – eine letzte Erinnerung an sie. Seine Fragen, seine Trauer, ihre gemeinsamen Erlebnisse in den Kriegswirren verschüttet wie die Toten in den zerbombten Gebäuden. Sein stolzer Vater anschließend ein gebrochener Mann.

Ende Januar war der polnische Geistliche wiedergekommen. Was er ihm jedoch an diesem Tag erzählt hatte, hatte Hans Huber vollends aus der Bahn geworfen. Ungläubig hatte er der Geschichte des Priesters gelauscht. Sie waren lange gesessen und Pfarrer Jakub hatte versucht, ihn so gut es ging, aufzufangen. Es war ihm nur halbwegs gelungen, denn nach dem Besuch war der alte Mann außer sich.

Hans Huber ließ an den Tagen danach alles teilnahmslos über sich ergehen: Die Leibwäsche durch den Pflegedienst, das besorgte Kümmern seiner Schwiegertochter Renate, wenn sie die vollen Teller wieder abräumte. Als selbst das Landsberger Tagblatt ungelesen auf dem Küchentisch liegen blieb, hatte sie seinen Enkel Matthias angerufen. Doch auch dessen Fragen waren an einer Mauer des Schweigens abgeprallt.

Es hatte Tage gedauert, bis Hans Huber seine Erinnerungen halbwegs im Griff hatte. Dann hatte das Begreifen eingesetzt und mit dem Begreifen kam der Sinn. Ein Sinn, der Vergangenheit, Gegenwart und Zukunft erträglicher machte und das, obwohl sich die Tür des Todes jeden Tag weiter für ihn öffnete.

Pfarrer Jakub wollte wiederkommen und ihm den Beweis für seine Geschichte bringen. Doch das tat er nicht. Am Tag des vereinbarten Besuchs war er tot in der Stadtpfarrkirche aufgefunden worden. Erschlagen, so hatte ihm seine Schwiegertochter Renate erzählt. Ihre Trauer darüber nur aufgesetzt. So war es ihm damals vorgekommen.

Der Tod des Pfarrers hatte ihm wieder einmal klar gemacht, dass im Leben nur die Liebe und der Tod alle Dinge zu ändern vermochten. Aus Liebe würde er seinem über alles geliebten Enkel wehtun müssen. Aber das war er sich selbst und seiner Familie schuldig.

Dann war Hans Huber bereit für die letzte Reise seines Lebens. Wo sie ihn hinführen würde, wusste er nicht, denn sein Schicksal hatte ihm früh den Glauben an einen barmherzigen Gott genommen.

Er griff zum Telefon und wählte die Nummer seines Enkels Matthias.

Kapitel 28

Montag nach dem ersten Fastensonntag

»Do schnallsch ab, Chef.« Aufgeregt platzte Antonia Buck in das gemeinsame Büro, wo sie Ingo Bayerl im Gespräch mit Staatsanwalt Dr. Gruber vorfand. Abrupt hielt sie inne und starrte die beiden Männer an. Eine peinliche Pause entstand.

»Gut, dass du kommst, Toni. Ich setze gerade Herrn Doktor Gruber ins Bild über den Stand der Ermittlungen. Hast du was Neues bezüglich unseres toten Pfarrers?«

»Ja, ähm, ich war am Samstag in Landsberg drüben. Dort konnte ich sehr interessante Neuigkeiten in Erfahrung bringen.«

»Am Samstag? Waren Sie da privat?«, wollte der Staatsanwalt wissen.

»Noi, äh, nein! Dienstlich. Ich war bei einer Veranstaltung des historischen Vereins, und der Alt-Oberbürgermeister hat mir ganz erstaunliche Dinge erzählt. Der KZ-Häftling, dessen Nummer Jakub Cibulski am Arm trug, war nämlich noch ein weiteres Mal in Landsberg!«

»Das wissen wir doch schon alles, Frau Buck.« Die Stimme des Staatsanwalts klang eisig. »Steht in Ihrem letzten Bericht. Es ist aber nicht ermittlungsrelevant, wer 1945 in Tatortnähe herumgelaufen ist, oder?«

Antonia schnaubte kurz und verzog das Gesicht. Mit leicht erhöhter Tonlage fuhr sie fort: »Nein, da geht es nicht nur um 1945. Der Abram Canoch, so hieß der KZ-Häftling, war 2005 erneut zu einem Festakt in Landsberg. Dabei hat er eine Rede gehalten anlässlich des 60.

Jahrestages seiner Befreiung. Das hat mir der ehemalige Landsberger Oberbürgermeister Ignaz Reiter erzählt.«

Dr. Gruber strich ungerührt seine Krawatte glatt. »Ich wüsste nicht, wie uns das weiterhelfen könnte. Ihr Vorgesetzter wollte mir gerade den Stand ...«

»Eben!«, platzte sie heraus. »Ich denke, dass Herr Canoch irgendwie verwandt ist mit unserem Mordopfer.«

»Das ist ja an den Haaren herbeigezogen. Nur weil Frau Doktor Brahms-Kurbjeweit diesen Artikel über die Tätowierung bei Nachkommen von KZ-Opfern erwähnt hat.«

»Das ist tatsächlich weitverbreitet. Und beim Besuch von Abram Canoch in Landsberg vor elf Jahren gab es massive Proteste von rechten Gruppen.«

Gruber schlug mit der Faust auf den Tisch. »Sie wollen jetzt aber nicht einen Zusammenhang herstellen zwischen unserem Mordfall und der rechten Szene, oder?« Irritiert sah er Bayerl an. »Haben Sie diese Ermittlungen autorisiert?«

»Ja also ... ich finde, meine Kollegin verfolgt eine interessante Spur. Wie ich schon eingangs erklärt habe, ermitteln wir in zwei Richtungen: Zum einen durchleuchten wir das direkte Umfeld des Opfers, möglicherweise im Zusammenhang mit einem Drogendelikt und eben, ob es einen rechtsnationalen Hintergrund gibt. Eben.«

Die Stimme des Staatsanwalts wurde gefährlich leise: »Ich fasse es nicht, Herr Bayerl! Hatte ich mich nicht klar ausgedrückt in der Rechtsmedizin letzten Dienstag? Sie stochern mit Ihrem Team in eingebildetem braunem Morast und ignorieren die Spuren, die auf dem Tisch liegen. Haben Sie überhaupt in Erwägung gezogen, dass hier vielleicht die Mafia ihre Finger im Spiel haben könnte?«

Bayerl schluckte. »Also, die Richtung mit den Drogen ist schon eingeschlossen in die Umfeldermittlungen, irgendwie. Das Kokain könnte von jedem im Beichtstuhl deponiert worden sein. Vielleicht hat der Pfarrer die Drogen gefunden, vielleicht auch nicht.«

»Und wie kommen die Kokainspuren in die Wohnung des Pfarrers?«

»Das wollen wir in aller Ruhe ermitteln, die Fakten querchecken, bewerten und dann erst unsere Schlüsse daraus ziehen.«

Der Staatsanwalt beugte sich vor. »Mir sitzen der Bischöfliche Stuhl in Augsburg und der Justizminister im Genick«, zischte er. Feine Speicheltröpfchen landeten auf Bayerls Wange. »Außerdem haben wir starke Hinweise auf die Mafia in diesem Fall, und Sie und Ihr Team haben nichts Besseres zu tun, als in der Landsberger Stadtgeschichte herumzugraben? Ich fasse es nicht!« Dr. Gruber rang die Hände in einer theatralischen Geste.

»Also, Spuren von Kokain bedeuten ja nicht gleich, dass die *´Ndrangheta* im Spiel ist, oder? Vor allem, weil wir ja noch gar nicht wissen, von welchen Mengen an Drogen wir sprechen«, versuchte ihn Bayerl zu beruhigen.

Antonia war dankbar, dass ihr Vorgesetzter sie in dieser Sache unterstützte. Insgeheim war sie auch froh, dass der Staatsanwalt nicht wusste, dass sie das Tagebuch zur Übersetzung gegeben hatte. Obwohl sie ahnte, dass es besser war, Bayerl argumentieren zu lassen, wagte sie wider alle Vernunft einen letzten Vorstoß: »Die Nazi-Spur hat vermutlich große Relevanz! Landsberg war im Dritten Reich eine besondere Stadt, müssen Sie wissen, Herr

Staatsanwalt. Und das Beste habe ich Ihnen ja noch gar nicht gesagt.« Ihre Wangen begannen wieder zu glühen.

Dr. Gruber sah zum Fenster hinaus. »Lassen Sie mich raten. Der Tote war ein Agent des israelischen Geheimdienstes?«

Antonia hielt abrupt inne. Was hatte dieser *Säggl* da gerade gesagt? Sie war es gewohnt, dass Kollegen sie als unbedarftes, dialektschwätzendes, junges Huhn behandelten, aber von einem Staatsanwalt offen verarscht zu werden, stieß ihr sauer auf. Kühl erwiderte sie: »Sie müssen mich jetzt nicht auf den Arm nehmen, nur weil Sie nicht einer Meinung mit mir sind. So was nennt man andernorts Mobbing.«

Dr. Gruber sprang auf: »Herr Hauptkommissar Bayerl, rufen Sie Ihre Mitarbeiterin zur Ordnung. Derartige haltlose Vorwürfe muss ich mir nicht anhören.«

»Ich denke, dass wir alle ein wenig runterkommen sollten«, warf Bayerl beschwichtigend ein. Eine derartige Eskalation hatte er noch nicht erlebt. Warum musste Antonia diesen Schnösel auch so provozieren? Immer mit dem Kopf durch die Wand. Andererseits war er als junger Kommissar genauso gewesen und immer froh darüber, wenn sein alter Chef, Martin Viertaler, sich in solchen Situationen schützend vor ihn gestellt hatte. Deshalb hatte er sich auch immer den Arsch aufgerissen, weil er das in ihn gesetzte Vertrauen nicht enttäuschen wollte. »Vielleicht sollten wir uns zunächst einmal anhören, was Frau Buck herausgefunden hat. Dann können wir immer noch darüber diskutieren, ob die Relevanz genügend ist, oder?«

Der Staatsanwalt funkelte ihn wütend an, sagte aber nichts.

»Also, Toni, was hast du noch herausgefunden?«

Mit einem misstrauischen Seitenblick auf Dr. Gruber erklärte sie: »Alt-OB Ignaz Reiter hat mir erzählt, dass Abram Canoch seine ehemalige Häftlingsjacke dem Landsberger Stadtmuseum als Leihgabe überlassen hat. Wenn Sie also einen DNA-Abgleich anordnen würden, wüssten wir schnell, ob Jakub Cibulski der Enkel von Abram Canoch ist oder nicht. Außerdem wäre es meiner Meinung nach sinnvoll, die Wohnung des Mordopfers in Augenschein zu nehmen. Vielleicht finden sich dort schriftliche Dokumente, die meine Theorie untermauern?«

»Da werden wir nichts mehr finden. Hätten Sie Ihre Arbeit gemacht, wüssten Sie, dass das Opfer zwar noch dort gemeldet ist, aber die Wohnung selbst schon längst leer steht. Der Pfarrer Cibulski hat alle Zelte abgebrochen. Das hat mir der Bischöfliche Stuhl verraten.«

»Ich wusste gar nicht, dass ein Stuhl sprechen kann«, ätzte Antonia.

Dem Staatsanwalt blieb die Spucke weg. Eine Zeit lang brachte er kein Wort heraus, sondern schüttelte nur seinen Kopf. Schließlich presste er hervor: »Herr Hauptkommissar, die Ermittlungen sind für das K1 beendet. Ich werde den Fall an die Staatsanwaltschaft München 2 und das Landeskriminalamt abgeben.« Damit nahm er seinen Mantel und verließ grußlos das Büro.

Kapitel 29

Es war später Vormittag, doch der Himmel war so dunkel, als ob demnächst die Welt untergehen würde. Ema saß im kleinen Landsberger Lechcafé und betrachtete den Schneeregen, der gegen die Fenster fegte. An schönen Tagen war der gepflasterte Flößerplatz neben dem Lechwehr sicherlich ein romantischer Fleck, doch heute lag er trostlos vor ihm. Vor sich auf dem Tisch hatte er eine leere Kaffeetasse und den braunen Umschlag, den er vom *Capo* hatte. Die Bedienung werkelte hinter dem kleinen Tresen und ließ ihn in Ruhe. Er wusste langsam nicht mehr weiter. Wenn er nicht bald Ergebnisse vorweisen konnte, würde sich auch über ihm ein Unwetter zusammenbrauen. Er fühlte sich wie gelähmt, aber gleichzeitig stieg von seiner Körpermitte aus eine Wut in ihm hoch, die ihn rasend machte.

Ema stieß die Luft aus und betrachtete zum wiederholten Mal seine handschriftlichen Anmerkungen auf den Dossiers der Kripo Fürstenfeldbruck. So oft er die Unterlagen auch durchging, seine Spürnase hatte noch nicht angeschlagen. Aus dem Umfeld des toten Pfarrers hatte er auf diese Weise die meisten Personen aus dem Kreis der Verdächtigen ausgeschlossen. Im Gegensatz zur Kripo war er allerdings nur daran interessiert, wer den am Mittwochabend gelieferten Stoff geklaut haben könnte. Die Gottesdienstbesucher, die in der Kirche gewesen waren, als der Tote gefunden worden war, hatte er allesamt ausgestrichen. Aus Emas Sicht kamen vor allem diejenigen in Frage, die ständig in der Kirche waren. Beispielsweise war der *Sacrestano* Paul Schäffler, zwar am Lumpigen Donnerstag nicht in der Stadt, doch er hätte durchaus den Stoff vorher an sich nehmen können. Auch der Gehilfe des Mesners kam in Frage. Nur den Stadtpfarrer Heidenblut schloss er nach dem Gespräch in der Pizzeria vor einer Woche aus. Er hatte es quergecheckt, dass der bis Freitagmittag in der Rehaklinik gewesen war.

Dann war da noch die Gemeindereferentin Johanna Braun. Die verfügte über ein wasserdichtes Alibi. Die junge Dame war nämlich auf einer Fortbildung in Augsburg gewesen, was er von der Pfarrsekretärin Sabine Ehlers erfahren hatte. Er betrachtete ihr Foto auf seinem Mobiltelefon. Sie um den Finger zu wickeln, war eine seiner leichtesten Übungen gewesen. Zunächst hatte sie sich ihm gegenüber bei seinem Besuch letzte Woche abweisend verhalten. Als er ihr aber aufgetischt hatte, dass er ein verwitweter Tourist aus Padova sei, war sie aufgetaut. Nach der Behauptung, er sei in seiner Heimatgemeinde der *Basilica di Sant´Antonio* als ehrenamtlicher *Sacrestano* tätig, hatte Sabine schließlich alle Vorsicht fahren lassen. Die Pfarrsekretärin hatte seit dem Tod ihres Mannes keine Beziehung mehr gehabt. Sie dürstete nach Nähe und Zuneigung. Sie hatte ihn unbewusst mit wichtigen Informationen versorgt.

Er wollte das *Telefonino* gerade auf den Tisch legen, als es vibrierte. Ema runzelte die Stirn und ging ran: »Pronto? Come va?«

»Male, Ema. Male«, krächzte es aus dem Mobiltelefon.

Am Tonfall des *Capo* erkannte der *´Ndrinu* sofort den Ernst der Lage.

»Was hast du für mich, Ema?«

Der *´Ndrinu* zögerte. Dann antwortete er: »Ich bin gut vorangekommen, *Capo.*«

»Das heißt, du hast den Stoff?«

»Noch nicht, aber ...«

»... aber was?«, fiel ihm der *Capo* ins Wort. »Wann bringst du mir die Pakete zurück? Hier geht es ums Prinzip. Wir lassen uns nichts klauen!«

Es entstand eine unangenehme Pause.

»Bist du noch dran, Ema?«

»Si.«

»Muss ich dich daran erinnern, dass du schon über zehn Tage mit der Suche herumfroschst?«

»Das ist richtig, aber du wolltest auch, dass wir keinen Staub aufwirbeln.«

Der *Capo* seufzte. »Ema, d´accordo, aber ich will auch Ergebnisse sehen. Ich habe dich zum *Capobastone* gemacht, weil du üblicherweise zügig mit Lösungen um die Ecke kommst. Was ist los mit dir? Muss ich mir Sorgen machen?«

»Nein. Vertrau mir, *Capo*. Ich habe endlich einige heiße Spuren.«

»Was hast du für mich?«

»Also, von den Kleindealern aus dem Umfeld meines *Bischofs* war es keiner, das sagt mir meine Erfahrung. Die wissen alle, was für sie auf dem Spiel steht. Aber vorsichtshalber schicke ich den *Bischof* noch einmal los. Gleichzeitig rückt unser Zwischenhändler in den Kreis der Hauptverdächtigen.«

»Der hat doch angeblich nicht die Eier dazu. Deine Worte bei unserem letzten Treffen«, wandte der *Capo* ein.

»Der Spießer hat seine Familie vor meiner Nase weggeschickt. Schon fast ein Schuldeingeständnis, oder?«

»Culo impertinente!«, entfuhr es dem *Capo.* »Hattest du ihm nicht ein Ultimatum gesetzt?«

»Ja, bis gestern Nacht. Ich werde jetzt den Druck maximal steigern. Sollte er nicht spuren, wird er einen Unfall haben.«

»Piano, Ema! Piano. Der *Bischof* ist ein sehr wertvoller Mitarbeiter. Immerhin ist er mit einer süßen Frau und zwei kleinen Kindern gesegnet. Eine bessere Tarnung gibt es nicht.«

»Trotzdem kriegt er Ärger, weil ich mich nicht gerne von einem Untergebenen verarschen lasse.«

»Als *Capobastone* hast du natürlich freie Hand. Aber denk daran, dass wir den Stoff brauchen und keinen toten Familienvater. Wer sind die anderen Hauptverdächtigen?«

»Der tote Pfarrer. Der könnte unsere Ware gefunden haben.«

»Dann wäre sein Mörder der Dieb.« Der *Capo* stöhnte. »Das wäre allerdings sehr kompliziert.«

»Die dritte heiße Spur ist für mich der Mesner in Ausbildung.«

»Der junge *Sacrestano*?«, unterbrach ihn der *Capo.* »Was gibt es Neues zu dem?«

»Nun, er verhält sich komisch. Würde mich nicht wundern, wenn er etwas mit dem Tod des Pfarrers zu tun hat. Am Ende war der Pfarrer ein warmer Bruder, der den *Sacrestano* gefickt hat? Aber vielleicht hat einer der beiden auch nur den Stoff gefunden und beiseitegeschafft. Da werde ich jetzt anfangen zu bohren.«

»Bene. Der *Sacrestano* hat meiner Meinung nach Priorität eins. Der Zwischenhändler war es nicht«, erklärte der *Capo*. »Und wie willst du an die Informationen kommen?«

»Über die Sekretärin des Pfarrers. Die ist der Schlüssel zum Umfeld der Pfarrei.«

Der *Capo* lachte dröhnend.

Ema war verwirrt, diese Gefühlsregung bei seinem Chef zu hören.

»Nun, Ema, da musst du eben auch bohren. Die *Ragazzina* passt ja sogar in dein Beuteschema, wenn ich mich recht erinnere.« Der *Capo* wurde mit einem Mal wieder Ernst. »Du hast noch eine Woche. Dann will ich Ergebnisse. Capito?«

Ema fröstelte es wieder, denn die Bemerkung des *Capo* führte ihm vor Augen, dass es keine Geheimnisse vor der Familie gab. Mit einem: »Si, certo«, legte er auf.

Todeszug der KZ-Insassen,
27. April 1945, 01:19 Uhr

Der zu Tode erschöpfte Häftling mit der Nummer B-3419 erwachte vom Geschützlärm. Der Zug fuhr, er wusste nicht, wohin. Durch das Rumpeln des Zuges brummten leise Propellergeräusche, die rasch näher kamen. Ein Fliegerangriff!

Maschinengewehrfeuer knatterte.

Er schloss die Augen, als ob ihn das inmitten des dunklen Waggons unsichtbar machen würde. B-3419 versuchte zu beten, doch ihm fiel nicht einmal mehr ein Gebet ein. Was würde sein Vater dazu sagen?

Eine Flak feuerte nun ohne Unterlass und er wartete darauf, dass der Zug getroffen wurde. Nach allem, was er durchgemacht hatte, nach Auschwitz, Dachau und der höllischen Schufterei, würden ihn am Ende alliierte Flugzeuge umbringen. Was für ein Irrsinn.

Neben dem Zug detonierte eine Bombe. Eine mächtige, unsichtbare Gewalt hob B-3419 in die Luft und ließ ihn hart mit dem Kopf auf dem Holzboden des Waggons aufschlagen. Lichtpunkte tanzten vor seinen Augen. Etwas Warmes lief ihm in den Nacken und seine Ohren waren taub durch die Explosion. Trotzdem fiel ihm auf, dass die Flak nicht mehr schoss.

Jemand zog etwas unter ihm hervor und jammerte, dass sein Bein gebrochen sei. Apathisch wartete B-3419 auf das Ende.

Die Flugzeugmotoren wurden leiser, die Piloten suchten sich ein anderes Ziel. Der Zug wurde langsamer, dann hielt er an, war ohne Energie – wie der Häftling mit der Nummer B-3419. Das Taubheitsgefühl wich einem lauten Klingeln.

Wieder hörte er Schüsse. Schritte auf dem Gleisbett kamen rasch näher. Die Waggontür wurde entriegelt und aufgezogen. Der Widerschein züngelnder Flammen verdrängte die Dunkelheit im Wagen.

B-3419 öffnete die Augen und erkannte wieder das Gesicht des jungen SS-Mannes. Sie starrten sich an, keiner sagte etwas. Schließlich räusperte sich der junge Häftling, nahm all seinen Mut zusammen. »Ich bin Abram. Abram Canoch ...«

Der Wachmann starrte ihn an. Dann sah er panisch über seine Schulter. »Raus hier. Wir sind getroffen. Der Zug fährt nicht mehr.«

Der Bursche schrie nicht, er flehte ihn beinahe an. Was hatte der Kerl da gerade gesagt? Der SS-Mann entsicherte seine Maschinenpistole und schoss ein ganzes Magazin in die Luft. Abram war unfähig, sich zu bewegen.

Heftig zog der Wachmann Abram Canoch am Arm. »Los raus! Oder willst du erschossen werden?«

Abram landete unsanft auf dem Schotter des Gleisbetts und fiel auf die Knie.

Der Soldat zog ihn hoch. »Lauf, du Idiot!«

Verständnislos starrte ihn Abram Canoch an.

Der junge SS-Mann packte ihn am Kragen seiner fadenscheinigen KZ-Kleidung und schüttelte ihn durch wie einen Hund: »Wenn du leben willst, dann lauf. Lauf endlich!«

Doch Abram starrte ihn immer noch an.

»Lauf nach Norden, da stehen irgendwo die Amerikaner. In ein paar Kilometern kommst du nach Weil oder Petzenhausen. Versteck dich in einem Bauernhof, bis die Amis kommen.« Er sah sich um, dann fasste er den Häftling wieder am Arm: »Wenn dich jemand fragt Abram, der Huber Hans hat dich befreit. Hörst du? Mein Name ist Hans Huber. Jetzt geh nach Norden ... viel Glück!«

Abram Canoch drehte sich um und stolperte los.

Kapitel 30

Matthias Huber parkte seinen Golf in der Martin-Kolmsperger-Straße, die zu einem der ältesten Wohngebiete in Landsberg gehörte. Er legte den ersten Gang ein und zog den Zündschlüssel ab. Zur Zeit lief es einfach nicht. Seine Kollegin Tanja hatte ihn am Wochenende versetzt, weil sie keine Lust mehr auf One-Night-Stands hatte. Das Gefühl der Zurückweisung hatte ihn sofort an Anna Viertaler erinnert. Seinen heimlichen Schwarm aus Jugendtagen. Er hatte sich nie getraut, sie anzusprechen. Dafür hatten schon seine Kumpels gesorgt, für die die Polizistentochter nicht cool genug war. Bis sie dann kurz nach dem Abitur mit diesem alten Sack im Sportcabrio durch Landsberg gedüst war. Bis zu diesem, von ihm vermasselten Treffen im Sommerkeller, waren sie sich nie mehr begegnet.

Er zog sich die Mütze vom Kopf und strich sich über die Stoppeln. Und jetzt noch sein Opa, der vorgestern angerufen und ihn für Montagabend einbestellt hatte. Matthias hoffte, dass der alte Herr heute gesprächiger war. Nicht so wie Ende Januar, wo ihn seine Mutter gebeten hatte zu kommen, weil Opa Hans nach dem Besuch des Polen nur noch ein Häufchen Elend gewesen war.

Müde quälte sich Matthias aus dem Auto. Nasskalt hing der Nebel in der Straße. Mit hängenden Schultern machte Matthias sich auf den Weg zu seinem Elternhaus, das gleich um die Ecke in der Friedensstraße lag. Jedes Mal, wenn er wie jetzt das Straßenschild las, stolperte er über diesen Namen. Die Straße war nach dem Ersten Weltkrieg angelegt worden, nach dem unglücklichen Frieden von Versailles. Matthias verstand zwar, dass die Stadt Landsberg Genossenschaftshäuser errichtet hatte, um den Familien von gefallenen Soldaten ein Heim bieten zu können. Aber dass die Straße dann *Friedensstraße* getauft worden war, ging nicht in seinen Kopf. Der ungerechte Friedensvertrag von Versailles, den die Alliierten dem Deutschen Reich aufgezwungen hatten, war seiner Meinung nach der Auslöser für den nächsten Krieg gewesen. Ein Krieg, in dem sein Opa Hans als blutjunger Mann in der SS für Volk und Vaterland gedient hatte. Dieser vermaledeite Pfaffe hatte dem Großvater vermutlich irgendeine Schuld-Scheiße eingequatscht, die dem alten Mann die Sprache verschlagen hatte.

Wütend ballte er die Fäuste und kickte einen Stein in eine Hecke. Aber die Quittung dafür hatte der Pole am Lumpigen Donnerstag erhalten.

Als er gerade an dem alten Häuschen klingeln wollte, das sein Uropa 1921 aus Schutt und Scherben gebaut hatte, kam sein Vater aus dem angebauten Elternhaus. Der hatte ihm heute noch gefehlt.

»Hallo, Matthias.«

Matthias nickte wortlos.

»Warte, ich sperr dir auf.« Paul Huber zog einen Schlüsselbund aus der Manteltasche. Die Haustür hätte schon längst einen neuen Anstrich gebraucht.

Matthias trat einen Schritt zur Seite. Die körperliche Nähe zu seinem Vater verunsicherte ihn.

»Sag dem Opa ... Ich muss los. Sitzung des Vorstands der Wanderabteilung.«

Erneut wallte die Wut in dem Altenpfleger auf. »Warum sagst du ihm das nicht selbst?«

Sein Vater winkte ab.

»Du bist so ein …« Matthias schluckte das emotionale *Arschloch*, das ihm auf der Zunge lag, hinunter und knallte die Haustüre so zu, dass ein Stück Putz innen von der Wand fiel. Der enge Flur war nur schwach erhellt durch den warmen Schein einer Salzkristall-Lampe. Leise knarzend öffnete er die Tür zum Wohnzimmer.

Der alte Mann saß mit einer braunkarierten Wolldecke auf den Knien in seinem Lehnsessel und sah ihn mit wachen Augen an. »Warum streitet ihr euch immer? Ihr solltet miteinander reden.«

»Du weißt, wie er ist. Da gibt es nichts zu reden. In seinen Augen bin ich der missratene Sohn, der nichts zu Ende bringt.« Matthias Stimme klang verbittert. Er zog die Jacke aus und warf sie auf das alte, abgewetzte Sofa. »Und wenn wir schon beim Thema sind. Du redest auch nicht mit ihm, also gibt mir keine guten Ratschläge! Sag mir lieber, warum ich kommen sollte.«

»Du hast recht, unsere Familie hat eine lange Tradition in schlechten Vater-Sohn-Beziehungen. Mit ein Grund, warum ich dich hergebeten habe.«

»Ehrlich gesagt, interessiert mich das nicht«, gab Matthias patzig zurück.

Hans Huber sah seinen Enkel lange an. Dann deutete er auf das Foto, das auf der Kommode stand. »Ich war siebzehn, als der Krieg vorbei war. Meine Mutter war Anfang 1944 über Nacht verschwunden, weil …« Er stockte, fuhr dann fort, ohne den Satz zu beenden. »Es gab keinen Grund zum Jammern, schließlich hatten wir überlebt und es ging allen gleich schlecht. Es war damals eine Tugend, sich nicht so wichtig zu nehmen. Mein Vater, ein überzeugter Nazi, war nach dem verlorenen Krieg ein gebrochener Mann.«

»Gebrochen vielleicht, aber er hat sich für das Vaterland eingesetzt, wie du auch.« Matthias setzte sich.

»Das dachte ich bisher auch, aber dabei ist er zu weit gegangen. Sein Opfer für den Endsieg war letzten Endes umsonst.«

»Was soll das jetzt heißen?«

»Lass mich weitererzählen. Wie du weißt, war ich am Ende des Krieges bei der SS.«

»Darauf kannst du stolz sein, Opa. Ich bin es auch.«

»Ja, aber du kennst nicht die ganze Geschichte. Ich habe ein Konzentrationslager hier in Landsberg bewacht.«

»Du hast nicht gegen die Amerikaner gekämpft?«

»Der Einfluss meines Vaters hat mich aus der Schusslinie genommen.«

»Und? Du hast deine Pflicht getan. Die Juden waren Feinde des Reiches. Das zählt.«

»In den letzten Kriegstagen wurden die Lager geräumt. Wir sollten die Überlebenden nach Dachau bringen. Als der Zug angegriffen wurde, habe ich die Türen geöffnet und die Gefangenen laufen lassen.«

»Wie laufen lassen?« Matthias starrte seinen Großvater mit großen Augen an.

»Der Krieg war zu Ende. Die Sieger hatten ihre eigene Sicht auf diese Dinge. Und als ich in die Augen eines Häftlings blickte, damals vor dem zerbombten Zug, sah ich meine eigene Angst darin.«

»Angst vor was? Du warst ein Mitglied der Elitekämpfer! Ihr hattet eure Pflicht für das Vaterland getan, so wie alle anderen Soldaten in diesem Krieg auch. Nur wir hatten ihn verloren. Die anderen nicht.«

»Wir haben unsägliches Leid über die halbe Welt gebracht, Tiasi. Da ging es nicht nur um einen heroischen Waffengang. Wir haben versucht, die Juden auszurotten.«

Mattias sprang auf. »So eine Aussage hätte ich von dir nicht erwartet. Das sind die Parolen der linksversifften Bewältigungskultur. Wir brauchen eine erinnerungspolitische Wende. Ständig wird nur das Schlechte herausgekehrt. Das hat mich schon im Gymnasium angekotzt.«

»Das habe ich lange Zeit auch gedacht. Deine Aktivitäten in der DfD habe ich deshalb immer wohlwollend verfolgt. Aber das ist der falsche Weg, Tiasi. Das weiß ich jetzt.«

»Das hat dir vermutlich dieser polnische Pfaffe eingeredet.«

»Der polnische Pfarrer war der Enkel eines der Juden, die ich 1945 aus dem Zug befreit habe.«

Matthias blickte den alten Mann fassungslos an. Er nahm seine Jacke von der Couch und verließ wortlos den Raum. Der Sockel, auf den er seinen Kriegshelden gestellt hatte, war zerbrochen.

Kapitel 31

Mittwoch nach dem ersten Fastensonntag

Martin Viertaler ging in Gedanken seinen Einkaufszettel durch, während er die Auslage der Metzgerei Boneberger betrachtete.

»Servus! Wie kann ich Ihnen helfen?«

Viertaler sah auf. Statt der erwarteten rothaarigen Dame lächelte ihn ein junger Mann mit rotblondem Bart und Hornbrille an.

»Das ist der Colin«, rief ihm die Fachverkäuferin seines Vertrauens zu, die gerade eine Kundin in der Fleischabteilung bediente. »Er ist neu bei uns und kommt aus Schottland.«

»Aus Schottland, aha. Frau Michaela hat mich sonst immer bedient. Die weiß, was mir schmeckt.«

»Das finden wir schon raus. Was kaufen Sie denn sonst immer?«

Jetzt fiel Viertaler auch der leichte Akzent auf, den er schon beim Freund seiner Tochter bemerkt hatte. »Ein paar von den harten Kamin-Dingern, die halten ja länger.«

»Kamin ... what?«

Frau Michaela zeigte ihrem neuen Kollegen die geräucherten Kaminwurzen. »Auf die steht der Herr Kommissar.« Dabei zwinkerte sie Viertaler freundlich zu.

»Sie sind bei der Polizei?« Colin sah ihn neugierig an.

»Ich bin ... war bei *Scotland Yard*, sozusagen.«

»Ein Detective also. Suchen Sie den Mörder von dem Pfarrer? Der war auch bei uns zum Einkaufen.«

»Nein, nein! Ich bin in Pension. Retired. Und was verschlägt sie nach Deutschland?«

Colin grinste. »Ich wollte mehr, als nur *Haggis* machen und Deutschland ist das Land der tausend Wurstsorten. Außerdem hat mich meine Freundin davon überzeugt, dass es sich in Landsberg gut leben lässt.«

»Das stimmt. Ich denke, Sie werden Ihren Entschluss nicht bereuen. Bei Gelegenheit können Sie mir erklären, was es mit dem *Haggis* auf sich hat. Ich muss noch weiter. Aber bevor ich es vergesse, geben Sie mir doch noch ein Pfund Kartoffelsalat für mein Menü morgen.«

»Den sollten Sie lieber frisch holen«, warf Frau Michaela ein. »Wenn Sie wollen, richtet mein Kollege den morgen früh für sie her.«

Kurze Zeit später stand Viertaler in der Schlange vor dem Fischstand auf dem Landsberger Wochenmarkt, als ihm jemand von hinten auf die Schulter klopfte. Verwundert drehte er sich um und sah in das schmale Gesicht seines ehemaligen Kollegen Gustl Stockleitner, einem Schichtleiter der Polizeiinspektion Landsberg.

»Hallo Gustl, Entschuldigung, ich meinte natürlich Herr Stockleitner, das ist ja eine Überraschung. Ich habe Sie beim Ausstand von Michi Haas schon vermisst. Aber er hat mir dann erzählt, dass Sie vier Wochen Urlaub genommen haben und nicht zu erreichen sind.«

Stockleitner grinste. »Unsere Zusammenarbeit in dem Fall der geköpften Leiche in der Teufelsküche hat mich einfach zu sehr erschöpft.« Sein Grinsen wurde breiter, als er den irritierten Gesichtsausdruck von Martin bemerkte. »Quatsch, das war ein Witz, obwohl du als Ehemaliger deine Kompetenzen eindeutig überschritten hast damals.« Er streckte ihm die Hand hin. »Ich denke, wir bleiben beim Du. Ich bin der Gustl.«

»Aber Gertrud ...«, wandte Martin ein und erwiderte den Händedruck.

Gustl winkte ab. »Ich weiß, dass es dir da allein um deine *Bekannte* ging.«

Martin hob erneut an, weil ihm die Art nicht passte, wie Gustl das Wort *Bekannte* in die Länge zog.

»Lass gut sein, Martin.« Gustl hob abwehrend die Hände und zog dabei fröstelnd die Schultern hoch. »Hast du noch Zeit für einen schnellen Cappuccino?« Er deutete auf die Bäckerei mit dem dazugehörigen Café.

Martin nickte und sie gingen rüber zum Ladencafé. »Den Fisch hole ich später. Brauche ihn sowieso erst morgen, wenn Anna zum Essen kommt. Meine Tochter«, schob er auf Stockleitners fragenden Blick hin nach. Dass Gerti auch da sein würde, musste er ihm nicht auf die Nase binden. Falls sie kam und es sich nicht anders überlegte, so komisch, wie sie seit Spiekeroog war.

»Ich wusste gar nicht, dass du kochen kannst.« Stockleitner musterte ihn anerkennend.

»Bei den vielen Kochsendungen im Fernsehen ist das heute keine Kunst mehr. Außerdem gibt es Youtube. Die erklären das super.« Er zog Gustl in den hinteren Teil des Cafés. Dort war es ruhiger. Die Begegnung mit dem Schichtleiter kam ihm wie gerufen. Auch wenn die Fürstenfeldbrucker Kollegen den Fall übernommen hatten, wusste der Beamte der PI Landsberg sicherlich einige Details zu den Ermittlungen über den toten Pfarrer. »Was trinkst du, Gustl? Ich lade dich ein.«

Als Martin mit den beiden Kaffeetassen und Butterbrezen zurückkam, wischte Gustl Stockleitner mit angestrengter Miene über das Display seines Smartphones.

»Alles in Ordnung?« Martin stellte das Tablett ab und deutete mit dem Kopf auf das Handy.

»Der Babysitter ist krank und unser Ältester ist im Skilager. Da fällt der Kinobesuch von meiner Frau und mir heute Abend ins Wasser.«

Martins letzter Kenntnisstand war, dass die Frau von Gustl mit den Kindern aus dem gemeinsamen Haus ausgezogen war. »Ich wusste nicht, dass ihr ...«

»Mit professioneller Unterstützung versuchen wir es noch einmal zusammen. Fünfzehn gemeinsame Jahre wischt man nicht so einfach weg und unsere Nachzüglerin ist erst fünf.« Er biss ein Stück von der Butterbreze ab.

Martin wäre mit Franziska im Mai 35 Jahre verheiratet gewesen. Seiner Meinung nach glücklich. Ihm wäre nie in den Sinn gekommen, jemanden Außenstehenden um Hilfe bei Eheproblemen zu bitten.

»Aber du spendierst mir doch keinen Kaffee, um mit mir über meine Ehe zu sprechen.« Gustl holte Martin aus seinen Gedanken und sah ihn prüfend an. »Dich interessiert eher, was es mit den Ermittlungen über den toten Pfarrer auf sich hat.«

Martin fühlte sich ertappt. »Wenn du so direkt fragst.«

»Die Kollegen vom K1 in Fürstenfeldbruck sind nicht mehr zuständig. Der Staatsanwalt, so ein Karriereschnösel, hat den Fall elegant nach München an das LKA abgegeben, weil ihm das Innenministerium und der Bischöfliche Stuhl in Augsburg im Nacken saßen. Aktuell ermittelt die Staatsanwaltschaft München 2.«

»Aber München ist doch nur zuständig, wenn ein Verdacht auf organisierte Kriminalität vorliegt.«

»Genau. Bayerl und seine Mitarbeiter sind davon zwar nicht überzeugt, müssen die Entscheidung aber akzeptieren.«

Martin schüttelte den Kopf. »Es stimmt, dass die Mafia Deutschland mittlerweile als Schlaraffenland betrachtet, weil man hier nicht nachweisen muss, woher das Geld kommt. Im Gegensatz zu Italien. Aber die Mafia geht anders vor, sie arbeitet geräuschlos. Die wollen nicht mit einem Mord Aufsehen erregen. Der findet normalerweise nur in Italien statt oder er würde als Unfall oder Selbstmord inszeniert.« Er nahm einen Schluck Kaffee. »Was glaubst du, Gustl?«

Stockleitner schluckte den Rest seiner Butterbreze und entgegnete nachdenklich: »Natürlich kann es sein, dass die Mafia involviert ist, vor allem weil man Rückstände von Rauschgift im Beichtstuhl gefunden hat.«

»Was, im Beichtstuhl?« Martin gab vor, das nicht zu wissen, obwohl ihm das Ingo Bayerl bei seinem Besuch letzten Freitag schon angedeutet hatte.

»Ja! Und ein paar Brösel auch in der Pfarrwohnung. Das hast du aber nicht von mir.« Stockleitner sah ihn beschwörend an. »Ich glaube eher, dass es sich um eine Beziehungstat im Affekt gehandelt hat und der Mörder im privaten Umfeld des Pfarrers zu suchen ist.«

Martin nickte. »Das war auch mein Anfangsverdacht.«

Stockleitner erhob sich. »Martin, ich muss los. Ich muss noch einiges erledigen, bevor ich meine Kleine aus dem Kindergarten hole.« Grinsend ergänzte er: »Ich hoffe, du bist nicht allzu enttäuscht, wenn es für dich in diesem Fall nichts mehr zu ermitteln gibt.«

Martin winkte ab. Insgeheim hatte er schon längst beschlossen, mit seinem ehemaligen Kollegen in Kempten Kontakt aufzunehmen, denn wie hatte es vor kurzem in der Schlagzeile einer großen süddeutschen Zeitung geheißen: ´Die Mafia spricht schwäbisch´.

Kapitel 32

Die Tür zum Pfarrbüro Mariä Himmelfahrt war nur angelehnt. Martin klopfte. Ohne auf Antwort zu warten, trat er ein. Zwei Frauen saßen an einem runden Tisch und unterhielten sich. Die jüngere mit den blonden Strubbelhaaren kannte er nicht. Die ältere, mit einem brünetten Pferdeschwanz, war eine alte Bekannte: Sabine ohne Hund! Er hatte ganz vergessen, dass die ja im Pfarrbüro arbeitete. Die beiden Frauen verstummten sofort.

»Guten Morgen, meine Damen, ich hoffe, ich störe nicht.«

Die unbekannte Blonde erhob sich und kam auf ihn zu. Ihre Augen waren gerötet, als hätte sie gerade noch geweint.

Martin improvisierte: »Ich bin hier, weil ich gerne eine Messe lesen lassen möchte.«

»Ich geh dann mal. Servus, Sabine, ich muss rüber in die Grundschule«, schniefte sie und verließ das Büro.

»Servus, Johanna.« Sabine ohne Hund sah ihr mit einem Seufzer hinterher.

Martin nickte und setzte sein gewinnendstes Lächeln auf.

Sabine kam auf ihn zu. Martin wich ihrer drohenden Umarmung aus.

»Grüß dich, Martin. Erst sehen wir uns ewig nicht und nun nach Weihnachten und dem Faschingsumzug zum dritten Mal.«

»Hallo, Sabine. Führst du Buch über unsere Begegnungen?«

Sie errötete. »Obwohl wir fast Nachbarn sind, haben wir uns zuletzt in der Hundeschule getroffen.«

»Das dürfte jetzt zwei Jahre her sein, oder?«

»Drei Jahre ist das her. Da hat deine Frau Franziska noch gelebt.«

Die bloße Erwähnung seiner verstorbenen Frau versetzte ihm einen Stich, doch er versuchte, sich nichts anmerken zu lassen.

»Weißt du, Sabine, ich wollte für Franziska an ihrem Namenstag eine Messe lesen lassen.«

»An ihrem Namenstag? Ein wenig ungewöhnlich, oder?«

»Wir haben den Namenstagen nach alter Tradition immer mehr Beachtung geschenkt als den Geburtstagen.« Das war natürlich eine Notlüge.

Sabine runzelte die Stirn. Ihr inquisitorischer Jagdtrieb war geweckt. »Du warst doch noch nie ein eifriger Kirchgänger«, hakte sie nach.

Martin zuckte nur mit den Schultern. »Am Jahrtag der heiligen Franziska. Also, da soll die Messe gelesen werden.«

»Wann genau?«

»Ich bin bei den Heiligentagen nicht so firm, aber du weißt sicher, wann der Jahrtag der heiligen Franziska ist, oder?«

Sie sah ihn lange an. »Ich weiß das schon. Am 9. März, du Namenstags-Experte.«

»Genau! Der 9. März. Das war es. Danke, Sabine.«

Sie überging seine offenkundige Unkenntnis. »Das sind ja noch drei Wochen hin. Da sollte es kein Problem geben, das können wir direkt im Mittwochs-Gottesdienst machen. Wie du ja weißt, ist die Kirche derzeit gesperrt.

Ich gehe aber davon aus, dass sie bis zum 9. März wieder geöffnet sein wird. Da müsstet du halt mal unter der Woche in die Kirche gehen.« Diese Spitze konnte sie sich nicht verkneifen. »Aber ich schau zur Vorsicht noch mal nach.« Sie umrundete ihren Schreibtisch und setzte sich an den Computer. Während sie sich durch verschiedene Verzeichnisse klickte, erklärte sie: »Das kostet 7,50 Euro, zahlbar im Voraus.« Beiläufig erwähnte sie: »Sind Anna und ihr schwarzer Freund noch bei dir?«

»Anna bleibt ein paar Wochen in Deutschland – ein Projekt, habe ich zumindest verstanden. Ihr Freund Greg Wilson ist seit Aschermittwoch wieder zurück in den Staaten.«

»So heißt der also. Wilson. Klingt irgendwie gar nicht afrikanisch.« Bevor Martin etwas erwidern konnte, wechselte sie unvermittelt das Thema: »Hast du von unserem Malheur im Beichtstuhl gehört, Martin?«

Martin durchzuckte es förmlich. *Malheur* war eine Bagatellisierung, wie sie ihm bei einem Tötungsdelikt noch nie untergekommen war. Aber das passte zu ihr. Typisch Sabine. Diese alte Ratsch-Kathl. »Du meinst den toten Pfarrer in der Stadtpfarrkirche?«

»Ja, unseren Aushilfspfarrer, Jakub Cibulski.« Sie schlug ein hastiges Kreuz. »Ist das nicht schrecklich? Ein paar Tage, nachdem man ihn gefunden hatte, stand sogar ein Reporter des *Blick* aus München auf der Matte bei mir.«

»Was wollte er denn wissen?«, erkundigte sich Martin.

»Na, ob er Feinde hatte in der Pfarrei. Immerhin sei er ja ein Ausländer gewesen.« Sie ließ den Satz in der Luft hängen.

»Und, hatte er Feinde?«, hakte Martin nach.

Entrüstet blaffte sie ihn an: »Natürlich nicht! Zumindest nicht so, wie dieser Schmierfink das aus mir herauskitzeln wollte. Als Vertretung war er halt nicht so beliebt wie unser Pfarrer Heidenblut.« Ihre Augen leuchteten, als sie den Stadtpfarrer erwähnte. »Das hatte nichts mit seiner Herkunft zu tun, sondern wenn überhaupt mit seinen erzkonservativen Einstellungen.« Sie senkte die Stimme verschwörerisch: »Dir kann ich es ja anvertrauen. Der Pfarrer Cibulski hat es geschafft, in nur wenigen Wochen einen Keil in die Gemeinde zu treiben.«

Martin gab sich überrascht. »Wie hat er denn das angestellt? Eine katholische Gemeinde zu spalten. Das ist doch beinahe unmöglich.«

Sabine Ehlers musterte ihn aus zusammengekniffenen Augen.

Er schalt sich innerlich, dass er ein wenig zu offen seinen Sarkasmus eingestreut hatte. Wenn sie hier als Pfarrsekretärin arbeitete, verstand sie diesbezüglich bestimmt keinen Spaß.

Doch sie ließ ihm diesen Anflug von Ketzertum durchgehen. »Selbstverständlich hatte Pfarrer Cibulski auch seine Anhänger. Vor allem die mit den erzkonservativen Ansichten mochten ihn.«

»Wie muss ich das verstehen?«

»Na, aus seiner Sicht passt sich die deutsche Kirche zu sehr dem Zeitgeist an. Für ihn war die katholische Kirche unfehlbar. Er stellte weder den Zölibat infrage, noch war er bereit, die Laien mehr einzubinden. Frauen waren seiner Meinung nach nur für den Altarschmuck zuständig. Darum waren ihm auch Familien- oder Kinder-Gottesdienste ein Gräuel. Für ihn zählte nur die traditionelle

Messe. Nach dem Gottesdienst ist er jedes Mal sofort abgetaucht und hat nie mit den Gläubigen ein nettes Wort gewechselt.«

Martin staunte. Einerseits, weil sie in ihrer Materie wirklich zu Hause war, andererseits, weil sie den Toten so detailreich beschrieb. »Du scheinst ihn gut gekannt zu haben.«

Sie wiegelte ab. »Mich interessieren Menschen eben.«

Eine gute Umschreibung für ihre Neugier. Er verkniff sich das Schmunzeln.

»Du kannst dir sicher vorstellen, dass die Mehrheit des Pfarrgemeinderates nicht begeistert war. Schon alleine deshalb, weil er sie auch konsequent mit seinen Alleingängen überging.«

»Das klingt nach einer zerrütteten Ehe.«

»Wenn du mich fragst, haben viele Gemeindemitglieder die Tage bis zur Rückkehr von unserem Pfarrer Heidenblut gezählt. Aber wenn du mehr über Pfarrer Cibulski wissen willst, frag doch den Korbinian Hinteregger, unseren Ausbildungs-Mesner. Der räumt jetzt gerade deinen Kollegen nach. Putzt die Kirche durch. Das fällt ihm sicher schwer, die beiden waren unzertrennlich.«

Diesem sarkastischen Hinweis würde er nachgehen. »Weißt du da mehr?«

»Möchtest du eine Tasse Kaffee, Martin?«

Martin trank seinen Kaffee aus. Er war zufrieden. Er wusste nun, dass es vor dem Tod des Pfarrers in der Pfarrgemeinde kräftig rumort hatte. Soweit war sein spontaner Einfall, im Umfeld des Opfers zu recherchieren, von Erfolg gekrönt.

Als er sich anschickte aufzustehen, legte ihm Sabine die Hand auf den Arm: »Noch etwas, Martin.«

»Ja?«

»Ich weiß nicht, wie es dir mit dem Alleinsein geht. In unserem Alter ist es ja nicht ganz leicht, jemanden zu finden. Aber ich habe dich schon öfter mit Gertrud Maier gesehen. War die nicht eine Freundin deiner verstorbenen Frau? Wie weit geht denn euere Beziehung?«

Das war mindestens indiskret, wenn nicht unverschämt. Er fuhr sich mit einem Finger durch den Hemdkragen, der sich mit einem Mal sehr eng anfühlte. Er erhob sich mit einem Ächzen und legte die 7,50 Euro auf den Tisch. Er musste weg hier. Ohne auf Gertrud Maier einzugehen, erklärte er: »Nicht, dass ich noch vergesse, die Messe zu bezahlen. Und danke für den Kaffee.«

»Immer gerne, Martin.«

Sie klang enttäuscht, doch das war ihm egal.

Sabine gab nicht so schnell auf. Noch im Gehen rief sie ihm nach: »Ich schaffe mir wieder einen Hund an. Dann können wir ja mal zusammen mit deiner *Hexle* Gassi gehen.« Er nickte nur und verließ fluchtartig das Pfarrbüro. In der Fußgängerzone atmete er erst einmal tief durch. Die inquisitorische Befragung zu Gerti hatte eine Saite in ihm angeschlagen, die er bislang verdrängt hatte. Sabine hätte wohl am liebsten gewusst, ob er mit Gerti schon im Bett war. Er hatte Gertrud Maier bis jetzt als eine gute Freundin betrachtet, nicht mehr und nicht weniger. Sabine hatte dieser Beziehung mit ihrer Unterstellung einen ganz neuen Stempel aufgedrückt. Wollte er das? Mit Gerti eine Beziehung führen, mit allem Drum und Dran? Er sah auf die Uhr. Vielleicht war der Mesner noch drüben in der Stadtpfarrkirche.

Martin Viertaler überquerte die belebte Fußgängerzone und betrat die Kirche durch das Nordwestportal. Beim Weihwasserkessel hielt er kurz inne, um gewohnheitsmäßig ein Kreuz zu schlagen.

»Entschuldigen Sie, aber die Kirche ist derzeit nicht für die Öffentlichkeit zugänglich. Ich muss wohl vergessen haben, abzusperren.«

Viertaler sah den Aushilfsmesner auf sich zukommen. Er räusperte sich. »Das wusste ich nicht. Entschuldigen Sie bitte.«

»Kann ich Ihnen helfen? Sie wirken etwas erschöpft.«

»Nein, danke, sehr freundlich.« Etwas holprig fragte er: »Die Kirche ist wohl wegen des Mordfalls zu. Sind Sie nicht der Mesner, der den toten Pfarrer gefunden hat?«

Der junge Mann sperrte die Eingangstür ab und setzte sich in eine Bank. »Ja, aber ich bin nur Mesner zur Ausbildung.« Seine Lippen zitterten leicht.

Väterlich legte ihm Viertaler eine Hand auf den Arm. »Standen Sie Pfarrer Cibulski nahe?«

Korbinian Hinteregger zögerte einen Moment, dann begann er zu erzählen.

Eine halbe Stunde später fand Viertaler die Mutmaßungen von Sabine Ehlers durchaus bestätigt. Dem jungen Mann waren die Anfeindungen gegen den polnischen Geistlichen nicht entgangen. Offenbar war der Aushilfsmesner trotz seiner Jugend aber auf Seiten des konservativen Pfarrers gestanden. Das wiederum weckte Viertalers

Neugier. Hier musste er ansetzen. Aber nicht jetzt. »Kann ich noch eine Kerze bei der Schutzmantelmadonna anzünden? Ich bin gleich weg.«

Der junge Mann nickte freundlich. »Ausnahmsweise. Bis ich den Altarraum durchgesaugt habe. Dann gehe ich auch.«

Viertaler ging langsam nach vorne zum Altar der Madonnenfigur, wo die Polizei den Tatort vermutete. Das hatte ihm Ingo Bayerl letzten Freitag erzählt. Gedanklich spielte er den Fall noch einmal durch.

Das Thema Mafia war eine Option, der das LKA nachging, wie ihm Stockleitner vorhin im Café bestätigt hatte. Ingo Bayerl, sein ehemaliger Kollege bei der Mordkommission, hatte dagegen mehrere Tatmotive im Blick. Für ihn gab es auch eine rechtsradikale Spur und das Umfeld des Pfarrers spielte ebenso eine Rolle. Das war jetzt alles obsolet, da die Staatsanwaltschaft Ingo und seinem Team den Fall entzogen hatte. Viertaler zündete eine Kerze an. Mit einem Mal war die Angst wieder präsent, die er am Rußigen Freitag um Gerti gehabt hatte. Gerti, die seit Spiekeroog irgendwie noch komischer war. Sie hatte sich zwar letzten Freitagnachmittag von dieser Nordseeinsel aus bei ihm gemeldet und sich für ihren vergessenen Anruf entschuldigt. Ein richtiges Gespräch war aber nicht in Gang gekommen. Vom Bahnhof abgeholt werden wollte sie auch nicht. Die Einladung zum Fischessen hatte sie nur angenommen, um Anna wiederzusehen. An ihm selbst schien sie kein Interesse mehr zu haben. Daran war sicherlich dieser Kurschatten aus der Pension schuld. Mit einem Mal fühlte sich Martin Viertaler schlecht und er spürte, dass seine Tochter recht hatte. Er war eifersüchtig auf den namenlosen Unbekannten.

Dem musste er sich jetzt stellen, wollte er Gerti nicht verlieren.

»Entschuldigen Sie!«

Viertaler fuhr herum und sah in das mit einem Mal leichenblasse Gesicht des jungen Mannes.

»Würden Sie jetzt bitte gehen?«

»Alles in Ordnung mit Ihnen?«

»Passt schon. Ich lasse Sie gleich hier raus.«

Viertaler wunderte sich über die plötzliche Veränderung im Auftreten des Mesners. Vielleicht war ihm das Gespräch doch nähergegangen, als gedacht. Er nickte und verließ die Kirche.

Kapitel 33

Donnerstag nach dem ersten Fastensonntag

Zufrieden betrachtete Martin sein Werk. Mariniert in Senf, Petersilie, Salz und Pfeffer, lagen Lachs- und Saiblingsfilet bratfertig vor ihm.

Er hörte den Schlüssel im Schloss, und wie auf Kommando sprang Hexle von ihrer Decke auf und stürmte schwanzwedelnd zur Tür.

»Hallo Paps, bin wieder da.« Eine Reisetasche landete mit einem satten Plumps auf den Fliesen.

Er wischte sich die Hände am Geschirrtuch ab, das er sich in den Hosenbund gesteckt hatte. Anna war seit zwei Wochen in Landsberg, aber in dieser Zeit hatten sie sich kaum gesehen. Und wenn sie da war, schlichen sie aneinander vorbei, ohne das anzusprechen, was ihnen beiden auf dem Herzen lag.

»Seit wann kannst du kochen?« Anna deutete auf den Fisch und die Schüssel mit dem Kartoffelsalat. »Als Mama noch gelebt hat ...« Ein kurzes Schweigen entstand, das durch die Haustürklingel unterbrochen wurde.

»Das wird Gertrud sein. Ich habe sie zum Essen eingeladen, weil sie dich mal wieder sehen wollte.« Martin eilte zur Tür, froh darüber, nicht auf die Aussage seiner Tochter eingehen zu müssen, obwohl bereits die nächste Herausforderung vor der Tür stand. Zögerlich öffnete er die Tür.

»Hallo Martin, danke für die Einladung.« Ohne ihre sonst mittlerweile vertraute Umarmung hielt sie ihm eine Schüssel hin. »Eine Weißweincreme als Nachspeise. Die passt zum Fisch.«

»Danke, da essen wir ja drei Tage dran.« Er nahm ihr das Dessert ab und schob sie Richtung Wohnzimmer. Anna saß auf der Couch und wischte über das Display ihres Handys. Lächelnd stand sie auf und umarmte ihre Firmpatin. »Das ist wieder typisch Paps. Die Schüssel hat er dir abgenommen, aber den Mantel nicht.«

Martin versuchte, seine Verlegenheit zu überspielen, und winkte ab. »Das kann ja meine kluge Tochter übernehmen. Ich muss mich um das Essen kümmern.« Er ging in die Küche und stellte die Weißweincreme in den Kühlschrank. Während er dem Fisch beim langsamen Braten zusah, lauschte er der angeregten Unterhaltung aus dem angrenzenden Wohnzimmer. Die beiden Frauen schienen sich trotz der langen Zeit, in der sie sich nicht gesehen hatten, gut zu verstehen. So gesprächig war seine Tochter bei ihm nie gewesen. Und auch Gerti schien das Beisamensein zu genießen. Keine Spur mehr von der Distanziertheit, die er am Telefon oder eben an der Tür zu spüren geglaubt hatte.

Er fragte sich, warum Gerti ihm gegenüber so förmlich war. Eigentlich hatte das schon vor ihrem Spiekeroog-Urlaub begonnen. Nachdem er sie aus den Fängen eines Verbrechers befreit hatte, waren sie sich in den langen Spaziergängen mit dem Hund näher gekommen. Sie teilten ihre Erinnerungen an Franziska, die sie beide auf unterschiedliche Art und Weise vermissten. Martin gefiel der trockene Humor von Gerti, der seinem nicht unähnlich war und ihre Art, wie sie über ihre Gefühle sprach. Da tat er sich schwer. So wie es ihm schwerfiel eine Nähe zuzulassen, die über die gemeinsamen Spaziergänge und das Kaffeetrinken hinausging. Das war vermutlich der Knackpunkt. Er war nicht auf ihre Bedürfnisse eingegangen. Plötzlich stand diese Erkenntnis klar vor seinem inneren Auge. Gerti wollte mehr und hatte es ihm vor ihrer Abreise an die Nordsee zu verstehen gegeben. Nur er hatte es nicht verstanden.

»Das war wirklich gut, Paps.«

»Das sagt diejenige, die kaum etwas gegessen hat«, murmelte Martin und betrachtete den Teller seiner Tochter.

»Das hat nichts mit deinen Kochkünsten zu tun, Martin. Anna hat vielleicht heute keinen Hunger auf Fisch.«

Verwundert sah Martin Gerti an, die seiner Tochter verbal Schützenhilfe leistete.

Anna stand auf und begann den Tisch abzuräumen. »Ich leg mich hin. Es war eine anstrengende Woche in München.«

»Willst du keine Weißweincreme mehr?«

»Lass sie doch, Martin. Du siehst doch, wie müde sie ausschaut.«

Wurde das zur Gewohnheit, dass Gerti das Sprachrohr von Anna war? Aber es stimmte, seine Tochter sah erschöpft aus, und das nicht erst seit heute. »Ihr habt ja recht. Schlaf gut.« Er stand auf und holte die Schüssel aus dem Kühlschrank. »Dann bleibt mir mehr von der Nachspeise.«

Anna verabschiedete sich mit einer innigen Umarmung von Gertrud. »Ich melde mich, wenn ich mehr weiß.«

Fragend sah er seiner Tochter nach, bevor er sich zu Gerti umwandte. »Was meint sie damit?«

Gerti suchte für einen Moment nach Worten. »Na ja, wie es eben mit ihrem Job weitergeht.«

Martin hatte durch seine langjährige Arbeit genug Erfahrung, dass er wusste, wann sein Gegenüber nicht die Wahrheit sagte. Er wollte keine Diskussion vom Zaun brechen und ließ Gertruds Aussage stehen.

Während Martin die Creme auf zwei Teller verteilte, stand Gerti mit dem Rücken zu ihm vor der Balkontür. Sie betrachtete die dicken Flocken, die der Wind an das Glas wehte. Der graue Himmel der vergangenen Tage drückte ihre Stimmung. Die Euphorie, die sie auf Spiekeroog empfunden hatte, war verschwunden gewesen, sobald sie aus dem Zug gestiegen war. Sie brauchte einen Neuanfang mit einem Ziel, das die Schwere und die Routine aus ihrem Leben nahm. Das war ihr auf der Insel bewusst geworden. Sie liebte ihren Beruf, aber selbst da konnte sie sich mittlerweile eine Auszeit vorstellen. Die Begegnung mit Richard hatte ihr gezeigt, was sie in den letzten Jahren vermisst hatte. Seine Postkarte, die heute in ihrem Briefkasten gelegen hatte, verstärkte dieses Gefühl noch.

Martin konnte ihr das Mehr an Leben nicht geben. Dafür war er zu sehr mit seinen eigenen Problemen beschäftigt. Sie wollte nicht diejenige sein, die einen Mann zu Kino, Theater oder gemeinsamen Ausflügen schier zwingen musste. Sie hatte keine Lust auf eine Dreierbeziehung, in der Franziskas Schatten ständig präsent war. Sie hatte gehofft, dass sich Martin öffnen würde, wenn sie ihn an ihrem Leben teilhaben ließ. Aber dem war nicht so. Er klammerte sich an seine Trauer wie an eine Holzplanke auf dem offenen Meer. Gut, vielleicht würde das im Laufe der Jahre besser werden. Aber diese Zeit hatte

Gertrud nicht. Das Leben rann ihr gerade durch die Finger wie Wasser. Sie musste mit Martin reden.

»Ganz schönes Sauwetter.« Er deutete nach draußen. »Auf Spiekeroog war der Wind bestimmt stärker.« Martin war hinter sie getreten und hielt ihr die Schüssel entgegen.

Gertrud nickte und wich seinem Blick aus. Sie drückte sich an ihm vorbei und setzte sich mit dem Nachtisch auf die Couch. Schweigend löffelte sie die Creme und überlegte, wie sie das klärende Gespräch mit Martin beginnen sollte, als dieser die Initiative ergriff.

»Du bist so ruhig, Gerti.«

Sie stellte ihre Schüssel auf dem Couchtisch ab. »Mir geht gerade so viel durch den Kopf. An Anna sieht man, wie die Zeit vergeht. Ich kann mich noch gut an ihre Firmung erinnern. Da haben wir doch den Ausflug ins *Sealife Center* gemacht.«

»Wohin? Daran kann ich mich gar nicht mehr erinnern.«

»Das Aquarium in Konstanz am Bodensee. Weißt du nicht mehr? Das war ein wundervoller Tag damals.«

Martin nickte und räusperte sich: »Hast du mal Lust auf einen Ausflug mit mir?«

Kapitel 34

Freitag nach dem ersten Fastensonntag

Ingo Bayerl stellte sein Weizenglas zurück auf das Bierfilzl der Musikkneipe *Unterhaus*. Diese urige Bar war nur fünf Minuten vom Kommissariat entfernt und einer der angesagtesten Orte in Fürstenfeldbruck. Gedankenverloren zentrierte er das Glas auf dem Untersetzer. Das, was er jetzt mit Antonia besprechen wollte, benötigte Fingerspitzengefühl. Sie war ziemlich aufbrausend, was den Fall des toten Pfarrers anbelangte. Das hatte sie vergangenen Montag bei der Auseinandersetzung mit dem Staatsanwalt demonstriert. Darum hatte er auch diese Kneipe als neutralen Ort für das Gespräch gewählt. Schließlich sah er Antonia an. »Ich finde es toll, dass du so spontan mitgekommen bist.«

»Koi Thema, Chef. Mr send a Team.«

»Stimmt. Und das soll auch in Zukunft so bleiben.«

»Wie meinst du das?«

»In einem Team vertraut man sich. Zumindest in meiner Vorstellung von Zusammenarbeit. Wie siehst du das?«

»Genauso.«

»Und warum ruft mich dann kurz vor Dienstschluss die Staatsanwaltschaft aus Augsburg an?«

Sofort ging ein Ruck durch seine Kollegin. »Von Doktor Gruber?« Ihre Stimme klang verunsichert. »Was wollte er denn?«

»Wie kommst du jetzt auf Staatsanwalt Gruber?«, hakte er nach.

Unvermittelt nestelte Antonia Buck hochkonzentriert am Etikett ihres Radlers herum. »Nur so eine Idee.«

Wäre die Angelegenheit nicht so ernst gewesen, Bayerl hätte gelacht. Er war gespannt, welche Ausrede sie ihm auftischen würde. »Doktor Gruber war ziemlich sauer. Er behauptet, dass wir weiterermitteln, obwohl er uns den Fall entzogen hat.« Bayerl musterte seine junge Kollegin aus zusammengekniffenen Augen. »Ist da was dran, Toni?«

Antonia strich sich eine dunkelbraune Haarsträhne hinters Ohr und räusperte sich. »Also, ich habe nebenbei nur ein wenig recherchiert. Mehr ned, Chef, ehrlich.«

»Was genau verstehst du unter *recherchieren*?«, bohrte Bayerl nach.

»Also, du weißt doch, dass mir der ehemalige Landsberger Oberbürgermeister die Hintergrundgeschichte zum KZ-Häftling Abram Canoch erzählt hat.«

»Klar, aber der Staatsanwalt hat uns letzten Montag von dem Fall abgezogen. Und nun bekommt er einen Anschiss vom Landeskriminalamt, dass angeblich irgendwelche ´Dorfpolizisten´ in Landsbergs brauner Vergangenheit wühlen ...«

»So a Säggl!«, entfuhr es Antonia. »Woher wollen die denn wissen, dass ich ...?« Sie hielt inne.

Die Bedienung kam vorbei. Sie trug ein Dirndl, womit sie irgendwie nicht in das urige Ambiente des Gewölbekellers passte. »Darf ich euch zwei Hübschen noch was bringen?« Hinter ihr schimmerte die langgezogene Bar in einem blauen Licht.

»Ich brauche jetzt einen doppelten Espresso. Willst du auch noch was, Toni?«

Die schüttelte den Kopf.

Als die Kellnerin wieder weg war, zischte er Antonia an: »Weißt, du was, der Säckl, wie du ihn nennst, kann uns jede Menge Ärger machen.« Sein Zeigefinger schnellte hoch. »Du bringst uns noch in Teufels Küche. Du bist genauso stur wie mein alter Chef.«

Antonia zog eine Augenbraue hoch.

»Du hast trotz Verbot weiter ermittelt. Wie stehe ich denn jetzt da? Wenn es blöd läuft, leitet der Karriereschnösel ein Disziplinarverfahren gegen uns ein.«

»Ich glaube, da brauchen wir uns keine Sorgen zu machen«, versuchte Antonia, ihn zu beruhigen. »Du hast selbst gesagt, dass er eine feige Sau ist.« Als Bayerl sie verblüfft anstarrte, schob sie lapidar nach: »Feige Sau – dein Ausdruck.«

Bayerl fuhr sich mit der Hand durchs Haar. »Mensch, Antonia. Das ist kein Spaß. Doktor Gruber ist feige nach oben, zu uns runter wird er kräftig treten. Immerhin hast du mit mehreren Mitgliedern der rechtskonservativen Partei ´Deutschland für die Deutschen´ gesprochen. Weil du da ganz unsensibel vorgeprescht bist, wird der Fall jetzt politisch.«

»Aber nur mit welchen von der DfD Oberbayern Süd-West und da wiederum nur mit solchen, die dem äußerst rechten Flügel angehören!«, warf Antonia ein. »Dadurch habe ich verschiedene Leute ausfindig gemacht, die damals, 2005, ein Problem hatten mit dem Besuch eines ehemaligen KZ-Häftlings in Landsberg. Die haben seinerzeit dem Abram Canoch die Krätze an den Hals gewünscht.«

»Unterbrich mich nicht, wenn ich in Rage bin. Du hast eine Menge Leute aufgeschreckt. Offenbar haben sich einige über dich beschwert. Vielleicht wird einer von denen sogar vom LKA überwacht. Das ist gar nicht gut, Toni. Aber den Oberhammer habe ich noch gar nicht angesprochen: Du hast dir aus dem Landsberger Stadtmuseum diese Häftlingsjacke von Abram Canoch besorgt und die Brahms-Kurbjeweit überredet, inoffiziell einen DNA-Abgleich mit unserem Opfer zu machen.«

Antonia lehnte sich angriffslustig nach vorne und stützte die Ellbogen auf ihre Knie: »Die Birgit jedenfalls scheißt sich nicht ins Hemd. Die geht auch mal ein Risiko ein, um voranzukommen.«

»Birgit? Seid ihr jetzt schon per Du? Ich fasse es nicht.«

»Was? Wir Frauen in der Exekutive müssen zusammenhalten. Immerhin finden wir so am schnellsten heraus, ob Jakub Cibulski mit diesem KZ-Häftling verwandt ist. Dann kommen wir endlich weiter!« Sie sah Bayerl triumphierend an.

Der schüttelte den Kopf. »Wie bist du eigentlich an die Jacke gekommen?« Antonia zog die Mundwinkel nach oben und grinste ihn an. »Der Alt-OB steht auf tatkräftige, junge Damen. Mehr sage ich nicht.«

»Toni, so einfach ist das nicht. Du kannst nicht losgehen und Zeugen und Kollegen manipulieren, um deine Ziele durchzusetzen. Außerdem gibt es tatsächlich eine belastbare Spur in Richtung Drogen und Mafia. Die Tat sieht zwar nicht nach organisiertem Verbrechen aus, aber trotzdem ermittelt das LKA in diese Richtung. Das ist nicht von der Hand zu weisen. Andererseits kann auch jemand aus der Kirchengemeinde den Pfarrer erschlagen haben. Bei der Religion hört die Freundschaft schnell auf, wie meine Oma immer zu sagen pflegte. Dass dieser polnische Geistliche nicht so beliebt war in Landsberg, hatten wir ja selbst ermittelt. Die Art und Weise, wie der Pfarrer getötet wurde, weist auf eine Beziehungstat hin.«

Antonia Buck sah ihn an. »Soll ich jetzt einfach aufhören? Ist es das, was du von mir willst?«

Er wand sich: »So war das nicht gemeint. Aber …«

»Aber was? Sollen wir vor diesem Karriereschnösel einknicken?« Sie hielt kurz inne. »Was würde jetzt wohl Martin Viertaler machen?«

Die Erwähnung seines alten Chefs traf Bayerl wie ein Schlag. Einen Augenblick war er sprachlos. »Was soll das jetzt?«, antwortete er darum eine Spur zu heftig. »Lass den Martl aus dem Spiel. Hier geht es in erster Linie um dich und dass du eine Dienstanweisung des ermittelnden Staatsanwalts missachtet hast.«

»Hier geht es aber auch nicht um Animositäten zwischen dir und deinem früheren Vorgesetzten. So wie du ihn mir geschildert hast, würde der sich das vom *Säggl* nicht gefallen lassen.« Sie sah ihn mit hochgezogenen Augenbrauen an und legte den Kopf schief.

Er musste sich eingestehen, dass sie irgendwie recht hatte. Martin Viertaler hatte diesen kriminalistischen Instinkt. Wenn er spürte, dass etwas in die falsche Richtung lief, konnte er sich wie ein Terrier in einen Postboten verbeißen. Dabei hatte er den Dienstweg sehr großzügig ausgelegt. Insgeheim wurmte es Bayerl tatsächlich, dass ihm dieser Staatsanwalt die Butter vom Brot nehmen wollte. Antonias Betrachtungsweise entbehrte also nicht einer gewissen Logik. »Zwischen mir und Martl gibt es keine Animositäten. Nicht mehr.«

»Dann sollte ich vielleicht schleunigst Kontakt aufnehmen zu Martin Viertaler, wenn er mir schon so ähnlich ist.« Dabei konnte sie sich ein Schmunzeln nicht verkneifen.

Er stieß die Luft aus: »Also gut. Aber Doktor Gruber darf nichts mehr mitbekommen. Du musst aus der Schusslinie, sonst geht die feige Sau gegen uns beide vor.«

»Ich könnte einfach noch einmal nach Grafrath zum Fall meiner toten Rentnerin fahren und dort weiterermitteln. Und schwupps, bin ich die A96 runtergefahren nach Landsberg und treffe deinen alten Chef. Was meinst du?«

Der Gedanke, dass Martl als Pensionär nach wenigen Wochen schon wieder in seinen Ermittlungen herumfuhrwerken sollte, behagte ihm eigentlich gar nicht. Aber vielleicht konnte er ihnen ja helfen. Immerhin verfügte er über ausgezeichnete Kontakte zur Drogenfahndung in Kempten. So konnten sie verschiedene Wege abklopfen, ohne selbst in Erscheinung zu treten. Widerwillig nickte er. »Dann sollten wir die Strategie absprechen.« Er hob die Hand, um noch ein Weizen zu bestellen. Die Aussicht, mit Toni gemeinsam ein nicht ganz koscheres Geheimnis zu teilen, gefiel ihm immer besser, je länger er darüber nachdachte.

Kapitel 35

Samstag nach dem ersten Fastensonntag

Resigniert steuerte Robert Lang seinen Wagen nach Hause. Seit Dienstag war er ununterbrochen unterwegs gewesen. Er hatte alle seine Dealer im Landkreis abgeklappert, in Szenetreffs, Diskotheken, Bars, Kinos, Bahnhöfen und sogar Schulen. Hatte Druck gemacht, gefleht, gedroht. Einem seiner Dealer hatte er im Handgemenge sogar die Nase gebrochen. Dass er in Panik so reagierte, hatte ihn selbst entsetzt. Doch den Stoff hatte er nicht aufgespürt. Er musste sich eingestehen, dass er es am Ende keinem zutraute, eine derart große Menge zu unterschlagen. Desillusioniert und erschöpft bog er nun von der Münchener Straße ab in sein Viertel im Landsberger Osten. Das Greifvogel-Viertel nannte es scherzhaft seine Frau Evi. Habicht-, Adler-, Falken- und Bussard-Straße. Beim Gedanken an sie fühlte er sich noch beschissener. Evi hatte ihn letzten Sonntag angerufen, dass sie noch bei ihren Eltern bleiben würde. »Die Kinder brauchen jetzt Ruhe und Stabilität«, hatte sie ihm knapp am Telefon erklärt. »In Schule und Kindergarten habe ich sie krankgemeldet.« Und dass sie selbst noch Zeit brauchen würde, um sich über ihre Beziehung klar zu werden.

Doch Robert ahnte, dass ihre Eheprobleme sein kleinstes Problem waren. Ihm saß der *Kardinal* im Nacken, dieser unbarmherzige, italienische Bluthund, der so liebenswürdig und charmant sein konnte. Panisch sah er sich um, scannte den Straßenrand nach geparkten Autos oder verdächtigen Personen. Als er niemanden entdeckte, bog er schließlich in seine Einfahrt und stellte den Motor ab. Er stieg aus, verschloss den Wagen und sah sich noch einmal um. Dann ging er zum Haus und sah in den Briefkasten. Als er die Haustür öffnete, packte ihn jemand am Kragen und wirbelte ihn herum.

»Ciao, Luca!« Sie lächelte ihn an. »Schön, dass es so kurzfristig geklappt hat.«

Er gab ihr die Hand und küsste sie auf beide Wangen, was ihr ein Strahlen ins Gesicht zauberte. »Ciao, Bella. Für dich verschiebe ich gerne das Abendessen mit einem Vetter in München.« Sie standen in der Fußgängerzone vor dem Pfarrhof. »Wohin gehen wir?« Wie zufällig streifte er dabei ihren Arm.

Die Berührung verursachte ihr eine Gänsehaut. »Ich hoffe, du hast nichts dagegen, wenn wir zum Italiener gehen?«

»Nessun problema! Selbstverständlich nicht. Wo gibt es denn ein italienisches Restaurant hier in dieser zauberhaften Stadt?«

»Wir gehen zu meinem Lieblingslokal, gleich um die Ecke im Hinteren Anger: ´Bei Nino im Schafbräu´.«

»Ein witziger Name für einen Italiener. Andiamo!«

Als sie zwei Stunden später das Lokal verließen, suchte Sabine Ehlers leicht schwankend seine Nähe.

»Wo bist du denn untergekommen, Luca?«

»Bei meinem Vetter in München. Ich bringe dich nach Hause und gehe dann zum Bahnhof weiter.«

Sie zog einen Schmollmund. »Der Abend ist doch noch jung«, gurrte sie ihn an.

»Ich habe tolle Fotos unserer *Basilica di Sant'Antonio di Padova* auf meinem Smartphone«, schlug er vor. »Wenn du willst, können wir die bei einem Kaffee zusammen anschauen.«

»Mein Kaffeevollautomat macht hervorragenden Espresso.« Ihre graublauen Augen funkelten.

Nach einem Fußweg von fünf Minuten betraten sie gegen Viertel nach zehn ihre Wohnung in der Gogglgasse. Sabine war aufgeregt wie ein Teenager. Sie stand in ihrer kleinen Küche und füllte frische Kaffeebohnen in die Maschine. Nach dem Tod ihres Ehepartners war Luca seit 16 Jahren der erste Mann in ihrer Wohnung. Sie hoffte, dass es keiner der Nachbarn mitbekommen hatte. Landsberg war in dieser Hinsicht ein Dorf. Als Pfarrsekretärin erwartete man von ihr einen untadeligen Lebenswandel. Aber eigentlich war ihr das in diesem Moment egal. Tief in ihr brannte eine Sehnsucht nach Nähe und Lust, die sie selbst seit Jahren verschüttet geglaubt hatte. Luca war ein überaus anziehender Mann. Dass er eine Glatze hatte und einen Dreitagebart, machte ihn nur noch attraktiver.

»Sabine?«

Sie zuckte zusammen und fuhr sich durchs Haar. »Ich komme gleich.« Doch bevor sie zu ihm ins Wohnzimmer gehen konnte, stand er neben ihr. Sein Moschus-Rasierwasser mit der holzigen Note schmeichelte ihrer Nase und verstärkte ihr Bedürfnis nach körperlicher Nähe.

»Du hast eine schöne Wohnung, Bella. Sehr stilvoll eingerichtet. Zumindest das, was ich davon gesehen habe.« Dabei zwinkerte er sie an.

Sabine spürte wieder diese Schmetterlinge im Bauch. Ihre Wangen erhitzten sich schlagartig und sie hätte fast die Tassen fallen lassen.

Als die Tür ins Schloss fiel, sank sie enttäuscht auf ihr Wohnzimmersofa. Ihre geheimen Sehnsüchte waren unbefriedigt geblieben. Luca hatte ihr zunächst einige Postkartenansichten der Basilika in Padua gezeigt. Beim anschließenden Smalltalk jedoch war er mehr an Sabines Kollegen in der Pfarrei interessiert gewesen, als an ihren eigenen Empfindungen. Besonders der junge Mesner-Azubi Korbinian Hinteregger schien ihm am Herzen zu liegen. Sie schalt sich dafür, ihm wie ein Backfisch hinterhergelaufen zu sein. Aber vielleicht hatte er ja doch nur ihre Tugendhaftigkeit im Sinn gehabt und hatte die Situation ganz bewusst nicht ausgenutzt. So oder so, sie kam sich töricht vor. Sie stand auf und ging zu Bett. Sie wollte am Sonntag in die frühe Messe in die Heilig-Kreuz-Kirche.

Robert Lang saß seit Stunden gefesselt auf einem Stuhl im Heizraum und starrte den Brenner an. Die Gas-Brennwert-Anlage hatte sich um 22:00 Uhr abgeschaltet. Er sehnte sich nach dem leisen Zischen, das die Anlage beim Heizen von sich gab. Zusammen mit der grünen LED hatte es ihn in seiner anfänglichen Panik beruhigt. Doch nun war sie zurück. Sein Kopf schmerzte und langsam wurde es frisch hier in diesem fensterlosen Kellerraum. Doch er fror nicht nur, ihm war kalt bis auf die Knochen, weil ihn eine nie gekannte Todesangst befallen hatte. Der *Kardinal* hatte ihn wortlos hier heruntergeschleift und eingesperrt. Seine Rechtfertigungen, was den immer noch verschwundenen Stoff anbelangte, hatten ihn nicht interessiert. Dann war er verschwunden.

Roberts Handgelenke schmerzten. Was würde aus ihm werden? Er konnte den verlorenen Stoff nicht beibringen und diese scheiß Mafia wusste, wo seine Familie zu finden war. Die Angst um seine Kinder und Evi war fast noch schlimmer als die Sorge um sein eigenes Leben. Da hörte er das Zuschlagen der Haustür.

»Ciao, mein lieber *Bischof*. Es hat ein wenig gedauert. Bitte entschuldige, dass du warten musstest.«

Robert wollte etwas sagen, brachte aber nichts heraus.

»Du willst reden? Du wirst gleich Gelegenheit bekommen.« Damit zog er ein Messer hervor und schnitt die Fesseln durch.

Jetzt kam Leben in Robert: »Ich habe den Stoff nicht. Und für meine Dealer lege ich die Hand ins Feuer. Von denen war es auch keiner. Es muss jemand aus der Pfarrei sein. Einer der Mesner oder ein Mitarbeiter des Pfarrers. Die sind doch ständig in der Kirche. Da sollten wir suchen.«

»Ich bin geneigt, dir zu glauben. Aber du weißt ja, wenn wir den Stoff nicht finden, dann wird mein *Capo* verlangen, dass jemand dafür büßt. Das könnte dann ein Mitglied deiner süßen Familie sein. Vielleicht die kleine Chiara?«

Robert zuckte zusammen. »Ich tu alles, was du willst. Aber lass meine Kinder in Ruhe.«

»Sachte, sachte. Dann sollten wir uns den frommen Katholiken zuwenden. Aber du weißt, die Zeit drängt. Wir brauchen Ergebnisse.« Er steckte das Messer weg. »Du gehst morgen früh los und hängst dich an den jungen Mesner dran.«

»An wen?« Robert war verloren.

»Es gibt einen Ausbildungsmesner in der Pfarrei Mariä Himmelfahrt.« Er zeigte ihm ein Foto auf dem Mobiltelefon. »Das schicke ich dir gleich zu. Du wirst sein Schatten. Folge ihm auf Schritt und Tritt. Ich will alles wissen, was er tut.« Damit tätschelte der *'Ndrinu* Roberts Wange. »Ich melde mich.«

Kapitel 36

Samstag nach dem ersten Fastensonntag

Als sie die Marthabräuhalle in Fürstenfeldbruck betrat, wusste er instinktiv, dass sie es war. Er hob die Hand.

Sie sah sich um, suchte nach ihm. Dann trafen sich ihre Blicke, und ein Lächeln huschte über ihr schmales Gesicht, das von dunkelbraunen, schulterlangen Haaren umrahmt war.

Er stand auf, um sie zu begrüßen. »Sie müssen Ingos neue Kollegin sein.«

»Genau! Antonia Buck. Und Sie sind ...«

»Martin Viertaler. Herzlich willkommen beim Starkbieranstich. Danke, dass Sie Ihren Samstagabend opfern.« Er bot ihr einen Stuhl an und setzte sich.

»Kein Problem, wir sind ja auch irgendwie privat hier, oder? Außerdem spare ich mir den Weg nach Landsberg. Ich freue mich sehr, Sie kennenzulernen.«

Die Bedienung kam und er empfahl ihr ein helles Weißbier: »Ist eine Kaltenberger Spezialität. Sehr süffig. Der Ritterbock ist ein Starkbier, aber den gibt´s ohnehin erst später.«

»Eine Halbe ist in Ordnung, wenn ich was esse. Wir essen doch, oder?«

Er nickte. »Die Käsespatzen sind super hier.«

»Ich hab Sie mir ganz anders vorgestellt, Herr Viertaler.«

»So? Wie denn?«

»Entschuldigen Sie meine Offenheit, aber ich dachte, Sie wären so etwas wie der Überkommissar Horatio Caine aus CSI Miami gewesen.«

Er lächelte. »Wie kommen Sie denn darauf? Dem sehe ich gewiss nicht ähnlich. Schon allein wegen der fehlenden roten Haare.«

»Aus Ingos Verhalten geschlossen. Insgeheim bewundert er sie, hat aber immer noch einen Heidenrespekt vor Ihnen, obwohl Sie schon in Pension sind. Er versucht, in Ihre Fußstapfen zu treten.« Sie hielt kurz inne. »Aber ich glaube, die Schuhe sind ihm noch etwas zu groß. Wenn ich das so sagen darf.«

Viertaler zog die Augenbrauen hoch. Diese junge Frau beschrieb seinen Nachfolger bei der Kripo wirklich treffend. »Dann sind Sie sozusagen sein Unterhändler, um mit dem Patriarchen zu sprechen?«

»Es war zwar meine Idee, Kontakt zu Ihnen aufzunehmen, aber der Ingo steht voll hinter mir. Außerdem hat er mir erzählt, dass er vor einer Woche bei Ihnen in Landsberg war.«

»Aha, hat er das.« Viertaler grinste breit. Die offene, zupackende Art dieser jungen Kollegin gefiel ihm. Einer spontanen Eingebung folgend, sagte er: »Ich bin der Martin und ich freue mich, dass du gekommen bist. In Ingos Auftrag oder nicht.«

Antonia strahlte. »Ich fühle mich geehrt. Ich bin die Antonia, Toni für meine Freunde. Bevor die Sause hier losgeht, würde ich gerne die Fakten mit Ihnen – mit dir – austauschen.«

»Ja, in einer dreiviertel Stunde geht das Programm los. Der Prinz Luitpold von Bayern hält eine Rede zum 500. Jubiläum des bayerischen Reinheitsgebotes, dann kommt ein Festredner, der die lokale Prominenz derbleckt.«

»So wie am Nockherberg in München?«

»Irgendwie schon. Danach kommt ein bekannter Kabarettist und es wird ein Einakter gespielt. Ich komme immer wieder gerne hier her. Aber zuerst die Arbeit, dann das Vergnügen.«

Nachdem sie Martin auf den Stand der Ermittlungen gebracht hatte, warf sie die Frage nach dem Mordmotiv auf: »Es bleiben drei mögliche Motivlagen.«

»Dann mal raus damit.« Martin schob sein leeres Bierglas beiseite.

»Die Staatsanwaltschaft glaubt, der Pfarrer war irgendwie in den Drogenhandel der *'Ndrangheta* verstrickt, oder ist der Mafia in die Quere gekommen.«

In der sich füllenden Marthabräuhalle stieg der Geräuschpegel langsam an. Martin legte einen Zeigefinger an sein Ohr und rückte näher an sie heran. »Der Lärm!«

Sie nickte und neigte sich ebenfalls näher zu ihm.

»Ihr habt beim Opfer Rauschgiftspuren gefunden«, konstatierte er.

»Ja. Offenbar wurde der Beichtstuhl, in dem man Pfarrer Cibulski gefunden hat, als Umschlagplatz benutzt. Außerdem fanden sich Spuren von Kokain in seinem Zimmer.«

»Ganz aus der Luft gegriffen ist der Verdacht gegen die Mafia also nicht. Du hast von drei Ermittlungsrichtungen gesprochen. Wohin führt die zweite Spur?«

Antonia bekam rote Flecken auf ihren Wangen. »In die braune Vergangenheit Landsbergs!«

»In die Zeit des Nationalsozialismus. Das hat Ingo schon erwähnt.«

»Es scheint so, dass der tote Pfarrer mit einem Holocaust-Überlebenden verwandt ist, der 1945 in einem KZ-Außenlager in Landsberg inhaftiert war.«

Martin pfiff durch die Zähne. »Das ist ein abenteuerlicher Ansatz. Ist diese Blutsverwandtschaft nachgewiesen?«

»Eindeutiger DNA-Abgleich. Cibulski muss der Enkel des Häftlings Abram Canoch sein. Dieser KZ-Insasse von damals war 2005 noch einmal in Landsberg, wo er eine Rede gegen den wieder aufkeimenden Nationalismus in Deutschland gehalten hat. Dagegen gab es massive Proteste rechter Gruppen.«

Sie wurde von der Bedienung unterbrochen: »Darf ich Ihnen noch etwas zu trinken bringen?«

»Für mich ein großes Wasser bitte, ich muss noch fahren.«

Martin blieb bei seinem Weißbier. »Den Ritterbock gibt es ja erst nach dem offiziellen Anstich. Den probiere ich zum Essen; bin heute mit Zug und S-Bahn da.«

Als die Kellnerin weg war, fuhr Antonia fort: »Was, wenn jetzt jemand herausbekommen hat, dass der Vertretungspfarrer ein Nachfahre dieses Juden war? Vielleicht war es ein Mord aus rechtsradikalen Beweggründen?«

»Schon ein bisschen weit hergeholt. Ein Jude, und sein Enkel ist katholischer Priester?« Der alte Kommissar wog den Kopf hin und her. »Hat der Pfarrer irgendjemandem etwas getan, oder ist er schon politisch in Erscheinung getreten?«

»Das konnten wir noch nicht ermitteln. Ich denke aber, dass er das nicht ist«, gab sie zu.

»Immerhin war die Tat wohl eher eine Beziehungstat. Das Leben schlägt manchmal die seltsamsten Haken. Und die letzte Spur?«

»Eben eine simple Beziehungstat. Dafür spricht das Erschlagen und die Wucht, mit der die Tat geschah. Täter und Opfer kannten sich vermutlich.«

Martin klopfte auf den Tisch. »Wenn du mich fragst, das ist das Wahrscheinlichste.«

»Woran machst du das fest?«

»Nur so ein Gefühl, ich kann es nicht beschreiben. Noch nicht. Doch das sollte euch nicht davon abhalten, sorgfältig alle Richtungen abzuklopfen. Vielleicht haben sogar alle drei Szenarien in irgendeiner Art und Weise miteinander zu tun?« Martin winkte die Bedienung heran. »Wann gibt es was zu Essen?«

»Sie können jetzt noch etwas bestellen, oder in der Pause nach dem Derblecken.«

Martin sah Antonia an: »Sollen wir bestellen? Ich denke, dann schlägt das Bier auch nicht so an. Ich nehme den Schweinebraten.«

»Ich stehe nicht so auf Fleisch.«

Die Bedienung grätschte dazwischen: »Wir haben auch Käsespatzen und Krautkrapfen.«

»Wie gesagt, die Käsespatzen hier sind ein Gedicht. Du würdest es nicht bereuen.«

Nach dem Essen schob Antonia ihren Teller von sich: »Ich bin pappsatt. Das war super. Erinnert mich an meine württembergische Heimat. Die Kässpatzen sind hier anders, aber auch gut. Danke für den Tipp.«

Die Halle war nun fast bis auf den letzten Platz gefüllt und Prinz Luitpold von Bayern trat auf die Bühne. Das Stimmengewirr im Saal ebbte langsam ab.

Martin wandte sich zu Antonia und raunte ihr zu: »Ich schlage vor, du erzählst mir nachher in der Pause, warum du mich in diesen Fall eingeweiht hast.« Er sah ihr prüfend ins Gesicht: »Vor allem mit Wissen vom Ingo?«

Eine gute Stunde später wurde der Festredner mit Applaus von der Bühne verabschiedet. Mit den zumeist lokalen Witzen und Späßen konnten weder Martin noch Antonia etwas anfangen. »Hoffentlich wird´s beim Einakter und dem Kabarettisten lustiger für uns Auswärtige«, sagte Antonia.

Martin nahm den Faden erneut auf: »Warum hast du mir all das erzählt? Kann es sein, dass ihr offiziell gar nicht mehr ermitteln dürft?« Dass er diese Info bereits von Stockleitner, dem Schichtleiter der PI Landsberg hatte, musste er ihr ja nicht auf die Nase binden.

Antonia sah an ihm vorbei und suchte nach Worten. »Du hast recht. Der Staatsanwalt hat uns den Fall entzogen, weil er die Mafiaspur für die einzig richtige erachtet. Das Landeskriminalamt ermittelt jetzt. Insgeheim will Doktor Gruber nur nicht, dass er von seiner Karriereleiter fällt.«

Martin schmunzelte. War also immer noch alles wie früher. »Und wie gehen wir jetzt vor? Soll ich inoffiziell ermitteln?«

»Das machen wir zusammen«, beeilte sie sich, zu sagen.

»Du weißt schon, dass das großen Ärger geben kann, wenn das rauskommt.«

»Ja. Das LKA und der Doktor Gruber von der Staatsanwaltschaft dürfen keinen Wind von unseren Recherchen bekommen.«

»Das dachte ich mir. Wie sollen wir dann vorgehen?«

»Ich schlage vor, wir stimmen die Strategie nach dem Einakter ab.«

Nach dem Schauspiel der Theatertruppe vom Brucker Brettl kamen sie überein, dass Martin seinen alten Bekannten bei der Kemptener Drogenfahndung anzapfen sollte. »Der Hubsi findet schnell heraus, ob an der Mafia-These etwas dran ist oder nicht.«

»Wie gesagt, du musst dabei sehr vorsichtig sein, Martin. Wie vertrauenswürdig ist dein Kontakt in Kempten?«

»Keine Sorge. Der Hubsi hält dicht. Wer mit der Mafia zu tun hat, muss sehr diskret agieren können. Es geht also zunächst darum, ob die *´Ndrangheta* in Landsberg aktiv ist und ob es Erkenntnisse gibt, wie der Handel abgewickelt wird.«

»Mich würde auch interessieren, ob eine Kirche als Umschlagplatz schon mal aufgetaucht ist«, hakte Toni ein. »Während du dich auf das Rauschgift konzentrierst, nehme ich mir einstweilen das alte Tagebuch vor, das wir beim Opfer gefunden haben. Es soll in den nächsten Tagen vom Übersetzer zurückkommen.«

Kapitel 37

Dienstag nach dem zweiten Fastensonntag

Eine heftige Böe klappte ihren Regenschirm um und dicke, nasse Schneeflocken legten sich schwer auf ihr Gesicht. Erschöpft nach einer schlaflosen Nacht stemmte sich Evi Lang gegen den Wind, der durch den kleinen Park an der alten Stadtmauer fegte. Der Kies knirschte unter ihren Füßen, als sie vorbei an dem verwaisten Spielplatz Richtung Münchner Straße eilte. Das Hupen eines Autos riss sie aus ihren Gedanken. Himmel! Sie hatte gar nicht auf die rote Ampel geachtet. Entschuldigend winkte sie dem Fahrer zu und lehnte sich mit zittrigen Knien an die Mauer der Pizzeria gegenüber dem Bayertor. Wie oft waren sie als Familie hier gewesen. Alles vorbei.

Evis Hoffnung, dass die Zeit bei den Eltern Ruhe und Klärung in ihre angespannte Ehe bringen würde, hatte sich gleich bei ihrer Rückkehr am Sonntagabend zerschlagen. Nach einer flüchtigen Umarmung der Kinder war Robert überstürzt und ohne Erklärung ins Auto gestiegen. Sie hatte sich den Mädchen gegenüber nichts anmerken lassen und etwas von einer plötzlichen Geschäftsreise gemurmelt. Für Sofia war das in Ordnung gewesen. Chiaras Blick dagegen sprach Bände. Weiter nachgefragt hatte die Achtjährige allerdings nicht.

Dichtes Schneetreiben setzte ein und Evi hastete mit gesenktem Kopf weiter. Seit sechsunddreißig Stunden hatte sie von Robert nichts gehört. Ihre Anrufe hatte er weggedrückt. Die Ungewissheit, die ihr nachts den Schlaf raubte, versuchte sie tagsüber mit rastloser Beschäftigung in Schach zu halten. Ihre Gedanken fuhren Achterbahn, und sie war so durcheinander, dass sie nicht wusste, wie es weitergehen sollte. Sie musste sich zusammenreißen, der Mädels wegen. Evi nutzte eine Lücke im Verkehr, überquerte die Münchner Straße und bog in die Johann-Schmidt-Straße ein. Der Weg vom Kindergarten an der Malteserstraße nach Hause kam ihr heute länger vor als sonst. Am Ziegelanger wich sie dem Gespräch mit einer Nachbarin aus. Sie hatte keine Nerven für Smalltalk. Irgendetwas lief falsch und es hatte nichts mit normalen Eheschwierigkeiten zu tun. Robert war nicht erst so seltsam, seit dieser angsteinflößende Geschäftspartner bei ihnen aufgetaucht war. Er hatte schon länger Geheimnisse vor ihr, die sie sich nicht eingestehen wollte. Als Evi ihre Wohnstraße erreichte, stand Roberts Auto in der Einfahrt. Er war wieder da.

Während sie mit großen Schritten auf das Haus zueilte, wechselten ihre Gefühle zwischen Erleichterung und Wut. Dem würde sie etwas erzählen! Heute war eine Erklärung fällig. Sie würde sich nicht mit irgendwelchen Ausreden zufriedengeben.

Auf der gegenüberliegenden Straßenseite bemerkte sie einen dunkelblauen Audi mit Kemptener Nummer. Den hatte sie hier noch nie gesehen. Beim Näherkommen sah sie, dass zwei Männer drinsaßen und mit einem Smartphone ihr Haus fotografierten. Was sollte das denn? Kurzentschlossen trat sie auf die Straße und ging auf das unbekannte Fahrzeug zu. Ein junger Mann in einer schwarzen Lederjacke saß auf dem Beifahrersitz. Als er sie bemerkte, sagte er etwas und der Wagen fuhr los. Ihr Verstand lief Amok. Sie rannte zur Haustür und klingelte Sturm.

»Spinnst du, du hast doch einen Schlüssel?«

Evi packte ihren nur mit Boxershorts bekleideten Mann am Arm. »Wir werden beobachtet.« Ihre Stimme klang schrill.

»Du bist ja paranoid.« Mit einem Ruck machte er sich von ihr los. Doch sein Blick flackerte vor Angst und er hastete in die Küche.

Das war zu viel. Sie warf die Haustür zu und stürmte ihm nach. »Du sagst mir jetzt, was hier gespielt wird. Warum fotografiert jemand unser Haus?«

Er sah aus dem Küchenfenster. »Also ich sehe nichts. Da steht niemand.«

»Die haben aus einem Auto mit Kemptener Nummer fotografiert. Und als sie mich bemerkt haben, sind sie weggefahren.«

»Ich kenne niemand aus Kempten.«

Sie sah, dass er log. »Es reicht. Entweder du redest jetzt, oder ich packe meine Koffer und bin weg.« Für einen kurzen Moment hoffte sie, ihn mit dieser Drohung zu beeindrucken.

»Das ist das Beste, was du machen kannst.« Die Angst in seinen Augen war einer Kälte gewichen, die sie bisher nie an ihm gesehen hatte. Evi zuckte zurück.

Sie zögerte. Dann platzte sie heraus: »Das hat doch mit deinem italienischen Geschäftsfreund zu tun. Dieses Einhorn in Sofias Kindergartentasche war eine Warnung, habe ich recht?«

Robert erwiderte nichts.

»In was bist du nur verwickelt? Verkaufst du geklaute Autos?«

Wortlos verließ Robert die Küche. Evi holte sich ein Glas und füllte es mit Wasser. Mit jedem Schluck, den sie trank, wich die lähmende Angst einer langsam wachsenden Entschlossenheit. Sie musste handeln, bevor sie selbst und die Kinder mit in diesen Strudel hineingezogen wurden.

Robert Lang stand wie erstarrt am Küchenfenster und sah Evi nach, wie sie Koffer und Kuscheltiere in das Familienauto packte. Der Anblick zerriss ihm das Herz. Und doch war es die einzig richtige Entscheidung, sie gehen zu lassen. Die Mafia verstand keinen Spaß. Das hatte ihm der *Kardinal* am vergangenen Samstag deutlich zu verstehen gegeben. Er hatte sich die letzten Tage den Arsch aufgerissen. War rund um die Uhr diesem Korbinian Hinteregger gefolgt, hatte im Auto vor dem Pfarrhof geschlafen, sich sogar Montag Nacht im Pfarrzentrum einsperren lassen und dennoch nichts herausgefunden. Geschweige denn, das Rauschgift entdeckt. Und nun standen die Killer des *Kardinals* vor der Tür. Robert hoffte, dass sie wenigstens seine Familie in Ruhe lassen würden, jetzt, wo sie nicht mehr hier wohnte.

Ohne sich noch einmal umzudrehen, stieg Evi ins Auto und fuhr weg. Seine Erstarrung löste sich. Er griff nach dem Prepaid-Handy in der Hosentasche und tippte mit eiskalten Fingern eine Nachricht an Ema: *Zieh deine Schergen aus Kempten vor meinem Haus zurück oder ich gehe zur Polizei.* Dann warf er das Gerät mit der Kraft der Verzweiflung in die Ecke, wo es in seine Einzelteile zersprang.

Kapitel 38

Ein eisiger Wind blies die letzten Nebelfetzen aus dem Seelberg-Viertel. Martin Viertaler zog den Kopf ein, während er die schmale Gasse hinunter ins Klösterl ging. Seine Laune war bestens, nachdem Gertrud Maier seine Einladung nach Kempten in den archäologischen Park angenommen hatte. Ihre Begeisterung hielt sich zwar in Grenzen, aber das würde schon werden. Damit schlug er zwei Fliegen mit einer Klappe. Bei dem anschließenden Pizzaessen konnte er dezent für Antonia Buck ein wenig ermitteln. Er musste sich nur noch überlegen, wie er das Auftauchen seines Ex-Kollegen Hubert Unterleitner erklären würde. Er erreichte Gertis schmales Hexenhäuschen und klingelte.

Drinnen vernahm er hastige Schritte und Gertis handtuchumwickelter Kopf erschien in der geöffneten Tür. Sie trug einen Bademantel.

»Bin gleich soweit. Mach es dir doch in der Küche gemütlich. Es ist noch Kaffee da. Ich föhne mich schnell.« Dann verschwand sie über die enge Stiege ins obere Stockwerk.

Martin schmunzelte, denn normalerweise war sie überpünktlich. Gewohnheitsmäßig zog er die Schuhe aus und ging in die Küche. Auf dem Tisch zwischen Briefumschlägen und Werbeblättchen lag eine Postkarte mit einem Seehund. Sofort kam Martin der Kurschatten in den Sinn. Aus dem oberen Stockwerk hörte er das Brummen des Föhns und kurzentschlossen drehte er die Karte um.

Ich denke oft an unseren gemeinsamen Spaziergang am Strand von Spiekeroog und unser Gespräch im Inselcafé. Du bist der warmherzigste Mensch, der mir seit langem begegnet ist. Du hast mich mit deinem Charme verzaubert, und ich möchte dich unbedingt wiedersehen. Richard. Daneben eine Handy-Nummer.

Diese Worte, in schöner Handschrift auf die Karte geschrieben, bohrten sich wie Nadeln in Martins Herz. Richard, so also hieß der Bekannte aus der Pension, in der Gerti gewohnt hatte.

Das Föhngeräusch erstarb und er legte die Postkarte wieder an ihren Platz.

Wenige Augenblicke später tauchte Gerti in einem dunkelblauen Winterkleid auf. Das frischgeföhnte Haar fiel ihr locker und glänzend auf die Schultern. Die grauen Strähnen unterstrichen dabei ihre natürliche Ausstrahlung. Sie sah umwerfend aus und machte ihn sprachlos. Gleichzeitig spürte er ein nagendes Gefühl der Eifersucht.

Sie drehte sich einmal um die eigene Achse. »Und? Wie findest du es? Habe ich letzten Samstag gekauft.«

»Ganz nett.« Mehr brachte er in diesem Augenblick nicht heraus, wofür er sich sogleich hätte ohrfeigen können, denn die Reaktion von Gertrud zeigte deutlich, was sie von seiner Aussage hielt.

Ihre Mundwinkel fielen nach unten. »Nett ist die kleine Schwester von Scheiße«, konstatierte sie enttäuscht. »Vielen Dank auch.«

»Ich meine ...«, Martin suchte fieberhaft nach Worten, um die peinliche Situation zu retten. »Die Farbe steht dir wirklich gut.«

»Lass stecken, Martin. Passt schon.«

Den kurzen Fußweg zum Parkplatz am Wildpark legten sie schweigend zurück. Selbst auf der B12, Richtung Kaufbeuren, war Gertrud immer noch einsilbig und beschränkte sich auf das Betrachten der Landschaft. Die Bäume hier trugen Eiskristalle vom gefrorenen Nebel und wirkten wie mit Zuckerguss überzogen. Fieberhaft überlegte Martin, wie er das Gespräch in Gang bringen konnte. Er beschloss, es mit dem Todesfall zu versuchen. »Wie geht es dir inzwischen, nachdem du so unvermittelt Zeugin eines Leichenfundes warst?«

Überrascht sah sie ihn an, bevor sie zögerlich berichtete: »Nicht so gut, ehrlich gesagt. Ich habe den armen Pfarrer zwar nur kurz gesehen, aber wenn ich nachts schlecht schlafe, taucht sein Bild immer wieder vor mir auf. Warum fragst du?«

Martin räusperte sich. »Eine Kollegin aus Fürsti hat gefragt.«

»Diese Frau Buck?«

»Ja, Antonia Buck, die beim Bayerl dabei war.«

»Sie hatte eine angenehme Art, auf Zeugen einzugehen. Nicht so aufdringlich, wie dieses Gscheithaferl Bayerl.«

»Der hat auch schon dazugelernt. Die junge Dame hat wohl einen guten Einfluss auf meinen Nachfolger. Ich habe mich letzten Samstag mit ihr in Fürstenfeldbruck getroffen.«

Gertrud starrte ihn verblüfft an. »Du wurdest am Samstag befragt? Aber du hast doch gar nichts mitbekommen?«

»Nein, nein. Wir haben uns beim Starkbieranstich im Marthabräu getroffen. Es ging um etwas anderes. Weißt du, die Staatsanwaltschaft hat dem Ingo und der Antonia den Fall weggenommen.«

Gertrud registrierte, dass er die Kommissarin beim Vornamen nannte.

Martin fuhr fort: »Jetzt ermittelt das Landeskriminalamt, weil die denken, dass der Fall mit der Mafia zu tun hat. Aber die Antonia hat mir beim Starkbieranstich erzählt, dass sie an eine Beziehungstat glaubt. Vielleicht sogar mit einem nationalsozialistischen Hintergrund.« Er sah aus den Augenwinkeln zu ihr hinüber. Täuschte er sich, oder war sie wieder schmallippiger geworden? Er beschloss, das Thema zu vertiefen, nachdem Gertrud geschichtsbegeistert und sogar Mitglied des historischen Vereins war: »Die Antonia glaubt, dass der Tod des Pfarrers irgendwie mit den Konzentrationslagern rund um Landsberg zu tun hat.«

»Mit den Außenlagern von Dachau?«

»Da sollte doch so eine gigantische Bunkeranlage gebaut werden, oder? Weißt du etwas darüber?«

Ihr Interesse war geweckt. Während die überzuckerte Landschaft vorüberglitt, erzählte sie Martin vom Projekt *Ringeltaube* und seiner Verwaltung durch die Organisation Todt. Sie fuhren schon von der Bundesstraße 12 auf den Adenauerring, als sie in ihrem Redefluss innehielt: »Wo sollen wir denn parken?«

»Kein Problem. Wir stellen das Auto in einer der Nebenstraßen an der Iller ab. Das ist umsonst und es ist nur ein Katzensprung über die Sankt-Mang-Brücke ins Zentrum.«

Sie überließ sich seiner offensichtlichen Ortskenntnis. Der archäologische Römerpark *Cambodunum* weckte zwar von außen sofort Gertruds Interesse, doch als sie realisierte, dass die Anlage erst am 1. März öffnen würde, war sie enttäuscht. »Ich dachte, du hast das überprüft?« Sie konnte sich den Seitenhieb nicht verkneifen: »Von einem Kriminalbeamten hätte ich das nicht erwartet.«

Mist, das hatte er vergessen. Martin murmelte eine Entschuldigung und legte in einer versöhnlichen Geste den Arm um ihre Schulter. »Dann sollten wir uns gleich in die Innenstadt aufmachen. Ist ohnehin zu kalt hier oben. Da macht Geschichte keinen Spaß. Als Entschädigung dafür gehen wir erst mal ins *Forum Allgäu*. Das ist ein tolles Einkaufszentrum mit jeder Menge Geschäften und Restaurants. Wird dir gefallen.« Während sie in Richtung der Illerbrücke spazierten, klingelte Martins Mobiltelefon. »Viertaler? Ach, du bist´s, Hubsi. Das ist ja eine Überraschung.«

Gertruds Miene verfinsterte sich, als ihr Martin nach dem Gespräch erzählte, dass Hubsi später zum Essen dazukommen würde. »So ein Zufall, dass dein Bekannter ausgerechnet dann in Kempten ist, wenn wir da sind.« Gertruds Stimme klang ironisch. »Woher kennst du diesen Hubsi denn?«

Martin beschloss, reinen Tisch zu machen. »Wir waren mal Kollegen. Das heißt, er bei der Drogenfahndung und ich bei der Mordkommission. Und ein Zufall ist es nicht, dass wir ihn später treffen. Es geht um die Klärung einiger Details zum toten Pfarrer. Die Brucker Kollegen dürfen ja nicht mehr. Nachdem er nur heute kann, habe ich gedacht, es interessiert dich vielleicht auch.«

Gertrud Maier war sauer. Der Römerpark war ein Vorwand gewesen, um diesen Hubsi zu treffen, der zufällig aus dem Nichts auftauchte und dann auch noch mit zum Essen ging. Das klärende Gespräch mit Martin konnte sie vergessen.

Gegen Mittag, als sie endlich in einem italienischen Lokal im Obergeschoss des *Forums* saßen, war Martin wie erschlagen. Nicht nur seine Füße qualmten, sondern er selbst stank nach allerlei biologisch-dynamischen Düften. Gertrud hatte ihn durch sämtliche Klamottenläden geschleift, nur um ´zu schauen´. Aber das Schlimmste war der Besuch in einem Laden mit Naturkosmetik gewesen. Dort hatte sie an ihm unzählige Geruchsproben getestet. Aus lauter schlechtem Gewissen ihr gegenüber hatte er gute Miene zum bösen Spiel gemacht, obwohl er sie schnell durchschaut hatte. Das war die verdiente Retourkutsche für den missglückten gemeinsamen Ausflug in den Park.

Während sie die Speisekarte durchsahen, tauchte Hubert Unterleitner auf, und begrüßte Martin lautstark in breitem Allgäuer Dialekt. Er sah Gertrud an. »Jetzt lerne ich endlich mal deine Frau kennen. Bislang hatte ich noch nie das Vergnügen. Der Martin kam nämlich nur zu uns Bergbewohnern, wenn es Berührungspunkte mit der Mafia gab bei einem seiner Fälle.«

Gertrud sah Martin abwartend an.

Der bekam rote Flecken im Gesicht und beugte sich hastig vor auf seinem Stuhl. »Da liegt ein Missverständnis vor, Hubsi. Meine Frau ist ... vor zwei Jahren verstorben. Die Gerti hier ist meine ...« Nach einem hastigen Seitenblick auf Gertrud ergänzte er: »... meine neue Lebensgefährtin.«

»Mein Beileid, Martin«, hörte sie Hubsi murmeln, der sich nun setzte. »Das wusste ich nicht.«

Hubsi wandte sich an Gertrud: »Sind Sie auch bei der Kripo?«

»Nein, ich bin keine Polizistin, sondern nur seine Bekannte«, beeilte sich Gertrud, zu erklären. »Wir sind eigentlich auf einem Ausflug.«

»Dann sollten wir vielleicht nicht über Ermittlungsergebnisse sprechen, oder was meinst du, Martin?«

»Vor der Gerti kannst du ruhig offen sein. Sie hat mir vor ein paar Wochen geholfen, einen Mordfall in Landsberg aufzuklären. Sie ist sehr scharfsinnig und war Zeugin beim aktuellen Fall.«

»Aha!«, entfuhr es Hubert Unterleitner.

»Obendrein ist sie ein Landsberger Urgewächs und bestens vernetzt. Eine tolle Voraussetzung, um undercover zu ermitteln.«

Eine Stunde später waren sie satt und mit Informationen versorgt. Nach Hubert Unterleitners Einschätzung war die *´Ndrangheta* sehr aktiv im Landkreis Landsberg. »Die bauen das Geschäft dynamisch aus und verdrängen die Ukrainer, die sich in Oberbayern breitgemacht haben. Die Italiener konzentrieren sich auf Schulen und Diskotheken.« Allerdings würde die Mafia Regelverstöße dezenter als die Ukrainer ahnden. »Die Italiener erschlagen niemanden hier in Deutschland. Dazu sind die viel zu clever«, war sich Hubsi sicher. »Und eine Kirche als Drogenumschlagplatz wäre denkbar, hatten wir aber noch nie. Ihr werdet es nicht glauben, doch die Kerle sind gute Katholiken.« Beim abschließenden Kaffee erklärte Hubsi, dass die Drogenfahndung Kempten im Landsberger Tötungsdelikt mit dem LKA aus München zusammenarbeitete. »Ich kann dir sagen, dass ein Autoverkäufer – ein

Familienvater aus Landsberg – derzeit im Fokus steht. Er hat sich finanziell übernommen und soll im Landkreis Landsberg der Hauptverteiler für die *´Ndrangheta* sein. Aber seid vorsichtig. Die Kerle haben sicherlich Spitzel bei uns platziert.«

Während der ganzen Ausführungen hörte Gertrud Maier interessiert zu, obwohl sie Martins Vorgehensweise ihr gegenüber unmöglich fand. Das würde sie nicht so stehen lassen. Einstweilen machte sie gute Miene zum bösen Spiel.

Auf dem Weg zurück nach Landsberg ging Martin die Fakten noch einmal durch. Als Gertrud sich nicht darauf einließ, versuchte er, sie aufzumuntern: »Ist doch super, dass wir wieder zusammen ermitteln. Ich finde, wir sind ein tolles Team.«

»Ich will kein Team mit dir sein, das in Sachen rumstochert, die dieses Team nichts angehen. Wenn du unbedingt ermitteln willst, dann mach das mit dieser Antonia, aber lass mich aus dem Spiel.« Ihre Stimme wurde lauter: »Das war jetzt wirklich ein starkes Stück. Du hast mich nach Kempten geschleift, nur um mit deinem alten Spezi über den Fall zu reden. Ich habe wirklich geglaubt, dass du den Ausflug gern mit mir unternimmst. Ich habe mich so darauf gefreut.«

Martin öffnete den Mund, um etwas zu erwidern, aber mit einer knappen Handbewegung gebot ihm Gertrud, zu schweigen. In ihrer Stimme war eine Kälte, die er bislang nicht bei ihr wahrgenommen hatte.

»Mein Bedarf an kriminalistischen Ermittlungen hält sich in Grenzen. Die Todesangst Anfang Januar beschäftigt mich immer noch. Und jetzt der tote Pfarrer, dessen Bild ich nicht aus dem Kopf bekomme. Außerdem habe ich genug andere Sachen am Hals, die mich fordern.«

»Gerti, ich ... Ich dachte, dass wir etwas zusammen machen sollten. Etwas Gemeinsames.«

»Offenbar haben wir hier unterschiedliche Vorstellungen, was Gemeinsamkeit betrifft. Nur weil ich dir einen Einblick in mein Leben gewährt habe, weißt du noch lange nicht, was ich will. Außerdem«, sie holte Luft, »solltest du dir mal überlegen, warum du dich in diesen Fall einmischst. Hat das etwas damit zu tun, dass du deinen Beruf nicht loslassen kannst? So wie du deine Trauer um Franziska nicht loslassen kannst? Vielleicht auch nicht loslassen willst? Da müsstest du dir ja neue Ziele überlegen und deine Komfortzone verlassen. Da ist es natürlich leichter, sich mit den Problemen der anderen zu beschäftigen, als sich mit sich selbst auseinanderzusetzen. Außerdem bin ich nicht deine Lebensgefährtin. In den letzten Wochen hätte ich mir das gut vorstellen können, aber mittlerweile glaube ich, dass eine gemeinsame Beziehung so keine Chance hat.«

Kapitel 39

Mittwoch nach dem zweiten Fastensonntag

Mit zitternden Fingern vergewisserte sich Korbinian, dass der schreckliche Fund an dem Platz lag, wo er ihn vor acht Tagen zufällig beim Saugen entdeckt hatte. Das Versteck war gut gewählt, denn weder die Spurensicherung der Polizei, noch irgendwelche Verbrecher hatten die zwei Päckchen mit dem weißen Inhalt gefunden. Er ging davon aus, dass sie Pfarrer Jakub dort versteckt hatte. Als er hörte, dass das schwere Portal beim Altar der Schutzmantelmadonna ins Schloss fiel, drückte er leise die Tür des Verschlags zu. Keine Minute zu früh.

»Was machst du denn hier beim Sebastiansaltar? Ich dachte, du putzt den Seitenaltar, wo man Pfarrer Jakub gefunden hat.« Paul Schäffler, hauptberuflicher Mesner von Mariä Himmelfahrt, der gerade von der Mittwochsmesse aus der Klosterkirche kam, deutete auf den Eimer.

»Da war ein Wachsfleck auf der Stufe. Den hab ich entfernt.« Korbinian schüttete die Wachsreste von der Kehrschaufel in den Müllsack und nahm den Eimer in die Hand. »Zum Schluss wische ich noch den Durchgang vor dem Skelett-Epitaph.« Korbinian deutete auf das hinter dem Hochaltar versteckte Grabdenkmal aus Sandstein mit dem lebensgroßen Totengerippe, das der Arzt Cyriacus Weber im Jahr 1570 für sich und seine Familie errichten ließ.

»Sei bitte pünktlich bei der Teamsitzung um elf im Pfarrbüro. Das Bischöfliche Ordinariat hat entschieden, dass der Bischof den Sühneritus wegen der Kirchenschändung in der Woche vor Palmsonntag feiert. Pfarrer

Heidenblut will das weitere Vorgehen mit uns allen abstimmen.«

Korbinian nickte automatisch, bemüht, sich seine Anspannung nicht anmerken zu lassen. Als die Tür hinter Paul Schäffler ins Schloss fiel, atmete er tief durch. Obwohl Korbinian keinen besseren Mesner als Ausbilder hätte finden können, fürchtete er dessen scharfen Blick. Wenn irgendetwas im Busch war, merkte der es sofort.

Aber was sollte er mit dem Fund anstellen? Spätestens nach Ostern, wenn er die Pfarrei verließ, musste das Rauschgift weg sein. Wenn Schäffler wieder für die Reinigung zuständig war, würde er unweigerlich das Kokain finden und am Ende ihn selbst verdächtigen. Sollte er sich Pfarrer Heidenblut anvertrauen? Als Geistlicher unterlag er dem Beichtgeheimnis und würde sicher wissen, was zu tun war. Korbinian wollte einfach nicht, dass ein schlechtes Licht auf den Verstorbenen fiel, obwohl der Fund die Gerüchte zu bestätigen schien, die durch die Pfarrei waberten wie faulige Luft. Vermutlich hatte die Ehlers irgendetwas fallenlassen. Er mochte sie nicht. Für seinen Geschmack redete sie zu viel und ihre Neugier kannte keine Grenzen.

Seine Mutter wollte auch immer alles wissen. In den letzten Wochen war kein Tag vergangen, an dem sie ihn nicht angerufen oder ihm eine Nachricht geschrieben hatte. Was ihn wunderte, weil sie ihm seinen neuen Berufswunsch in nächtelangen Gesprächen hatte ausreden wollen. Meistens hatte er sie weggedrückt. Wenigstens seine Großeltern freuten sich mit ihm. Genauso wie seine Kumpels aus der Pfarrei in Freising, wo er jahrelang Ministrant gewesen war und Jugendgruppen organisiert hatte. Egal, er würde seinen Weg gehen, ob mit oder ohne

Einverständnis seiner Mutter. Seinen Vater konnte er ja nicht fragen. Er kannte ihn nicht, und seine Mutter angeblich auch nicht.

Vor dem Seitenaltar waren die Umrisse des Toten noch mit Kreide auf den Fliesen nachgezeichnet. Er zögerte. Für einen kurzen Augenblick überrollte ihn die Trauer. Und plötzlich wusste er, was zu tun war. Er entfernte das Absperrband und öffnete das Gitter. Dann ging er auf die Knie und wischte zärtlich die Kreidestriche von dem ausgetretenen Pflaster. Pfarrer Jakub war kein Dealer gewesen. Das würde er, Korbinian Hinteregger, beweisen.

Kapitel 40

Donnerstag nach dem zweiten Fastensonntag

Antonia Buck konnte das Tagebuch nicht mehr weglegen. Obwohl sie nur den nüchternen Ausdruck der Übersetzung in ihren Händen hielt, war sie ganz in deren Bann gezogen. Sie saß auf ihrer Couch, in eine warme Decke gewickelt, und las in Abram Canochs Aufzeichnungen. Die Schilderungen über seine Zeit im Landsberger Konzentrationslager ´Kaufering XI´ ließen sie trotz der Behaglichkeit ihres Wohnzimmers frösteln. Die Einträge waren nicht zeitgenössisch, das hatte sie schon herausgefunden. Vielmehr hatte sie Abram im Herbst 1945 während seiner Zeit im *Displaced Persons Camp* in der ehemaligen Saarburg-Kaserne aufgeschrieben. Während sie las, begriff sie auch, warum er im KZ keine Aufzeichnungen führen konnte. Er war nur eine Nummer gewesen, der Willkür der Aufseher ausgeliefert. Es gab für ihn keinerlei Privatsphäre und er hätte jederzeit ohne einen Grund getötet werden können.

Ohne den Blick abzuwenden, griff sie nach ihrer Tasse Holundertee und hätte sie beinahe umgeworfen. Der Tee schwappte über. »Mist!« Sie sprang auf, lief in die kleine Küche ihrer Zweizimmerwohnung und kam mit einem Küchentuch zurück. Hastig wischte sie den Tee vom Beistelltisch, bevor die Flüssigkeit auf den Teppich tropfte. Mit einem Seufzer setzte sie sich und vertiefte sich wieder in den Text. Sie sog die nüchterne Schilderung in sich auf wie ein Schwamm, wollte sich in den Schreiber hineinversetzen, Anteil nehmen an seinem Schicksal, das ihm in Landsberg vor all den Jahren widerfahren war. Sie las die Geschichte von Abram und Golda, die sich 1940 im Ghetto in Łodz kennen und lieben gelernt hatten. Abram war gerade 18 geworden und als Helfer eingeteilt, weshalb es ihm leichtfiel, sich frei im Lager zu bewegen. Dabei war ihm die hübsche junge Frau aufgefallen. Schon bald heirateten sie heimlich und 1942 erblickte der kleine Wojciech das Licht der Welt. Er war ihr Glück und der Mensch gewordene Beweis dafür, dass es eine Hoffnung gab. Als im August 1944 das Ghetto geräumt wurde und alle Insassen nach Auschwitz transportiert werden sollten, gelang es den beiden, ihren Kleinen an ein kinderloses polnisches Ehepaar abzugeben. Wiesław und Agnieszka Cibulski gaben Wojciech als ihr eigenes Kind aus und retteten so dem Baby das Leben.

Antonia schauderte es bei dem Gedanken, sein eigenes Kind weggeben zu müssen. Sie fragte sich, ob sie so etwas fertiggebracht hätte.

In Auschwitz angekommen, fielen Golda, Abrams Eltern und jüngere Geschwister der Selektion zum Opfer. Auf der Rampe wurde Abram durch den berüchtigten Doktor Josef Mengele von seinen Lieben getrennt und sollte sie nie wieder sehen.

Der junge Canoch wurde unter unmenschlichen Umständen nach Dachau transportiert. Obwohl Abram die genaue Zahl nicht kannte, schätzte er, dass ein Viertel der Häftlinge den Transport nicht überlebt hatte.

Im Oktober 1944 landete der junge Pole im Außenlager ´Kaufering XI´, im heutigen Landsberger Industriegebiet. Dort arbeitete er für die Baufirma Leonhard Moll an einem gigantischen Bunkerbauprojekt: *Ringeltaube.* Streng bewacht musste er jeden Morgen vier Kilometer zur Baustelle marschieren, zwölf Stunden im Laufschritt fünfzig Kilo schwere Zementsäcke schleppen und abends zurück ins Lager. Aufgrund dieser Schwerstarbeit, der extrem schlechten Ernährung und den grassierenden Krankheiten in den Lagern starben die Menschen wie die Fliegen. Antonia wusste nicht, was sie mehr schockierte; der Bericht an sich oder die nüchternen, emotionslosen Zeilen eines Überlebenden darüber.

Am 26. April 1945 wurde Abrams Lager geräumt. Er wurde mit einem der letzten Züge Richtung Dachau abtransportiert. Wie Abram später erfuhr, sollte er mit den anderen, die noch am Leben waren, bei der Verteidigung der Alpenfestung helfen. Doch dazu kam es nicht mehr. Alliierte Flugzeuge bombardierten den Zug auf seinem Weg nach Osten. Abram gelang mit Hilfe eines jungen SS-Mannes die Flucht und er konnte sich bei einem Bauern in der Ortschaft Petzenhausen verstecken. Ein junger SS-Mann namens Hans Huber aus – Landsberg am Lech! Sie stutzte. Was, wenn dieser Huber noch lebte? Vielleicht ergab sich hier ein Ermittlungsansatz? Das würde sie gleich morgen früh überprüfen.

Am 30. April kamen endlich die Amerikaner nach Petzenhausen und Abram war gerettet. Die Bauern, die ihn versteckt hatten, päppelten ihn wieder auf, sodass er Anfang Juli nach Landsberg in das dortige *DP-Camp* umziehen konnte.

Bis zum Herbst 1945 hatte er niemanden aus seiner Familie gefunden. Daher beschloss er, eine Lehre zu absolvieren. In einem Landsberger Schlosserbetrieb lernte er das Schweißen und Arbeiten mit Metall. Das Tagebuch brach hier ab. Über seine Zeit in Landsberg fand sich kaum etwas in Abrams Aufzeichnungen. Dafür gab es eine Reihe von Notizen über den Verbleib seiner Verwandten. Offenbar hatte er die drei Jahre seiner Ausbildung auch dazu genutzt, um nach ihnen zu suchen.

Im Herbst 1948 begannen die Aufzeichnungen wieder. Abram wanderte nach Israel aus. Mit einem Schiff gelangte er nach Haifa, wo er notgedrungen erst einmal für zwei Jahre Militärdienst leistete, bevor er endlich zur Ruhe kam. Im Jahr 1951 lernte er seine spätere Frau Sarah kennen und gründete eine Familie. Sie bekamen zwei Kinder, Chaim und Golda. Hier brach die Übersetzung ab. Darunter ein handschriftlicher Vermerk: ´Rest der Übersetzung wird in den nächsten Tagen nachgereicht´.

Antonia legte die Akte auf den Wohnzimmertisch und trank den mittlerweile kalten Holundertee aus. Sie stellte die Tasse zurück und sah auf die Uhr. Beinahe Mitternacht! Zeit, um ins Bett zu gehen.

Emanuele Di Genova, der *´Ndrinu*, trank gerade sein Pils aus, als sein *Telefonino* vibrierte. Er sah auf die Uhr. Gleich Mitternacht. Er warf der Bedienung zu: »Zahlen bitte«, und nahm das Gespräch entgegen. »Pronto?«

»Ciao, Ema.« Die rauchige Stimme des *Capo Provincia* krächzte in sein Ohr. »Kannst du sprechen?«

»No, ich bin in einer Kneipe.«

»Bene, dann hör gut zu. Du musst nur mit *Si* oder *No* antworten. Ich hatte vorhin einen Anruf meines Kontaktes in der Drogenfahndung in Kempten. Er hat mir gesagt, dass unser *Bischof* im Visier des LKA steht. Anscheinend hat der Idiot in den letzten Tagen einen Trampelpfad zu sich selbst gelegt. Er hat ziemlich dilettantisch alle seine Dealer angequatscht und mit einem sogar eine Schlägerei angezettelt. Weißt du etwas davon?«

»No«, log Ema.

»Hast du denn etwas herausgefunden bislang?«

»No.«

»Das heißt, du hast noch keine eindeutige Spur?«

»Si. Aber einen Verdacht. Melde mich bald dazu.«

»Bene. Dann weißt du, was jetzt zu tun ist. Wir brauchen keine labilen Kronzeugen. Ich fürchte, der *Bischof* ist lebensmüde.«

»Si.«

»Bekommst du das hin, ohne dass ich dir die Kavallerie dazu schicken muss?«

Ema schluckte. »Certo. Du kannst dich auf mich verlassen.«

»Das erwarte ich auch vom *Capobastone*. Ciao.« Dann legte er auf.

Ema starrte noch eine Weile auf das Mobiltelefon. Er löschte die Mitteilung von Robert Lang, in der ihm das kleine Arschloch mit der Polizei gedroht hatte. Der Fall lief aus dem Ruder. Jetzt durfte nichts mehr schief gehen. Er zahlte und verschwand in der eiskalten Nacht.

Freitag nach dem zweiten Fastensonntag

Mit bleiernen Gliedern schlurfte Antonia über den Flur der Kriminalpolizei-Inspektion in Fürstenfeldbruck. Die Lektüre der Akte von gestern Nacht steckte ihr noch in den Knochen. Sie war erst gegen drei Uhr morgens eingeschlafen, hatte wirr geträumt und den Wecker nicht gehört.

»Da bist du ja endlich.«

Antonia fuhr herum. Vor ihr stand Ingo Bayerl.

»Es ist schon fast neun. So spät kommst du doch sonst nie zum Dienst. Harte Nacht gehabt? Kenne ich ihn?«

Sie verdrehte die Augen und hielt ihm die Akte vor die Nase. »Der Stoff hier hat mich völlig fertiggemacht. Bin schon ganz gespannt, wenn der zweite Teil vom Übersetzer kommt.«

»Hast du das etwa mit nach Hause genommen?«

»Ich dachte, der Ermittlungserfolg steht bei uns im Fokus, oder?«, bemerkte sie süffisant.

»Du kannst doch nicht einfach gegen Vorschriften verstoßen, wenn die dir nicht passen«, echauffierte sich Bayerl.

»Beruhige dich, Chef. Das haben die beim LKA sicher noch gar nicht geschnallt, dass das Tagebuch nicht bei den Beweisstücken war. Habe ich – Gott sei Dank – zum Übersetzen geschickt, bevor die Münchner alles mitgenommen haben. Außerdem haben die sich doch an der Mafiaspur festgebissen. Die werden dieses Büchlein nicht vermissen.«

Bayerl war nicht überzeugt: »Ich habe dir zwar freie Hand gelassen, das heißt aber nicht, dass du dich an keine Vorschriften mehr hältst und Akten privatisierst. Wenn das der Staatsanwalt rausbekommt, haben wir richtigen Ärger an der Backe.«

»Ja wenn. Wird er aber nicht. Willst du gar nicht wissen, was ich herausgefunden habe?«

»Was denn?«

Sie grinste ihn an: »Nichts. Noch nichts. Nach wie vor fehlt mir die Verbindung zum Mordopfer, aber ich hab so ein Gefühl, dass da der Schlüssel liegt zu unserem Fall. Vermutlich hat das Tagebuch seinen Weg über Abram´s Kinder zu seinem Sohn Wojciech und von dort zu Jakub Cibulski gefunden.«

Bayerl sah sie mit einem prüfenden Blick an.

»Du kannst ja mal Druck machen beim Übersetzer. Ich fresse einen Besen, wenn da nicht noch was Hammermäßiges ans Tageslicht kommt.«

»Ich werde einen Teufel tun. Hast du den Schuss vom Staatsanwalt nicht gehört?«

»Kriegst du jetzt kalte Füße? Es geht doch voran.«

Ingo wechselte das Thema: »Hat unser Pensionär etwas herausgefunden? Du wolltest dich doch mit ihm treffen?«

»Ich habe ihn letzten Samstag im Marthabräu getroffen und er hat seitdem seine Fühler ausgestreckt.«

»Gleich im Marthabräu! Am Ende beim Starkbieranstich? Hoffentlich hat dich keiner der Kollegen mit ihm gesehen.«

Zerknirscht antwortete sie: »Stimmt. Daran habe ich ehrlich gesagt nicht gedacht. Da ist meine Begeisterung für diesen Fall wohl mit mir durchgegangen. Aber heute

Nachmittag treffen wir uns bei ihm in Landsberg und er bringt mich bei einer Tasse Kaffee auf den aktuellen Stand.«

»Du fährst während der Dienstzeit nach Landsberg? Wie soll ich das erklären, wenn jemand nach dir fragt?«

»Offiziell arbeite ich immer noch am Fall der toten Rentnerin in Grafrath. Muss halt noch was gegenchecken, und schon bin ich wieder in Landsberg.«

»Also gut. Aber wenn du schon mal da bist, kannst du auch mal in Richtung dieses Ausbildungsmesners recherchieren. Habe ich ja nicht mehr gemacht, nachdem uns der Fall entzogen wurde.«

»Geht klar Chef.« Antonia fühlte, dass mit einem Mal die Energie, die ihr verloren schien, wieder zurück war.

Kapitel 41

Freitag nach dem zweiten Fastensonntag

Sie folgte seiner telefonischen Empfehlung und fuhr die Münchener Straße entlang auf das Bayertor zu. Schneeflocken tanzten vor der Windschutzscheibe und sie wünschte sich den Frühling herbei. Sie näherte sich dem Kreisverkehr im Stop-and-Go des aufkommenden Feierabendverkehrs, als sich die mittelalterliche Toranlage majestätisch zu ihrer Rechten erhob. Die imposante Bemalung schlug sie ganz in den Bann, obwohl sie ein wenig heruntergekommen wirkte.

Hinter ihr hupte es. Antonia Buck sah in den Rückspiegel. »Ist ja gut!« Sie legte den Gang ein, fuhr in den Weilheimer Kreisel und nahm auf der anderen Seite die stark abfallende Bergstraße. Am Fuß des Schlossbergs bog sie in die Landsberger Kavernengarage ein, die man direkt in den Berg gebohrt hatte. Sie parkte den Wagen und stieg aus. Interessiert sah sie sich um. Irgendwie musste das eine Röhre sein, das hatte sie mal bei einer Führung in Südtirol gelernt. Doch man sah das diesem Bauwerk nicht an. Hunderte Autos waren in zwei Reihen geparkt. Vermutlich gab es mehrere Ebenen übereinander. Die Anlage wirkte wie ein Déjà-vu. In Abram Canochs Tagebuch war immer die Rede von einem Bunker gewesen: Weingut II. Auf einer Webseite war sie dann auf Schwarz-Weiß-Fotos dieser Anlage gestoßen, die dieser Tiefgarage ähnelte. Sie fuhr sich über die Augen.

Es dauerte eine Weile, bis sie schließlich ein Hinweisschild ´Ausgang Hauptplatz´ entdeckte. Der Weg gabelte sich und führte in zwei lange, gerade einmal mannshohe

Röhren. Als sie Tageslicht vor sich schimmern sah, war sie auf seltsame Art und Weise erleichtert. Zurück an der Oberfläche holte sie einen Zettel hervor. Darauf stand: 200 Meter die Bergstraße bergauf, dann die Treppe nach rechts unten nehmen.

Zu ihrer Linken wälzte sich ein endloser Autokorso die Bergstraße hinauf. Nach wenigen Metern bot sich ihr ein herrlicher Blick in den Westen Landsbergs. Die angekündigte Treppe tauchte auf und sie sah Martin Viertalers Haus am Seelberg unter sich.

Gertrud Maier saß am Schreibtisch und bestellte die Arbeitsmaterialien für das zweite Halbjahr, aber ihre Gedanken schweiften immer wieder zu diesem unseligen Ausflug nach Kempten ab. Sie hatte sich total gefreut, nur um dann festzustellen, dass sich Martin von Anfang an nur mit seinem Kollegen Hubsi hatte treffen wollen. Der archäologische Park war vermutlich nur ein Feigenblatt gewesen, weil sich Martin sonst über die Öffnungszeiten informiert hätte. Bisher hatte sie immer darauf gewartet, dass Martin Flagge zeigte und sich zu ihr und ihrer Beziehung bekannte. Dass er sie in Kempten als seine Lebensgefährtin bezeichnet hatte, freute sie insgeheim. Doch dieser behaupteten Beziehung fehlte der Unterbau, woran sie ebenfalls nicht ganz unschuldig war. Entgegen ihrer ansonsten zupackenden Art hatte sie sich abwartend verhalten und es Martin so auch nicht leicht gemacht. Wo war ihr eigener blinder Fleck, den sie nicht anschaute und der sie so reagieren ließ? Sie stand auf. Sie brauchte jetzt erst einmal einen starken Kaffee.

»Komm rein, Toni.« Martin drängte seinen aufgeregten Hund beiseite und nahm ihr den Mantel ab. »Entschuldige, aber Hexle ist normalerweise nicht so. Die springt nie an Fremden hoch.«

»So, so. Die spielt sicher nur«, schmunzelte Antonia.

Martin überging diesen Seitenhieb auf seinen Vierbeiner. »Setz dich, ich bringe dir gleich eine Tasse Kaffee.«

Antonia sah sich um in der Küche während Hexle, die Border Collie Hündin, sie mit wedelndem Schwanz musterte.

Martin kam mit einem Tablett mit zwei Tassen und Mohnschnecken. Mit einer Kopfbewegung in Richtung seines Hundes meinte er: »Dass sie dich gleich mag, darauf kannst du dir was einbilden. Hexle ist normalerweise Fremden gegenüber reserviert.«

»Da bin ich aber froh. Ich dachte schon, sie überlegt, ob sie mich ganz oder in Stücken fressen will.«

Martin mochte ihren trockenen Humor. Er tätschelte Hexles Kopf. »Die Toni ist doch viel zu clever, um sie einfach zu verputzen, gell?« An seinen Besuch gewandt fuhr er fort: »Ich schlage vor, dass wir unsere Ermittlungsergebnisse austauschen und dann gemeinsam bewerten. Zum Schluss sollten wir die nächsten Schritte festlegen. Fängst du an?«

Während sie ihren Kaffee tranken, berichtete Antonia, dass ein gewisser Hans Huber 1945 dem KZ-Häftling Abram Canoch das Leben gerettet hatte. »Du wirst es nicht glauben, aber der lebt noch. Der wird nächsten Monat 88 und wohnt immer noch in Landsberg.«

»Und was hat das mit unserem Fall zu tun?«, hakte Martin nach.

»Dazu komme ich gleich. Du kannst dich sicher noch daran erinnern, dass unser Mordopfer der leibliche Enkelsohn dieses KZ-Insassen Canoch war.«

»Ja, wieso?«

»Der ehemalige SS-Mann Hans Huber hat einen Enkel, einen gewissen Matthias Huber. Der ist auch schon aktenkundig geworden. War in eine Schlägerei verwickelt in einer Diskothek hier im Landkreis, im Iglinger Sommerkeller. Die Beamten haben damals in Richtung rechtem Hintergrund ermittelt. Die Opfer bei der Auseinandersetzung waren zwei junge Afghanen. So wie es aussieht, hat der junge Huber Kontakte in die rechte Szene hier in Oberbayern.« Sie ließ die Worte einige Augenblicke nachwirken, bevor sie fortfuhr: »Er ist Mitglied in der DfD–Partei. Das habe ich seiner Facebook-Seite entnommen. Der ist da recht offen mit seinen Posts.«

Martin rieb sich das Kinn. »Du meinst, dass der junge Huber ein Neonazi sein könnte? Wie alt war der denn beim Besuch des Abram Canoch in Landsberg? Das muss im April 2005 gewesen sein. Da gab es doch jede Menge Pöbeleien, wenn ich mich recht erinnere.«

Antonia blätterte die Akte durch, die vor ihr auf dem Tisch lag. »Der müsste ... er war damals 23. Könnte möglich sein, dass der bei den Ausschreitungen anlässlich des Besuches dieses KZ-Überlebenden schon dabei war. Dokumentiert ist das aber nicht. Die Kollegen haben ihn jedenfalls nicht vernommen.«

Martin stützte den Kopf auf seinen Fäusten ab. »Möglich ist es schon. Aber warum sollte der Enkel eines SS-Mannes den Enkel eines KZ-Insassen umbringen?«

»Das weiß ich auch noch nicht. Dazu müsste man den alten Herrn Huber befragen. Der wird zumindest eine Einschätzung zu seinem Enkel geben können.«

»Wenn du willst, übernehme ich das«, bot Martin an.

Sie lächelte ihn dankbar an. »Super. Was hast du herausgefunden über die Mafia in Kempten?«

Martin berichtete in knappen Sätzen, was er von Hubert Unterleitner erfahren hatte. »Zusammenfassend würde ich sagen, dass die Mafia sicherlich den Kokainhandel im Landkreis Landsberg kontrolliert. Aber ob ein Aushilfspfarrer in den wenigen Wochen, in denen er überhaupt in der Stadt war, genügend Projektionsfläche hätte, um der *´Ndrangheta* das Geschäft zu vermiesen, glaube ich nicht. Grundsätzlich stellt sich die Frage, wie das Rauschgift zu dem toten Pfarrer passt. War es eine Tat im Affekt, weil der Tote jemanden beobachtet und zur Rede gestellt hat? Vielleicht wollte er jemanden schützen, oder zurück auf den rechten Weg bringen? Da müssen wir ansetzen.«

Antonia nickte. »Für mich bleiben da nach aktueller Lage der Ermittlungen nur enge Mitarbeiter des Pfarrers. Also diejenigen, die ständig um ihn herum waren. Die anderen konnte er ja rein von der Zeit her gar nicht kennen.«

»Genau. Das schränkt den Kreis der Verdächtigen sehr ein. Wen hältst du – auf Basis eurer Erkenntnisse – für verdächtig?«

Antonia begann, ein *Mindmap* aufzuzeichnen, in dessen Mitte Jakub Cibulski stand.

Martin strahlte. »Du stehst auch auf die Gedankenlandkarte? Das beste Werkzeug, um seine Gedanken zu ordnen.«

Ohne auf den Einwurf einzugehen, ordnete sie vier Namen um Cibulski herum an: Sabine Ehlers, die Pfarrsekretärin, Paul Schäffler, der Mesner, der Aushilfsmesner Korbinian Hinteregger und die Gemeindereferentin Johanna Braun.

»Wir müssen die noch einmal durchleuchten, dieses Mal aber mit dem Hintergrund, ob es Konflikte mit der Mafia hätte geben können«, konstatierte Martin. »Also, ob die mit Drogen zu tun haben könnten.«

»Sehe ich genauso«, bestätigte Antonia. »Wobei wir bei keinem dieser Leute auch nur den Hauch eines Drogen-Verdachts gefunden haben. Wer wäre spontan für dich am heißesten?«

Ohne lange zu überlegen, antwortete Martin: »Der Aushilfsmesner. Er ist jung und ungebunden, hat ein unbekanntes Vorleben aus Freising und war völlig am Boden, als ich mit ihm über den toten Pfarrer gesprochen habe. Der verbirgt etwas. Das sagt mir mein kriminalistisches Gespür.«

Antonia nickte. »Diesem Hinteregger möchte ich noch einmal auf den Zahn fühlen, zusammen mit dem Schäffler. Ist vermutlich am unverfänglichsten, weil die ja nicht wissen, dass wir abgezogen sind von diesem Fall.« Sie kramte in ihren Unterlagen. »Dann bliebe dir noch die Pfarrsekretärin, Sabine Ehlers.«

Martin fügte in Gedanken ´ohne Hund´ hinzu. Innerlich rollte er mit den Augen, nickte aber.

»Ach ja, nicht zu vergessen die Gemeindereferentin Johanna Braun. Ich lasse dir Kopien der Dossiers der beiden da und die Kontaktinfos vom alten Hans Huber. Aber«, sie hob den Zeigefinger, »von mir hast du das nicht.«

Martin grinste zur Bestätigung.

Sie stand auf und Martin half ihr in den Mantel. »Was ich noch fragen wollte. Du hast mir letztens im Marthabräukeller gar nicht erzählt, dass die Zeugin Gertrud Maier eine Bekannte von dir ist.«

»Das muss ich wohl irgendwie vergessen haben.« Die Erwähnung von Gertrud ließ seine Laune in den Keller rutschen.

»Das ist echt eine patente Frau mit einer erstaunlichen Beobachtungsgabe. Obwohl sie bestimmt auch unter Schock stand, hat sie meine Fragen sehr sachlogisch beantwortet. Wie geht es ihr denn?«

»Gerade nicht so gut, glaube ich.«

»Weißt du es nicht? Mein Eindruck, eigentlich der Eindruck von Ingo Bayerl war schon, dass ihr euch nähersteht.«

»So, so, der Bayerl. Na, der muss es ja wissen. Lass uns ein anderes Mal darüber reden.«

Gertrud stemmte sich gegen den kalten Wind, als sie vom Klösterl hinauf zum Seelberg ging. Die Böen, die durch die enge Gasse fegten, schienen sie von Martins Haus fernhalten zu wollen.

Sie konnte ihre Auseinandersetzung so nicht stehen lassen. Bei ihrem Kaffee hatte sie reflektiert, dass Martins Verhalten etwas in ihr angetriggert hatte. Er war nur die Projektionsfläche gewesen für etwas, was eigentlich mit ihrer Beziehung zu ihrem Ex zu tun hatte. Auch der hatte sie, wie Martin in Kempten, immer wieder für seine Zwecke instrumentalisiert. Nichtsdestotrotz war ihre Wut berechtigt gewesen. So konnte er nicht mit ihr umspringen. Das wollte sie ihm persönlich sagen.

Als sie den höchsten Punkt der Steigung erreichte, sah sie eine junge Frau mit dunkelbraunen, schulterlangen Haaren, die sein Haus verließ. Sie blieb stehen. Das war doch die junge Kripobeamtin, die sie in der Stadtpfarrkirche befragt hatte. Jetzt drehte sich die junge Dame um und Martin Viertaler kam heraus. Beide umarmten sich herzlich. Gertrud blieb wie angewurzelt stehen. Diese spontane Vertrautheit hatte Martin ihr gegenüber noch nie an den Tag gelegt. Was hinderte ihn daran, so offen auf sie zuzugehen? Vermutlich lag es daran, dass ihnen beiden das gemeinsam Erlebte mit Franziska immer im Weg stehen würde. Martin hatte seine Frau und sie ihre beste Freundin verloren. Da gab es keine Schmetterlinge im Bauch oder den Zauber des Neuanfangs. Wollte sie das wirklich? Jetzt, wo sie jemanden wie Richard kennengelernt hatte? Bei ihm schien alles so leicht und selbstverständlich. Gertrud drehte sich um und eilte zurück, bevor die beiden sie sahen.

Martin sah auf die restlichen Mohnschnecken und überlegte, Gertrud welche vorbeizubringen. Die aß sie doch so gerne. Er verwarf den Gedanken aber sofort wieder, als er an die Szene im Auto dachte. Ihn so anzublaffen hätte es nicht gebraucht. Zugegeben, er hatte zwei Fliegen mit einer Klappe schlagen wollen. Zu ermitteln und einen schönen Tag mit Gerti verbringen. Dass er sie in die Mafia-Ermittlung einbezog, hatte ja auch was mit Vertrauen zu tun. Aber da hatte sie wohl eine andere Sicht der Dinge. Und an die Öffnungszeiten hatte er wirklich nicht mehr gedacht. Grantelnd packte er das Gebäck in einen Gefrierbeutel.

Kapitel 42

Samstag nach dem zweiten Fastensonntag

Die Eisgraupel stachen Martin Viertaler wie kleine Nadeln ins Gesicht, als er an der Mauer des Alten Friedhofs vorbei stadtauswärts ging. Hans Huber schien von seinem Anruf heute Morgen nicht überrascht gewesen. Es kam Viertaler beinahe so vor, als hätte der alte Mann auf den Besuch der Polizei gewartet, selbst wenn er nur ein ehemaliger Kriminalhauptkommissar war. Viertaler überquerte einen Zebrastreifen und bog in die besagte Straße ein. Die Gartentüre war nicht abgeschlossen. Er ging geradewegs an einem modernen Anbau vorbei zu dem alten Häuschen, das schon bessere Zeiten gesehen hatte. Viertaler klingelte. Schnell erklangen harte Schritte hinter der Tür und ein Schlüssel drehte sich in einem Schloss, das jedem Einbrecher ein müdes Lächeln entlockt hätte. Vor ihm stand ein junger Mann. Das konnte nur der besagte Enkel des alten Hubers sein.

Viertaler stellte sich die Frage, ob Herr Huber etwas über seinen Enkel preisgeben würde, wenn dieser unmittelbar dabei war. »Ich bin eigentlich mit Ihrem Großvater verabredet.«

»Das hat er mir schon erzählt und mich extra einbestellt. Wenn es nach mir gegangen wäre, stünden Sie jetzt nicht hier«, fauchte ihn Matthias Huber an. Er ließ Viertaler an der Haustür stehen und verschwand hinter einer weiteren Tür.

Viertaler trat in den Flur, zog die nassen Schuhe aus und stellte sie auf den abgewetzten Flickenteppich. Seinen Parka hängte er neben eine schwarze Lederjacke an die Garderobe. Dann folgte er dem jungen Mann.

Die Stehlampe warf einen schwachen Schein auf helle Stellen an der Wand, wo vorher Bilder gehangen haben mussten. Die Flecken wirkten wie ausdruckslose Zeugen längst vergangener Zeiten. Das Zimmer erschien Viertaler dadurch seltsam kahl, so als wollte sich Hans Huber den Abschied von der irdischen Welt erleichtern. Der alte Mann saß in einem Lehnstuhl, eingewickelt in eine braunkarierte Wolldecke, auf den Knien ein gerahmtes Foto. Sein Enkel fläzte sich mit mürrischem Gesichtsausdruck auf einer Couch aus beigem, verschlissenem Breitcord. Wie oft hatte er wohl hier schon gesessen?

»Grüß Gott, Herr Huber.«

»Grüß Gott, Herr Viertaler.« Die Stimme des alten Mannes klang krächzend. Viertaler streckte ihm die Hand entgegen, und der Alte ergriff sie. Ein schwaches Lächeln stahl sich in die wässrig blauen Augen.

»Was führt Sie zu mir? Dass Jakub Cibulski tot ist, der Enkel meiner Schicksalsbekanntschaft, hat ja nichts mit mir zu tun. Oder vermuten Sie da einen Zusammenhang mit meinem Enkel?« Im Gegensatz zu seiner körperlichen Hinfälligkeit war der alte Herr geistig noch messerscharf in seinem Denken.

Viertaler war verwundert, dass er sofort den Bezug zu seinem Enkel herstellte.

So als hätte Anton Huber die Gedanken seines Gegenübers gelesen, fuhr er mit brüchiger Stimme fort: »Auch wenn ich schon etwas betagt bin, weiß ich um die politische Gesinnung meines Enkels, auf die ich lange Zeit stolz war.« Er deutete auf den Sessel gegenüber. »Aber bitte, nehmen Sie doch Platz. Entschuldigen Sie das Benehmen von Matthias. Er ist nicht begeistert über mein Gespräch mit Ihnen. Seiner Meinung nach sollte meine Lebensgeschichte diese Mauern nicht verlassen. Aber ich bin überzeugt davon, dass alles, was geschehen ist, erzählt werden muss. Sonst geht die Erinnerung daran verloren. Wobei«, er deutete auf Matthias, »dies auch keine Gewähr ist, dass rechtes Gedankengut begraben bleibt.« Er strich mit der sehnigen Hand über den Rahmen des Bildes. »Ich bin 1928 geboren und mit dem Nationalsozialismus aufgewachsen. Die Gnade der späten Geburt, wie es Helmut Kohl einst formuliert hat, war mir nicht beschieden.« Er sah erneut Matthias an.

In seinem Blick erkannte Viertaler, dass er seinen Enkel über alles liebte.

Der alte Mann lehnte sich zurück und schloss die Augen.

Seine Lippen zuckten und für einen kurzen Moment erschien es Viertaler, als befände sich Hans Huber in einer Welt, die für Außenstehende nicht zugänglich war.

Mit zittrigen Händen nahm er das Foto von seinem Schoß, und hielt es dem ehemaligen Kommissar hin. »Meine Eltern und ich.«

Viertaler nahm die braunstichige Fotografie entgegen und betrachtete sie lange. Der Vater von Hans Huber in der Uniform eines Offiziers der Waffen-SS. Daneben sein Sohn in der Hitlerjugend-Uniform. Ein hagerer Junge, der mit ernstem Blick in die Kamera schaute. Seine Mutter, eine zierliche Frau mit schmalen Gesichtszügen unter langen schwarzen Haaren. Viertaler fiel auf, dass die Frau an den Rand des Bildes gedrängt war, so als würde sie nicht zu der Familie gehören.

»Wann ist die Aufnahme entstanden?« Viertaler gab das Bild zurück.

»Anfang 1944. Kurz danach war meine Mutter weg.«

»Wie weg?«

»Mein Vater hat mir erzählt, dass sie ihn betrogen hat. Mit einem Juden. Daraufhin hat er sie rausgeworfen.«

»Wann hat Ihnen das Ihr Vater erzählt?«

»Als ich von einer Schießausbildung zurückkam.« Er kämpfte mit den Tränen, als ihn die Erinnerungen mit aller Macht heimsuchten.

Matthias sprang auf, aber sein Großvater winkte ab. »Es geht gleich wieder, Tiasi.« Matthias setzte sich, nicht ohne Viertaler einen hasserfüllten Blick zuzuwerfen, so als sei der ehemalige Kriminalhauptkommissar an der Gemütsverfassung seines Opas schuld.

»Und dann?« Martin spürte, dass Hans Huber mehr auf der Seele brannte.

»Ich war im Jungvolk, bevor ich zur Hitlerjugend kam. Ich habe die gemeinsamen Gruppentreffen, die Fahrten und die Aufenthalte im Zeltlager genossen. Später durfte ich dann reiten lernen. Ich war stolz darauf, dazuzugehören. Dass wir in eine bestimmte ideologische Richtung gedreht wurden, merkten wir damals natürlich nicht.« Das Reden erschöpfte den alten Herrn und Viertaler reichte ihm das Glas Wasser, das auf dem Couchtisch stand.

»1944 war mein Denken schon so nationalsozialistisch gefärbt, dass es mir egal war, was mit meiner Mutter passieren würde. Dachte ich zumindest. Warum hatte sie sich auch mit dem Abschaum eingelassen?«

Er hielt inne und trank einen Schluck Wasser. »Als Mitglied der SS wollte ich unbedingt zum Volkssturm, um es dem Feind der Deutschen zu zeigen.«

Die Augen von Matthias leuchteten und er rutschte an den Rand des Sofas, um kein Wort zu versäumen.

»Aber mein Vater hatte seine Beziehungen spielen lassen. Vielleicht ahnte er bereits, dass der Krieg verloren war und ich an der Front in den sicheren Tod gehen würde. So kam ich im Februar 1945 in das Außenlager Kaufering XI im heutigen Landsberger Industriegebiet. Ich bewachte die jüdischen Häftlinge, die jeden Morgen zur Baustelle für ein Bunkerbauprojekt laufen mussten und dort Schwerstarbeit verrichteten. Ich schlug sie, wenn sie auf dem Weg zusammenbrachen. Ich empfand kein Mitleid, wenn ihre Füße nur noch aus blutenden Wunden bestanden, weil sie keine Schuhe mehr besaßen. Für mich waren es namenlose Kreaturen, die es verdient hatten. Das wurde uns eingetrichtert. Und ich habe heftiger zugeschlagen als meine Kameraden. Schließlich hatte einer dieser Kerle die Ehe meiner Eltern zerstört.« Er trank das restliche Wasser.

Martin Viertaler beugte sich vor und nahm ihm das Glas wieder ab.

»Am 26. April 1945 wurde das Lager geräumt und alle Gefangenen sollten mit einem der letzten Transportzüge Richtung Dachau abtransportiert werden. An diesem Tag verspürte ich zum ersten Mal Angst. Ich sah sie auch in den Augen des ausgehärmten Mannes, den ich aus der Küchenbaracke auf den Sammelplatz trieb. Später mussten wir die Gefangenen in den Zug verladen. Er war am Ende seiner Kräfte und konnte nicht mehr einsteigen. Ich hätte ihn erschießen müssen, stattdessen habe ich ihn in den Viehwaggon geworfen. Dann wurde der Zug von den Alliierten bombardiert. Er blieb stehen. Ein Wagen war komplett zerstört, alle Insassen tot. Einer war beschädigt und einige der Häftlinge versuchten zu fliehen. Ein Kamerad aus der Wachmannschaft hat sie aber alle erschossen und lief weg. Der hinterste Wagen war unversehrt. Ich weiß nicht mehr, warum ich nicht auch weggelaufen bin, sondern die Tür öffnete. Inmitten erschöpfter und verletzter Leiber lag der Mann aus der Küchenbaracke, der mich anflehte, ihn zu retten.«

»Und was geschah dann?«

Der alte Mann räusperte sich. »Ich hätte sie alle erschießen müssen. Warum ich es nicht getan habe? Aus Furcht vor den Amerikanern? Weil ich Zweifel hatte? Obwohl ich mit dem Kopf alles rechtfertigte, fühlte es sich falsch an. Wie dem auch sei. Ich habe aus Furcht vor meinen geflohenen Kameraden ein Magazin meiner Maschinenpistole in die Luft geschossen. Dann habe ich ihn herausgezogen und Richtung Norden geschickt, wo die Amis standen.«

»Aber warum gerade ihn?« Viertaler konnte das Gehörte kaum fassen, obwohl er die Fakten aus Antonias Schilderungen bereits kannte. Es war etwas ganz anderes, die Geschichte aus dem Mund eines Betroffenen selbst zu hören.

»Weil er mir seinen Namen sagte. Abram Canoch. Er war mit einem Mal keine Nummer mehr. Kein Jude, sondern ein Mensch wie wir alle. Dann ist er im Unterholz verschwunden. Ich bin abgehauen und habe die anderen sich selbst überlassen.« Er stockte und seine Augen füllten sich mit Tränen. »Meine Geschichte ist noch nicht zu Ende.« Er wandte sich zu Matthias. »Es gibt noch eine

Wahrheit, die ich selbst erst bei dem letzten Besuch Ende Januar von Pfarrer Jakub erfahren habe und die ich dir bisher verschwiegen habe. Selbst Abram Canoch wollte sie mir nicht aufbürden, als wir uns 2005 abseits der Öffentlichkeit begegnet sind.« Er zog ein zerknittertes Stofftaschentuch aus seiner grauen Wolljacke und wischte sich über die Augen.

»Meine Mutter hat meinen Vater nicht betrogen. Er hat sie denunziert, weil sie eine Halbjüdin war. Die Gestapo hat sie vermutlich bei Nacht und Nebel abgeholt und nach Dachau gebracht, wo sie gestorben ist.«

Fassungslos schaute Matthias seinen Großvater an, so als könne er das eben Gehörte nicht begreifen.

»Warum mein Vater das getan hat? Vielleicht stand er unter Beobachtung, obwohl er ein glühender Anhänger von Hitler war. Vielleicht hatte er selbst Zweifel, die er sich nicht eingestehen wollte. Vielleicht wollte er mich als Mischling ersten Grades retten? So nannte man damals Halbjuden. Ich weiß es nicht. Er hat nie mit mir darüber geredet und dieses Familiengeheimnis mit in sein Grab genommen.« Das Bild rutschte zu Boden und das Glas zerbrach.

Viertaler bückte sich, um die Scherben einzusammeln, aber Hans Huber winkte ab. »Das kann mein Enkel machen. Nachher.«

Matthias saß zusammengesunken auf der Couch. Regungslos hatte er die letzten Worte verfolgt und Viertaler ahnte, wie es in ihm aussah. Der ideologische Gedankensockel, auf den er seinen Opa gestellte hatte, war zerstört. Der Kriegsheld nicht nur ein Judenretter, sondern der Sohn einer jüdischen Mutter.

Viertaler beugte sich vor. »Ich danke Ihnen für Ihr Vertrauen. Den ersten Teil der Geschichte kannte ich schon aus den Tagebüchern, die man bei dem Pfarrer gefunden hat.«

Der alte Mann nickte kaum merklich. »Ich weiß nicht, ob da auch drinsteht, dass ich mich mit Abram Canoch 2005 hier in Landsberg getroffen habe? Dieser Besuch hat mir vor Augen geführt, dass ich immer noch ein verkappter Nazi war. Insgeheim hielt ich die Juden nämlich immer noch für die treibende Kraft hinter dem Weltkapitalismus, dieses Mal aus Israel und den Vereinigten Staaten heraus. Wir hatten sie beinahe ausgelöscht und trotzdem bestimmten sie wieder das Weltgeschehen. Erst viel später durch die Begegnung mit Pfarrer Jakub konnte ich mir eingestehen, dass das Dritte Reich kein Mückenschiss in der deutschen Geschichte war. Ganz und gar nicht. Aber genau das wird jetzt wieder von Mitgliedern der Partei gesagt, die mein Enkel so toll findet.«

Matthias brach sein Schweigen: »Dieser scheiß Pfaffe hat dir das eingeredet, Opa! Der hat die Abreibung verdient.«

»Hast du nicht verstanden, was ich gerade erzählt habe?« Hans Huber wandte sich zum ersten Mal direkt an Matthias: »Ich habe lange nichts gegen deine politischen Ansichten gesagt, weil ich deine Zuneigung und deinen Stolz auf mich nicht verlieren wollte. Außerdem wollte ich an dir wieder gutmachen, was ich bei deinem Vater versäumt hatte. Zu ihm hatte ich nie ein gutes Verhältnis. Ich war damals zu sehr mit Überleben beschäftigt, vor allem nachdem deine Oma früh gestorben war. Wir standen von heute auf morgen alleine da. Ich hatte den Krieg noch nicht verdaut und konnte deshalb auch kein Mitgefühl für meinen kleinen Paul empfinden. Deshalb ist er vaterlos aufgewachsen. Ich konnte ihm kein Vater sein. Ich konnte es einfach nicht.«

Matthias senkte den Kopf.

Nach längerem Schweigen meldete sich Viertaler zu Wort: »Was hat Ihren Sinneswandel ausgelöst?«

»Ich wollte nicht, so wie mein Vater und der Vater von Pfarrer Jakub mit einer Lebenslüge sterben. So gesehen verbindet mich mit Pfarrer Jakub eine ganze Menge. Auch er hat erst nach dem Tod seines Vaters die Wahrheit über seine Familiengeschichte erfahren. Die Tagebücher hat er im Nachlass gefunden. Außerdem bin ich Pfarrer Jakub dankbar, dass er mich aufgesucht hat. In seinen Augen war ich ja bis zu unserem Treffen ein Kriegsverbrecher, ein Name in einem Buch. Allein die Rettung seines Großvaters entschuldigt ja nicht alles andere, was wir dem polnischen Volk angetan haben. Am Ende hat er mir verziehen.«

Martin Viertaler betrachtete abwechselnd den alten Mann, der erleichtert wirkte, und seinen Enkel, der schockiert vor sich hinstarrte. Viertaler hoffte, dass der junge Huber aus seiner Familiengeschichte die richtigen Schlüsse für sein eigenes Leben ziehen würde. Trotzdem hatte er jetzt auch noch eine Frage an Matthias: »Was meinten Sie vorhin mit der Abreibung?«

»Ich habe den Pfarrer nicht umgebracht, aber ich habe ihm während des Faschingsumzuges kräftig eins mitgegeben.« Matthias deutete einen Schlag an und stieß die Luft aus. »Die anderen Faschingsgäste haben mich weggezogen und der Pfarrer ist dann durch einen schmalen

Spalt hinter das Absperrgitter geklettert und in der Kirche verschwunden.«

Das klang logisch. Viertaler erhob sich. »Das wird Kriminalkommissarin Buck in Fürstenfeldbruck interessieren. Ich sage ihr Bescheid. Sie wird sich dann mit Ihnen in Verbindung setzen. Ich lasse Sie beide jetzt allein.«

»Eine Bitte habe ich noch.« Hans Huber wandte sich noch einmal an Viertaler: »Können Sie bitte dafür sorgen, dass ich die Tagebücher bekomme. Pfarrer Jakub wollte sie mir schenken, aber dazu ist es ja bekanntlich nicht mehr gekommen. Und ich glaube, dass sie bei Matthias gut aufgehoben wären.« Er streckte ihm die Hand entgegen und Viertaler spürte, dass er den alten Mann vermutlich nicht wiedersehen würde.

»Passen Sie gut auf sich auf Herr Kommissar, und denken Sie daran: Nur die Liebe und der Tod ändern alle Dinge. Mein Enkel bringt Sie zur Tür.«

Viertaler räusperte sich, seine Stimme wollte ihm nicht gehorchen. »Das braucht er nicht. Ich finde den Weg alleine.« Am Gartenzaun stand ein Mann, der ihn erstaunt musterte. Seine Ähnlichkeit zu Hans und Matthias Huber war unverkennbar. Die drei Generationen würden sich viel zu sagen haben. Hoffentlich blieb ihnen noch genügend Zeit. Viertaler hob grüßend die Hand. Er fühlte sich leer. Die Erinnerungen des alten Hubers wühlten ihn auf und er brauchte jemanden, mit dem er vertrauensvoll darüber reden konnte. Er beschloss, bei Gerti vorbeizuschauen. Seit dem Ausflug nach Kempten herrschte Funkstille, was sich nicht gut anfühlte. Auf dem Weg ins Klösterl ging ihm der Gedanke nicht aus dem

Kopf, ob es in der Familie seiner Eltern auch ein Geheimnis gab. Wie waren sie oder seine Großeltern mit der Kriegsvergangenheit umgegangen? Er konnte sich nur erinnern, dass sein Vater recht unwirsch reagiert hatte, als im Geschichtsunterricht der Schule das Dritte Reich zur Sprache kam und der pubertierende Martin ihn nach seinen Erfahrungen gefragt hatte. Der Satz, es muss auch mal gut sein mit dem Erinnern, hatte sich bei ihm eingeprägt. Und er hatte es damals dabei belassen. Heute gab es aus seiner Familie niemanden mehr, den er fragen konnte.

Das Licht hinter den Vorhängen warf einen hellen Fleck auf das vor Nässe glänzende Pflaster, als Martin bei Gertrud klingelte. Der Lichtschein fühlte sich tröstlich an, aber als nach dem dritten Klingeln niemand öffnete, verstärke sich seine innere Leere und er schlich mit gesenkten Schultern nach Hause. Hexle begrüßte ihn freudig bellend und Martin war froh über die Gesellschaft des Tieres. Anna wohnte immer noch bei ihrer Kollegin in München. Er schaltete die Sportschau an. Was hatte der alte Huber zum Abschied gesagt? »Nur die Liebe und der Tod ändern alle Dinge.« Er wählte die Nummer von Antonia Buck.

Kapitel 43

Dritter Fastensonntag

Die Jalousien im Erdgeschoss waren geschlossen. Die namenlose Angst, die Evi Lang seit Tagen nicht zur Ruhe kommen ließ, verstärkte sich. Sie klingelte. Keine Reaktion. Robert musste zu Hause sein. Sie hatte gestern mit ihm telefoniert, weil sie in der Aufbruchshektik am vergangenen Dienstag Schulsachen von Chiara in deren Schreibtisch vergessen hatte. Die brauchte sie morgen. Evi hatte sich in den letzten Tagen bemüht, die Normalität des Alltags aufrechtzuhalten. Die Mädels hatten Fragen gestellt, als sie nach Schule und Kindergarten mit ihnen nicht nach Hause, sondern zu ihrer kinderlosen Freundin Bianca gefahren waren, wo sie im Gästezimmer schlafen konnten. Die Erklärung, dass das nur für ein paar Tage sei, weil streitende Eltern manchmal eine Auszeit voneinander brauchen, hatten sie schweigend akzeptiert. Gerade Chiara hatte sensible Antennen und kümmerte sich liebevoll um Sofia, ganz ohne die üblichen geschwisterlichen Rivalitäten.

Evi klingelte erneut. Als ihre Nachbarin auf dem sonntäglichen Weg zur Kirche am Zaun innehielt, zog Evi den Haustürschlüssel aus ihrer Manteltasche. Auf neugierige Fragen hatte sie keine Lust. Genauso wenig wie auf Spielchen, die Robert hier zu spielen schien. Mit tränenerstickter Stimme hatte er ihr gestern am Telefon versichert, dass er ihr heute alles erklären würde. Mit Rücksicht auf die Kinder, die soeben mit Bianca ins Hallenbad gefahren waren, hatte sie einem Gespräch zugestimmt.

Robert und sie hatten genug Zeit für klärende Worte, und jetzt öffnete er nicht. Wütend stieß sie die Tür auf.

»Robert!«

Evi stolperte über die Sportschuhe, die mitten im dämmrigen Flur lagen. Die Luft war abgestanden und roch verbrannt. In einem Anflug von Panik schaltete Evi alle Lichter an und warf einen Blick in die Küche. Eine Aufbackpizza lag verkohlt auf dem Blech. Eine umgekippte Rotweinflasche auf der Arbeitsfläche. Die Flecken auf den weißen Bodenfliesen eingetrocknet. Ihr Atem ging schneller.

»Robert!« Ihre Stimme klang schrill. Sie stieg über die geschwungene Kirschholztreppe nach oben. Bis auf die Tür zum Bad waren alle Türen geöffnet. Im Büro der Inhalt von Ordnern auf dem Parkett zerstreut. Im Schlafzimmer eine halbleere Whiskyflasche auf der Bettdecke. Was war hier passiert? Eine unheilvolle Ahnung stieg in ihr auf. »Robert!« Sie öffnete die Badezimmertür. »Robert!« Ihre Stimme, ein ersticktes Flüstern.

Missmutig stiefelte Martin mit Hexle an der Leine durch den Wildpark. Die Graupelschauer hatten nachgelassen, aber die feuchte Kälte kroch ihm unter die Haut. Ihm ging das gestrige Gespräch mit dem alten Huber nicht aus dem Kopf. Was musste in jemandem vorgehen, der auf den letzten Metern seines Lebensweges erfuhr, dass ein gut gehütetes Familiengeheimnis eine Sprengkraft barg, die das Leben der nächsten und übernächsten Generation auf den Kopf stellte? Aber eigentlich ging ihn die Huber-Familie gar nichts an. Er schaffte es ja selbst nicht, die Beziehung zu seiner Tochter auf die Reihe zu bringen, die erneut bei ihrer Kollegin in München wohnte. Das Einzige, was er seit gut einer Woche von ihr zu sehen bekam, waren *WhatsApp* Nachrichten:

Hallo Paps alles gut bei dir? Bei mir auch, viel Arbeit, bis bald. Hdl Anna.

Kein Wort darüber, wann sie wieder nach Landsberg kam, wie es Greg ging. Er hatte meist ebenso kurz geantwortet, weil es ihm schwerfiel, Persönliches über diese Messenger Dienste auszutauschen. Vielleicht sollte er Gertrud nach Anna fragen. Die beiden waren bei dem Fischessen so vertraut gewesen. Er verwarf den Gedanken sofort wieder. Die würde ihm vermutlich sowieso nichts sagen. Sie hatte gestern Abend ja nicht einmal aufgemacht, obwohl Licht gebrannt hatte.

Martin bog mit Hexle an der Leine Richtung Eselsteig ab. Das nasskalte Wetter schien auch dem Hund aufs Gemüt zu schlagen. Mit eingezogenem Schwanz trottete er widerwillig neben Martin her, der heftig atmend den steilen Anstieg über den Eselsteig hoch an die Hangkante des Lechs nahm. Martin liebte den Ausblick, den man von dort über den geschwungenen Lech hatte. Oben angekommen hörte er, wie mehrere Einsatzfahrzeuge mit eingeschalteten Sirenen näher kamen und sich das durchdringende Geräusch in dem Straßengewirr im Landsberger Osten verlor. Kurz flackerte seine berufliche Neugierde wieder auf. Was mochte da wohl passiert sein, dass die Kollegen mit dem ganzen Aufgebot unterwegs waren? Aber auch das ging ihn nichts mehr an. Er stieg die Treppen hinunter, die zur neuen Bergstraße führten. Hexle zog an der Leine, als könnte es ihr nicht schnell genug gehen, wieder nach Hause zu kommen.

Montag nach dem dritten Fastensonntag

Verschlafen nahm Ingo Bayerl die Akte in die Hand, die die Kollegen vom Kriminaldauerdienst, dem KDD, auf seinen Schreibtisch gelegt hatten. Er hasste Montage. Vor allem, wenn er, so wie gestern Abend, beim Schafkopfen verhockt war. Das Single-Dasein war auch nicht mehr das, was es einmal gewesen war. Vielleicht war er mittlerweile zu alt dafür. Sein Blick fiel auf Antonia, die ihm gegenübersaß. Ihr dunkelbraunes, schulterlanges Haar, das sie meistens zu einem Pferdeschwanz gebunden hatte, fiel ihr heute offen auf die Schultern. Konzentriert las sie in den handschriftlichen Notizen vor sich auf dem Schreibtisch. Als sie seinen Blick bemerkte, lächelte sie ihn an. »Alles gut bei dir, Ingo? Du schaust etwas müde aus.«

Er winkte ab. »Ich hatte gestern schlechte Karten und wollte es nicht glauben.«

Ihr Lächeln wurde breiter und zwei Grübchen erschienen auf ihren Wangen. »Vielleicht muntern dich die Erkenntnisse auf, die Martin mit mir am Freitag besprochen hat.« Sie hielt ihm den Block hin.

»Sind wir jetzt schon beim Du?« Ingo Bayerl versuchte, seine Stimme möglichst unbeteiligt klingen zu lassen, obwohl die altbekannte Eifersucht auf Martin ihn ihm nagte.

»Ja, er hat mir das Du im Marthabräukeller letzten Samstag angeboten.«

Er konnte es nicht fassen. Da baggerte der alte Sack seine junge Kollegin an. Der sollte lieber versuchen, bei dieser Gertrud Maier zu landen. Die passte altersmäßig besser zu ihm. Außerdem stand sie auf den Ex-Kollegen. Dafür hatte er einen Blick.

»Bist du jetzt dran interessiert, was Martin herausgefunden hat? Oder hast du mittlerweile doch kalte Füße gekriegt, weil Martin und ich inoffiziell ermitteln?« Ihre Stimme klang kühl. Das warme Timbre in ihrer Stimme, das ihm manchmal einen wohligen Schauer verursachte, war verschwunden. Sie verschränkte die Arme vor der Brust und sah in abwartend an.

Ingo hörte den Stimmungsumschwung und ruderte zurück. »Nein, passt alles«, beschwichtigte er sie. »Lass uns doch deine Ergebnisse heute Mittag beim Kaffee besprechen. Ich lade dich ins Café Wiedemann ein. Ich habe heute keine Lust auf Kantinenessen.«

Ihre Arme senkten sich auf die Tischplatte und die Lachgrübchen erschienen wieder in ihrem Gesicht.

Er atmete erleichtert auf. Da hatte er nochmal die Kurve gekriegt. Normalerweise war Antonia die Freundlichkeit in Person, aber wehe, wenn jemand ihre Fähigkeiten anzweifelte. Da nahm sie auch einem Staatsanwalt gegenüber kein Blatt vor den Mund, obwohl sie erst einen guten Monat bei ihm in der Abteilung war. Langweilig war es mit der neuen Kollegin nicht. Er schlug die Akte vom KDD auf. »Das kann doch nicht wahr sein!« Er nahm den braunen Heftordner und hielt ihn Toni hin. »Schon wieder ein Toter in Landsberg. Ein Autoverkäufer namens Robert Lang. Er hat sich offensichtlich erhängt.«

Wie elektrisiert fuhr ihr Kopf hoch. »Wie heißt der?«

»Robert Lang. Sagt dir der Name etwas?«

»Ja, das ist ein mutmaßlicher Drogendealer, der unter Verdacht steht, für die Mafia zu arbeiten. Das ist eine der Infos von Martin, die ich dir später erzählen wollte. Die hat er von seinem ehemaligen Kollegen von der Drogenfahndung in Kempten.«

»Ich kapiere gerade überhaupt nichts mehr.«

Toni hörte ihm nicht zu. Hektisch blätterte sie die Akte durch, die ihr Ingo in die Hand gedrückt hatte. »Das gibt´s doch nicht. Schau dir das mal an. Ich kann mir nicht vorstellen, dass jemand so einen Abschiedsbrief hinterlässt.«

Ingo trat dicht an sie heran und genoss für den Moment ihre Nähe und ihren Duft, bevor er begriff, dass der Abschiedsbrief ein Computerausdruck war.

´Ich wollte euch das Leben bieten, das ihr verdient habt. Das ist mir nicht gelungen. Ohne meine Familie kann ich nicht leben. Bitte verzeiht mir.´

Unterschrieben mit einem fast unleserlichen *Robert.*

Kapitel 44

Montag nach dem dritten Fastensonntag

Wütend kickte Matthias Huber den Abfalleimer in die Ecke. Das Gespräch am vergangenen Samstag hatte ihn vollends aus der Bahn geworfen. Er konnte es immer noch nicht fassen. Sein Großvater, der Held seiner Kindheit, sein Vorbild. Bei ihm hatte er mehr Zeit verbracht, als bei seinen Eltern. Und jetzt? Ein alter, seniler Mann, der das Dritte Reich in Frage stellte. Dass seine Mutter eine Halbjüdin war, dafür konnte er nichts. Aber dass sein Großvater in einem verlausten Juden, einem Mitschuldigen am Weltkapitalismus, einen Menschen gesehen hatte, ging zu weit. Kurz blitzte in Matthias der Gedanke auf, dass dieser polnische Pfaffe das Ganze nur inszeniert hatte. Doch zu welchem Zweck? Matthias fiel kein vernünftiger Grund ein.

Verwirrt sah er aus dem Fenster seines kleinen Büros. Unter ihm lag eine Wiese, auf der ein paar Jungen trotz des ungemütlichen Windes Fangen spielten. Einer der Buben war schwarz. Waren am Ende für seinen Opa auch die vielen Kanaken und Neger, die durch Angela Merkels Schuld ins Land geströmt waren, Menschen wie du und ich? Matthias schüttelte den Kopf. Er konnte sich das nicht vorstellen.

Er ließ seinen Blick über die Krachenbergsiedlung im Landsberger Osten schweifen. Die an Föhntagen so majestätische Aussicht auf die Alpenkette verbarg sich heute hinter einem undurchdringlichen Dunstschleier. Das Wetter war ein Abbild seiner Familiengeschichte – nebulös. Er fühlte sich enttäuscht und betrogen. Der Gedanke, dass er selbst ein Sechzehntel-Jude war, ließ ihn erschauern.

Sein Mobiltelefon klingelte. Er atmete tief durch und nahm das Gespräch an: »Pflegedienst Lech-Ammersee, Matthias Huber am Apparat. Was kann ich für Sie tun?«

»Hallo, Matthias. Ich bin´s, Tanja.«

Die hatte ihm heute grade noch gefehlt. »Hallo, Tanja. Ich weiß, ich wollte mich gestern bei dir melden ...«

»Lass stecken, Matthias«, kam es eine Spur zu schnell. »Du hast sicher viel um die Ohren. Da bleibt keine Zeit, um mit dem Personal abzuhängen. Wir hatten ja eine klare Abmachung: Tagesleasing und ein wenig Spaß im dichten Alltag. Also, Schwamm drüber. Ich rufe eigentlich an, weil die Susanne nicht zum Dienst erschienen ist. Die Frau Schultheiß in Hofstetten wartet schon seit geschlagenen zwei Stunden darauf, von ihr geduscht zu werden. Weißt du, wo sie abgeblieben ist?«

Matthias war froh, dass Tanja kein Tamtam machte. »Du, ich ... Also wegen der Susanne weiß ich nichts. Ich mache mich sofort schlau und melde mich gleich wieder.« Er legte auf.

Die verschollene Pflegerin lenkte ihn ab. Er hatte keinen Bock mehr, nur rumzusitzen und über seinen Opa zu grübeln. Matthias sah sich selbst als Macher. Jemand, der zupackte, Dinge regelte. Er stand auf, um sich erst mal eine neue Tasse Kaffee aus der Küche zu holen. Er sah sich um. Sein Retro-Kühlschrank im Sechzigerjahre-Stil, das Einzige, das er selbst gekauft hatte. Die restliche Kücheneinrichtung hatte ihm sein Opa besorgt. Opa Hans, der anscheinend im Alter zum gefühlsduseligen Weichling geworden war und ihre gemeinsame Ideologie verraten hatte. Das Telefon klingelte und er ging zurück ins Büro. Es war Susanne, die im Bad ausgerutscht und sich den Fuß angebrochen hatte. Er informierte seine Springerin, Radenka, die Frau Schultheiß in Hofstetten übernahm und auch die nächsten Tage einspringen würde. Alles lief wieder. Nur sein Opa kreiste erneut in seinem Gedankenkarussell. Wie sollte er zukünftig mit ihm umgehen? Am Samstag hatte er nur noch die Glasscherben weggeräumt und war dann grußlos gegangen. Er lehnte sich zurück in seinem Bürostuhl, verschränkte die Arme hinter dem Kopf und starrte an die Decke. Trotz seiner Wut spürte Matthias, dass das alles nicht so stehen bleiben konnte. Sein Opa hatte nicht mehr lange.

Das Telefon beendete sein Grübeln.

»Ja?«

»Spreche ich mit Matthias Huber?«

»Wer will das wissen?«

»Antonia Buck von der Kriminalpolizei Fürstenfeldbruck.«

Er zuckte zusammen. »Um was geht es?«

»Sie haben meinem Kollegen Martin Viertaler gegenüber angedeutet, dass Sie bezüglich des getöteten Pfarrers eine Aussage machen wollen?«

»Von wollen kann keine Rede sein. Ihr Kollege hat mich mehr oder weniger dazu genötigt. Aber einen Mord könnt ihr mir nicht anhängen.«

»Das klären wir im persönlichen Gespräch. Sagen wir nächsten Montag, 7. März um 11:00 Uhr. Ganghoferstraße 42 in Fürstenfeldbruck.«

»Wieso nach Fürsti? Das können wir doch in Landsberg auch machen. Ich bin kein Beamter, ich muss arbeiten.«

Antonia Buck überging diesen Einwurf. »Herr Viertaler hat sich bereit erklärt, Sie abzuholen. Dann bis nächste Woche.«

Matthias knallte das Telefon auf den Schreibtisch. Schon wieder dieser Viertaler!

Kapitel 45

Dienstag nach dem dritten Fastensonntag

Die Tür flog auf und Staatsanwalt Doktor Gruber trat ein. »Guten Morgen, liebe Kollegen von der Exekutive. Ich habe einen neuen Fall für euch.« Damit ließ er eine Akte auf Ingo Bayerls Schreibtisch segeln. Gruber betrachtete im Fenster sein Spiegelbild und richtete seine Krawatte zurecht.

Antonia starrte demonstrativ auf ihren Bildschirm. Sie wollte eine erneute Auseinandersetzung mit dem Karrierejuristen aus Augsburg vermeiden. Ohnehin schien sie für ihn nur schmückendes Beiwerk zu sein, weil er bei seinen letzten Besuchen nur mit dem Leiter des K1 gesprochen hatte. Also atmete sie bewusst tief durch. Nicht provozieren lassen.

»Ich nehme an, Sie haben den Bericht des Kriminaldauerdienstes vom Sonntag gelesen?« Der Staatsanwalt kam direkt auf den Punkt. »Auf den ersten Blick ein ungeklärter Todesfall. Ich möchte, dass Sie gerichtsfest beweisen, was es war. Nämlich der ganz normale Suizid eines frustrierten Familienvaters mit zu vielen Problemen. Der Abschiedsbrief, der neben dem Erhängten lag, spricht ja Bände. Vermutlich hat er sich vorher noch Mut angetrunken. Wir haben eine halbleere Whisky-Flasche auf dem Bett gefunden. Passt alles ins Bild.«

»Nach Einschätzung des Notarztes war es zwar Suizid, aber es könnte auch Fremdverschulden vorliegen«, platzte es aus Antonia heraus. »Ist die Unterschrift tatsächlich vom Toten?« Ihr guter Vorsatz hatte nicht lange gehalten.

Doktor Gruber zog amüsiert eine Augenbraue hoch. »Ah, die Kollegin aus dem Schwabenland. Impulsiv steht Ihnen, nur leider vergeuden Sie hier ihre Energie.« Er wandte sich an Ingo Bayerl: »Für mich ist das ein lupenreiner Suizid, Herr Hauptkommissar.« Mit einem abschätzigen Seitenblick auf Antonia fügte er hinzu: »Ich erwarte professionelle Ergebnisse und keine Mutmaßungen.«

Antonia schnaubte und wollte protestieren, aber Ingo hielt sie zurück: »Sie werden unseren Bericht so schnell als möglich erhalten. Sie können sich auf uns beide verlassen.« Er warf ihr einen mahnenden Blick zu.

»Das hoffe ich für Sie. In der Zwischenzeit habe ich eine Obduktion angeordnet. Dann werden wir bald die notwendige Faktenlage zum Fall haben.« An Antonia gewandt, ätzte er: »Sie können mir dann beide Abschlussberichte auf einmal schicken.«

Als sie ihn verständnislos ansah, ergänzte er: »Den des toten Autoverkäufers zusammen mit der Rentnerin aus Grafrath. An dem Fall basteln Sie ja schon zwei Wochen herum, wenn ich mich nicht irre.« Der Staatsanwalt machte auf dem Absatz kehrt und verließ das Büro. Als er die Tür erreichte, hielt er kurz inne. »Ich denke, die Herrschaften wollen nicht den Rest ihres Berufslebens Selbstmorde untersuchen. Enttäuschen Sie mich nicht.« Dann war er verschwunden.

Antonia fing sich als Erste wieder: »Dieser aufgeblasene Fatzke! Was glaubt der denn, wer er ist?«

»Reg dich nicht auf, Toni. Das ist der Kerl nicht wert«, versuchte Ingo, zu beschwichtigen.

»Du hättest ruhig etwas sagen können. Vom Chef des K1 hätte ich das erwartet.«

»Was denn, Frau Buck?« Ingo sah sie mit zusammengekniffenen Augen an.

»Zum Beispiel, dass dieser angebliche Selbstmord mit dem des toten Pfarrers zusammenhängt, das ist doch offensichtlich. Nach allem, was wir über Martin aus Kempten erfahren haben. Ein toter Pfarrer mit Rauschgiftspuren und jetzt ein mutmaßlicher Dealer. Beide komischerweise aus der gleichen Stadt. Das schreit doch zum Himmel.«

»Damit wir wieder Stress bekommen mit der Staatsanwaltschaft? Und uns am Ende der Karrierist auch diesen Fall wegnimmt? Nein danke. Wir halten schön still und machen in Ruhe unser Ding.«

Antonia schnaubte abfällig. »Manchmal muss man auch bereit sein, für seine Überzeugungen zu kämpfen.«

»In erster Linie muss man wissen, wann es sich zu kämpfen lohnt. Immer mit dem Kopf durch die Wand zu gehen, kann einem auf Dauer ganz schöne Kopfschmerzen verursachen. Wie weit bist du eigentlich mit dem Tagebuch des KZ-Häftlings? Wenn dir der Fall so wichtig ist, solltest du wenigstens diese Spuren sauber ermitteln. Außerdem«, er sah sie vorwurfsvoll an, »hast du dir immer noch nicht diesen Mesner in Ausbildung vorgenommen. Das wolltest du doch schon letzten Freitag machen, als du bei Martin in Landsberg warst. Oder täusche ich mich da?«

Ohne ihn eines weiteren Blickes zu würdigen, zog sich Antonia mit dem Tagebuch des Abram Canoch in den hinteren Teil des gemeinsamen Büros zurück. Missmutig ließ sie sich auf das alte Ledersofa fallen und begann zu lesen.

Sie spürte, dass er sie musterte, doch sie war entschlossen, ihn zu ignorieren. Zumindest eine Weile. Sie überflog die letzten Passagen des ersten Teils noch einmal, um wieder auf Stand zu kommen. Diese Seiten des Tagebuches handelten von Abrams erster Zeit in Israel. Von seiner Familie, seiner Frau und den Kindern Chaim und Golda.

Der zweite Teil dagegen, den sie nun endlich vom Übersetzungsbüro zurückbekommen hatte, war kein Tagebuch mehr. Stattdessen wirkte dieser Teil der Aufzeichnungen wie eine Aufstellung seiner Nachforschungen. Nicht überall waren Zeitangaben vermerkt. In ordentlicher Handschrift listete er die Namen von Menschen auf, die offenbar von den Nationalsozialisten verschleppt worden waren.

Es dauerte eine Weile, bis Antonia begriff, was hinter den Auflistungen steckte. So wie es aussah, hatte sich Abram in einer Opferorganisation engagiert, um die Schicksale von anderen Juden zu erforschen. Die vielen Namen verwirrten Antonia. Auf den ersten Seiten waren sie offenbar nach der Herkunft der Verschleppten geordnet und danach, was aus ihnen geworden war. Insbesondere seine eigene Heimatstadt Łodz schien Abram interessiert zu haben.

Später hatte er die Recherchen auf andere Städte und Gemeinden in Polen ausgeweitet. Zu den Überlebenden fanden sich Orte, Adressen, Telefonnummern. Es schien so, als sei er mit einer ganzen Reihe von ihnen in regelmäßigem Kontakt gewesen.

Nach einer Stunde beschloss Antonia, sich einen Kaffee zu holen. Sie unterdrückte den Impuls, Ingo zu fragen, ob er auch einen wollte. Sollte der Klugscheißer ruhig ein wenig zappeln.

Sie ging raus auf den Flur des Kommissariats. Der Linoleumboden verströmte einen eigenartigen Geruch, vor allem, wenn die Sonne durch die großen Fenster schien und den Flur aufheizte. Sie sah hinaus. Heute war meteorologischer Frühlingsanfang. Es sollte eigentlich aufwärtsgehen, doch die Frühlingssonne von heute Morgen war von dunklen, tiefhängenden Wolken verdeckt, aus denen dicke Schneeflocken fielen. Sie ging hinüber zu dem neuen Kaffeeautomaten, stellte ihre Tasse unter den Auslass und wählte einen *Espresso Doppio*. Das aromatische Getränk belebte ihre Sinne und ihre Stimmung stieg mit jedem Schluck.

So gut gelaunt gab sie sich einen Ruck und wählte einen Kaffee mit etwas Zucker, wie ihn Ingo gerne trank. Zurück im Büro stellte sie ihm den Becher wortlos auf den Schreibtisch.

Als er sich bedankte, fuhr sie ihn an: »Ich bin immer noch sauer, Chef. Das ist noch kein Friedensangebot.« Dann setzte sie sich wieder auf die Couch und nahm die Übersetzung des Tagebuches zur Hand.

Schließlich kam sie zu einer Tabelle mit Namen, die wohl Opfer repräsentierten, die im Konzentrationslager in Dachau gegen Ende des Krieges ihr Leben verloren hatten. Darunter waren Namen aus vielen Ländern, aus Polen, der Ukraine, Litauen, Ungarn, Österreich, aber auch Deutschland. Anhand der Unterstreichungen schloss Antonia, dass es Abram in erster Linie um jüdische Häftlinge gegangen war. Ein Name erregte Antonias Aufmerksamkeit, denn er war rot eingekreist. Offenbar war der Häftling, eine Frau, von ihrem eigenen Ehemann denunziert worden. Man überstellte die Gefangene im Februar 1944 nach Dachau. Sie war eine Deutsche. Weiter stand dort, dass die Strafgefangene am 23. November 1944 an Flecktyphus starb. Als sie den Namen las, fiel der Groschen: Es handelte sich um Martha Huber aus Landsberg! Das musste die Urgroßmutter von Matthias Huber sein. Sie erinnerte sich daran, dass ihr Martin Viertaler letzten Samstag davon berichtet hatte. Jetzt hatte sie den Beweis, dass Hans Huber bei seinem Gespräch mit Martin die Wahrheit gesagt hatte. Die Geschichte seines Großvaters musste Pfarrer Cibulski so berührt haben, dass er sich dessen KZ-Nummer eintätowieren ließ, nachdem er das Tagebuch gelesen hatte. Aber warum war der Pfarrer tot, und warum gab es die Rauschgiftspuren in seinem Umfeld?

Kapitel 46

Donnerstag nach dem dritten Fastensonntag

Das raue Seil lag schwer und kratzig in ihrer rechten Hand. Aus der Innenfläche ihrer Linken quoll Blut, dunkelrot und dick. Es veränderte Farbe und Konsistenz, wurde hellrot und dünnflüssig, tropfte unaufhörlich auf die weißen Fliesen im Bad. Sie war müde. Eine Todessehnsucht breitete sich in ihrem Körper aus, der sie sich kaum erwehren konnte. Roberts Gesicht tauchte auf. So nah, dass sie das goldene Pünktchen in seiner rechten Pupille sah. Seine braunen Augen unter den dichten schwarzen Haaren sahen sie lächelnd an. Seine Lippen formten ein wortloses *Nein*. Sie wollte ihn küssen, seinen schemenhaften Körper umarmen, konnte es nicht. Bewegungslos sah sie zu, wie er ihr noch einmal tröstend zunickte, bevor er in einem Nebel verschwand. Der Abschiedsschmerz, verbunden mit Schuld und Scham, bohrte sich in ihr Herz. Sie erwachte von ihrem eigenen Schrei. Erschrocken hielt sie sich die Hand vor den Mund. Hoffentlich waren ihre Eltern nicht wach geworden, die nebenan im Gästezimmer schliefen. Ihre rechte Hand lag zu einer Faust geballt auf der Bettdecke. Seit Tagen hatte sie das Gefühl, das Seil in ihrer Handfläche zu spüren, an dem Robert sich aufgehängt hatte. Das Seil, das sie durchgeschnitten und an seinem Hals gelockert hatte. Sie setzte sich auf und sah auf den Wecker auf ihrem Nachttisch. Drei Uhr dreißig. Zu früh, um das Frühstück zu richten, die Kinder in Schule und Kindergarten zu schicken. Normalität im Alltag aufrechtzuhalten, den sie nur mit Hilfe ihrer Eltern bewältigen konnte.

Ihr Blick fiel auf die leere Bettseite neben ihr und wie gehetzt sprang sie aus dem Bett, zog das nassgeschwitzte Nachthemd über den Kopf und schlüpfte in die schwarze Jeans und den dunkelblauen Wollpullover, die achtlos hingeworfen neben dem Bett lagen.

Leise öffnete sie die Schlafzimmertür und schlich Richtung Bad. Ihre Hand blieb bewegungslos auf der Türklinke liegen. Sie schaffte es nicht, in den Raum zu gehen, in dem Robert seinem Leben ein Ende gesetzt hatte. Eine ungezähmte Wut brandete in ihr auf. Im Gästebad im Erdgeschoss ließ sie sich kaltes Wasser über ihre Hände laufen, bis sich diese ganz taub anfühlten. Doch das Gedankenkarussell in ihrem Kopf drehte sich weiter. Sie machte sich eine große Tasse Kaffee und öffnete mit der Fernbedienung die Jalousien zum Garten, wo sie vor einigen Wochen noch Fasching gefeiert hatten. Mit dem Auftauchen dieses Geschäftspartners hatte das Unheil begonnen.

Sie zuckte zusammen, als eine Hand ihre Schulter berührte. Evi drehte sich um und sah ihre Mutter, eine schlanke, weißhaarige Frau, deren Gesicht in den letzten Tagen deutlich gealtert war. Ihre Eltern waren noch in der Nacht von Sonntag auf Montag von Würzburg gekommen, nachdem ein Betreuer vom Kriseninterventionsteam sie angerufen hatte. Evi konnte sich an diese Nacht nur noch schemenhaft erinnern. Die flackernden Lichter von Polizei und Rettungswagen, die hell erleuchteten Fenster in den Nachbarhäusern, die ein Totschweigen der Todesursache nicht mehr zuließen und so die Scham zu einem ständigen Begleiter von Evi machten. Zu der Scham kam die Schuld, gegangen zu sein, ihn in seiner Verzweiflung nicht unterstützt zu haben. Das verwüstete Büro mit den herausgerissenen Ordnern und die Berge von geschreddertem Papier eine einzige Anklage. Als die Bestatter den Sarg aus dem Haus getragen hatten, war Evi in den Armen ihres Vaters zusammengebrochen.

»Möchtest du einen Schluck?« Evi hielt ihrer Mutter die Tasse hin.

Die schüttelte den Kopf und deutete auf die Couch. »Komm, setzt dich.« Sie drückte Evi sanft auf die Sitzfläche und breite eine Wolldecke über sie. Für einen kurzen Moment fühlte sich Evi in die Geborgenheit ihrer Kindheit zurückversetzt. Damals hatte sie die Mama auch immer mit einer warmen Honigmilch auf die Couch gelegt und sie zugedeckt, wenn es ihr schlecht ging.

Als hätte sie Evis Gedanken gelesen, fragte die alte Dame: »Soll ich dir eine warme Honigmilch machen?«

Ein dünnes Lächeln, das erste seit Tagen, zog sich über das Gesicht von Evi: »Nein, danke. Die tröstet mich nicht mehr. Aber Chiara und Sofia freuen sich beim Frühstück bestimmt darüber.« Die Gedanken an ihre Kinder holten Evi in die raue Wirklichkeit zurück.

Ihre Mutter, die den Gefühlsumschwung bemerkt hatte, hakte nach: »Glaubst du, es ist richtig, dass die beiden in Schule und Kindergarten gehen?«

Evi zuckte mit den Achseln. »Ich weiß momentan nicht, was richtig oder falsch ist. Mir bleibt nichts anderes übrig, als den Menschen zu vertrauen, die mir beistehen.« Stille breitete sich im Wohnzimmer aus, das nur durch die Gartenlaternen auf der Terrasse erleuchtet wurde. Für eine Weile schaute Evi ins Leere, bevor sie fortfuhr: »Ich glaube, dass der Notfallbetreuer recht hat, soviel Normalität wie nötig herzustellen und«, sie stockte kurz, »den Kindern zu sagen, dass ihr Papa sich selbst umgebracht, nein, sich selbst das Leben genommen hat.« Ihre Stimme klang dünn und die Mundwinkel zitterten. »Bisher haben sie nicht nachgefragt, wie das passiert ist. Sie sind beide einfach aus dem Zimmer gegangen, so als wüssten sie instinktiv, dass sie die Einzelheiten in diesem Moment nicht aushalten würden. Ein Selbstschutz, der in einer solchen Situation auch normal ist. Aber die Fragen werden kommen, und ich hoffe, dass ich bis dahin mehr Kraft und Antworten habe.« Insgeheim bezweifelte Evi dies, aber das wollte sie ihrer Mutter gegenüber nicht zugeben. Was hatte das *Nein* zu bedeuten, das Robert ihr im Traum zugeflüstert hatte?

Mit müden Bewegungen packte Gertrud Maier ihre Tasche für den Unterricht. Sie war gern Lehrerin, aber der lange Donnerstag war nicht ihr Tag. Einige Schüler aus der 4 a interessierten sich nicht für die Projekte und mit ihrer Langeweile und Ungeduld steckten sie die anderen in der Klasse an. Dem konnte sie zur Zeit nichts entgegensetzen. Ihr fehlte einfach die Energie. Sie war hin und her gerissen. Einerseits wollte sie ein klärendes Gespräch mit Martin, andererseits hatte sie keine Lust, weiterhin Arbeit in eine Beziehung zu stecken, die keine Zukunft hatte.

Seit Tagen hatte sie Martin nicht mehr gesehen. Er schien sogar mit dem Hund eine andere Route zu gehen, da sie ihn zu den gewohnten Zeiten nicht mehr traf. Ihr Blick fiel auf die Postkarte von Richard, die an ihrem Kühlschrank hing. Vergangenen Freitagabend, nachdem sie die Unbefangenheit zwischen Martin und seiner jungen Kollegin beobachtet hatte, war sie kurz davor gewesen, Richard anzurufen. Doch dann hatte ihr der Mut gefehlt. Wie sie es auch drehte und wendete, gemeinsame Spaziergänge mit dem Hund oder ein Frühstück im Café, wo Franziska stets unsichtbar am Tisch mit Platz nahm, reichten ihr nicht. Dabei war Gerti an Dreikönig zuversichtlich gewesen, dass die gemeinsamen Erlebnisse beim Raunacht-Fall ihrer Beziehung einen neuen Schub geben würden. Dem war nicht so. Sie wollte nicht die treibende Kraft sein. Sie war es sich wert, begehrt zu werden. Das hatte sie bei Richard deutlich gespürt. Ihr Entschluss stand fest. Sie würde Richard heute Abend anrufen.

Nervös zupfte Korbinian Hinteregger an seinen Fingernägeln und sah mit gesenktem Blick auf die Tischplatte.

Antonia Buck wusste, dass schweigendes Warten vor einer Befragung eine gute Methode war, um das Gegenüber aus der Reserve zu locken. Viele hielten diese Ruhe nicht aus, und der erste Satz, die Art des Sprechens, waren oft wie ein Schlüssel, der ihr Zugang zu den geheimen Kammern des Unterbewusstseins gewährte. Deshalb ließ sie ihren Blick weiter über das Bücherregal in dem Besprechungszimmer schweifen, das ihr Pfarrer Heidenblut freundlicherweise im Pfarrhaus zur Verfügung gestellt hatte. Auf einem Sideboard stand ein Bild von Pfarrer Cibulski mit einem Trauerflor am Rahmen. Ein gutaussehender Mann, etwas ernst, aber durchaus anziehend. Erneut wandte sie ihre Aufmerksamkeit ihrem Gegenüber zu und sah ihn abwartend an.

»Sie haben mich doch in der Kirche schon befragt. Ich habe Pfarrer Jakub kurz vor neun Uhr im Beichtstuhl gefunden. Mit seinem Tod habe ich nichts zu tun.« Die Worte kamen stoßweise, so als wolle er damit alle weiteren Fragen im Keim ersticken. Er sah an ihr vorbei, während sein rechter Fuß unaufhörlich wippte.

Antonia hatte das erste Vernehmungsprotokoll durchgelesen, bevor sie nach Landsberg gefahren war. Der zeitliche Ablauf interessierte sie erstmal nicht, sondern das, was zwischen den Zeilen stand. Wer war dieser junge Mann, der sich zum Mesner ausbilden ließ? In seinem erlernten Beruf als Bauelektriker verdiente er vermutlich mehr.

»Sie haben mir damals erzählt, dass Sie vielleicht sogar nach der Ausbildung zum Mesner auf ein Spätberufenenseminar gehen wollen. Das ist eine weitreichende Entscheidung in Ihrem Alter.«

Das Wippen des Fußes hörte auf. Er sah sie direkt an. »Ja, Pfarrer Jakub hat mich darin bestärkt. Wir haben uns oft darüber unterhalten, wenn wir uns bei mir in der Wohnung getroffen haben.« Seine Augen bekamen einen schwärmerischen Ausdruck und die ganze Körperhaltung strahlte eine Aufgeschlossenheit aus, die vorher nicht zu erkennen gewesen war. Kurz kam ihr ein Beitrag von einem französischen Journalisten in den Sinn, der für sein Buch über Homosexualität in der katholischen Kirche recherchierte. War das ein Ansatz? »Sie und Pfarrer Jakub – standen Sie sich sehr nah?«

Eine leichte Röte stieg in sein Gesicht. »Wie meinen Sie das?«

»Na, ja. Wie ich Ihrer Aussage entnehme, waren Sie doch so vertraut, dass Sie sich auch privat getroffen und sich über Ihre beruflichen Pläne ausgetauscht haben.«

Sein Fuß begann wieder zu wippen, während er nach Worten suchte.

So kam sie nicht weiter. Sie beschloss, ihre Strategie zu ändern. »Wie denken denn Ihre Eltern über Ihre Berufswahl?«

Das Wippen wurde stärker. »Ich habe keinen Vater.« Es klang bitter. »Und meine Mutter ist nicht begeistert. Sie will, dass ich in meinem erlernten Beruf als Bauelektriker weitermache und auf eine Meister- oder Technikerschule gehe.«

»Meine Eltern waren auch nicht begeistert, dass ich zur Polizei gegangen bin. Sie hätten es lieber gesehen, wenn ich Lehrerin geworden wäre. Aber heute akzeptieren sie meine Entscheidung.«

»Meine Mutter wird das nie tun. Sie kann mit der katholischen Kirche nichts anfangen. Vermutlich wäre ich nicht mal getauft, wenn sich meine Großeltern nicht durchgesetzt hätten. Sie haben mich später auch immer in den Gottesdienst mitgenommen.«

Insgeheim konnte Antonia das verstehen. Die katholische Kirche verlor durch den Umgang mit den Missbrauchs- und Finanzskandalen immer mehr an Glaubwürdigkeit. Selbst ihr eigener Vater, Oberstudienrat für Französisch und Religion, der bisher nie ein negatives Wort über die Institution verlor, kam jetzt kurz vor seiner Pensionierung ins Grübeln.

»Und wenn Sie nochmal mit Ihrer Mutter reden?«

»Das wollte ich ja. Pfarrer Jakub hat mir sogar angeboten, nach dem Weißwurstessen am Lumpigen Donnerstag mit ihr zu sprechen. Aber dann ist sie einfach nicht gekommen. Angeblich, weil sie Migräne hatte.«

Die letzten Worte kamen schwallartig und schlugen Antonia mit einer solchen Wucht ins Gesicht, dass sie sprachlos war. Welche Wut hatte sich da angestaut. Es klopfte.

»Ja, bitte.«

Andreas Heidenblut öffnete die Tür. »Bitte entschuldigen Sie die Störung. Aber wir haben jetzt gleich Besprechung. Ich brauche den Raum.«

»Wir sind sowieso gleich fertig. Zwei Dinge noch. Warum haben Sie uns nicht erzählt, dass an der Eingangstür Kaffee verschüttet war?«

Eine brennende Röte zog sich vom Hals ins Gesicht des jungen Mannes. »Ich dachte erst«, begann er zögerlich, »es ist meine Schuld, dass Betrunkene im Kirchenraum waren, weil ich vergessen habe, abzusperren. An den Ohren des Palmesels hingen noch Luftschlangen. Da habe ich halt alles schnellstens weggeräumt, damit Pfarrer Jakub das nicht sieht.«

»Ich kann Sie beruhigen, Sie haben nicht vergessen abzusperren. Der Pfarrer hatte einen Schlüssel.«

Die Erleichterung war Korbinian ins Gesicht geschrieben. Die währte aber nur kurz, denn Antonia zog ein Bild von Robert Lang aus ihrer Tasche. »Können Sie sich vorstellen, dass Pfarrer Jakub etwas mit Rauschgift zu tun hatte? Sie haben sicherlich die Schlagzeile in dem Boulevardblatt gelesen. Und kennen Sie ...?«

Korbinian riss sich los. Ohne ein Wort schoss er an dem Stadtpfarrer vorbei zum Ausgang, wo die Tür knallend ins Schloss fiel.

Pfarrer Heidenblut hob entschuldigend die Hände. »Er ist sonst nicht so, aber der Tod von Pfarrer Jakub nimmt ihn unwahrscheinlich mit. Dieser Mord nimmt uns alle mit.« Er blickte zu Boden.

»Eine ganz andere Frage.« Antonia wechselte das Thema. »Wann wird denn die Stadtpfarrkirche wieder geöffnet?«

»Den Entsühnungsritus begeht der Bischof heute in zwei Wochen, am 17. März um 18 Uhr. Die Kirche ist damit wieder freigegeben und gereinigt. Am Palmsonntag feiern wir den Beginn der Karwoche mit einem Gottesdienst, wo wir zunächst mit einem Esel in einer kleinen Prozession zum Gotteshaus ziehen.«

Antonia nickte.

»Darf ich mal das Bild sehen, das Sie Korbinian gezeigt haben?« Pfarrer Heidenblut deutete auf das Foto. Antonia reichte es ihm und er drehte es gedankenverloren in den Händen. »Ich kenne ihn, aber er war kein regelmäßiger Gottesdienstbesucher. Mir ist er ein paarmal aufgefallen, als ich immer mittwochs bei unseren älteren Damen den Rosenkranz mitgebetet habe. Er saß meistens im Seitengang vor den Beichtstühlen. Er kam mir verloren vor. Ich wollte mich aber nicht aufdrängen. Ich war selbst durch meinen Bandscheibenvorfall schon ziemlich kraftlos.« Er gab Antonia das Bild zurück. »Ist das der Familienvater, den die Ehefrau oben im Landsberger Osten erhängt aufgefunden hat? Ein Kollege, der beim Kriseninterventionsteam mitarbeitet, hat es mir erzählt.«

»Dazu darf ich leider keine Auskunft geben.« Mit einem kurzen Nicken verabschiedete sie sich von Pfarrer Heidenblut und seiner Sekretärin, die bereits neugierig vor ihrem Büro gleich neben dem Eingang stand. Das musste die persönliche Bekannte von Martin sein, die er selbst befragen wollte. Sie winkte noch einmal, bevor sie die Tür leise ins Schloss zog. Robert Lang war also öfter in der Kirche gewesen, zumindest mittwochs und immer bei den Seitenaltären vor den Beichtstühlen. Sie hatte eine Klammer gefunden, die die beiden Toten verband. Aber etwas übersah sie. Sie wusste nur nicht was. Leise seufzend stieg sie in ihr Auto, das sie vor dem Eine-Welt-Laden geparkt hatte. 16 Uhr 45. Sie würde nicht mehr ins Büro, sondern in ihre leere Wohnung nach Fürstenfeldbruck fahren. Für einen kurzen Augenblick überlegte sie, Ingo anzurufen, ob er Lust auf ein Feierabend-Bier hatte, verwarf den Gedanken aber sofort wieder. Ihre Maxime war es stets gewesen, keine Beziehung zu Kollegen. Und schon gar nicht zum Chef. Ein Entschluss, der ins Wanken geriet, seit sie Ingo Bayerl begegnet war.

Kapitel 47

Freitag nach dem dritten Fastensonntag

Winterlinge und Schneeglöckchen säumten den Kiesweg am Lech. In den schattigen Ecken lag zwar immer noch Schnee, doch die Vögel zwitscherten in den kahlen Bäumen. In der Ferne war das Klopfen eines Spechts zu hören. Die Luft war klar und Gerti Maier kam es vor, als hätte der Frühling über Nacht Einzug gehalten. Ihr Körper sehnte sich mit jeder Faser nach Neubeginn. Die grauen Wintertage verbunden mit den negativen Ereignissen hatten ihr mehr zugesetzt, als sie sich das zunächst eingestehen wollte. Die Zeichen standen auf Aufbruch und dem stellte sie sich nicht entgegen.

Nach langem Zögern hatte sie gestern Abend Richard angerufen, doch er hatte das Gespräch weggedrückt. Enttäuscht hatte sie sich auf die Wohnzimmer-Couch gelegt und war eingeschlafen.

Dann kam der Rückruf, und der Satz *Ich hatte gehofft, dass du es bist*, ließ seitdem alles in einem anderen Licht erscheinen. Beschwingt spazierte Gerti über das Gitter, das den Eingang zum Wildpark markierte. Nachdem ihr Unterricht erst um halb zehn begann, hatte sie Zeit für eine größere Runde. Am späten Nachmittag hatte sie einen Friseurtermin und am Abend würde sie wieder mit Richard telefonieren. Ihr Herz schlug schneller. Ihre unerfüllten Erwartungen und die damit verbundene Hoffnungslosigkeit, was ihre Beziehung zu Martin anbelangte, würde sie endgültig begraben.

Auf die Geräusche des Waldes lauschend blieb sie an der Futterkrippe stehen, als eines der an Menschen gewöhnten Rehe aus dem Unterholz langsam auf sie zukam. Es war ein magischer Augenblick, als sie Auge in Auge dem Tier gegenüberstand. Behutsam streckte Gerti die Hand aus. Ein Geräusch erschreckte das Reh und ein Zittern ging durch seinen Körper, bevor es mit raschen Sprüngen im Wald verschwand. Ihr wurde die Vergänglichkeit des Augenblicks bewusst. Sie wollte im Jetzt leben und nichts mehr auf morgen verschieben.

Antonia ließ sich einen *Espresso doppio* durchlaufen. Sie hatte die letzte Nacht schlecht geschlafen. Das Gespräch mit Korbinian war ihr ständig durch den Kopf gegangen und das Gefühl, etwas übersehen zu haben, ließ sie nicht zur Ruhe kommen. Wie er ausgerastet war, als er, sich schon in Sicherheit wiegend, mit der Frage nach dem Rauschgift konfrontiert wurde. Gedankenverloren schüttete sie extra Zucker in die Tasse, als Ingo Bayerl vor dem Kaffeeautomaten auftauchte.

»Ich wusste gar nicht, dass du ein Zucker-Junkie bist. Das reicht normalerweise für fünf Tassen.«

Antonia ging nicht auf seinen Einwurf ein. »Hat die Gerichtsmedizin schon verwertbare Spuren, was den Suizid von Robert Lang anbelangt?«

»Ich habe vorher mit Frau Doktor Tod ...« Er berichtigte sich, als der den vorwurfsvollen Blick von Antonia wahrnahm, »... mit Frau Doktor Brahms-Kurbjeweit telefoniert. Die äußere Leichenschau hat zwei Auffälligkeiten ergeben. Einen älteren Bluterguss und eine Einstichstelle in einem Muttermal am Oberschenkel. Unsere Gerichtsmedizinerin hat deshalb ein toxikologisches Gutachten in Auftrag gegeben. Die Spurenlage ist leider unklar.«

»Das ist doch logisch. Frau Lang hat nur getan, was jeder in einer solchen Auffindesituation machen würde. Sie hat die Leiche abgeschnitten. Sie hatte einfach die irrwitzige Hoffnung, dass sie ihren Mann retten kann. Dadurch lässt sich nicht mehr zweifelsfrei feststellen, ob das Opfer am Seil hochgezogen wurde oder sich selbst erhängt hat. Bei dem verwendeten Hanfseil erkennt man das an der Faserrichtung. Außerdem hat sie die Schlinge gelockert und über den Kopf ihres Mannes gezogen. Wie soll bitte jemand feststellen, ob der Knoten durch den Zug an den Hals rutschte oder schon vorher angebracht wurde?« Toni redete sich immer mehr in Rage, dass sie das amüsierte Grinsen von Ingo nicht wahrnahm. Als sie weitersprechen wollte, legte er ihr beruhigend die Hand auf die Schulter.

»Das weiß ich schon. Das musst du mir nicht erklären.«

Toni schüttelte seine Hand ab. »Wenn jemand einen Fehler gemacht hat, dann der Notarzt. Durch sein hin- und herdrehen der Leiche hat er die letzten gerichtsfest verwertbaren Spuren vernichtet.«

»Dem Notarzt kannst du keine Vorwürfe machen. Im Gegenteil. Hätte er Lang nicht entkleidet und von allen Seiten untersucht, wäre ihm der alte Bluterguss an der rechten Niere nicht aufgefallen. Deshalb hat er als Todesursache ´ungeklärt´ angegeben, auch wenn unser superkluger Staatsanwalt sicher ist, dass es ein Selbstmord war.«

»Das heißt Suizid, nicht Selbstmord. Mord passiert immer durch eine fremde Hand«, brummelte Antonia.

»Immer das letzte Wort. Ich fasse es nicht.« Ingo schüttelte theatralisch den Kopf.

Resignierend zuckte Toni mit den Schultern. »Und jetzt?« Fragend sah sie Ingo an.

»Der Bericht der Gerichtsmedizin wirft noch eine weitere Frage auf. Der Tote hatte einen Blutalkoholspiegel von zwei Promille.«

»Stimmt. Die Kollegen aus Landsberg haben auch erzählt, dass eine fast leere Whiskyflasche im Bett lag. Es stellt sich die Frage, ob man sich mit so viel Alkohol im Blut noch selbst erhängen kann. Immerhin könnte das ein starkes Indiz darauf sein, dass jemand nachgeholfen hat. Dafür würde auch die Fremd-DNA sprechen, die der Lois und sein Team im Kopfbereich des Toten gefunden haben.« Antonia klang wieder zuversichtlicher.

»Weißt du was?« Er sah auf seinen Fitness-Tracker am linken Handgelenk. »Wir haben zehn Uhr. Ich rufe Frau Lang an, ob wir beide heute Nachmittag für eine kurze Befragung vorbeikommen können. Ich wollte erst am Montag nach Landsberg fahren, aber mich beschleicht das Gefühl, dass wir keine Zeit verlieren dürfen. Vielleicht kann uns seine Frau noch Hinweise geben, die ihr noch frisch im Gedächtnis sind.«

»Bitte nehmen Sie Platz.« Evi Lang deutete auf die Essecke aus hellem Holz, die der Designküche mit der Arbeitsplatte aus schwarzem Stein eine behagliche Atmosphäre verlieh. Auf dem Tisch brannte eine Kerze, daneben stand ein gerahmtes Bild.

»Darf ich?« Antonia Buck deutete auf die Fotografie.

Evi Lang nickte. »Das war letztes Jahr in unserem Sommerurlaub in Venetien. Wir haben uns einen Wohnwagen gebucht. Die zwei Wochen waren ein Traum und eigentlich wollten wir heuer wieder hinfahren.« Ihre Augen füllten sich mit Tränen und sie zog ein Taschentuch aus der schwarzen Hose, die ihr zu weit war.

Antonia betrachtete das Bild, das eine scheinbar glückliche Familie unter strahlend blauem Himmel zeigte. »Wo sind denn Ihre Mädchen gerade?«

»Meine Eltern holen sie von Kindergarten und Schule ab und fahren mit ihnen noch zu McDonalds. Das machen wir sonst eigentlich nicht, weil mein Mann und ich das nicht wollen ... wollten. Aber seit Sonntag ist nichts mehr, wie es war.« Wieder kämpfte sie mit den Tränen und nahm Antonia das Bild ab. Nachdenklich strich sie über das Glas. »Nach diesem Urlaub hat alles angefangen.«

»Was meinen Sie damit?« Ingo Bayerl schaltete sich ein.

Die Witwe nahm die Holzbuntstifte und ein gemaltes Kinderbild vom Stuhl und setzte sich. »Kaum waren wir zu Hause, war Robert nur noch im Büro oder bei Kunden unterwegs. Manchmal sogar mehrere Tage. Die Buchhaltung wollte er plötzlich alleine machen. Das war ursprünglich meine Aufgabe gewesen. Bis zur Geburt der Kinder habe ich in einem großen Autohaus gearbeitet und kenne die Materie. Für mich war es wichtig drinzubleiben, weil ich wieder arbeiten wollte, wenn Sofia heuer in die Schule kommt. Seine Begründung war deshalb für mich nicht nachvollziehbar. Er meinte, dass er so einen besseren Überblick über die Streckengeschäfte hat, die plötzlich auch mehr geworden sind. Und das mit italienischen Autos, meistens Alfa Romeo, obwohl wir vorher überwiegend deutsche Autos verkauft haben.« Sie stand auf und schenkte sich mit zitternden Händen ein Glas

Wasser ein. »Bitte entschuldigen Sie. Wollen Sie auch etwas trinken?«

Ingo und Antonia schüttelten den Kopf. »Nein, danke, wir wollen auch nicht lange stören.« Antonia hatte wieder das Wort ergriffen. »Aber was sind Streckengeschäfte?«

»Bei Streckengeschäften sieht der Händler das Auto nicht. Es wird direkt an den Kunden überstellt. Und in unseren Fällen wurde immer bar bezahlt.«

Ingo Bayerl hakte nach. »Das klingt nach Geldwäsche. Ist Ihnen sonst noch etwas aufgefallen?«

Eva Lang zögerte, bevor sie weitersprach. »Zunächst war es nur ein Gefühl. Robert schien irgendwie ...« Sie suchte nach dem richtigen Wort. »Angespannt. Angespannt und aggressiv. Besonders nach dem Besuch dieses komischen Geschäftsfreundes aus Italien.« Ihre Stimme wurde lauter und sie sprang auf. »Der stand am Lumpigen Donnerstag plötzlich bei uns im Garten. Er war mir von Anfang an unsympathisch, aber Robert sagte, ich sei hysterisch. Erst als Chiara am nächsten Tag mit diesem Plastik-Einhorn aus dem Kindergarten nach Hause kam, war er außer sich. Ich glaube, er hatte Angst.« Sie blieb stehen und schlug die Hände vors Gesicht. »Ich bin schuld, ich bin an allem schuld.« Ein heftiger Weinkrampf schüttelte ihren Körper.

Antonia stand auf und zog die weinende Frau sanft auf den Stuhl. »Sie sind nicht schuld.«

Sie blickte auf und sah die Kommissarin verzweifelt an. »Wenn ich nicht ausgezogen wäre, hätte sich Robert nicht umgebracht. Er konnte ohne mich nicht leben. Das stand auch in seinem Abschiedsbrief.« Der letzte Satz ging in einem erneuten Schluchzen unter.

Antonia und Ingo sahen sich schweigend an. Auch wenn solche Gespräche zu ihrer Berufsroutine gehörten, fiel es schwer, die erforderliche Distanz zu wahren.

Ein Schlüssel drehte sich in der Haustür und helle Kinderstimmen waren im Flur zu hören. Hektisch zog Eva Lang ein Taschentuch aus ihrem Pulloverärmel und wischte sich über die Augen. »Meine Kinder …«

Die Tür flog auf und ein Mädchen mit rotblonden Haaren stürmte herein. Als sie sah, dass noch jemand in der Küche saß, blieb sie stehen. »Wer bist du?« Neugierig sah sie Antonia an.

»Das sind alte Freunde von mir. Sie besuchen mich.« Frau Lang kam Antonia zuvor, die nach einer Antwort suchte.

»Dich habe ich noch nie gesehen, aber du bist sicherlich da, weil du meine Mama trösten willst. Mein Papa ist nämlich beim lieben Gott im Himmel.« Sie hielt nachdenklich inne, bevor sie weitersprach. »Ich finde das sehr ungerecht. Ich hätte lieber, dass mein Papa mit mir in meinem Bett sitzt und mir ein Buch vorliest. Ich brauche meinen Papa viel mehr, als dieser Gott. Der hat doch seine Engel.«

Antonia schluckte.

Ingo Bayerl war aufgestanden und legte Antonia die Hand auf die Schulter. »Ich denke, wir gehen jetzt, dann kannst du mit deiner Mama das Bild fertig malen.« Er deutete auf die Zeichnung, die Frau Lang auf den Tisch gelegt hatte. Darauf war eine Wolke mit einem Strichmännchen zu sehen. Sofia nahm einen schwarzen Stift und verkritzelte das Gemalte so heftig, dass das Papier einriss. »Das ist nicht schön. Ich male lieber, wo wir alle in Italien in Urlaub waren.«

Kapitel 48

Martin Viertaler tigerte vor dem großen Eingangsportal des Pfarrhofs auf und ab. Vor dem Gebäude lagen noch immer dreckige Schneehaufen. Dahinschmelzende Zeugnisse des Winters mit verräterischen gelben Flecken. Das Läuten der Kreuzglocke, die jeden Freitag jeweils um 11 Uhr und um 15 Uhr an das Geschehen in Golgatha und die Kreuzigung Jesu erinnerte, kannte er seit Kindertagen. Dass er es bewusst wahrnahm, passierte selten. Heute untermalte sie seine depressive Stimmung, die im Widerspruch zu dem Frühlingstreiben in der Fußgängerzone stand. Kinder schleckten Eis und vor dem Lokal *Principe* genossen die ersten Sonnenhungrigen ihren Kaffee oder Aperol Spritz. Gelächter drang zu ihm herüber und er kam sich ausgeschlossen vor. Wann war er das letzte Mal so unbeschwert gewesen? Selbst an Dreikönig, als sie die Rettung von Gerti und Petra mit einem gemeinsamen Frühstück gefeiert hatten, war ein Teil von ihm freudlos geblieben. Sein Vorsatz, mehr mit Gerti zu unternehmen, war seiner Antriebslosigkeit zum Opfer gefallen. Er kam sich vor, als wäre er mit einer angezogenen Handbremse unterwegs, wenn es um die Beziehung zu Gerti ging. Irgendwas musste sich ändern. Vielleicht wusste ja Antonia einen Rat? Er traf sie ohnehin kommenden Montag, wenn er Matthias Huber nach Fürstenfeldbruck begleitete. Heute sammelte er in Tonis Auftrag noch einige Infos, die Sabine ohne Hund bestimmt wusste.

Wie auf Bestellung erklang hinter seinem Rücken die ihm nur zu gut bekannte Stimme, die ihm durchdringender erschien als sonst. Martin drehte sich um und erstarrte. Er erinnerte sich nicht, sie jemals so gesehen zu haben. Statt der üblichen Jeans trug sie heute einen grünen Rock, der bei jedem Schritt um ihre Beine schwang. Dazu, farblich abgestimmt, Schuhe und Handtasche. Die Jacke in einem kräftigen Pink unterstrich das Ganze. Die größte Veränderung aber waren ihre Haare. Modisch kurz geschnitten mit honigfarbenen Strähnen. Er hoffte, dass dieser Auftritt nichts mit ihm zu tun hatte.

»Hallo, Martin.« Eingehüllt von einer Duftwolke umarmte sie ihn und hauchte ihm rechts und links einen Kuss auf die Wange.

Irritiert ließ er es geschehen. Er räusperte sich und deutete auf das gegenüberliegende Lokal. »Bleiben wir gleich hier? Da wird gerade ein Tisch frei.«

»Das passt perfekt. Ich habe nämlich nicht sehr viel Zeit. Ich treffe mich nachher mit meinem Freund.«

Er atmete innerlich durch, weil die Veränderungen bei Sabine nicht ihm galten. »Was willst du trinken? Ich lade dich ein.«

»Für mich bitte einen Aperol Spritz.«

Martin winkte der Bedienung und bestellte das gewünschte Getränk für Sabine und für sich einen Cappuccino.

Die Pfarrsekretärin nahm die weiße Decke von der Stuhllehne, legte sie sich auf den Schoß und musterte Martin aufmerksam. Die Frage kam unvermittelt. »Kriminalisierst du schon wieder, trotz Pension?«

Bevor er etwas sagen konnte, schoss Sabine ohne Hund den nächsten Pfeil ab. »Wie geht es eigentlich Gertrud Maier? Ich habe sie schon lange nicht mehr gesehen. Seid ihr jetzt zusammen?«

Noch bevor er etwas antworten konnte, folgte auch schon der dritte Schuss. »Ich habe deine Tochter neulich beim Bäcker getroffen. Allein, ohne ihren Freund. Sie kam mir sehr blass und dünn vor. Ist sie krank oder hat sie Liebeskummer?«

Für einen kurzen Moment war Martin versucht aufzustehen und zu gehen. Ihr attraktives Auftreten konnte nicht über ihre aufdringliche Neugierde und die scharfe Zunge hinwegtäuschen. Die Bedienung brachte die Getränke und er zwang sich zur Ruhe. »Lass uns Wichtigeres besprechen, nachdem dich dein Freund bald abholt.«

Die Erwähnung zauberte ein Lächeln auf ihr Gesicht. Hingebungsvoll saugte sie an dem schwarzen Strohhalm in dem orangefarbenen Getränk.

»Kannst du dir vorstellen, dass Pfarrer Jakub etwas mit Rauschgift zu tun hatte?«

Ein Ruck ging durch ihren Körper und sie schüttelte lebhaft den Kopf. »Pfarrer Cibulski war komisch, aber Rauschgift? Das glaube ich nicht. Selbst wenn das die *Blick* aus München behauptet. Das hätte ich gemerkt.«

Martin nickte. Da stimmte er ihr uneingeschränkt zu.

»Einmal habe ich beobachtet, wie er eine Tablette genommen hat. Gesundheitlich schien es ihm nicht gut zu gehen. Sobald es stressig wurde, schwitzte er und seine Hände zitterten. Nicht umsonst hat er ein Sabbatical beantragt. Ehrlich gesagt ist eigentlich keiner mit ihm richtig klargekommen. Außer Korbinian. Die beiden haben sich sogar geduzt.«

»Warum war das so? Was glaubst du?«

Die Eiswürfel klirrten leise im Glas, als sie mit dem Strohhalm darin rührte.

»Man soll über Tote ja nichts Schlechtes sagen.« Sie hielt kurz inne und suchte nach den richtigen Worten. »Ich glaube, dass Pfarrer Cibulski ein besonderes Interesse an Korbinian hatte.« Sie senkte ihre Stimme und rutschte so nah an Martin heran, dass ihr Gesicht dicht vor seinem war. »Pfarrer Cibulski stand auf Männer.«

»Wie kommst du darauf?«

»Die beiden haben sich am Abend oft in der Wohnung von Korbinian getroffen. Und am Lumpigen Donnerstag habe ich gesehen, dass der Pfarrer den Korbian umarmt hat. Nicht kumpelhaft, sondern so, so intim.« Sie stand auf und beugte sich über ihn, um das Gesagte zu demonstrieren.

Martin bog seinen Oberkörper weit zurück und winkte ab. »Das ist erst einmal kein Verbrechen. Vorausgesetzt, die Männer sind alt genug und es ist ein gegenseitiges Einverständnis da. Wie das sein Arbeitgeber, die katholische Kirche sieht, steht auf einem anderen Blatt.« Ihre Einschätzung über den jungen Mesner aber bestätigte ihn in seinem Anfangsverdacht, der ihm vor einigen Wochen schon gekommen war. Am Ende doch eine Beziehungstat?

Sabine, die sich mittlerweile wieder hingesetzt hatte, fuhr fort. »Luca, also mein Freund, sagt auch, dass Korbinian nicht ganz koscher ist.«

Martin horchte auf. »Wieso ist dein Freund dieser Meinung?«

»Mit seinen Erfahrungen als langjähriger Mesner in der *Basilica di Sant´Antonio di Padova* muss er es schließlich wissen, ob jemand für den Mesnerberuf infrage kommt. Schließlich sollte sich ein Mesner mit den Grundsätzen und Zielen der katholischen Kirche identifizieren. So steht das auch immer in unseren Stellenanzeigen.«

»Und woher kennt dein Luca euren Korbinian?«

»Er hat mich gefragt, wer denn meine Kollegen sind und wie ich mit ihnen auskomme. Er ist eben sehr fürsorglich und interessiert sich für mich. Ganz im Gegensatz zu anderen Menschen.« Ihr Blick sprach Bände. »Außerdem hat er Korbinian beim Gottesdienst am ersten Fastensonntag gesehen, oben in Heilig Kreuz.«

Etwas klingelte in Martin. Ein Bild tauchte vor seinem inneren Auge auf, bestehend aus vielen Puzzleteilen. Der Rahmen war fast komplett und einzelne Teile in der Mitte ließen das Motiv des Bildes erahnen. Antonia würde begeistert sein.

Er musste jetzt nur noch wissen, wie dieser Freund aussah. Er zog seinen Geldbeutel aus der Jackentasche. »Lass uns zahlen, nicht dass du zu spät kommst. Ich begleite dich noch ein Stück.«

»Nicht nötig, er wartet schon auf mich.« Freudestrahlend winkte seine Begleiterin einem Mann zu, der am Pfarrhof schräg gegenüber stand.

Volltreffer, sein Verdacht hatte sich bestätigt. Der Schauspieler aus ´Stirb langsam´.

Mit einem flüchtigen Winken verabschiedete sich Sabine von Martin und eilte zu diesem Luca, der sie überschwänglich umarmte. Seine Hände wanderten dabei wie zufällig über die Hüften abwärts.

Beiläufig holte Martin sein Handy aus der Tasche und schoss ein Foto des Paares. Vielleicht handelte es sich bei Sabines neuem Lover um einen alten Bekannten der Polizei. Zufrieden mit sich selbst, legte er einen Zehn-

Euro-Schein unter seine Kaffeetasse und stand auf. Das Gespräch hatte sich gelohnt.

Kapitel 49

Montag nach dem vierten Fastensonntag

Mürrisch dreinblickend verließ Matthias Huber den Hauseingang seines Mehrparteienhauses am Krachenberg. Als die Bundeswehr noch sechs Kasernen in und um Landsberg hatte, war die Krachenberg-Siedlung ein Wohnquartier für deren Angehörige gewesen. Vor dem Haus wartete Martin Viertaler und begrüßte ihn mit Handschlag. »Schön, dass Sie mich nach Fürstenfeldbruck begleiten, Herr Huber.« Dass ihn ansonsten die Kripo vorgeladen hätte, ließ er unerwähnt.

»Wie geht´s Anna?«, platzte Matthias heraus und schalt sich sofort selbst dafür. Er hatte sich eigentlich vorgenommen, vor ihrem Vater nicht über sie zu sprechen.

Viertaler sah ihn irritiert an. »Woher kennen Sie meine Tochter nochmal?«

»Von der Schule«, murmelte Matthias. »Ich habe sie am Faschingsdienstag im Sommerkeller getroffen. Sie war ganz schön überrascht, dass sie gegen ihren Ex-Freund ermittelt haben.«

Viertaler schwieg.

Matthias grinste. Die Reaktion des früheren Kommissars zeigte, dass im Hause Viertaler dieses Thema bisher nicht auf den Tisch gekommen war. Er stichelte weiter: »Sie sind doch in Rente. Warum bringen Sie mich eigentlich nach Fürsti?«

Viertaler sah ihn an, sagte aber immer noch nichts.

»Sind Sie so etwas wie eine 450-Euro-Kraft? Ich beschäftige solche Leute. Gibt´s das auch bei den Bullen?«, bohrte Matthias weiter.

Nach einigem Zögern erklärte Viertaler: »Nun als Leiter einer Mordkommission kann man wohl nicht so einfach aus dem Job ausscheiden, wie als gewöhnlicher Beamter. Die antrainierten Routinen und Reflexe lassen einen nie abschalten. Man ermittelt ständig irgendwie.«

»Ist deswegen ihre Tochter nach Amerika ausgewandert? Damit Sie nicht mehr in ihrem Leben herumermitteln?« Zufrieden musterte Matthias Annas alten Herrn. Nun war er am Drücker.

Statt einer Antwort bedeutete Viertaler dem jungen Mann, einzusteigen. Sie fuhren los. Viertaler nahm die Staatsstraße nach Penzing; er wollte über die Dörfer in die Amperstadt Fürstenfeldbruck. Die Sonne von schräg vorne schien so kräftig, dass er die Sonnenblende herunterklappte.

Bis Schwabhausen verlief die Fahrt in Schweigen. Der pensionierte Kommissar konzentrierte sich aufs Fahren und Matthias Huber starrte aus dem Seitenfenster. Als sie an Schloss Kaltenberg vorbeikamen, sagte Viertaler beiläufig: »Wussten Sie, dass die Brauerei dort drüben mal einem Juden gehört hat?«

»Was? Kaltenberg?« Matthias sah ihn erstaunt an.

»Schloss Kaltenberg und die Brauerei gehörten bis 1939 einem gewissen Fritz Schuelein, genauso wie der Löwenbräu in München.«

»Und wieso erzählen Sie mir das?«, patzte ihn Huber an.

»Hat nicht vor zehn Tagen Ihr Großvater erzählt, dass seine Mutter, also Ihre Urgroßmutter, auch Jüdin war?«

»Und? Sie war eine Halbjüdin«, korrigierte ihn der junge Mann. »Ich wüsste nicht, was Sie das angeht.« Mit einem Mal kippte das Gesprächsklima. Es wurde gefühlt kälter, obwohl draußen die Sonne schien.

Viertaler sagte eine Weile nichts. Als sie die Ortschaft Geltendorf verließen, nahm der den Faden wieder auf: »Die Familie Schuelein war sehr beliebt bei ihren Mitarbeitern. Die haben Sozialwohnungen gebaut und den Leuten mit zinslosen Darlehen geholfen, wenn Not am Mann war. Trotzdem haben die Nazis Schuelein 1938 verhaftet und ins KZ Dachau gesteckt. Mit Hilfe seiner Mitarbeiter konnte er aber später in die USA fliehen.«

Matthias starrte wieder schweigend aus dem Fenster.

Der alte Ermittler fuhr fort: »Die Familie Schuelein bekam die Brauerei Kaltenberg 1948 wieder zurück. Sie verkauften sie allerdings später an den Prinzen Luitpold von Bayern, dessen Familie sie immer noch besitzt.«

Vor ihnen tauchte das Ortsschild von Moorenweis auf. »Wenn der Kerl ein so guter Mensch war, warum wurde er dann eingesperrt?«

»Weil er Jude war, nehme ich mal an. So wie Ihre Urgroßmutter. Das war sein einziges Verbrechen.«

»Wurde dieser Schuelein auch verraten?«, ätzte Matthias.

»Es ist sicher schwer zu akzeptieren, dass die eigene Uroma vom Uropa denunziert wurde. Ihren Großvater jedenfalls scheint das schwer getroffen zu haben.«

Matthias sagte nichts mehr. Mit zusammengepressten Lippen bohrte er mit seinem Blick ein Loch in die langsam grüner werdende Landschaft, bis sie in der Kriminalpolizeidirektion in Fürstenfeldbruck ankamen.

»Guten Tag, Herr Huber. Grüß dich, Martin.« Antonia gab dem jungen Mann die Hand. »Kommen Sie doch rein. Herr Viertaler hat mir signalisiert, dass Sie eine Aussage machen möchten zum Fall des getöteten Aushilfspfarrers Jakub Cibulski.« Dabei sah sie Matthias aufmunternd an.

»Wenn ich es recht bedenke, dann möchte ich das eigentlich nicht mehr – aber jetzt bin ich schon mal hier«, konstatierte der junge Mann trotzig. »Also bringen wir es hinter uns.«

Antonia setzte sich an ihren Computer.

Martin sah sich im Büro um, in dem er so lange selbst tätig gewesen war. »Ist Ingo gar nicht da heute?«

»Er ist auf einer Weiterbildung in Münster.« Sie grinste ihn an. »Aber er weiß natürlich Bescheid. Also Herr Huber, was haben Sie mir zu sagen?«

Statt einer Antwort zeigte Matthias Huber auf Martin Viertaler. »Darf der eigentlich dabei sein?«

»Streng genommen nicht«, wich sie aus. »Wenn Sie möchten, geht er raus.«

»Nein, muss er nicht. Ich wollte nur seinen Status klären, für alle Fälle. Wissen Sie, ich stand mal auf seine Tochter, da bin ich immer noch ein wenig gehemmt, wenn er da ist.« Ein spitzbübisches Grinsen lief mit einem Mal über sein Gesicht.

Martin zog die Augenbrauen hoch, sagte aber nichts.

»Also gut, fangen wir an.«

Fünf Minuten später waren alle Fakten geklärt und Matthias Huber kam zur entscheidenden Stelle seines Berichtes: »Ich stehe also in der Schlange vor dem *Principe*, um mir ein Stück Pizza zu kaufen. Das Wetter war ja bombig für Anfang Februar.«

Antonia hakte ein: »Sie waren in der Landsberger Fußgängerzone; in der Ludwigstraße.«

»Ja.«

»Und was geschah weiter?«

»Eine Musikgruppe kam vorbei. Eine mit so großen Trommeln. Haben einen Höllenlärm gemacht. Und dann hab ich ihn gesehen. Mir ist gleich der Kamm geschwollen, wie er da so mit seinem Priesteroutfit aus dem Pfarrhof kam. Hat mit einer Gruppe junger Hexen rumgemacht. Darf das eigentlich ein Pfarrer?«

Niemand antwortete.

»Wie dem auch sei, er ist dann die Treppe hoch zur Kirche. Ich hinterher. Wollte ihm mal eine auf die Zwölf geben. Aber umgebracht habe ich ihn nicht.«

»Warum wollten Sie ihn schlagen? Was hatte er Ihnen getan?«

»Er hat meinen Opa besucht. An Weihnachten. Angeblich, um ihm die Krankenkommunion zu geben. Das hab ich gar nicht mitgekriegt. Aber als er Ende Januar noch mal da war, ist die Sache eskaliert. Als der Kerl nach seinem zweiten Besuch wieder ging, war mein Opa vollkommen aufgelöst.«

»Wie meinen Sie das, aufgelöst?« Martin sagte zum ersten Mal etwas.

»Er hat geweint wie ein Schlosshund. Wollte nichts mehr sagen. Keiner konnte ihn beruhigen, meine Mutter nicht und ich auch nicht. So habe ich ihn noch nie gesehen, müssen Sie wissen. Mein Opa ist ein ganz Harter. Der weiß noch … wusste, was Pflichtbewusstsein ist.«

Antonia überging diese Bemerkung und lenkte das Gespräch wieder auf den Fall: »Sie waren also wütend, weil Pfarrer Cibulski Ihren Großvater aus der Fassung gebracht hatte. Wie haben Sie davon erfahren?«

»Na, meine Mutter hat mich angerufen. Ich also hin. Das Einzige, was er mir nach einer Stunde schließlich gesagt hat, war, dass der Pfaffe ihn an seine Zeit im Krieg erinnert hat. Damit hat er alte Wunden bei meinem Großvater aufgerissen. Vermutlich hat dieser Pfaffe meinen Opa mit so einer Schuld-Scheiße vollgelabert. Weil er doch bei der SS war.«

Viertaler mischte sich ein. »Das war doch nicht alles, oder? Ihr Großvater hat dem Juden Abram Canoch das Leben gerettet gegen Ende des Krieges und dieser Pfarrer war sein Enkel.«

Matthias wand sich. »Irre, oder? Ein katholischer Pfaffe ist der Enkel von einem Juden! Und das Schlimmste ist, dass mein Opa diesem Juden das Leben gerettet hat.«

»Das Schlimmste?« Antonia meinte, nicht richtig zu hören. Sie musste sich beherrschen, den jungen Mann nicht am Kragen zu packen.

»Man stelle sich das mal vor. Ein SS´ler rettet einen Parasiten. Ich hatte eigentlich eine Mordswut auf meinen Opa. Der Pfarrer ist mir da gerade recht gekommen am Lumpigen. Schließlich hat er diese alte Scheiße aufgerührt. Manche Sachen bleiben besser unter dem Teppich.«

Antonia stand auf und drehte sich zum Fenster. »Martin, kannst du bitte weitermachen. Mir ist schlecht.«

Martin rutschte mit seinem Stuhl näher: »Herr Huber, ging es nicht vielmehr um Ihre Urgroßmutter, die im KZ in Dachau ums Leben gekommen ist? Das war doch sicher der Grund, warum ihr Großvater so aus dem Häuschen war, damals Ende Januar.«

»Das wusste ich zu diesem Zeitpunkt aber nicht. Sie waren doch selbst dabei, als mein Opa mir und Ihnen das mit meiner Uroma erzählt hat.«

Antonia hatte sich wieder im Griff. Sie ging zurück zu ihrem Schreibtisch und erklärte: »Das alles stand auch im Tagebuch des Abram Canoch. Wir vermuten, dass Herr Cibulski das Tagebuch am Rußigen Freitag Ihrem Großvater übergeben wollte.«

Matthias starrte sie nur an.

»Ich halte also fest, Sie haben von der Denunziation ihrer Urgroßmutter erst bei dem Gespräch am 27. Februar im Haus Ihres Großvaters erfahren, wo auch Herr Viertaler zugegen war.« Sie tippte das eben Gesagte in ihren Computer. »Weiter im Text. Sie sind dann also am Lumpigen Donnerstag die Treppe rauf zur Kirche. Was ist dann passiert?«

Matthias kratzte sich am Kinn. Er sah Antonia an und fuhr sich über den Kopf. »Wie bereits gesagt, ich hatte eine Mordswut auf den Pfaffen. Deshalb habe ich ihn zur Rede gestellt direkt vor dem Absperrgitter.«

»Die Kirche war abgesperrt? Wie kam Herr Cibulski dann in die Kirche hinein?« Obwohl Antonia von der Absperrung wusste, wollte sie den Zeugen nicht beeinflussen in seiner Darstellung des Geschehens.

»Ja, die Kirchenfuzzis wollten wohl verhindern, dass ihnen jemand ins Portal schifft. Es war so was wie ein Bauzaungitter davor.«

»Gut, und weiter? Was haben Sie genau gemacht?«

»Hab ihn von hinten geschubst. Er ist an das Gitter geknallt. Hat sich umgedreht, war aber irgendwie abwesend. Hat mir gar nicht zugehört, wollte am Gitter vorbei in die Kirche.« Hubers Blick streifte die junge Kommissarin.

Antonia warf ihm einen aufmunternden Blick zu.

Matthias fuhr fort: »Also, ich hab ihn an der Schulter gepackt und herumgedreht. Er hat meine Hände weggestoßen und wollte sich verpissen, die feige Sau!«

»Und was haben Sie gemacht?«

»Ich wollte ihm eine verpassen, aber dann haben mich zwei Kerle daran gehindert. Noch bevor ich weitermachen konnte, hat er aufgesperrt, ist rein und war weg.«

»Sie sind ihm nicht hinterher?«

»Nein! Da waren ein Cowboy und ein Indianer, die mich festgehalten haben. Da hab ich ihn halt gelassen und bin runter, um mir den Faschingsumzug anzusehen.«

Eine halbe Stunde später saß Matthias Huber bei einem Schnitzel mit Pommes in der Polizei-Kantine, wo er auf Martin Viertaler warten sollte. Antonia Buck und Martin Viertaler saßen auf der Bürocouch zusammen. Vor ihnen je ein Becher Kaffee und das unterschriebene Protokoll. »Glaubst du ihm?«, brach sie das Schweigen.

»Ja. Der Junge ist in Ordnung, auch wenn er nicht so rüberkommt. Der hat unseren Pfarrer nicht auf dem Gewissen.«

»Also zurück auf ´Los´?«

»Nicht ganz. Das heißt eigentlich nur, dass die Spur zu den anderen Verdächtigen, wie zum Beispiel Korbinian Hinteregger, jetzt ganz heiß wird.«

»Den knöpfe ich mir noch mal vor.«

»Apropos, ich habe letzten Freitag die Pfarrsekretärin gesprochen und ihren neuen Freund gesehen.«

»Ja und?«

»Der ist Italiener und interessiert sich auch für unseren Ausbildungsmesner. Der könnte die fehlende Verbindung vom toten Pfarrer zur Mafia sein.« Martin holte sein Mobiltelefon hervor und zeigte ihr das Foto, das er geschossen hatte.

Antonia besah sich den Herrn ganz genau. »Den habe ich noch nie gesehen.«

»Ich schon, am Sonntag nach dem Mord in der Kirche. Schick das Foto mal vorsichtshalber durch euere Datenbanken. Ich maile es dir gleich.«

Nachdenklich sah sie Martin an: »Am Ende hat das Ganze doch mit der Mafia zu tun und der Staatsanwalt hatte recht.«

»Das kann, muss aber nicht sein. Legen wir uns nicht so schnell fest wie der Doktor Gruber. Mit einem offenen Blick kommt man am weitesten.«

»Also gut, du hast recht. Checken wir noch mal alle Fakten der anderen Spuren. Gegenüber diesem Karrieretyp dürfen wir uns keine Nachlässigkeiten erlauben.«

Martin sah sie bewundernd an. »Weiß der Ingo eigentlich, was für eine tolle Kollegin er hat?«

Antonia errötete. »Du alter Charmeur! Du kannst es aber mit den Frauen.«

Verlegen nestelte er an seiner Armbanduhr herum. »Da ist Gerti Maier aber anderer Meinung. Ich bin das absolute Gegenteil von einem Charmeur.«

»Wie kommt sie darauf?«

»Kann ich dich mal etwas Persönliches fragen?«

Kapitel 50

»Bitte komm. Der Opa ist tot.« Die Stimme seiner Mutter klang seltsam teilnahmslos, und bevor Matthias nachfragen konnte, hatte sie aufgelegt. Kurzentschlossen rief er Tanja an, die heute ihren freien Tag hatte.

Sie nahm sofort ab. »Was gibt es, Chef?«

Er hasste es, wenn sie ihn Chef nannte. »Kannst du bitte meinen Einsatz bei Frau Müller übernehmen? Du kennst sie ja. Nur Tablettengabe, Stützstrümpfe ausziehen und für das Bett herrichten.« Er hielt kurz inne. »Mein Opa ist gestorben und ...« Seine Stimme brach.

»Klar, kein Problem, ich fahr sofort los.«

Für Tanja schien nichts ein Problem darzustellen. Auf sie konnte er sich verlassen. Er räusperte sich. »Danke, ich melde mich dann morgen früh wieder bei dir.« Er wollte gerade auflegen, als er am anderen Ende der Leitung Tanja tief atmen hörte. »Gibt es noch etwas?«

»Ja, ich wollte dir nur sagen, dass ... also, falls du Hilfe brauchst, gib Bescheid. Ich weiß nicht, ob du deinen Opa selbst umziehen oder ob du das dem Bestatter überlassen willst.«

»Ähm. Das weiß ich noch nicht.«

»Ich wollte damit nur sagen, dass es guttut, wenn dir jemand hilft. Ich kenne das aus eigener Erfahrung. Als meine Oma vor einem Jahr gestorben ist, hat mir ihre beste Freundin geholfen. Ich bin doch bei meiner Oma aufgewachsen, weißt du. Und selbst, wenn der Tod zu unserer Arbeit gehört, ist es noch einmal etwas anderes, wenn ein Familienangehöriger vor uns liegt.«

Er wusste im Moment nicht, was er sagen sollte. »Ich melde mich … danke, Tanja.« Nachdenklich trat er ans Fenster. Der Regen hatte nachgelassen. Er beobachtete einen Wassertropfen, der am unteren Ende der Scheibe verschwand. Auf der Wiese kickte der dunkelhäutige Junge allein einen Ball vor sich her. Matthias strich sich über den Kopf. Die nachwachsenden Haare fühlten sich kratzig an. Er wandte sich vom Fenster ab und steckte sein Handy in die Hosentasche. Sein Opa wartete auf ihn.

»Stört es dich, wenn ich mich dazusetze?«

Überrascht durch das plötzliche Auftauchen seines Vaters zog Matthias die Hand zurück, mit der er die kalten Finger des Verstorbenen umfasst hatte. Verneinend schüttelte er den Kopf.

Paul Huber holte sich den wackligen Holzstuhl aus der Ecke des Schlafzimmers und setzte sich zu seinem Sohn ans Bett.

Schweigen breitete sich aus, nur unterbrochen durch das regelmäßige Ticken des Weckers auf dem wurmstichigen Nachttisch.

»Wir haben geredet«, sagte sein Vater schließlich.

»Opa und du?«

»Ja, mein Vater und ich.«

»Und?«

»Wir müssen reden. Das habe ich dem Opa versprochen.«

Das war wieder typisch. Ohne den Opa hätte er wohl nichts gesagt. Die altbekannte Wut brodelte in Matthias auf. Ein Verstecken hinter Regeln und Vorgaben. Leben nach Vorschrift. Nicht umsonst war sein Vater Beamter in einer Kommunalbehörde. Wie seine Mutter das all die Jahre ausgehalten hatte, war ihm unverständlich. Er hielt es nicht aus. Matthias stand von der Bettkante auf und deutete auf den schwarzen Anzug, der am Kleiderschrank hing. »Den ziehe ich Opa an.«

Paul Huber fasste seinen Sohn am Ärmel und zog ihn zurück auf das Bett. »Bitte!« Die Stimme klang fast flehentlich.

Verwirrt über das ungewöhnliche Verhalten seines Vaters gab er dessen Drängen nach und setzte sich wieder auf die Bettkante. Obwohl das wuchtige Doppelbett einen Großteil des Schlafzimmers einnahm, hatte sich sein Großvater geweigert, es gegen ein kleineres auszutauschen. Die zweite Betthälfte war immer frisch bezogen, als würde sie auf seine Oma Theresia warten, die schon 1960 verstorben war. In den nächsten Wochen würde es auf dem Sperrmüll landen.

»Wann kommt der Bestattungsdienst?« Matthias versuchte, seine Gedanken auf praktische Dinge zu lenken, damit ihn die Trauer nicht übermannte.

»Die Mama hat vorhin angerufen. Die kommen erst morgen früh. Wir können uns also in Ruhe von Opa Hans verabschieden.«

Matthias verstand die Welt nicht mehr. Paul Huber, zeit seines Lebens ein emotionsloses Arschloch, wollte die Nacht mit seinem toten Vater verbringen. Er atmete tief aus. Die Kerze neben dem Wecker flackerte und Wachs tropfte auf den Glasuntersetzer.

»Mein Psychologe hat mir geraten, eine Lebens-Bilanz aufzustellen, um den Sinn darin zu finden.«

»Du bist beim Psychologen?« Matthias war fassungslos.

»Ja, Renate hätte sich sonst scheiden lassen.«

»Was?«

»Sie hat mir an Heilig Abend gesagt, dass sie nicht mit einem Mann alt werden will, der seine Gefühle versteckt. Das ist schon schwer auszuhalten, wenn ich den ganzen Tag in der Arbeit bin. Aber wenn ich bald in den Vorruhestand gehe, macht sie das nicht mit.« Seine Stimme klang dünn.

Matthias wusste nicht, wohin mit seinem Blick. Der Mann, der vor ihm saß, hatte keine Ähnlichkeit mehr mit demjenigen, den er zu kennen glaubte.

»Ich war sechs Jahre als, als meine Mutter gestorben ist.«

Der Regen trommelte an das Fenster, sodass Matthias die Worte kaum verstand. Er beugte sich weiter vor.

»Meine Mama, deine Oma Theresia, war eine harte Frau. Acht Jahre älter als der Opa, der für sie nur die zweite Wahl war. Ihr Verlobter war im Krieg geblieben und dein Opa hatte sich unsterblich in sie verliebt. Sie hat seinem Werben nachgegeben. Vermutlich nicht ganz uneigennützig, und gutaussehend war er ja.« Paul Huber deutete auf die Fotografie mit zerbrochenem Glas, die auf der Kommode stand, und seine Urgroßeltern und Opa Hans zeigte. Daneben ein Foto, das Matthias bisher nicht gesehen hatte. Es zeigte Opa und den Enkel beim Fischen am Weiher. Sein Vater, ein Stück entfernt, als wäre er ein unbeteiligter Spaziergänger, der gerade des Weges kam. Die Bilder unterschieden sich, und doch verband sie etwas. Immer stand ein Familienmitglied am Rand.

»Der Zweite Weltkrieg war bereits neun Jahre vorbei, als ich geboren wurde und doch habe ich rückblickend das Gefühl, dass all das, was meine Eltern erlitten haben, auch mich betraf. Die Angst vor den Bomben, die Hungersnot und den Verlust von Heimat. Ich fühlte mich schuldig, wusste aber nicht für was. Das hört sich verrückt an und doch ist es so.«

Matthias nickte unmerklich. Er hatte vor einigen Monaten einen Artikel in einer Fachzeitschrift gelesen, der sich mit dem Trauma der Kriegsgeneration und der Nachgeborenen auseinandersetzte. Er sah das öfter bei seinen alten Leuten. An seinen Opa oder gar seine Eltern hatte er damals nicht gedacht.

Paul Huber stand auf und sah in den Garten, wo die ersten Frühblüher den kalten Regenschauern trotzten.

»Die einzige Erinnerung an meine Mutter ist ein Satz, der sich tief in mir eingebrannt hat: Mit welchem Recht jammerst du hier rum, nur weil du dir das Knie aufgeschlagen hast. Dein Vater und ich haben im Krieg Schlimmeres erlebt. Kurze Zeit später ist sie gestorben.« Er lehnte den Kopf an die Fensterscheibe, die unter seinem warmen Atem beschlug. Seine Schultern zuckten.

In einem ersten Impuls sprang Matthias auf. Doch die wenigen Meter auf Paul Huber zuzugehen, schaffte er nicht. Der hatte ihm unbewusst einen Spiegel vorgehalten. All das, was er an seinem Vater verurteilte, blickte ihm in seiner eigenen Gestalt entgegen. Er war auf dem besten Weg, wie er zu werden, der wiederum selbst ohne emotionale Wärme aufgewachsen war. Matthias hatte den Großvater anders erlebt. Er wollte an seinem Enkel gutmachen, was er seinem eigenen Sohn schuldig geblieben war. Er ging zum Schrank, nahm den schlichten, schwarzen Anzug vom Bügel und legte ihn auf das Bett. Kein Vergleich zu der schmucken Wehrmachtsuniform auf dem Foto, die viele Jahre heimlich seine Phantasie genährt hatte. Neugierigen Fragen war Hans Huber stets ausgewichen. Bis vor wenigen Wochen. Er schlug die Bettdecke zurück und blickte auf den schmalen, zerbrechlich wirkenden Körper, der ihm viel kleiner vorkam, als er ihn in Erinnerung hatte. All das, was seinen Großvater ausgemacht hatte, schien verschwunden. Selbst das friedliche Gesicht kam ihm fremd vor. Tanja hatte recht gehabt. Der Tod eines Angehörigen war etwas anderes, als wenn jemand starb, dem er als Pfleger begegnet war. Matthias war kein gläubiger Mensch, aber in diesem Moment hoffte er inbrünstig, dass Opa Huber seinen Frieden gefunden hatte, egal wo das war. Er knöpfte den Schlafanzug auf, als sein Vater hinter ihn trat und ihm die Hand auf die Schulter legte.

»Ich helfe dir.«

Gertrud Maier fühlte sich gut, wie seit langem nicht mehr. Und das, obwohl ihr der kalte Regen am Eingang zum Klösterl ins Gesicht schlug und die Schule gerade ziemlich anstrengend war. Einzig die ungeklärte Situation mit Martin lag ihr noch etwas im Magen. Aber eigentlich war ihr das egal. Richard hatte sie für die kommende Ferienwoche nach Hamburg eingeladen. Er hatte ihr angeboten, in seinem Gästezimmer zu übernachten. Sogar die Zugverbindung hatte er ihr geschrieben. Das würde Martin nie im Traum einfallen. Der scheiterte ja schon an den Öffnungszeiten eines Museums.

Sie klappte den Regenschirm zu und stellte ihn neben die Haustür. Hinter den Vorhängen schimmerte Licht. In den Wintermonaten hatte sie sich angewöhnt, immer eine Lampe brennen zu lassen, in der Hoffnung, potentielle Einbrecher abzuschrecken. Bei ihr gab es zwar nichts zu holen, aber das wussten ja die Einbrecher nicht. Bevor sie die Haustür aufschloss, zog sie die Post aus dem Briefkasten. Die Zahnarztrechnung und der Pfarrbrief von Mariä Himmelfahrt. Sie streifte die feuchten Schuhe von den Füßen und sah auf die Uhr. Gleich acht. Sie würde sich noch eine Kurkuma-Milch machen und dann zu Bett gehen und lesen.

Während die Milch langsam heiß wurde, blätterte sie den Pfarrbrief durch. In dem einleitenden Artikel wurde natürlich der Mord an Pfarrer Cibulski thematisiert und auf den Entsühnungsgottesdienst hingewiesen, der am kommenden Donnerstag stattfinden sollte. Unter dem Text ein Bild des Verstorbenen zusammen mit dem jungen Mesner, der seine Ausbildung in der Pfarrei machte. Gertrud ging näher ans Licht. Irgendwie sahen sich die beiden ähnlich. Aber vielleicht täuschte sie sich auch. Sie nahm den Topf vom Herd, goss die goldgelbe Flüssigkeit in ein Thermoglas und ging hoch in ihr Schlafzimmer. Nach zehn Minuten fiel ihr das Buch auf die Nase.

Kapitel 51

Dienstag nach dem fünften Fastensonntag

Kriminalhauptkommissar Ingo Bayerl stand am Fenster seines Büros im Fürstenfeldbrucker Kommissariats. Draußen hatte sich ein Nieselregen festgesetzt, der aus niedrigen Wolken fiel. Schon während seiner Fortbildung in Münster hatte er sich auf seine Kollegin Antonia Buck gefreut. Und nun das. Er drehte sich um. »Was hast du dir eigentlich dabei gedacht? Diesen Neonazi Huber hier in der Dienststelle zu befragen; noch dazu mit Martin. Das geht eindeutig zu weit.«

»Was regst du dich überhaupt auf? Du warst doch selbst dafür, dass wir im Stillen ermitteln.«

»Im Stillen! Es ist ein Unterschied, ob du nach Landsberg fährst und dort jemanden befragst oder ob du eine Vernehmung hier im Präsidium machst. Noch dazu mit einem pensionierten Kollegen. Der Martin hätte das wissen müssen, dass das nicht geht.«

»Matthias Huber kam aus freien Stücken und Martin hat ihn als Beistand begleitet. Es war keine Vernehmung, sondern der Huber hat eine Aussage gemacht.«

Ingo schnaubte. Er konnte es nicht fassen. Sie hatte für alles eine Entschuldigung. Seine schwäbische Traumfrau hatte nicht nur wie vereinbart, die Soko eines anderen Kommissariats unterstützt, sondern in Eigenregie in alle möglichen Richtungen ermittelt. Was ihn aber auf die Palme brachte, war, dass der eindeutige Selbstmord der Rentnerin aus Grafrath immer noch nicht abgeschlossen war. Sie hatte nicht nur seine Anweisungen ignoriert, sondern auch ihre Befugnisse überschritten. Das konnte er ihr nicht durchgehen lassen, schließlich war er ihr Chef.

»Egal, ob Vernehmung oder Aussage. Der Staatsanwalt wird davon Wind bekommen. Du weißt selbst, dass die Szene um die DfD gut vernetzt ist, auch in Polizeikreisen. Und wir schreiben dann Parkknöllchen bis ans Ende unserer Dienstzeit. Aktuell sollen wir nur den mutmaßlichen Suizid des Herrn Robert Lang aufklären.«

»Das war kein Suizid!« Sie deutete auf die Akte auf ihrem Schreibtisch. »Birgit hat mittlerweile das toxikologische Gutachten geschickt. Es gibt eine massive Konzentration von Alkohol in Lunge, Herz und im Gehirn. Im Magen dagegen fast gar nichts. Das bedeutet, dass ihm der Alkohol intravenös über eine Spritze verabreicht wurde. Da bist du in fünf Minuten blau.«

»Und wie soll das jemand angestellt haben?«, ätzte Ingo.

»Man hat ihn vorher betäubt. Vermutlich hat ihm ein Besucher irgendein Benzodiazepin in einem Whisky verabreicht. Birgit konnte leider nur noch geringe Mengen davon nachweisen, was nicht als sicherer Beweis gilt. Außerdem gibt es ja immer noch die Fremd-DNA, die man bei Herrn Lang sichergestellt hat. Der Staatsanwalt weigert sich, einen Abgleich mit den Datenbanken anzuordnen. Zu teuer!«

»Jetzt sage ich dir mal was. Der Staatsanwalt wird den Fall als Suizid zu den Akten legen. Den Alkohol kann sich Herr Lang auch selbst gespritzt haben. So verzweifelt, wie der war. Seine Geschäfte haben halt nicht genug abgeworfen. Dann hat er gedealt, seine Frau hat´s rausbekommen und ihn verlassen. Menschen tun die seltsamsten Dinge, wenn sie keinen Ausweg mehr sehen.

Wenn man es so sieht, wirkt das Ganze schon wieder anders. Wir sollen nur Beweise sammeln, dass es ein Suizid war. Zumindest war das die Faktenlage, bevor ich zur Fortbildung nach Münster gefahren bin.«

Antonia stieß abfällig die Luft aus. »Und was ist mit dem ominösen italienischen Geschäftspartner, den Frau Lang erwähnt hat?«

»Sagte ich doch bereits. Der Lang ist unter die Dealer gegangen.«

»Und wie passt das zur Rauschgiftspur im Beichtstuhl? Warum musste Pfarrer Cibulski sterben?«

Er ignorierte diesen Einwurf und sah wieder aus dem Fenster. Der Nieselregen war in einen Landregen übergegangen. »Das ist die Aufgabe des Landeskriminalamts und nicht unsere. Das sind die Mafia-Profis.«

»Wir sollten uns nicht vorschnell festlegen«, forderte Antonia hitzig. »Das hat übrigens auch Martin Viertaler gesagt.«

Abrupt drehte sich Ingo um. »Martin! Ich hätte es wissen müssen, dass dir der Umgang mit diesem alten Knaben nicht guttut. Waren wir uns nicht einig, dass du die beiden Selbstmorde abschließt und ansonsten die Füße stillhältst, solange ich nicht da bin?«

»Dass das mit Matthias Huber nicht in Ordnung war, gebe ich ja zu. Aber ich musste das Umfeld von Robert Lang professionell durchleuchten«, entgegnete sie trotzig. »Wir wollen doch einen hieb- und stichfesten Abschlussbericht nach Augsburg schicken, oder? Wo uns der Staatsanwalt ohnehin auf dem Kieker hat, sollten wir sauber und professionell arbeiten.«

»Robert Lang, okay. Aber dieser Huber …«

»Immerhin können wir diese Ermittlungsrichtung jetzt abhaken. Ein rechtsradikales Motiv liegt nicht vor. Das ist gute Polizeiarbeit! An der Sache orientiert und nicht an den Wünschen der Obrigkeit.« Sie verzog ihr hübsches Gesicht zu einem gequälten Lächeln.

Ingo Bayerl rang die Hände. »Diese ´gute´ Polizeiarbeit hätte nie stattfinden dürfen, weil sie vom ermittelnden Staatsanwalt nicht autorisiert war. So ist das Gesetz.«

Antonia schnaubte und verschränkte die Arme vor der Brust.

»Wir werden nicht für´s Detektiv-Spielen bezahlt, sondern sind der verlängerte Arm des Staatsanwalts. Außerdem weisen alle Indizien in Richtung organisiertes Verbrechen.« Sein Daumen schnellte in die Höhe: »Wir haben Spuren von Kokain im Beichtstuhl gefunden.« Ingos Zeigefinger erschien: »Es gab auch Kokainspuren in der Wohnung des toten Geistlichen.« Er sah sie mit hochgezogenen Augenbrauen an, während sein Mittelfinger ein weiteres Argument unterstrich: »Der tote Autoverkäufer stand im Verdacht, für die Kemptener *´Ndrangheta* zu dealen. Das hat doch dein Martin über seine dunklen Infokanäle in Kempten herausgefunden. Du siehst, ich bin sogar offen für nicht ganz legal erworbene Informationen. Es kann also durchaus sein, dass sowohl der Pfarrer, als auch Robert Lang der Mafia im Weg standen.«

»Du willst doch jetzt nicht behaupten, dass die Mafia bei beiden Fällen die Finger mit drin hat? Zugegeben, das Kokain könnte von denen stammen, aber der Pfarrer wurde nicht von denen umgebracht. So ein Aufsehen ist nicht im Sinne der *´Ndrangheta*. Das LKA hat den falschen Fall. Die sollten sich den angeblichen Suizid vornehmen und uns den toten Pfarrer zurückgeben. Ich sage dir, der Ausbildungsmesner ist der Schlüssel zum Toten im Beichtstuhl. Irgendetwas hat der mit der Sache zu tun. Wir tippen auf eine Beziehungstat.«

»Wir? Du meinst, der Pensionär und du?« Ingo rollte mit den Augen. »Ich hätte nie zustimmen dürfen, dass du zu meinem Vorgänger Kontakt aufnimmst. Der alte Schlawiner hat dich um den Finger gewickelt und du lässt dich zu jeder Menge illegaler Ermittlungen verleiten.«

Sie sah ihn aus zusammengekniffenen Augen an. Dann schlug sie sich mit der flachen Hand an die Stirn. »Jetzt kapiere ich. Du bist eifersüchtig! Auf deinen alten Chef. Ich fasse es nicht.«

Eine unangenehme Schamröte sprang Ingo ins Gesicht. Schnell wechselte er das Thema: »Wir als Polizisten stehen nicht über dem Gesetz. Wir sind an Recht und Ordnung gebunden und können nicht nach Belieben ermitteln. Hast du in deinem Gerechtigkeitsfimmel schon mal daran gedacht?«

»So also siehst du mich und meine Arbeit! Eine idealistische Trümmerlotte, die beliebig in der Gegend rumermittelt? Ich dachte, dass du mir vertraust ... Ach, ich weiß gar nicht, was ich gedacht habe.« Sie setzte sich hin und begann mechanisch ihren Schreibtisch aufzuräumen.

Die Unterhaltung, auf die er sich seit Tagen gefreut hatte, lief gerade komplett aus dem Ruder. Fieberhaft überlegte er, wie er das Gespräch wieder in ruhiges Fahrwasser lenken könnte. »Vielleicht sollten wir uns erst mal abregen. Ich würde dich gerne zum Essen einladen. Was hältst du davon, Toni?«

Antonia schwieg.

»Es ist ohnehin gleich Mittag. Wir könnten ins *Myra* gehen.«

Tonlos erwiderte sie: »Ich habe einen Leberkäswecken dabei. Außerdem habe ich nicht so viel Hunger heute.« Damit verließ sie das Büro.

Ingo versuchte den ganzen Tag, bei seiner jungen Kollegin wieder zu punkten.

Doch sie gab ihm keine Gelegenheit dazu. Stoisch arbeitete sie am Abschlussbericht der toten Rentnerin in Grafrath.

Kurz vor Dienstschluss startete Ingo Bayerl einen letzten Versuch. An seinem Bildschirm vorbei sah er zu seiner Kollegin hinüber. »Es tut mir leid, Toni. Ich entschuldige mich. Dafür, dass ich dir nicht vertraut habe und dafür, dass ich dich möglicherweise beleidigt habe.«

Sie hob den Blick. »Möglicherweise?«

Er stand auf und umrundete die beiden gegeneinander aufgestellten Schreibtische. »Also gut, ich habe dich beleidigt, was mir sehr leidtut. Wenn dir der Fall so am Herzen liegt, können wir gerne die Fakten noch einmal durchgehen.«

Ihre tiefblauen Augen fixierten ihn. »Lass stecken, wir haben Wichtigeres zu tun. Ich schließe den Fall der toten Rentnerin in Grafrath heute noch ab. Morgen Mittag bekommst du dann meinen Bericht mit dem ermittelten Sachstand zum vermeintlichen Suizid des Robert Lang. Was du damit machst, ist deine Sache. Ich gehe jetzt an die frische Luft und mache dann weiter.«

Zurück blieb ein zerknirschter Ingo Bayerl. Er hatte es verkackt.

Kapitel 52

Donnerstag nach dem fünften Fastensonntag
St. Patrick´s Day

Martin Viertaler ließ das Gespräch mit Antonia Buck vor zehn Tagen in seinem Kopf Revue passieren, bevor er die Nummer wählte. Unruhig tigerte er im Wohnzimmer auf und ab, aufmerksam beobachtet von Hexle, die die Nervosität ihres Herrchens spürte. Halb erleichtert, halb enttäuscht hörte Martin, wie nach mehrmaligem, erfolglosen Läuten der Anrufbeantworter ansprang. Ohne eine Nachricht zu hinterlassen, wollte er auflegen, als sich die Gesprächsteilnehmerin atemlos meldete.

»Maier?«

»Hallo Gerti, wie geht es dir?«

»Martin? Lange nichts gehört.«

»Ja, oder hast du deine Spierkeroog-Bekanntschaft erwartet?« Mist, das war ihm rausgerutscht. Antonia hatte ihm extra eingeschärft, alle Anspielungen auf Richard zu unterlassen. Neuer Versuch. »Deine andere Frisur, also der Schnitt und ... die Farbe war irgendwie auch anders ... ich wollte sagen, sie steht dir gut.« Jetzt stotterte er auch noch. Sie musste ihn ja für einen kompletten Trottel halten.

»Woher weißt du, dass ich beim Friseur war? Wir haben uns doch seit zwei Wochen nicht mehr getroffen.«

»Ich habe dich vor dem Friseur gesehen. Ich war mit Sabine ohne Hund im *Principe*, um sie ein bisschen über die Hintergründe in der Pfarrei auszuhorchen. Das hatte ich Antonia versprochen. Weißt du übrigens schon, dass sie ...« Weiter kam er nicht.

»Du, Martin, ich bin in Eile, ich treffe mich noch mit einer Kollegin auf einen Kaffee und muss los.«

»Ich wollte dich eigentlich fragen, ob du heute Abend in den Bußgottesdienst mitgehst, bei dem die Stadtpfarrkirche entsühnt wird. Toni, also Frau Buck, meinte es wäre gut, wenn du kommst. Schließlich warst du ja irgendwie beteiligt. Vielleicht fällt dir vor Ort noch was auf.«

»Aha, Toni. Beteiligt. So kann man es auch ausdrücken. Mal schauen, entscheide ich kurzfristig. Ich schreibe dir über *WhatsApp*.«

Martin gab nicht auf, obwohl alles gesagt war. »Etwas anderes. Du hast doch nächste Woche Osterferien. Vielleicht hast du ja Lust auf einen Ausflug.« Kaum ausgesprochen, wusste er, dass der letzte Satz kein Fettnapf war, in den er getreten war, sondern eine ganze Fritteuse. War Gertrud bisher eher verbindlich unverbindlich gewesen, so klang ihre Stimme jetzt kalt und schmallippig.

»Ich bin nächste Woche vermutlich in Hamburg. Richard hat mich eingeladen.«

»Ja, dann ... dann.«

»Servus Martin, vielleicht sehen wir uns später.« Das Gespräch war beendet.

Er ließ sich in den Sessel fallen. Hexle kam angeschlichen, legte ihren Kopf auf seine Knie und schaute ihn treuherzig aus ihren braunen Hundeaugen an. Geistesabwesend kraulte er die Hündin zwischen den Ohren.

»Hexle, das ist gründlich schiefgelaufen. Jetzt fährt sie auch noch zu diesem Richard.« Kurz überlegte er, Antonia anzurufen, um sie zu fragen, wie er sich verhalten sollte, verwarf den Gedanken aber sofort wieder. Sie würden sich sowieso heute Abend beim Bußgottesdienst sehen. Antonia erhoffte sich von diesem Abend neue Erkenntnisse. Vielleicht kehrte der Mörder oder die Mörderin an den Ort des Verbrechens zurück und verhielt sich auffällig. Außerdem wollte sie Gertrud kennenlernen. Nicht nur, damit sie ihm bei seinen Beziehungsschwierigkeiten auf die Sprünge helfen konnte. Schließlich war Gertrud mit als Erste am Tatort gewesen. Vielleicht war ihr etwas aufgefallen, das bisher nicht zur Sprache gekommen war. Martin kratze sich am Kopf. Daraus würde nun vermutlich nichts werden. Sein Handy pfiff. Leise stöhnend stemmte er sich aus seinem Ohrensessel und schleppte sich in die Küche. Gerti hatte sich schnell entschieden. Aber die Nachricht war nicht von ihr, sondern von seiner Tochter.

Hallo Paps, wie geht´s dir? Komme im Laufe des Samstags, habe dann zwei Wochen Urlaub, bevor ich wieder nach Amerika gehe. Hdl Anna

Gedankenverloren sah Martin aus dem kleinen Küchenfenster, das ihm einen schönen Ausblick auf die Herkomerstraße und das Ursulinenkloster bot. Den Besuch seiner Tochter hatte er sich anders vorgestellt. Nur noch zwei Wochen. Martin vermutete ja immer noch, dass sie ihm absichtlich aus dem Weg ging. Irgendwie konnte er es sogar nachvollziehen. Er ging sich ja selber aus dem Weg. Er griff nach dem Handy und sandte den erhobenen Daumen als ´Gefällt mir´ Symbol zurück. Eine feuchte Hundeschnauze stupste gegen seinen Handrücken und erinnerte ihn an den Nachmittagsspaziergang.

Antonia stand in der Passage der Hypobank und beobachte die Menschenmenge, die über den Treppenaufgang zur Kirche strömte. Obwohl der Gottesdienst erst in einer halben Stunde begann, war der Andrang bereits groß. Stadtpfarrer Heidenblut, heute nicht im Sportsakko, sondern im schwarzen Anzug, trat aus dem Pfarrhof. Neben ihm der Bischof. Sein Sekretär, ein gutaussehender junger Mann mit Priesterkragen, folgte ihm mit einer Aktentasche. Nach allen Seiten grüßend, schritten die Kirchenmänner die breite Treppe hoch.

»Der Sekretär schaut fast so gut aus, wie Pater Ralph de Bricassart.« Martin war unbemerkt hinter Antonia getreten und deutet auf den jungen Geistlichen.

»Wie wer?« Antonia drehte sich um und umarmte den ehemaligen Kommissar.

»Das war der Pfarrer aus dem Film *Die Dornenvögel*, der Straßenfeger 1985. Meine Frau hat sich später sogar die DVD gekauft.« Seine Stimme stockte kurz, bevor er weitersprach. »Ein irischer Geistlicher wird in die australische Einöde verbannt und verliebt sich dort in ein junges Mädchen, und deren Tante hat auch ein Auge auf ihn geworfen. Schließlich entscheidet er sich für die Kirche und gegen die Frau. Zu dem Zeitpunkt hat er schon ein Kind. Alles furchtbar tragisch.«

»Das alte Dilemma.« Antonia schüttelte den Kopf. »Ich verstehe nicht, warum diese Entscheidung von einem Priester verlangt wird. Sogar meine tiefgläubige Oma hat immer gesagt, dass sie die Pfarrer heiraten lassen sollen. In ihrem Dorf hat sich der Pfarrer in die Leiterin des Kindergartens verliebt. Sie ist auch schwanger geworden. Obwohl er mit Leib und Seele Priester war, hat er sich gegen die Kirche entschieden. Aber nicht gegen Gott, das hat er immer wieder betont. Das ganze Dorf hat das bedauert. Er ist dann mit Frau und Kind weggezogen und hat in irgendeiner Behörde gearbeitet. Ob ihn das glücklich gemacht hat?«

Martin schmunzelte. »Ich ahnte nicht, dass du dir die Probleme unserer katholischen Kirche so zu Herzen nimmst.«

Ihr Gesicht nahm einen ernsten Ausdruck an. »Es ist nicht meine katholische Kirche, obwohl ich mich ihr immer noch verbunden fühle. Dafür hat schon meine Oma gesorgt.« Zwei Grübchen erschienen auf ihren Wangen. »Ich mag nur nicht, wenn mein kritisches Denken unterbunden wird. Wenn ich in den Augen von manchen Zeitgenossen dadurch zu einer Katholikin zweiter Klasse werde, nur weil ich Positionen der Kirche in Frage stelle.« Sie überlegte. »Und ich mag auch nicht, wenn mir in meinem Beruf das Nachdenken untersagt wird. Wenn der Ingo meint, dass ihm seine Karriere wichtiger ist als offensichtliche Fakten, dann ist er bei mir an der Falschen.« Sie wandte sich von Martin ab betrachtete mit unbewegtem Gesichtsausdruck den gegenüberliegenden Kirchturm, wo gerade die Glocken zu läuten begannen.

Daher wehte der Wind. Antonia hatte Stress mit Ingo Bayerl. Er suchte noch nach den richtigen Worten, als Gertrud vom Hinteranger kommend direkt auf sie zueilte.

»Schön, dass du es noch geschafft hast.« Linkisch hielt er ihr die Hand hin, die Gerti nicht ergriff. Er ließ sie wieder sinken. »Darf ich dir Frau Buck vorstellen, die Kommissarin aus Fürstenfeldbruck?«

Gertrud winkte ab. »Wir kennen uns. Ich wurde bereits am Tatort von ihr befragt.« Sie lächelte Antonia kühl zu. »Aufgefallen ist mir leider nichts.«

»Unterschätzen Sie Ihre Wahrnehmung nicht.« Antonia legte ihre Hand leicht auf Gertruds Unterarm.

»Deshalb ist es mir wichtig, dass Sie heute bei diesem Gottesdienst dabei sind. Vielleicht blitzt etwas in Ihrem Gedächtnis auf, wenn Sie erneut mit dem Tatort konfrontiert werden.«

Gertrud sah sie zweifelnd an: »Was soll ich tun?«

»Lassen Sie einfach den Gottesdienst auf sich wirken. Sie saßen an dem besagten Freitag weiter hinten. Vielleicht bekommen wir in der gleichen Bank noch einen Platz.« Sie deutete mit der Hand auf die Menschen, die immer noch zur Kirche strömten. »Schätze, dass es voll wird. So ein Bischofsbesuch ist natürlich etwas Besonderes.«

Martin war der ironische Unterton im letzten Satz nicht entgangen. Der Ärger mit Ingo Bayerl saß vermutlich tiefer, als es zunächst den Anschein gehabt hatte. Er nahm sich vor, sie später direkt darauf anzusprechen.

»Dann mal los.« Er ließ den Damen den Vortritt und öffnete die schwere Kirchentür. Die ersten Orgeltöne erklangen, anklagend und schwermütig. Sie blieben stehen und ließen die Prozession der Ministranten, Priester und Diakone vorbeiziehen. Der Bischof kam zum Schluss. Er wirkte in sich gekehrt. Das freundliche Lächeln von vorhin war einer unbeweglichen Miene gewichen und leicht gebeugt folgte er dem Zug.

Martin setzte sich zu Toni und Gerti, die in der Bank an der Orgelempore einen Platz gefunden hatten. Haupt- und Seitenschiffe waren dicht besetzt. Sogar im Mittelgang standen Gottesdienstbesucher, um einen Blick auf den Altarraum zu erhaschen.

Martin war kein regelmäßiger Kirchgänger. Weihnachten und Ostern, Beerdigungen. So voll hatte er das Gotteshaus bisher nur bei der Wiedereröffnung 2010 erlebt. Damals war die Kirche aufgrund der Restaurierung drei Jahre geschlossen gewesen. Die Schließung hatte dieses Mal nur knapp sechs Wochen gedauert und doch war das Interesse groß. Die Worte des Pfarrers holten ihn in die Gegenwart zurück. »Im Namen des Vaters und des Sohnes und des Heiligen Geistes. Der Herr sei mit euch.«

Wieder schweiften die Gedanken von Martin ab. Was stand auf dem Bild im Seitengang, wo man den toten Pfarrer gefunden hatte? »Selig sind die Toten, die im Herrn sterben.«

Kapitel 53

Donnerstag nach dem fünften Fastensonntag
St. Patrick´s Day

Emanuele Di Genova blickte sich in der Kneipe *Zum Trödler* um. Heute war so etwas wie ein Feiertag für das urige Lokal in der Landsberger Altstadt. Die Luft war zum Schneiden dick, die Scheiben der Sprossenfenster beschlagen. Aus den Boxen der Liveband schallte Irish Folk Music. Gut gelaunt nahm er sein Glas Guinness zur Hand und prostete seiner Begleiterin zu: »Salute, Bella!«

»Sláinte, Luca. To your health!«, lallte sie zurück und kicherte wie ein junges Mädchen. Dann leerte sie ihr Kilkenny Bier.

Ein Grinsen lief über sein stoppeliges Gesicht. Sabine hatte langsam ihr Quantum intus und warf ihm schmachtende Blicke zu. Der Abend konnte noch interessant werden. Vor allem, weil er bei ihrem letzten Treffen Sabines Leidenschaft bewusst ausgebremst hatte. »Ich hole mir noch ein Bier.« Obwohl er als Italiener eher an Wein gewöhnt war, fand er zunehmend Gefallen am schwarzen *Stout* der grünen Insel. Die bekannte Lokalität war zur Feier des *Saint Patrick´s Day* mit jeder Menge irischer Devotionalien in den Landesfarben Grün, Weiß und Orange dekoriert.

Sabine lehnte sich zu ihm herüber: »Ich bringe dir eines mit. Muss ohnehin für kleine Mädchen.«

Ema nickte, um nicht gegen die Lautstärke anschreien zu müssen. Der Trubel im Lokal war ihm hochwillkommen. Er verhinderte, dass seine Begleiterin ständig von neugierigen Bekannten angesprochen wurde. Er hatte sich schon viel zu sehr in die Sichtbarkeit des öffentlichen Lebens begeben. Doch der Fall des verschwundenen Kokains band ihn als *Capobastone* immer noch an dieses Provinzstädtchen am Lech. Seit Altweiberfasching musste er regelmäßig nach Landsberg reisen, um nach dem Stoff zu fahnden. Er konnte Sabine Ehlers auch nicht ständig vorgaukeln, dass er Luca und auf Besuch aus Padua war. Wie lange würde diese Rolle noch funktionieren? Irgendwann versuchte sie vielleicht, seinen erfundenen Vetter in München zu kontaktieren. Langsam wurde es ihm zu heiß hier. Und das lag auch an Sabine. Sie war wirklich attraktiv, und Ema war nicht sicher, ob er noch eine professionelle Distanz hatte. Das Risiko, enttarnt zu werden, stieg von Tag zu Tag. Sabine war kaum weg, als sein *Telefonino* vibrierte.

Der *Capo Provincia* war dran.

»Pronto?« Der *´Ndrinu* hielt sich das andere Ohr zu.

»Ciao, Ema. Unterhältst du dich gut mit deiner *Ragazzina* am Tag des heiligen Patrick?«

Ema schwieg.

»Weißt du«, fuhr der *Capo* fort, »ich habe langsam einen heiligen Zorn, weil du meine Geduld auf die Probe stellst. Seit wie vielen Wochen versuchst du nun, den Stoff wiederzubeschaffen?«

»Seit sechs Wochen«, rief Ema ins Telefon.

»Genau! Und wann schied nochmal unser Autoverkäufer freiwillig aus dem Leben?«

»Vor zweieinhalb Wochen.«

»Esattamente! 17 Tage, Ema. 17 verdammte Tage. Die Bullen schwirren in Kempten herum und vermutlich auch in Landsberg, und du hast immer noch keine Ergebnisse. Langsam geht mir die Geduld aus. Wann beendest du dieses endlose Drama, Ema?«

Ema raunte in sein Telefon: »Ich bin am Ausbildungsmesner dran und beende es ... noch diese Woche. Versprochen, *Capo.*«

»Speriamo bene. Ich möchte, dass du es beendest. Notfalls auch schmutzig. Tu, was zu tun ist.« Dann legte er auf.

Ema wusste, dass es langsam eng wurde für ihn. Mit einem italienischen Fluch steckte er sein *Telefonino* weg.

Er rang sich sein Sabine-Lächeln ab, das sofort gefror, als er sah, mit wem sich die Pfarrsekretärin am Tresen unterhielt. Das durfte doch nicht wahr sein. Merda! Sie mussten so schnell wie möglich weg.

Fürsorglich legte Ema Sabine seinen Schal um den Hals, was sie mit einem dankbaren Blick quittierte. Eng umschlungen gingen sie in die Fußgängerzone, wo Ema aus dem Augenwinkel diesen jungen Sacrestano mit einer jungen Dame sah. Beiläufig fragte er seine Flamme: »Hat dein Bekannter vorhin noch etwas gesagt?«

»Wer? Martin?«

»Der früher bei der Polizei war.«

»Nein. Wir haben nur über das Wetter geredet.« Sie blieb stehen. »Kommst du nun mit zu mir? Du hast immerhin drei Bier, Luca. So kannst du dich nicht mehr hinters Steuer setzen«, erklärte sie fürsorglich.

Ema griff ihr Statement auf: »In Ordnung, ich nehme mir ein Zimmer im *Hotel Goggl*, das ist ja gleich bei dir um die Ecke.«

»Zum *Goggl*? Weißt du, was du da für eine Übernachtung bezahlst?«

»Das ist ein sehr schönes Hotel mit Flair und gutem Service«, hielt ihr Ema, alias Luca, entgegen. »Das Preis-Leistungs-Verhältnis ist ganz hervorragend.« Obwohl er noch nie dort übernachtet hatte, spielte er seine Rolle routiniert aus.

Und wie unzählige Male davor, schnappte die Falle zu. »Du kannst bei mir auf der Wohnzimmercouch übernachten!«, platzte sie heraus.

»Beh! Du hast mich überzeugt. Ich schlafe auf deiner Couch. Und ich werde ein Gentleman sein.«

Sie nickte und hoffte, dass er das gerade nicht sein würde.

»Das war aber ein schneller Aufbruch von Frau Ehlers und ihrem Begleiter«. Dicht an seinem Ohr versuchte sich Antonia, Gehör zu verschaffen.

Martin nickte und deutete zum Ausgang. Sie drängten sich durch die Menge ins Freie. Ein Schwall kalter Nachtluft schlug ihnen entgegen. Martin atmete tief ein. Er schwankte leicht. Die drei Bier zeigten Wirkung.

»Ganz schön stark, das Zeug. Kenne ich aus meiner Jugend in Aalen.« Antonia knöpfte ihren Mantel zu. »Gut, dass ich beim alkoholfreien Weizen geblieben bin. Sonst könnte ich jetzt nicht mehr fahren.«

»Wo steht denn dein Auto?« Seine Stimme gehorchte ihm noch.

»In der Schlossberggarage. Ich war vorher bei Frau Lang und habe ihr mitgeteilt, dass der Leichnam ihres Mannes für die Beerdigung freigegeben wird. Ich hatte den Eindruck, dass sie trotz der Umstände erleichtert war. Nach der Beerdigung will sie das Haus verkaufen und zu ihren Eltern nach Würzburg gehen.« Und nach einer kurzen Pause: »Unser Staatsanwalt geht nach wie vor von Selbstmord aus. Und Ingo stimmt ihm da pflichtbewusst zu.« Ihre Stimme klang wieder sarkastisch.

Martin blieb stehen und fasste sie am Arm. »Was ist los zwischen Ingo und dir?«

Antonia schüttelte seine Hand ab und ging weiter. »Nichts ist los. Ich kann nur nicht nachvollziehen, warum er offensichtliche Spuren ignoriert. Gut, die Menge an Betäubungsmitteln im Blut war nicht signifikant. Frau Lang hat zusammen mit dem Notarzt unabsichtlich wichtige Spuren verwischt. Und es gab einen Abschiedsbrief, auf dem PC geschrieben mit krakeliger Unterschrift. Aber die Gerichtsmedizin hat auch Fremd-DNA an der Leiche gefunden. Und die wiederum lässt uns der Staatsanwalt nicht mit den Datenbanken abgleichen. Der Kosten wegen! Und weil kein dringender Verdacht vorliegt.«

Martin versuchte, seine aufgebrachte Kollegin zu beruhigen. »Bewiesen ist, dass Lang als Verteiler in Landsberg zuständig war. Sein Autohandel war kurz vor der Pleite, der Zusatzverdienst kam ihm da gerade recht. Da kann ich Ingo Bayerl nur zustimmen und würde vielleicht auch nicht anders entscheiden.«

Antonia schüttelte den Kopf. »Das ist es nicht.«

»Was ist es dann?«

»Er, er ... vertraut mir nicht.«

»Das hat in erster Linie nichts mit Vertrauen zu tun, sondern mit akribischer Polizeiarbeit.«

»Du redest schon wie Ingo.« Sie beschleunigte ihre Schritte, so dass er kaum mithalten konnte.

»Vermutlich bist du deshalb so sauer, weil zwischen dir und Ingo keine kollegiale Distanz mehr vorhanden ist.« So, jetzt war es ausgesprochen. An ihrer Reaktion sah er, dass er mit seiner Aussage ins Schwarze getroffen hatte. Sie wandte sich ihm zu, ihre Augen zu schmalen Schlitzen verengt. Barsch entgegnete sie: »Da spricht der Frauenversteher von Landsberg.«

Martin blieb stehen.

Erschrocken hielt sich Antonia die Hand vor den Mund. »Martin, das tut mir leid, das wollte ich nicht sagen.« Ihre Stimme wurde leiser. »Du hast recht. Ich empfinde für Ingo mehr, als es für unsere Arbeit gut ist. Aber der Fall lässt mich nicht los. Da steckt mehr dahinter, als es den Anschein hat. Das sagt mir mein Bauchgefühl.«

Martin versuchte, seine Betroffenheit über ihre Aussage zu überspielen. »Da gebe ich dir recht. Irgend etwas passt hier tatsächlich nicht zusammen. Was will dieser italienische Gigolo von Sabine? Das stinkt doch zum Himmel. Schon allein, dass der so schnell verschwunden ist. Der wollte auf keinen Fall von uns gesehen, geschweige denn angesprochen werden.«

Sie schlug sich vor die Stirn: »Ich bin so schusselig. Du hast mir ja schon vor über einer Woche das Foto gezeigt. Ich hätte es da kommod durch die Datenbank jagen können, weil der Ingo ...«

»Genau, das war, als ich mit Matthias bei dir in Fürsti war. Ich erinnere mich wieder. Hab´s auch vergessen.« Er zog sein Handy aus der Jackentasche und wischte mit dem Finger über den Bildschirm. »Hier, da stehen sie vor dem Pfarrhof.«

Antonia vergrößerte mit Daumen und Zeigefinger den Bildausschnitt und pfiff leise durch die Zähne. »Das gleiche ich morgen mit unseren Datenbanken ab.«

Mittlerweile waren sie am Beginn der Fußgängerzone angekommen. Am Eingang zum Pfarrhof stand Korbinian, in eine angeregte Unterhaltung mit einem hübschen Mädchen, vertieft.

»Weil ich den grade sehe, fällt mir ein, dass mir Frau Maier vorhin den Pfarrbrief in die Tasche gesteckt hat. Ich soll mir mal die Bilder von Pfarrer und Mesner anschauen. Etwas kam ihr seltsam vor.« Antonia gähnte. »Das mache ich morgen, für heute reicht es. Eine Frage habe ich aber doch noch: Warum ist Frau Maier so schnell verschwunden? Sie hätte doch mit uns ins Trödler gehen können. Das wäre bestimmt lustig geworden. Sie ist wirklich eine patente Frau.«

Er nestelte umständlich den Schlüsselbund aus seiner Hosentasche und suchte nach Worten. Dabei spürte er, wie tief ihn das Gespräch von heute Nachmittag getroffen hatte. »Na, ja, sie fährt nächste Woche zu diesem Richard nach Hamburg. Er hat sie eingeladen.«

»Dann haben dir meine Tipps nicht weitergeholfen?«

»Irgendwie schon, aber ich habe es einfach vermasselt.«

»Vielleicht überlegt es sie sich ja noch einmal.«

»Das glaube ich nicht. Die ist da stur. Ich habe jetzt einfach die Hoffnung, dass es ihr in Hamburg nicht gefällt.«

Antonia deutete auf die Treppe, die hoch zur neuen Bergstraße führte. »Ich muss los. Ich melde mich morgen bei dir. Vielleicht gibt es dann schon Neuigkeiten, was unseren italienischen Freund betrifft.« Sie umarmte Martin flüchtig und stieg die Stufen hoch. Martin lauschte ihren Schritten, die sich langsam entfernten. Dann war es still. Er sperrte die Haustüre auf, bereits sehnsüchtig von Hexle erwartet.

Sabine goss den Kaffee aus ihrem Espresso-Kocher in die kleinen Tassen. Der aromatische Geruch belebte schlagartig ihre vernebelten Sinne. Wie schon im Februar flatterten die Schmetterlinge ohne Unterlass in ihrem Bauch. Sie legte jeweils ein Mandelgebäck auf die Untertassen und sah auf, als sie seinen Blick spürte. Ihre Wangen begannen zu glühen.

Luca stand im Türrahmen der kleinen Küche. »Soll ich dir helfen, Bella?«

Sabine schüttelte den Kopf, nahm die beiden Espressi auf. Die kleinen Tassen klapperten auf den Untertellern, weil sie so zitterte.

Sofort war er zur Stelle. »Ich nehme sie dir ab.« Sein Gesicht war nun ganz nah bei dem ihren. Er stellte die Tassen auf die Anrichte und nahm ihren Kopf in seine Hände. Dann gab er ihr einen Kuss. Sein Dreitagebart kratzte an ihrem Kinn. Sie erwiderte seinen Kuss und er zog sie an sich. Sie spürte eine Hand den Rücken hinunter wandern bis zu ihrem Hinterteil. Ihre Zunge erkundete seinen Mund und eine Gänsehaut lief über ihren Rücken bis zu den Fußsohlen. Dann spürte sie seine Hände überall auf ihrem Körper, wo sie willkommen waren.

Um Mitternacht lagen sie eng umschlungen in Sabines Doppelbett. Eine Zeit lang sagte keiner etwas. Ema, alias Luca lauschte auf ihren Atem und fühlte sich wohl. Zu wohl. Er musste sich eingestehen, dass er mehr für Sabine empfand, als gut für ihn war. Für ihn war eine feste

Beziehung nicht möglich. Er war ein Vagabund, ein Soldat der *Famiglia*. In seiner Aufgabe als *Capobastone* war eine Beziehung oder gar eine eigene Familie eine Illusion, ja sogar gefährlich.

»Wie lange kannst du denn bleiben, Schatz?«

Seit vielen Jahren hatte ihn niemand mehr ´Schatz´ genannt. Dieses simple Wort berührte ihn. Er küsste sie auf die Stirn. »Nicht sehr lange, Bella. Ich muss zurück nach Padova. Du weißt ja, La Pasqua a casa ist für Italiener ein Muss. Zu Ostern will ich zu Hause sein.«

»Wir haben am Palmsonntag eine kleine Prozession geplant mit einem richtigen Esel. Es wäre schön, wenn du da noch dabei bist.«

»Gerne. Das lässt sich einrichten. Da bleiben uns aber noch zwei ganze Tage.« Das war die Chance, sich diesen Korbinian Hinteregger zu greifen. Den Stoff konnte nur der haben. Er nahm sie in den Arm. »Bis dahin können wir ja noch im Bett bleiben.«

Kapitel 54

Samstag nach dem fünften Fastensonntag
Josefstag

Die schwarze Locke lag leicht in ihrer Hand. Versonnen strich sie über das Haar, das im Licht der durch das Fenster fallenden Märzsonne seidig schimmerte. Seine Haare hatten sich damals anders angefühlt, borstiger, nicht so weich. Sie schloss die Augen und gab sich dem Gefühl hin, das sie längst verloren geglaubt hatte. Bis vor sechs Wochen. Wie ein Flashback war alles wieder da gewesen. Die schwüle Augustnacht unter einem sternenklaren Himmel. Das Glücksgefühl, das in jeder Zelle ihres Körpers pochte, das sie kaum für sich behalten konnte, wäre da nicht das Versprechen gewesen, zu schweigen. Sie glaubte damals fest daran, ihn wiederzusehen. Die Grenzen zwischen ihren Ländern gab es nicht mehr. Warum sollte es ihre Liebe nicht schaffen, alle anderen Hindernisse zu überwinden?

Ihre Hoffnung war an dem Tag gestorben, als sie ihren Sohn in den Armen hielt. Nach 18 Stunden Wehen. Allein, ohne den Menschen, der für das Wunder dieses Lebens mit verantwortlich war. Sie erinnerte sich an die Tränen, die ihr Vater vergossen und dabei unbeholfen ihre Hand gestreichelt hatte. Es waren ihre Tränen gewesen, die ungeweint in ihrem Hals steckten und später für immer verborgen in ihrer Seele wohnten. Ihre Mutter stand mit steinernem Gesicht daneben, von Kopf bis Fuß eine stumme Anklage. Ihre Eltern hatten nie gefragt, wer der Vater von Korbinian war. Die Antwort hätte nicht in ihr Weltbild gepasst. Vielleicht ahnten sie das.

Sie legte die Locke zurück in die Holzschachtel zu den Fotos und sah auf die Uhr. Sie musste sich für ihren Dienst im Altersheim fertigmachen. Nicht ihr Traumberuf, aber sie hatte sich daran gewöhnt, wie an die Einsamkeit in ihrem Leben. Sicher, sie hatte ihre Eltern, in deren Einliegerwohnung sie lebte. Aber stets schien ein stiller Vorwurf von unerfüllten Erwartungen über allem zu schweben. Und nun war sie es, die mit nicht erfüllten Erwartungen kämpfte. Jahrelang hatte sie Opfer für ihren Sohn gebracht. Es war an der Zeit, die Erfüllung ihrer Bedürfnisse einzufordern. Kurzentschlossen entschied sie sich, morgen am Palmsonntag nach Landsberg zu fahren. Sie wollte weder einen Mesner noch einen Pfarrer in der Familie.

Hallo Paps, wie geht´s dir? Komme im Laufe des Samstags, habe dann zwei Wochen Urlaub, bevor ich wieder nach Amerika gehe. Hdl Anna

Ärgerlich schloss Martin Viertaler die Textnachricht, die ihm seine Tochter vorgestern geschickt hatte. Im Laufe des Samstags war ja ein dehnbarer Begriff. Hätte er nur nach einer Uhrzeit gefragt. Mittlerweile war es später Nachmittag und Anna immer noch nicht da.

In diesem Moment sprang Hexle auf und lief zum Eingang. Na endlich. Aber allein schien sie nicht zu sein. Eine zweite Frauenstimme erklang im Hintergrund.

»Hallo Paps.« Anna stürzte durch die Tür und umarmte ihn. »Das ist Rebekka, die Kollegin und Freundin, bei der ich in den letzten Wochen übernachtet habe.«

Martin reichte der rotblonden Schönheit etwas verwirrt die Hand: »Davon hast du gar nichts geschrieben.

Ich habe jetzt nur einen Topf Kartoffelsuppe auf dem Herd stehen. Wenn ich gewusst hätte, dass du Besuch mitbringst …«

»Ach Paps, alles gut. Das erwarte ich doch gar nicht. Rebekka bleibt ein paar Tage bei uns. Ich zeige ihr Landsberg und stelle ihr meine Mädels aus der alten Clique vor. Witzigerweise kennt sie ein paar davon aus dem Studium.« Sie musterte ihn. »Das ist doch in Ordnung für dich?«

»Klar«, beeilte er sich, zu antworten. Seine Tochter war immer wieder für Überraschungen gut. Eigentlich hatte er erwartet, dass sie einige ruhige Tage zusammen verbringen konnten. Eine leichte Enttäuschung machte sich in ihm breit, die er sich jedoch nicht anmerken ließ. »Das Gästezimmer ist frei. Du musst nur das Bett beziehen.«

»Rebekka schläft bei mir. Wir haben uns noch so viel zu erzählen, dass der Tag nicht ausreicht.« Beide lachten herzhaft und erfüllten das Wohnzimmer mit einer Lebendigkeit, die Martin in den letzten beiden Jahren so nicht erlebt hatte. Stimmte nicht ganz. An Heilig Drei König, als sich alle nach der Auflösung des Raunacht-Falles bei ihm getroffen hatten, war es ähnlich ausgelassen zugegangen. Wenn Martin weiterhin seine selbstgewählte Einsamkeit pflegte, würde er noch als alter Kauz enden.

Kurzentschlossen griff Martin zum Telefon und wählte Gertruds Nummer. Als nach mehrmaligem Läuten der Anrufbeantworter anschaltete, legte er wieder auf. Vielleicht war sie ja schon unterwegs nach Hamburg.

Kapitel 55

Palmsonntag

Korbinian Hinteregger war spät dran. Fast halb zehn und auf dem Rossmarkt fanden sich die ersten Besucher dieses Gottesdienstes unter freiem Himmel ein. An der Nordseite des gepflasterten Platzes zwischen Bäcker- und Färbertor stand ein älterer Herr mit einem Esel, umringt von einer Gruppe Kinder, die das Tier streichelten.

Vor einer halben Stunde hatte der Mesner Paul Schäffler festgestellt, dass Korbinian die Liedzettel für den Gottesdienst nicht kopiert hatte. Mit brennender Schamröte im Gesicht war der junge Mann daraufhin ins Pfarrbüro geeilt, um seinen Fehler auszubügeln.

Er zwang sich zu einem Lächeln und begann, die Liedblätter zu verteilen. Viele junge Familien mit Kindern waren heute gekommen. Für sie war der Esel die Attraktion und nicht der Gottesdienst. Mit einem strengen Blick wies er zwei Jungs in ihre Schranken, die mit ihren Palmbuschen einen Fechtkampf austrugen. Pfarrer Heidenblut hätte darüber geschmunzelt. Korbinian hatte kein Verständnis dafür. Mit einem Achselzucken fuhr er fort, seine Liedzettel zu verteilen.

»Hallo Korbi.«

Korbinian hielt abrupt inne. Die Stimme seiner Mutter. Sofort war das vertraute, mulmige Gefühl in der Magengrube wieder da. Eine leichte Röte stieg von seinem Hals ins Gesicht. Er drehte sich um. Vor ihm stand Monika Hinteregger im unvermeidlichen Dirndl-Kleid.

Mit ihrem typischen, schiefen Lächeln fragte sie ihn: »Wie geht es dir?«

»Hallo Mama – was machst du denn hier?«, rutschte es ihm heraus.

Sie runzelte die Stirn. »Du scheinst ja nicht begeistert zu sein, mich hier zu sehen. Ein bisschen könntest du dich freuen. Ist das zu viel verlangt? Immerhin bin ich über eine Stunde hergefahren zu dir.«

Schon wieder dieser stille Vorwurf. »Warum hast du denn nicht angerufen? Ich habe gerade keine Zeit für dich. Du siehst ja, dass mich der Mesner sucht.« Dabei deutete Korbinian auf Paul Schäffler, der auf ihn zuhastete.

»Korbinian, da bist du ja!«

»Ich habe die Blätter kopiert und verteile sie gerade.«

»Das mache ich für dich. Ich muss noch den Esel-Führer einweisen. Der Besitzer ist kurzfristig erkrankt und seine Vertretung kennt sich nicht aus.« Er sah auf seine Armbanduhr. »Die Prozession beginnt in zehn Minuten.«

»Was soll ich tun?«

»Lauf zurück in die Kirche und kümmere dich um die Ministranten.« Schäffler senkte die Stimme: »Der Pfarrer ist so mit seiner Messe beschäftigt, der hat keinen Nerv für das Organisatorische. Stell den Zug auf und bring die Ministranten zusammen mit dem Pfarrer und dem Diakon hierher. Alles andere habe ich schon erledigt.«

Korbinian Hinteregger nickte eifrig. »Du kannst dich auf mich verlassen, Paul.« Mit einem entschuldigenden Schulterzucken in Richtung seiner Mutter verabschiedete er sich und rannte los, auf das Bäckertor zu.

Antonia zupfte Martin Viertaler am Ärmel. »Da ist Korbinian Hinteregger. Der kommt mir in seinem Liturgiegewand ganz verändert vor. Findest du nicht?«

Martin folgte mit den Augen ihrem Fingerzeig und suchte nach dem Mesner-Azubi. Die beiden standen vor der Gaststätte *Fischerwirt*, wo sie mit den anderen Gläubigen auf den Pfarrer warteten. »Ja, Kleider machen eben Leute, vor allem in der Kirche.«

Antonia aber hatte den letzten Satz nicht mehr gehört und drängelte sich durch die dichter werdende Menge. Sie wollte ihn unbedingt sprechen. »Herr Hinteregger! Bitte warten Sie einen Moment.«

Korbinian drehte sich um, eilte aber weiter in Richtung Bäckertor. »Ich habe jetzt keine Zeit. Ich muss die Ministranten holen.«

»Das ist mir schon klar. Wir sprechen uns nach dem Gottesdienst. Ich warte im Pfarrhof auf Sie.«

Antonia fand ihren Platz von Gertrud Maier besetzt. Martin betrachtete interessiert seine Schuhspitzen, während Gertrud stumm den Esel und die ihn umringende Kinderschar betrachtete. Die Sprachlosigkeit zwischen den beiden war fast körperlich zu spüren.

»Grüß Gott, Frau Maier. Schön, Sie hier zu sehen.«

Als Gertrud Antonia bemerkte, rückte sie etwas zur Seite, um für sie Platz zu schaffen. »Hallo Frau Buck. Eines meiner Schulkinder reitet heute auf dem Esel. Ich soll ihm unbedingt zuschauen. Martin hat gar nicht gesagt, dass seine Nachfolgerin auch kommt.«

Mit einem Augenzwinkern entgegnete Antonia: »Lassen Sie das ja nicht meinen Chef hören. Der Ingo Bayerl ist da empfindlich. Er will der Boss sein.«

»Die Größe von Herrn Bayerls Ego ist mir bestens bekannt.« Sie warf einen Seitenblick auf Martin, der weiterhin ungerührt seine Fußspitzen examinierte. »Dass mir im Bußgottesdienst nichts mehr eingefallen ist, habe ich Ihnen ja bereits gesagt. Aber haben Sie sich das Bild im Pfarrbrief schon einmal angesehen?«

»Das habe ich total vergessen. Der Pfarrbrief liegt in meinem Auto.«

Martin warf ein: »Was gibt es denn so Interessantes in diesem Heftchen?«

Gertrud zögerte einen Moment, bevor sie fortfuhr: »Findet ihr nicht, dass der junge Mesner eine starke Ähnlichkeit mit dem toten Pfarrer hat?«

Antonia pfiff leise durch die Zähne. »Jetzt, wo Sie es sagen – das ist es! Ich wusste, dass ich etwas Wichtiges übersehen habe, als ich Herrn Hinteregger befragt hatte. Im Besprechungsraum stand ein Bild des Toten.« Sie wirkte plötzlich ganz aufgeregt, während Martin sie irritiert anstarrte.

Noch bevor Martin etwas erwidern konnte, beendete die ankommende Stadtjugendkapelle das Gespräch mit einem Kirchenlied. Hinter den Musikern folgten die Ministranten. Der Mesnerlehrling Korbinian Hinteregger, der die Rasselbande anführen sollte, war seltsamerweise nirgends zu sehen. Hinter den Messdienern schritten mit versteinerter Miene Stadtpfarrer Andreas Heidenblut und sein Diakon, bemüht dem Durcheinander einen feierlichen Anstrich zu geben.

»Wo ist denn der junge Mesner?«, raunte Antonia Martin zu.

Der zuckte nur mit den Schultern. »Vielleicht hat er sich aus dem Staub gemacht?«

»Hier ist was faul, wenn du mich fragst.«

Kapitel 56

Korbinian zog seine Soutane zurecht und betätigte die Toilettenspülung. Hastig öffnete er die Tür und erschrak. Im düsteren Flur stand ein südländisch wirkender Mann in einem dunklen Trenchcoat.

»Wir müssen uns unterhalten, Korbinian.« Der Fremde hatte einen eigenartigen Dialekt. Eine Mischung aus Bayrisch und Allgäuerisch mit italienischem Zungenschlag.

»Woher kennen Sie meinen Namen?«

»Das tut nichts zur Sache.«

»Bitte lassen Sie mich vorbei, ich muss rüber in die Kirche. Ich bin sowieso schon spät dran.«

»Blöd für dich, dass du den Umweg über das Klo im Pfarrzentrum gewählt hast. Jetzt können wir ungestört reden. Ich denke nämlich, dass du etwas hast, das mir gehört.«

Korbinian wich einen Schritt zurück.

»Ich sehe, du weißt, was ich meine.« Mit diesen Worten zog der Fremde eine Pistole aus seinem Mantel.

Korbinians Puls raste. Panisch sah er zur Tür.

»Versuch es gar nicht.«

Die Blasmusik draußen wurde leiser und leiser und verstummte schließlich. »Die werden mich suchen«, versuchte es Korbinian noch einmal.

»Das bezweifle ich. Die haben jetzt was anderes zu tun, als den Ersatzmesner zu suchen. Schätze mal, dass die Prozession längst am Rossmarkt angekommen ist. Auch ohne deine Mitwirkung.« Völlig unaufgeregt fuhr der Unbekannte fort: »So, wir gehen ganz gechillt rauf in deine Wohnung, wo wir uns ein wenig unterhalten werden. Abmarsch!«

Korbinian nickte. Seine Knie zitterten, und für einen kurzen Moment schwankte er, als sich die Pistole hart in seinen Rücken bohrte. Die Stufen der uralten Treppe knarzten unheilvoll. Oben angekommen dirigierte der Fremde Korbinian zu seiner Wohnungstür. »Aufsperren! Aber zackig«, befahl er ihm.

Korbinian zog seine Kutte hoch und nestelte mit zitternden Fingern den Schlüssel aus seiner Hosentasche.

Stimmen erklangen mit einem Mal hinter einer Brandschutztür am Ende des Ganges. Drohend hob der Fremde seinen Finger an die Lippen und zischte: »Keine Dummheiten. Was ist da los?«

»Dahinter ist der Pfarrsaal. Die Pfadfinder richten für den Kirchenkaffee her.«

»Kirchenkaffee? Was läuft hier?«

»Nach dem Gottesdienst verkaufen die Pfadfinder Kaffee und Kuchen.«

»Merda!«, stieß er hervor. »Das hätte sie mir ruhig sagen können.« Gereizt bedeutete er Korbinian, endlich die Tür zu öffnen. Wenige Augenblicke später betraten die beiden ungleichen Männer Korbinians kleine Wohnung. Der Fremde zog die Tür hinter sich zu.

Dunkle Wolken zogen über dem Rossmarkt auf. Ein scharfer Wind pfiff über den Platz, zerrte an den mitgebrachten Palmbuschen und fing sich im Mikrofon. Die Ansprache des Pfarrers war dadurch nur in Bruchstücken zu hören. Aus dem Augenwinkel beobachtete Martin

Viertaler die Frau im Dirndl mit dem dunkelblauen Lodenjanker, die abseits neben dem Durchgang zum Färbertor stand. Sie schien in das Liedblatt vertieft, ihre Lippen bewegten sich nicht. Die Stadtkapelle stimmte ein Lied an, mit dem sich die Palmprozession Richtung Stadtpfarrkirche bewegte. Allen voran der Esel mit einem kleinen Ministranten auf seinem Rücken. Martin ließ den Gottesdienstbesuchern und seinen beiden Damen den Vortritt und tauchte wie zufällig neben der Unbekannten auf. Er deutete zum Himmel: »Fünf Minuten muss es noch heben. Dann sind wir in der Kirche.«

Sein Gegenüber nickte und beschleunigte den Schritt, ohne auf seine Aussage einzugehen.

Martin versuchte es erneut und direkter. »Ich hab gesehen, dass Sie sich vorhin mit Korbinian, unserem Mesner in Ausbildung, unterhalten haben. Kennen Sie ihn?« Diese Frage war eher rhetorischer Natur, denn mit seinem kriminalistischen Blick hatte er sofort registriert, dass das die Mutter des jungen Mannes sein musste. Rein vom Äußerlichen her hätte er nicht darauf geschlossen, war doch die Frau im Gegensatz zu ihrem Sohn eher kräftiger gebaut. Aber die Körpersprache der beiden war eindeutig, wobei das Verhältnis zwischen Mutter und Sohn nicht das Beste zu sein schien. Korbinian hatte überrascht gewirkt, als sie mit erhobenen Händen eindringlich auf ihn eingeredet hatte.

Ihre Schultern strafften sich. Ihre dunkelbraunen Augen musterten ihn abschätzend, das Gesicht, in dem das Leben deutliche Spuren hinterlassen hatte, angestrengt. Ihre Stimme abweisend und kühl: »Ja, Korbinian ist mein Sohn. Bitte entschuldigen Sie mich. Ich würde jetzt gerne sehen, wo er ist, nachdem die Ministranten alleine gekommen sind.« Mit diesen Worten wandte sie sich ab und eilte an der Prozession vorbei Richtung Kirche.

»So, jetzt mal Tacheles. Wo ist der Stoff?«

»Ich weiß nicht, wovon Sie reden«, krächzte der junge Mesner.

Der Fremde packte Korbinian am Hemdkragen und zog ihn dicht vor sein Gesicht. Dieser kleine Scheißer regte ihn langsam auf. Am liebsten hätte er ihn auf der Stelle erschlagen, aber tot nützte er ihm nichts. »Irgendwie scheine ich Chinesisch zu reden. Wo hast du das Kokain versteckt? Oder hat es dieser Pfaffe verkauft?« Er ließ ihn los und schubste ihn aufs Bett.

»Pfarrer Jakub hat die beiden Beutel nicht verkauft!«

»Na also! Warum nicht gleich? Ich sehe, wir verstehen uns endlich.« Emanuele gab dem Mesner-Lehrling eine schallende Ohrfeige. »Die war für die scheiß Arbeit, die du mir verursacht hast.« Er ließ von seinem Opfer ab, schlenderte in aller Seelenruhe zu einer kleinen Sitzgruppe in der Ecke des Raumes und setzte sich. »Es stört dich doch nicht, dass ich rauche, oder?« Er legte die Pistole demonstrativ auf den Tisch und zog eine Schachtel Zigaretten hervor. »Korbi, Korbi. Du hast mir vielleicht Kopfschmerzen verursacht.«

Korbinian rieb sich seine Backe, wo sich die Finger von Emanuele abzeichneten. Aus angstgeweiteten Augen starrte er den Unbekannten an.

Der *´Ndrinu* grinste zurück: »Ich schlage dir jetzt etwas vor. Wir haben Zeit bis die Messe zu Ende ist. Du erzählst mir die ganze Geschichte. Wie du an den Stoff gekommen bist und ... warum dieser polnische Pfarrer ausgerechnet dir das Kokain anvertraut hat.« Er blies einen Rauchkringel in die Luft. »Wenn mir gefällt, was ich höre, könnte es gut ausgehen für dich. Wir holen den Stoff und ich bin weg. Wenn du mir allerdings einen Haufen Bullshit auftischst«, damit zeigte er mit dem Zeigefinger auf den jungen Mesner, »endet es hier und jetzt für dich.« Damit führte er den Finger langsam an seiner eigenen Kehle vorbei und zog vielsagend die Augenbrauen hoch. »Was sagst du?«

Kapitel 57

»Euer Gespräch scheint nicht sehr angenehm gewesen zu sein.« Antonia Buck war von hinten an Martin Viertaler herangetreten. »Wer war das denn?«

»Die Mutter von Korbinian Hinteregger.«

»Das ist ja interessant.«

»Offenbar gibt es Knatsch zwischen ihm und seiner Frau Mama.« Viertaler sah Antonia mit hochgezogenen Augenbrauen an.

»Dann können wir sie nach dem Gottesdienst auch fragen, was es mit der Ähnlichkeit zwischen ihrem Sohn und unserem Opfer auf sich hat. Sie müsste es ja wohl aus erster Hand wissen, oder?«

»Gute Idee.«

»Ich muss schon sagen, Frau Maier hat wirklich einen aufmerksamen Blick für ihr Umfeld.« Antonia war immer noch beeindruckt von Gertis Spürsinn. »Ich hole nach dem Gottesdienst den Pfarrbrief aus meinem Auto. Dann können wir Frau Hinteregger damit konfrontieren.«

Martin sah sich suchend um. »Wo ist Gertrud eigentlich?«

»Sie packt.«

»Wie, sie packt?«

»Na, sie fährt heute Abend nach Hamburg. Das hast du mir doch selbst erzählt.«

»Ja, aber ich dachte, morgen früh. Außerdem hatte ich die stille Hoffnung, dass sie es sich noch einmal überlegt.«

Antonia schüttelte bedauernd den Kopf. »Das war jetzt nicht mein Eindruck.«

»Ich muss noch mal mit ihr reden. Die macht tatsächlich ernst mit diesem Richard.«

Antonia fasste ihn am Arm und zog ihn Richtung Kircheneingang. »Ich brauche dich jetzt hier. Lass uns schauen, ob Korbinian da drin ist. Mir hat er vorher gesagt, dass er die Ministranten holen muss. Aber die sind ohne ihn zum Rossmarkt gekommen. Hoffentlich ist er nicht längst über alle Berge, weil er doch was mit dem toten Pfarrer zu tun hat.«

»Martin, hast du gehört, was ich gesagt habe? Der Ausbildungsmesner scheint verschwunden.«

Martin schüttelte den Kopf, so als wollte er die Gedanken an Gertrud vertreiben. »Das ist tatsächlich komisch. Seine Mutter hat das ebenfalls angedeutet. Mein Eindruck war, dass er zuverlässig und pflichtbewusst ist, zumindest was den Beruf anbelangt. Aber vielleicht hat ihn der Besuch seiner Mutter durcheinandergebracht. Seinem Gesichtsausdruck nach, kam der überraschend.«

Korbinian redete. Erst mit belegter Stimme, leise, fast tonlos. Er erzählte davon, dass er den Stoff vor etwa einem Monat zufällig gefunden habe. »Beim Putzen. In einem Verschlag an der Seite des Sebastiansaltars. Zwei Päckchen mit einem weißen Pulver drin.«

Emanueles unergründliche Miene hellte sich auf, als er von den beiden Beuteln mit Kokain hörte. »Wie gefunden? Du hast doch den Stoff aus dem Beichtstuhl genommen.«

»Nein, ich habe das Zeug im Verschlag am Sebastiansaltar gefunden. Habe ich doch gerade gesagt.« Dann hielt er inne. »Das würde ja bedeuten, dass ...«

Der Fremde beendete den Satz: »Dass jemand anderer das Kokain da rein getan hat. Und ich weiß auch schon wer. Vermutlich wollte das der Pfarrer verticken. Sozusagen als finanzielles Polster für sein Sabbatjahr.«

Korbinian war geschockt. »Pfarrer Jakub soll –?« Seine Stimme wurde lauter, fast schrie er: »Das hätte er nie getan!«

»Sachte, sachte. Woher willst du denn das wissen? Scheinst ihn ja gut zu kennen. Dann kanst du mir auch sagen, ob er Feinde in der Pfarrei hatte. Irgendwer hat den Pfaffen ja um die Ecke gebracht.«

Korbinian verfiel ins Grübeln. Sein geliebter Pfarrer und Mentor war nicht bei allen gleichermaßen beliebt gewesen. Aber ein Mord deswegen? Er schüttelte den Kopf.

»Du schützt ihn doch. Wart ihr am Ende ein Paar?«, konfrontierte ihn der Fremde erneut.

»Bitte was?«

»Hat er dich gefickt?«

»Nein!« Korbinian geriet ins Stottern. Schamröte breitete sich in seinem Gesicht aus. »Pfarrer Jakub war nicht so. Er hat seine Berufung als Pfarrer ernst genommen. In jeder Hinsicht.«

»Soso! Das ist ja mal was ganz Neues.« Dabei grinste der Mafioso anzüglich. »Aber wer hat dann deinen Schein-Heiligen umgebracht und das Rauschgift versteckt?«

Gertrud Maier saß im großen Ohrensessel im Wohnzimmer ihres Hauses im Klösterl. Ihr Koffer lag halb gepackt vor ihr auf dem Boden. Eigentlich müsste sie jetzt in freudiger Erwartung weiterpacken. Aber insgeheim wartete sie darauf, dass die Türglocke erklang und Martin vor der Tür stand. Vielleicht sollte sie doch nicht einfach nach Hamburg fahren und stattdessen das Gespräch mit Martin suchen. Bisher waren alle Versuche irgendwie im Sande verlaufen. Die Liedzeile der Band *Smokey* kam ihr in den Sinn: *24 years living next door to Alice*. Dann zog die Dame aus, wenn sie sich recht erinnerte, ohne dass der schmachtende Sänger je den Mut aufgebracht hätte, seine Angebetete anzusprechen. So lange konnte und wollte sie nicht warten. Gertrud brauchte Klarheit. Sie stand auf und packte weiter.

Kapitel 58

Der *'Ndrinu* Emanuele Di Genova wurde langsam nervös. Seit eineinhalb Stunden saß er untätig mit seiner Geisel Korbinian Hinteregger in dessen Wohnung. In dem alten Pfarrhof ging es zu wie in einem Bienenstock. Der Geräuschpegel im angrenzenden Pfarrsaal hatte deutlich zugenommen. Er musste hier raus und warf einen prüfenden Blick aus dem Fenster im ersten Stock. Immer noch kamen Gläubige von der Kirche herüber, um Kaffee zu trinken und Kuchen zu essen. Der Mafioso stieß verärgert die Luft aus. »Erst der überlange Gottesdienst und jetzt diese Horden von Menschen. Das nervt langsam.«

Korbinian Hinteregger zuckte zurück, als der Fremde zu ihm trat und sich drohend vor ihm aufbaute.

»Wann ist dieser Spuk vorbei? Ich habe nämlich nicht den ganzen Tag Zeit.«

»Ich weiß nicht. Vielleicht um drei?«, bot der verängstigte Mesner-Azubi an.

Der Fremde sah auf die Uhr. Es war 15 Minuten vor zwölf. »Drei Stunden! Das dauert mir zu lange.« Er nahm die Pistole vom Tisch und schraubte in aller Seelenruhe eine Verlängerung an den Lauf.

Sie hätte sich ohrfeigen können. Warum nur hatte sie den jungen Mesner vorgewarnt? Korbinian Hinteregger schien wie vom Erdboden verschluckt. Antonia Buck hastete hinunter ins Foyer des Pfarrzentrums. Unter den Besuchern des Kirchenkaffees war er nicht gewesen. Martin überprüfte gerade die Männertoiletten und suchte Pfarrer Heidenblut.

Ratlos trat sie hinaus in den Pfarrhof. Direkt neben der Bronzeplastik des Guten Hirten traf sie auf eine sichtlich nervöse Monika Hinteregger, die sich gerade eine Zigarette mit der anderen anzündete. Kurz entschlossen ging Antonia auf sie zu. »Entschuldigen Sie bitte. Sie sind doch die Mama von unserem Korbinian?«

»Wieso wollen Sie das wissen?«

Antonia zog ihren Ausweis aus der Geldbörse: »Kriminalpolizei Fürstenfeldbruck. Wissen Sie, wo Ihr Sohn ist? Ich habe Fragen an ihn.«

Monika Hinteregger fixierte den Dienstausweis kurz, bevor sie einen Schritt zurückwich. Sie schüttelte den Kopf. »Nein, ich suche ihn auch schon. Aber was will die Kriminalpolizei von meinem Buben?«

Antonia beschloss, die Karten auf den Tisch zu legen. »Ihr Sohn hat sich der Befragung nach dem Gottesdienst entzogen. Wir müssen davon ausgehen, dass er dringend tatverdächtig ist, in ein Tötungsdelikt verwickelt zu sein.«

Monika Hinteregger erbleichte, ließ die Zigarette fallen und stützte sich schwer auf die Bronzefigur neben ihr. Sie suchte nach Worten: »Der Pfarrer, mein Sohn ... Korbinian hat mir nichts darüber geschrieben. Ich habe das aus der Presse erfahren. Er weiß, dass ich mit der Kirche nichts am Hut habe. Aber ich kann Ihnen versichern, dass er niemanden umbringt.«

»Wo ist er dann?«

»Das weiß ich nicht.« Sie zögerte. »Ich bin zum ersten Mal in der Stadt und wollte Korbinian überraschen. Bis auf gelegentliche Kurznachrichten hatten wir nach seinem Weggang aus Freising keinen Kontakt mehr. Ich wollte ihm noch einmal ins Gewissen reden. Ihn fragen, warum er mir das antut und Pfarrer werden will.« Ein verbitterter Zug erschien um die Mundwinkel von Frau Hinteregger, der sie mit einem Mal um Jahre älter aussehen ließ.

»Das hat uns Ihr Sohn schon erzählt. Das müssen sie beide unter sich klären. Können Sie sich vorstellen, dass Korbinian mit Drogen dealt, weil er Geld für seinen neuen Berufswunsch braucht?«

»Was kommt denn noch alles? Jetzt soll er auch noch mit Drogen handeln?« Verständnislos sah Monika Hinteregger die Kommissarin an.

»Ja, und wir vermuten, dass Pfarrer Cibulski Korbinian dabei erwischt hat. Das könnte dem Geistlichen zum Verhängnis geworden sein. Das sind die Indizien, mit denen wir es zu tun haben.«

Korbinians Mutter schlug die Hände vors Gesicht. »Das ist völlig absurd. Mein Sohn kann keiner Fliege was zuleide tun. Der erschlägt doch nicht den Pfarrer vor den Augen der Mutter Gottes.«

Antonia wurde hellhörig. Bevor sie jedoch nachfragen konnte, kam Martin auf sie zugeeilt. Atemlos blieb er bei den beiden Frauen stehen. »In den Klos ist er nicht. Wir gehen jetzt hoch in den Pfarrsaal zu Pfarrer Heidenblut und holen uns den Schlüssel zu seiner Wohnung.«

Ein Schalldämpfer, schoss es Korbinian durch den Kopf. Wirre Gedanken rasten durch seinen von der Ohrfeige dröhnenden Schädel. Er fühlte sich mit einem Mal todelend und alle Hoffnung verließ ihn. Der Raum drehte sich um ihn. Unaufhaltsam beschleunigte sich alles. Dann übergab er sich.

»Porca miseria!«, entfuhr es dem Mafioso, als er sah, dass seine Geisel kotzte. »Was soll das?«

Korbinian würgte immer weiter, Tränen traten in seine Augen und er bekam keine Luft. Nur langsam ebbte die Panikattacke ab. Als sich sein Blick wieder schärfte, stand der Kidnapper vor ihm und bot ihm die Flasche Wasser an, die auf dem Tisch gestanden hatte. »Trink was, das hilft.«

Verängstigt nahm der junge Mesner einen Schluck. Die Pistole mit dem Schalldämpfer war nicht mehr zu sehen und sein Entführer lächelte.

In beinahe fürsorglichem Ton fragte sein Gegenüber: »Schaffst du es, rüber in die Kirche zu gehen? Wenn ich mein Eigentum wiederhabe, bist du mich los. Das verspreche ich dir.«

Korbinian stand auf und trank die ganze Flasche Wasser leer. Gefasster sah er seinen Peiniger an und nickte.

Als sie den Fuß der knarzenden Treppe erreichten, fasste Ema Korbinian an der Schulter und drehte ihn zu sich herum. Sein Gesicht war wieder eine Maske. »Wenn du Quatsch machst, bist du tot«, dabei zog er die Pistole mit Schalldämpfer aus dem Hosenbund und legte seine Jacke darüber. Als Korbinian nichts erwiderte, drängte er: »Also, bringen wir es hinter uns.«

Auf dem Vorplatz mit dem guten Hirten spielten Kinder, die den ersten Regentropfen trotzten. Die Erwachsenen waren vermutlich alle in den auf der linken Seite liegenden Pfarrsaal geflüchtet. Von dort drangen entfernt

Tellerklappern und Gesprächsfetzen zu ihnen herüber. Der Mafioso wies mit dem Kopf nach rechts in Richtung des Ausganges. Auch die Fußgängerzone war menschenleer und Korbinians Hoffnung auf Hilfe schwand. Sie überquerten die Ludwigstraße und stiegen die breite Treppe zum Kirchenportal hinauf.

»Da bist du ja, Korbi!«

Korbinian stoppte abrupt. Die verborgene Waffe stieß ihm hart in den Rücken. Er sah den Mafioso an, der ihm einen warnenden Blick zuwarf.

Die Gemeindereferentin Johanna Braun kam die Treppe heruntergeeilt. »Wir haben dich überall gesucht. Wo warst du denn?« Ohne auf eine Erwiderung zu warten, fuhr sie fort: »Sogar Pfarrer Heidenblut war sauer, weil er sich selbst um die Ministranten kümmern musste. Du weißt doch, dass er vor einer Messe ´im Tunnel´ ist. Für das Organisatorische hat er keinen Nerv mehr.« Ihr Blick wanderte von Korbinian zu seinem Begleiter, der sofort zu Boden sah. »Hast du Besuch aus Freising?«

»Mein ... persönlicher Tutor. Er schaut sich ... meinen Arbeitsplatz an.« Hastig fuhr er fort: »Das mit Pfarrer Heidenblut kläre ich nachher persönlich. Ich muss jetzt los.«

»Jetzt?« Verwirrt starrte Johanna den Unbekannten an. »Die Messe ist aus. Macht das Sinn? Sollten Sie Ihren Schützling nicht bei der Arbeit beurteilen?«

»Sein Zug hatte Verspätung«, warf Korbinian ein. »Er will sich wenigstens noch die Kirche anschauen.«

Johanna war nicht überzeugt. »Okay, das muss ich jetzt nicht verstehen. Aber, wenn ich du wäre, würde ich schleunigst in den Pfarrsaal kommen. Der Pfarrer hat mit seinem heiligen Zorn schon unseren Mesner Paul angesteckt. Du kannst dich auf eine Gardinenpredigt einstellen.«

Korbinian nahm Johannas Hand und drückte sie. »Johanna, ich brauche eine gute Praxisnote.« Dann sah er sie mit einem flehenden Blick an.

Der Druck der Pistole in seinem Rücken verstärkte sich. Korbinian erhob die Stimme: »Bitte, Johanna! Ich bin in einer halben Stunde bei euch, aber jetzt muss ich in die Kirche.«

Johanna zog ihre Hand frei und rieb sie. »Kein Grund, laut zu werden. Ich hab´s dir ausgerichtet. Deine Entscheidung.« Damit eilte sie weiter in den Pfarrhof.

»Glück gehabt, Kleiner. Jetzt aber los, bevor noch jemand Kommunikationsbedarf hat.«

Die Kirchentür fiel mit einem dumpfen Schlag zu. Der Innenraum der Kirche war menschenleer. Keine Betenden, Kerzenanzünder oder Touristen. Die Luft war weihrauchgeschwängert. Der Geruch, der den jungen Mesner sonst in eine erhabene Stimmung versetzte, löste heute einen Würgereiz in ihm aus. Korbinian atmete tief ein und aus und blickte dabei hinauf zu den geschnitzten Luidl-Figuren, die an den großen Säulen auf ihren Sockeln standen. Doch die Märtyrer und Kirchenfürsten starrten nur gleichmütig vor sich hin. Obwohl der heilige Florian unentwegt Wasser auf eine brennende Kirche goss, stand diese immer noch in Flammen. Von dort oben war keine Hilfe zu erwarten.

»Wo ist jetzt dein Versteck?« Der Fremde packte ihn am Arm. »Wie versprochen, bist du mich los, wenn ich meinen Stoff wiederhabe.«

Der Tonfall jedoch stand im Widerspruch zur Aussage. Den jungen Mann beschlich ein Gefühl, dass der Kerl ihn umbringen würde, wenn er hatte, was er wollte. Seltsamerweise verschwand in diesem Moment seine Panik und er überlegte, wie er aus dieser Sache lebend herauskam. Sein Gehirn, noch vor einer halben Stunde unfähig, einen klaren Gedanken zu fassen, taxierte mit einem Mal kühl seine Möglichkeiten. Er musste den Kerl nur lange genug beschäftigen und hinhalten, dann würde Johanna gewiss mit Hilfe kommen. Sie musste doch seinen starken Händedruck verstanden haben. Fast schon wünschte er sich, dass der Pfarrer wutentbrannt in die Kirche gestürmt käme.

Kapitel 59

Der Regen peitschte gegen die Glasfront. Antonia Buck stand mit Frau Hinteregger vor dem Pfarrsaal und versuchte, sie zu beruhigen. »Vielleicht findet mein Kollege in der Wohnung Ihres Sohnes Hinweise darauf, wo er sich aufhalten könnte.« Insgeheim war Antonia froh, dass sie Korbinians Mutter davon abhalten konnte, mit Martin mitzugehen. Man wusste nie, was man fand.

»Frau Buck! Darf ich Sie kurz sprechen?« Die Gemeindereferentin Johanna Braun trat auf sie zu. »Ich mache mir Sorgen um Korbinian.«

»Wieso, haben Sie ihn gesehen?« Monika Hinteregger trat einen Schritt auf sie zu.

»Vor zehn Minuten ist er mit seinem Mentor aus Freising zusammen in die Kirche gegangen. Was mir aber komisch vorkam, weil die Verantwortung für die praktische Ausbildung bei unserem Mesner, Herrn Schäffler liegt. Er war auch sonst irgendwie komisch. Am Ende hat er meine Hand ganz fest gedrückt und wollte sie gar nicht mehr los lassen.«

»Also, ich weiß nicht sehr viel über die Mesnerausbildung. Aber einen Mentor in Freising gibt es definitiv nicht«, schob Monika Hinteregger nach.

»Wie sah dieser Mentor denn aus?« Antonia hatte einen Verdacht.

»Etwas schräg.«

»Wie schräg?« Antonia ließ nicht locker.

»Ich weiß auch nicht. Er war mir irgendwie unheimlich. Er konnte mich gar nicht anschauen.«

»Geht es auch ein wenig genauer? Mit unheimlich kann ich nicht viel anfangen.«

»Er erinnert mich an einen Schauspieler, aber mit südländischem Einschlag.«

Antonia zog ihr Mobiltelefon heraus und zeigte ihr das Foto, das Martin ihr von Sabine und ihrem neuen, italienischen Gigolo geschickt hatte. »Ist er das?«

Johanna nahm ihr das Telefon ab und vergrößerte das Konterfei des Italieners mit ihren Fingern.

»Das ist er! Aber was hat meine Kollegin Sabine mit dem Kerl zu schaffen?«

Antonia Buck nahm ihr Handy zurück: »Das tut jetzt nichts zur Sache.«

Die Tür zu Korbinian Hintereggers Wohnung war nicht abgesperrt, was Martin wunderte. Das Pfarrhaus war ja an Tagen wie diesen frei zugänglich für jedermann. Das Flurlicht brannte. »Herr Hinteregger, hier ist Martin Viertaler. Sind Sie da?« Als keine Antwort kam, trat er beunruhigt ein. Alle Zimmertüren standen offen. Mit geübtem Blick sah er sofort, dass der Vogel ausgeflogen war. Nacheinander inspizierte er die Räume. Die Küche war aufgeräumt, bis auf eine halbleere Kaffeetasse auf der Anrichte. Im Bad hing noch der Geruch von feuchten Handtüchern. Aus dem Wohn- und Schlafraum stieg ihm ein säuerlicher Geruch vermischt mit Zigarettenrauch in die Nase. Er knipste das Licht an und fand Erbrochenes vor dem Bett. Auf einem Tisch lag eine ausgedrückte Kippe, die einen Brandfleck auf dem Holz hinterlassen hatte.

Die Asche achtlos über den Tisch verteilt. Martin stutzte. Selbst wenn Korbinian rauchte, hätte er vermutlich einen Aschenbecher benutzt. Hier war etwas faul.

Antonia warf der Gemeindereferentin Johanna Braun einen vielsagenden Blick zu. »Kümmern Sie sich bitte um Korbinians Mutter.« Dabei zeigte sie auf Frau Hinteregger, die ratlos von einer zur anderen sah. »Ich schau mal, ob mein Kollege in der Wohnung von Korbinian etwas gefunden hat. Vielen Dank.«

Johanna schien zu begreifen, dass Korbis Mama aus dem Schussfeld genommen werden sollte. Sie streckte Monika Hinteregger die Hand hin, die diese widerstrebend ergriff. »Das freut mich aber, Sie kennenzulernen. Da vorne steht unser Pfarrer Heidenblut. Ich stelle Sie ihm gleich vor.«

Antonia nickte: »Eine sehr gute Idee.« Damit schob sie die beiden Damen in Richtung des Pfarrers. Jetzt war Eile geboten. Sie öffnete die schwere Brandschutztür und traf auf Martin, der gerade die Wohnung des jungen Mesners verließ. »Wir müssen sofort rüber in die Kirche. Der italienische Freund der Pfarrsekretärin hat vermutlich Korbinian in seiner Gewalt.«

Martin nickte. »Also doch Mafia?«

»Ja, das habe ich dir noch gar nicht gesagt. Der Datenabgleich hat ergeben, dass es sich bei ihm um Emanuele Di Genova handelt. Er hat auch noch diverse andere Tarnnamen, wie beispielsweise Gazzola oder Di Gruttola. Er ist ein Chamäleon und wird mit mehreren Morden im Umfeld der *'Ndrangheta* in Verbindung gebracht. Beweisen konnte man bisher nichts.«

»Das passt zu dem, was ich gefunden habe.« Während sie die knarzende Treppe hinunterliefen, informierte sie Martin, über die Spurenlage in der Wohnung. »Was ich mich die ganze Zeit frage, ob Korbinian dealt oder nur zur falschen Zeit am falschen Ort war?«

»Egal. Das können wir nur klären, wenn wir mit ihm sprechen.« Antonia zog ihr Smartphone aus der Tasche. »Ich rufe jetzt Ingo an. Der soll die Kavallerie losjagen. Das wird mir zu heiß.«

»Du hast recht. Trotzdem müssen wir handeln. Bis die da sind, könnte der Hinteregger schon tot sein.«

Pfarrer Andreas Heidenblut begrüßte Monika Hinteregger herzlich: »Schön, dass wir uns auch mal kennenlernen. Ich schätze Ihren Sohn sehr, und bin sicher, dass die beiden Kommissare ihn schnell finden.«

Frau Hinteregger brach in Tränen aus.

Der erfahrene Seelsorger erkannte sofort, dass der Mama von Korbinian nicht nur die Angst um ihren Sohn zusetzte. Er fasste sie am Arm und zog sie Richtung Treppe. »Lassen Sie uns in Ruhe einen Kaffee bei mir drüben im Pfarrhaus trinken. Da können Sie mir erzählen, was Ihnen auf dem Herzen liegt.«

Kapitel 60

Korbinian deutete auf die Seite eines Altars unterhalb des Chorraums. »Der Schlüssel für das Seitenfach des Sebastianaltars ist sehr speziell und hängt dort hinten in der Sakristei neben dem Hochaltar.«

Die beiden Männer stiegen die breiten Stufen zum Chorraum empor. Vor dem Hochaltar beugte zu Korbinians Überraschung der Mafioso das Knie und schlug ein Kreuz. Er erhob sich und verneigte sich noch in Richtung der geschnitzten Multscher-Madonna, die linker Hand auf einem weiteren Altar thronte. Er wandte sich zu Korbinian um, der unschlüssig vor der Tür zur Sakristei stand. »Mach schon, hol den Schlüssel!«

Der junge Mann drückte die Türklinke. Dann räusperte er sich: »Ich kann nicht.«

»Wie, du kannst nicht.«

»Der Mesner hat schon abgesperrt und ich habe keinen Schlüssel dafür.«

»Und das sagst du mir erst jetzt?« Die Stimme des Mafioso wurde gefährlich leise.

»Ich dachte, da ist noch offen ... so kurz nach der Messe«, stotterte Korbinian.

»Was für ein Scheiß ist das denn. Willst du mich verarschen?« Er hob seine Pistole und zielte auf Korbinians Kopf. »Ich habe keine Zeit für solche Spielchen.« Damit sah er sich im leeren Kirchenraum um. »Wir stehen hier wie auf dem Präsentierteller. Wir gehen jetzt zu diesem Sebastianaltar und ich sage dir, wie du das Schloss knackst.« Damit zog er ein Schweizer Taschenmesser aus der Hosentasche. »Abmarsch!«

Er betete, dass das Schloss nicht quietschte. Vom hinter ihnen liegenden griechischen Restaurant wehte der verführerische Duft von gebratenem Fleisch und Knoblauch herüber. Martin Viertaler blendete seinen knurrenden Magen aus und drückte hochkonzentriert die Klinke des nordwestlichen Kirchenportals. Sehr langsam schoben er und Antonia Buck den schweren Türflügel einen Spalt auf und schlüpften hinein.

Alles war still, kein Laut war zu hören. Linker Hand und geradeaus war niemand zu sehen. Zu ihrer Rechten stand eine hölzerne Infowand. Darauf war ein Foto des toten Pfarrers Cibulski gemeinsam mit Korbinian Hinteregger zu sehen. Antonia deutete darauf und flüsterte Martin ins Ohr: »Das ist es, was Gertrud gemeint hat. Das gleiche Foto muss im Pfarrbrief sein. Schau dir die Ähnlichkeit an.«

Viertaler trat im Schutz der großen Säulen näher an das Foto und musterte es. »Tatsächlich! Die sind ja wie Vater und Sohn, wenn du mich fragst.« Ein schabendes Geräusch, das durch den riesigen Resonanzkörper des Kirchenraumes nachhallte, ließ sie innehalten. »Das kam vorne vom Altarraum.«

Gebückt schlichen sie zu den hinteren Kirchenbänken auf der linken Seite.

Martin berührte Antonia am Arm. »Waffe dabei?«

Sie nickte und deutete auf ihre Handtasche.

»Bitte entschuldigen Sie meinen Ausbruch, Herr Pfarrer.« Monika Hinteregger hatte sich wieder gefasst und wischte sich die Tränen von den Wangen.

Pfarrer Andreas Heidenblut hielt ihr sein Stofftaschentuch hin, das er aus der Sakkotasche gezogen hatte. »Frisch gewaschen und gebügelt.«

Verlegen nahm es Monika Hinteregger entgegen und putzte sich die Nase.

»Sie wissen schon, dass ich als Pfarrer dem Beichtgeheimnis unterliege. Wenn Sie also Ihre Last mit mir teilen wollen ...«

»Die Zeiten sind vorbei, dass ich Vertrauen in die Kirche hatte, Herr Pfarrer.«

»Korbinian hat mir erzählt, dass Sie seine Berufung nicht unterstützen. Ich kann das verstehen. In der aktuellen Lage, in der sich unsere Kirche befindet, wünscht sich vermutlich keine Mutter einen Sohn als Pfarrer.«

»Das ist eine viel ältere und längere Geschichte, und Ihre Schäfchen warten drüben auf Sie.« Monika Hinteregger machte Anstalten, zu gehen.

»Nein, nein! Meine Tür steht immer offen, wenn jemand seelsorgerischen Beistand braucht. Egal, ob da ein Fest gefeiert wird oder nicht. Ich höre Ihnen zu.« Er öffnete die Tür zum Besprechungszimmer. »Hier stört uns niemand.«

Ihr Blick blieb am gerahmten Bild mit dem Trauerflor hängen, das auf dem Tisch stand. Wieder kamen ihr die Tränen. Dann begann sie zu erzählen.

Martin und Antonia waren bei der vordersten Bankreihe angelangt. Martin verbiss sich ein Stöhnen. Das gebückte Gehen im Schutz der Kirchenbänke hatte seine Bandscheiben schwer strapaziert. Vorsichtig spähten sie um die letzte Säule. Zu ihrer Rechten sahen sie, wie Korbinian an der Seite eines Altars hantierte. Der Mafioso stand mit dem Rücken zu ihnen und redete auf Korbinian ein. Eine Pistole mit Schalldämpfer auf ihn gerichtet.

Martin hoffte in diesem Moment inbrünstig, dass kein Kirchenbesucher auftauchen würde. Dann könnte die Situation eskalieren.

Mit Handzeichen bedeutete er Antonia, nach vorne zur Schutzmantelmadonna zu schleichen. Dort oben waren sie durch eine halbhohe Mauer besser geschützt. Gleichzeitig hatten sie durch ein schmiedeeisernes Gitter zum Chorraum einen besseren Überblick auf das Geschehen. Sie huschten nach vorne, ohne entdeckt zu werden. Martin atmete tief durch. Ein Plan musste her, auch wenn die Zeit drängte.

»Wie gehen wir vor?«, flüsterte Antonia.

Martin überlegte kurz. »Wir könnten ihn in die Zange nehmen.«

»Aber du hast keine Waffe!«, zischte sie.

Sie hatte natürlich recht, aber darauf konnte er jetzt keine Rücksicht nehmen. »Ich gehe wieder zurück und lenke ihn ab. Du schleichst dich in den Chorraum und hast von dort freies Schussfeld.«

»Und wenn er auf dich schießt?«, gab sie zu bedenken.

»Ich setzte auf das Überraschungsmoment. Wenn er zu mir rübersieht, kannst du ihn stellen.«

»Mir ist nicht wohl bei der Sache. Wir sollten auf Ingo warten.«

»Ich gehe auf meine Position. Für alle Fälle.«

Korbinian fummelte am Schloss des Seitenfachs am Sebastiansaltar herum.

Emanuele Di Genova hatte keine Geduld mehr. »Es reicht! Dein Gefummle macht mich total nervös. Jetzt nehme ich die Sache in die Hand. Gib mir das Taschenmesser.«

Mit schweißnassen Fingern händigte Korbinian das Messer an seinen Entführer aus.

»Geh zur Seite«, befahl ihm der Mafioso. Dann schob er den Dosenöffner in den schmalen Spalt des Türblatts. Nach einem Seitenblick auf Korbinian, der sich erschöpft auf die Stufen gesetzt hatte, wechselte Emanuele seine Pistole in die linke Hand. Mit der Rechten versuchte er, das Seitentürchen des Sebastiansaltars aufzuhebeln. Das Schloss brach beim dritten Versuch. Zwei Päckchen kamen zum Vorschein.

»Na endlich.« Er holte die Päckchen aus dem Fach und erhob sich. Durchdringend fixierte er Korbinian. »Gutes Versteck, Kleiner. Solche Leute wie dich könnten wir gebrauchen. Nur blöd, dass die Bullen dich wegen dem Mord an dem Pfaffen verdächtigen.«

»Was? Das war ich nicht. Pfarrer Jakub hat das Rauschgift vermutlich nur gefunden und hier versteckt. Ich habe das Zeug zufällig entdeckt. Mit seinem Tod habe ich nichts zu tun. Er war mein Mentor.«

»Ist mir egal, wer den Pfaffen umgebracht hat.« Kurz schoss ihm der Gedanke durch den Kopf, dass es vielleicht doch Robert Lang gewesen war, weil ihn der Pfarrer erwischt oder erpresst hatte. Doch das tat jetzt nichts zur Sache. Er hatte den Stoff und musste es zu Ende bringen. Er brauchte keine Zeugen, die ihn identifizieren konnten. Bei Sabine hatte er peinlichst darauf geachtet, dass es keine gemeinsamen Fotos gab. Für einen kurzen Moment empfand er Wehmut, als er an sie dachte. Er zielte auf Korbinians Kopf. »Ja, wir müssen uns so voneinander verabschieden. Ein Selbstmord durch Erhängen wäre mir lieber gewesen.«

Als Martin Viertaler sah, dass der *´Ndrinu* die Waffe hob, sprang er aus seinem Versteck.

Ema schnellte herum. Sofort richtete er seine Pistole auf den ehemaligen Kommissar. »Du alter, neugieriger Mann. Sabine hat mir schon erzählt, dass du überall deine Nase reinsteckst. Das hier ist einmal zu viel.«

»Machen Sie keinen Unsinn! In wenigen Augenblicken ist die Polizei da. Sie kommen hier nicht mehr raus. Was bringt es Ihnen da, zwei weitere Menschenleben auf Ihr Gewissen zu laden? Noch dazu im Angesicht der Jungfrau Maria.« Viertaler plapperte einfach drauf los. Er musste Zeit gewinnen und hoffte, mit der Erwähnung der Gottesmutter den italienischen Mafioso abzulenken. Irgendwo hatte er mal gelesen, dass die Mafiosi alle streng katholisch waren. Sein Hinweis auf Maria schien zu wirken, denn Emanuele ließ für einen kurzen Augenblick die Waffe sinken. »Fast hättest du mich bei meiner Ehre gepackt. Die Jungfrau ist mir wirklich heilig. Aber jetzt ist es Zeit, die Sache zu beenden.« Er hob seine Waffe.

Ein Schuss peitschte durch die Kirche.

Monika Hinteregger hatte es nicht mehr ausgehalten, untätig im Pfarrhof herum zu sitzen und Pfarrer Heidenblut überredet, in die Kirche zu gehen. Als sie die Treppe zur Stadtpfarrkirche hochstiegen, zerriss ein Schuss die Stille. Eine Schar Tauben flatterte erschreckt auf. Von der Schlossergasse her näherten sich Polizeisirenen, die Hauswände des nahen Holzmarktes reflektierten das Blaulicht der ankommenden Fahrzeuge. »Was war das?« Monika Hinteregger wollte die Türe aufreißen, aber der Pfarrer hielt sie zurück.

»Wir warten hier, bis die Polizei da ist. Alles andere wäre unvernünftig.«

»Aber mein Sohn ist vielleicht da drin.«

»Wir sind alle in Gottes Hand.«

Antonia stand mit der Pistole im Anschlag vor dem Mafioso, der mit schmerzverzerrtem Gesicht vor ihr auf dem Boden lag. Aus einer Wunde am Oberschenkel pulste Blut. Mit dem Fuß schob sie seine Waffe außer Reichweite. In ihren Ohren klingelte es unangenehm. Dass Martin auf sie einredete, bekam sie erst mit, als er sie an der Schulter berührte.

»Bist du in Ordnung?«

»Was hast du gesagt?« Sie hörte ihn wie durch einen Filter sprechen.

»Ob du okay bist.« Martin schrie nun fast.

Sie nickte. »Korbinian?«

In diesem Moment rappelte sich der junge Mann hoch. Nach dem Schuss hatte er sich auf den Boden geworfen. Leichenblass signalisierte er mit erhobenem Daumen, dass er in Ordnung war.

An den Mafioso gewandt erklärte sie: »Emanuele Di Genova, ich nehme Sie fest wegen Freiheitsberaubung und versuchtem Totschlag. Martin! Bring die Kollegen hierher.«

Wie aufs Kommando stürmte Ingo Bayerl mit den Kollegen des Kriminaldauerdienstes und einigen Schutzbeamten in die Kirche.

Als Bayerl Antonia unverletzt am Altar stehen sah, durchflutete ihn ein Gefühl der Erleichterung. Doch schnell war er wieder ganz der Alte: »Wer hat hier geschossen?« Er sah die Pistole in Antonias Hand. Noch bevor sie antworten konnte, fuhr er sie an: »Warum hast du nicht auf mich gewartet, wie ich es dir gesagt habe? Und was zum Teufel macht dieser Pensionär schon wieder hier?«

»Es war Gefahr im Verzug, Ingo. Ich musste handeln, sonst wäre das Rauschgift hier«, damit zeigte sie auf zwei unscheinbare Beutel vor dem Sebastiansaltar, »weg gewesen. Außerdem hätten wir jetzt einen toten Mesner. Und was Martin Viertaler anbelangt …«

Ingo schnitt ihr mit einer Handbewegung das Wort ab. »Festnehmen!«, schnauzte er seine Kollegen an.

Antonia schaltete sich wieder ein: »Ich denke, wir brauchen für Herrn Di Genova einen Rettungswagen.«

Ingo Bayerl stutzte. »Woher kennst du seinen Namen?«

Noch bevor sie antworten konnte, eilten Monika Hinteregger und Pfarrer Heidenblut auf sie zu. Wortlos umarmte die Frau ihren Sohn, der mittlerweile in einer Kirchenbank zusammengesackt war.

Antonia Buck trat nun zu Korbinian und musterte ihn eindringlich. »Herr Hinteregger, das bleibt Ihnen jetzt nicht erspart. Ich muss Sie leider festnehmen, wegen des dringenden Tatverdachts, Pfarrer Jakub Cibulski erschlagen zu haben, in Tateinheit mit schwerem Drogenhandel.«

Korbinian wurde noch blasser, als er ohnehin schon war. Mit einer ruckartigen Bewegung schüttelte er die Umarmung seiner Mutter ab. »Ich war das nicht. Das habe ich diesem Mafia-Typen schon gesagt. Warum glaubt mir denn keiner?«

»Mafia?« Ingo Bayerl trat zu Antonia. Mit gesenkter Stimme zischte er: »Du hast mir am Telefon von einer Geiselnahme berichtet, aber nicht, dass die Mafia ihre Finger im Spiel hat. Übrigens das SEK dürfte auch gleich hier sein. Das wird ganz schön peinlich für uns.«

»Mein Fehler, ist passiert.« Sie flüsterte, sodass es keiner der Umstehenden mitbekam: »Die Mafia hat den Pfarrer nicht umgebracht. Das wird unser Superstaatsanwalt ja rausfinden. Immerhin haben wir jetzt den Stoff gefunden und seine Mafiaspur hat sich zum Teil bestätigt. Was will er mehr, als dass wir ihm und dem LKA Amtshilfe leisten.« Sie wandte sich wieder Korbinian zu, der sie immer noch fassungslos anstarrte. »Herr Hinteregger, ich muss sie jetzt trotzdem bitten, uns zu begleiten. Sie können uns auf der Dienststelle in Fürstenfeldbruck gerne Ihre Version der Geschichte erzählen.« Sie gab den Uniformierten ein Zeichen, den jungen Mann abzuführen.

Korbinian sprang auf. Sofort waren zwei Beamte zur Stelle, die ihm die Hände auf dem Rücken fesselten. »Sie müssen mir glauben, ich habe das Rauschgift nur durch Zufall gefunden, als ich den Staubsauger anstecken wollte.« Mit dem Kopf deutete er auf die Steckdose hinter dem aufgebrochenen Türchen. »Ich habe niemandem etwas erzählt, weil ich dachte, dass Pfarrer Jakub in die Sache verwickelt ist. Ich wollte nicht, dass er unter Verdacht gerät. Aber ich schwöre Ihnen, dass ich mit seinem Tod nichts zu tun habe.« Korbinian schrie nun: »Vermutlich hat ihn dieser Mafia-Typ umgebracht, weil er das Rauschgift versteckt hat.«

Pfarrer Heidenblut, der bisher im Hintergrund gestanden hatte, trat zu Monika Hinteregger, die das Geschehen fassungslos mit ansah. Er legte seine Hand auf die Schulter der Frau und sagte mit leiser Stimme: »Es ist Zeit. Die Wahrheit muss ans Licht.«

Kapitel 61

Dienstag in der Karwoche

Die einführenden Worte des Pfarrers zogen wie Nebelschwaden an Matthias vorbei. Angespannt betrachtete er die dunkelbraune Urne mit dem immergrünen Lebensbaum, dem Symbol für ständiges Wachstum und Erneuerung. Daneben ein vergrößertes Foto, das den achtzigjährigen Hans Huber beim Angeln am Altöttinger Weiher zeigte. Seinen 88. Geburtstag vor drei Tagen, am 19. März, hatte der alte Mann nicht mehr erlebt.

Eine Klarinette erklang, die sich nach einigen Takten mit den zarten Klängen einer Geige verband. Die Musik füllte mit einem Mal den gesamten Raum der Aussegnungshalle im Waldfriedhof und brachte Trauer, Wut aber auch Entschlossenheit zum Klingen. Matthias hatte die CD mit dem Soundtrack von Schindlers Liste in den letzten Tagen unzählige Male angehört. Er kannte den Film aus der Schule. Aber nur das kleine Mädchen im roten Mantel war in seinem Gedächtnis geblieben. Die CD hatte zusammen mit dem letzten Willen des Großvaters in der Schublade des Nachtkästchens gelegen. Daneben die bezahlte Rechnung für den Bestatter und das Urnengrab. In das Erdgrab auf dem Alten Friedhof, wo Oma Theresia lag, wollte er nicht. Hans Huber hatte alles geregelt. Für die hektische Betriebsamkeit und den Gestaltungswillen seiner Mutter blieb keine Aufgabe übrig. Ihre Auffassung einer Trauerfeier hätte sowieso nicht den Vorstellungen seines Großvaters entsprochen. Sein Vater wäre damit überfordert gewesen und er selbst wusste nach den letzten Wochen nicht, ob er seinen Opa wirklich gekannt hatte.

Die letzten Töne der Musik verklangen und die Stille war mit Händen zu greifen.

»Wer im Schutz des Höchsten wohnt und ruht im Schatten des Allmächtigen …« Pfarrer Heidenblut begann den Psalm 91 vorzulesen, ebenfalls ein Wunsch seines Großvaters mit dem Hinweis, dass dieser Psalm auch den Trauerzug bei einer jüdischen Beisetzung begleitet. Hans Huber wollte keine Trauerrede, keine Aufzählung von Lebensdaten, die doch nur das Offensichtliche wiedergaben. Was ihn zeit seines Lebens umgetrieben hatte, welche Einsamkeit, Schuldgefühle und Lebensangst manchmal in ihm getobt hatten, war größtenteils in seiner Seele verborgen geblieben. Es hatte schließlich keinen Grund zum Jammern gegeben. Sie hatten den Krieg überlebt und nach vorne geschaut.

Pfarrer Heidenblut verbeugte sich vor der Urne und gab der Familie ein Zeichen, ihm zu folgen. Paul Huber nahm die Asche seines Vaters vorsichtig an sich. Die Anspannung war ihm überdeutlich ins Gesicht geschrieben. Matthias und seine Mutter folgten ihm, dicht dahinter die anderen Trauergäste. Alle waren sie gekommen, um dem Verstorbenen die letzte Ehre zu erweisen: Nachbarn, ehemalige Kollegen, seine Petri Jünger, Bekannte.

Unter dem Geläut der Kirchenglocken folgte auch Martin Viertaler mit gesenktem Kopf dem Zug zur Urnenwand. Am Ausgang nahm er sich ein Sterbebild. Das Foto zeigte den Verstorbenen beim Angeln. Darunter nur drei Worte: Erlösung durch Erinnerung.

Ein leichter Nieselregen setzte ein. Seine Gedanken schweiften ab. Die Anspannung am Palmsonntag in der Kirche steckte ihm noch in den Knochen. Gertrud war bei diesem Richard in Hamburg, und zwischen seiner Tochter und ihm schien eine unsichtbare Wand zu stehen, in der es keine Tür gab. Gerade war ihre Freundin Rebekka da und bald würde sie wieder nach Amerika gehen, aber sie schafften es nicht, dem Unausgesprochenen zwischen ihnen einen Namen zu geben.

Der Zug kam ins Stocken. Ein Trompeter spielte einen letzten Gruß.

»Erde zu Erde, Asche zu Asche, Staub zu Staub.« Mit dieser rituellen Bestattungsformel leitete Pfarrer Heidenblut den symbolischen Abschied ein. Paul Huber schwankte, als er die dunkelbraune Urne in das offene Kästchen der Urnenwand stellte. Dann drehte er sich von der Trauergemeinde weg, seine Schultern zuckten. Hilflos strich ihm seine Frau Renate über den Rücken.

Matthias legte das braune Tagebuch des Abram Canoch in das Urnengrab. Viertaler hatte es ihm tags zuvor noch gebracht, nachdem es ihm Antonia mit folgenden Worten überlassen hatte: »Gib es dem jungen Huber. Nach allem, was du mir erzählt hast, ist es bei ihm am besten aufgehoben. Nachdem der Tod des Pfarrers nichts mit dem Tagebuch von Abram Canoch zu tun hat, wird es beim LKA niemand vermissen. Ich unterschlage es einfach in meinen Bericht.«

Als Matthias Huber, ohne die Beileidsbezeigungen der Trauergemeinde abzuwarten, Richtung Ausgang hastete, überlegte Viertaler kurz, ihm zu folgen. Dann sah er, wie sich bei dem jungen Huber eine sympathisch aussehende junge Frau einhakte. Da war wohl sein Beistand nicht mehr gefragt.

Die Musik aus Schindlers Liste klang noch in ihm nach, und seine Füße gingen einen Weg, den er lange nicht mehr gegangen war. Eigentlich war die weiße Rose für den alten Huber gedacht gewesen. Der würde es verstehen, dass sie Martin auf das Grab seiner Frau legte.

Schritte erklangen auf dem Kies hinter ihm. Er drehte sich um. Seine Tochter Anna. Sie wurde ihrer Mutter von Tag zu Tag ähnlicher.

Anna nahm seine Hand. »Alles in Ordnung, Paps?«

»Ja, alles ...« Er unterbrach sich. »Nein, gerade ist nichts in Ordnung.«

Sie deutete auf das Grab. »Immer noch Schuldgefühle wegen Mama?«

»Woher weißt du?« Martin sah sie überrascht an.

»Weil ich die auch hatte.«

»Du?«

»Erst dachte ich, dass ich mich mehr um sie hätte kümmern müssen, statt meinen Master zu machen. Ich habe immer geglaubt, dass sie die Leukämie besiegt. Doch es hat nicht geklappt und dann brauchte ich wohl eine Projektionsfläche für meine eigene Wut. Da kommst du ins Spiel. Ich war sauer auf dich, weil du so viel gearbeitet hast damals.«

»Ich dachte auch, dass wir mehr Zeit hätten. Ich habe unser Leben auf den Vorruhestand geschoben. Auf das Morgen. Aber dann hat uns Franziska schon im Heute verlassen.«

Sie nahm seine Hand. »Ich habe auch erst im letzten Jahr gelernt, dass niemand für ihren Tod verantwortlich ist. Greg hat mir dabei sehr geholfen. Vielleicht kann dir Gerti helfen?«

»Wie kommst du auf Gerti?« Er war sich in dem Moment nicht sicher, ob er dieses Thema ausgerechnet mit seiner Tochter besprechen wollte.

»Ach Paps, ich habe doch gesehen, dass ihr zwei euch schwer tut mit eurer Beziehung. Und seit dieser Richard Gerti anschmachtet, bist du unausstehlich.«

»Ist doch wahr!«

»Gerti wartet auf eine Initiative von dir. Nur rumbrummeln kommt nicht gut an bei Frauen, musst du wissen.«

»Ja aber ...«

»Nichts aber. Ich stehe eurem Glück nicht im Weg, und Mama hätte bestimmt nicht gewollt, dass du so lange um sie trauerst. Außerdem war Gerti ihre beste Freundin. Besser geht es doch gar nicht.«

Martin sah zu Boden.

»Noch ist es nicht zu spät, Paps.«

»Woher willst du das wissen? Die liegt wahrscheinlich schon in den Armen dieses Richards.«

Anna grinste. »Da wäre ich mir nicht so sicher. Ich habe mit ihr telefoniert. Darum weiß ich, dass Gerti morgen allein auf die Nordseeinsel Spiekeroog fährt.«

»Wieso das denn?«, war alles, was Martin herausbrachte.

»Ganz einfach. Weil sie und Richard nicht zusammenpassen. Sie fühlte sich geschmeichelt, weil Richard sie umworben, und ihr die Aufmerksamkeit gegeben hat, die du ihr schuldig geblieben bist. Außerdem will sie nicht in Hamburg leben. Umgekehrt will Richard nicht nach Bayern. Aber wenn du mich fragst, ist sie sowieso nur an dir interessiert.«

Martin sah sie lange an, bevor er etwas erwiderte. »Was soll ich jetzt machen?«

»Da fragst du noch? Buche dir ein Zimmer und ab nach Spiekeroog! Da gibt es sogar einen Hundestrand für Hexle. Übrigens sie wohnt wieder bei der Familie Gerdes im Haus am Park.«

Kapitel 62

Dienstag in der Karwoche

Antonia saß an ihrem Schreibtisch in der Kriminalpolizeidirektion in Fürstenfeldbruck. Vor ihr auf dem Bildschirm der halbfertige Bericht über die Ereignisse vom Palmsonntag in Landsberg. Sie hätte ihn eigentlich direkt am Montag fertigstellen sollen, aber ihr war noch immer keine schlüssige Begründung dafür eingefallen, warum sie an einem Sonntagmorgen in Landsberg gewesen war und ihre Dienstwaffe dabeigehabt hatte. Und warum sie nacheinander auf wichtige Zeugen einer Ermittlung gestoßen war, die gar nicht mehr ihre war. Warum sie am Ende in einer Kirche auf einen mutmaßlichen Mafia-Killer geschossen hatte, war das heikelste Detail. Ihr Glück war, dass sie ihn am Ende verhaften konnte. Trotzdem gab es zu viele Warums. Sie lehnte sich in ihrem Bürostuhl zurück und streckte den Rücken durch. Staatsanwalt Doktor Gruber hatte sicher mittlerweile den Kurzbericht des Kriminaldauerdienstes gelesen.

Die Tür wurde einen Spalt geöffnet und die Hornbrille von Lois Zettl vom Erkennungsdienst schob sich herein. »Hallo Toni. Wann brauchst du meinen Bericht?«

»Du kannst ihn an den KDD geben.«

»Willst du das nicht zusammen mit deinem Bericht nach Augsburg schicken?«

»Mir ist lieber, du gibst deine Untersuchungsergebnisse direkt weiter. Streng genommen hätte ich ja gar nicht mehr ermitteln dürfen. Der Fall um den toten Pfarrer lag beim LKA. Nur weil mir dieser Hinteregger verdächtig vorkam, bin ich noch mal nach Landsberg gefahren. Dass der dann durch den Mafiatypen entführt wird, konnte ich auch nicht ahnen.«

»Ist ja gut gegangen.«

»Ich hoffe, der Staatsanwalt sieht das auch so.« Sie grinste. »Eigentlich haben wir zwei Fliegen mit einer Klappe geschlagen. Das Rauschgift wurde gefunden und das Tötungsdelikt an Pfarrer Jakub Cibulski ist aufgeklärt.«

»Dein Projektil hat dem Kerl den Oberschenkel glatt durchschlagen. Wir konnten es sicherstellen. Dem Mafioso geht es gut, weil du keine Arterie verletzt hast. Obwohl dir damit ein großer Fang gelungen ist, wird er wohl nichts aussagen. Das wäre sein Todesurteil.«

»Darum kümmern sich die Staatsanwaltschaft und das LKA in München. Schick deinen Bericht an den KDD. Ich gebe meinen separat weiter.«

Lois verabschiedete sich: »Wenn du meinst.«

Antonia rief ihm ein hastiges: »Danke!«, hinterher. Sie beschloss, sich einen Kaffee zu holen. Vielleicht half ihr das Koffein, ihre Gedanken in eine sachlogische Reihenfolge zu bringen. Immer wenn sie eine gute Kausalkette beieinanderhatte, passte irgendein Detail nicht. So wie ihr Aufenthalt am Palmsonntag in Landsberg. Da würde Staatsanwalt Doktor Gruber sofort einhaken. Wenn sie die Wahrheit reinschrieb, würde sie sich nur selbst belasten. Eine erfundene Story aber wollte sie nicht abliefern. Sie war Polizistin, keine Geschichtenerzählerin. Sie fuhr sich genervt durch ihre Haare und begann, ihre schmerzenden Nackenmuskeln zu massieren. Es war zum Verzweifeln.

So, als hätte Ingo ihren Kaffeewunsch erraten, kam er mit zwei Bechern herein. Er blieb kurz in der Tür stehen, sah sie missbilligend an und stellte ihr wortlos einen Becher Cappuccino auf den Tisch.

Seit Sonntag hatte er nur das Nötigste mit ihr gesprochen. Zorn wallte in ihr hoch. »Danke«, murmelte sie vor sich hin. »Säggl.«

»Hast du was gesagt, Toni?« Er reckte den Hals und sah über seinen Bildschirm zu ihr herüber.

»Noi, nix.« Wenn er ihr eine Szene machte, wäre ihr das nur recht. Dann konnte sie ihm unter die Nase reiben, dass sie die ganze Zeit richtig gelegen hatte. Sie arbeiteten weiter schweigend in angespannter Atmosphäre vor sich hin.

Ingo Bayerl war immer noch stinksauer über den Alleingang seiner Mitarbeiterin. Andererseits hatte Antonia mit ihrem unkonventionellen Vorgehen den Fall gelöst. In ihrer Beharrlichkeit und ihrer Liebe zum Detail war sie seinem Vorgänger Martin Viertaler nicht unähnlich. Er musste sich eingestehen, dass er froh war, eine solch passionierte Spürnase im Team zu haben. Auch gingen ihm Viertalers Worte vom Sonntag Nachmittag nicht mehr aus dem Kopf: ´Antonia ist etwas Besonderes. Lass sie nicht hängen.´ Er hasste den Gedanken, einen Rat von seinem Vorgänger anzunehmen, doch in diesem Fall hatte er recht. Er musste etwas unternehmen. Er räusperte sich.

Antonia sah auf. »Ist was?«

»Du, Toni«, fing er an. »Wir sollten deinen ... unseren Bericht noch einmal zusammen durchgehen. Was meinst du?«

Sie fixierte ihn mit gerunzelter Stirn. Schließlich lenkte sie ein. »Wenn du meinst.«

»Ja, ich meine.« Damit schob er seinen Bürostuhl auf ihre Seite, setzte sich neben sie und versuchte sich an einem Lächeln.

Antonia stieß die Luft aus und scrollte nach oben im Text.

»Das Einfachste ist der Tathergang«, dozierte er. Antonia hatte schon einen Abriss zusammengeschrieben, den Ingo nun laut vorlas: »Monika Hinteregger hatte Jakub Cibulski nach beinahe 25 Jahren am Lumpigen Donnerstag gegen 09:40 Uhr wiedergesehen, als sie ihren Sohn in Landsberg besuchen wollte. Sie offenbarte dem Priester, dass er der leibliche Vater des Ausbildungsmesners Korbinian Hinteregger sei. Dabei kam es zum Streit über den Wunsch des jungen Mannes, ebenfalls Pfarrer zu werden. Jakub Cibulski ging danach (ca. 10:00 Uhr) zurück in den Pfarrhof in der Fußgängerzone, um mit seinen engsten Mitarbeitern in der Pfarrei Ausstand mit Weißwürsten zu feiern. Das haben die Anwesenden, Pfarrsekretärin Sabine Ehlers, Gemeindereferentin Johanna Braun und der Jungmesner Korbinian Hinteregger, bestätigt. Monika Hinteregger sagte ihrem Sohn per Kurznachricht ab.« Er richtete sich auf und sah Toni an: »War das eine SMS?«

»Nein, die kam über *WhatsApp*. Habe ich gecheckt.«

»Weiter im Text: Sie, also Frau Hinteregger, könne nicht zur Feier kommen, da sie gerade eine Migräneattacke erleide. Sie gab vor, in Freising geblieben zu sein. Stattdessen ging sie ins Café Manhart am Landsberger Hauptplatz, um einen Kaffee zu trinken. Kurzentschlossen wollte sie noch einmal mit Jakub Cibulski reden und machte sich gegen 11:45 Uhr auf den Weg zum Pfarrhof. Kurz danach sah sie den Pfarrer die Treppe hochsteigen zur Kirche Mariä Himmelfahrt.« Ingo stand auf, um sich eine Akte von seinem Schreibtisch zu holen. Er blätterte nur wenige Seiten um, bis er fand, was er suchte: »Das hat auch Matthias Huber ausgesagt. Vor der Kirchentür wurde er von Matthias Huber angepöbelt und geschlagen, doch zwei Passanten verhinderten Schlimmeres. Pfarrer Cibulski entkam ins Kircheninnere.« Ingo nickte zustimmend. »Das passt soweit.«

Ohne auf seine Zustimmung zu warten, übernahm Antonia Buck das Vorlesen: »Monika Hinteregger wartete vor der Kirche auf den Geistlichen. Als er nicht herauskam, betrat sie gegen 12:15 Uhr die Kirche Mariä Himmelfahrt, um mit Jakub Cibulski ein weiteres Mal zu sprechen. Dabei kam es erneut zum Streit und Frau Hinteregger erschlug den Pfarrer gegen 12:30 Uhr mit einem Kerzenleuchter im Affekt. Den Leuchter hatte sie vom Altar der Schutzmantelmadonna im Nordosten der Kirche genommen. Nach der Tat wischte sie den Leuchter ab und schleppte den leblosen Körper ans andere Ende der Kirche. Sie legte den Pfarrer in einem Beichtstuhl der südwestlichen Einsatzkapellen ab. Sie hoffte, dass er dort nicht so schnell gefunden würde. Dabei nahm sie in Kauf, dass der Pfarrer an seiner Verletzung verstarb, und entfernte sich unerkannt. Der tote Körper rutschte jedoch aus der Sitzposition heraus und wurde am nächsten Morgen von einer Besucherin des Freitagsgottesdienstes gefunden.«

Antonia konstatierte: »Jetzt kommen wir zur Zusammenfassung der Vorgänge letzten Sonntag. Frau Hinteregger hat die Tat am Palmsonntag eingeräumt und so ihren Sohn Korbinian entlastet. Dazu ist mir aber noch nichts eingefallen.«

Ingo zog die Tastatur zu sich heran und begann zu schreiben: »Offenbar wurde der Beichtstuhl, in dem das Opfer aufgefunden wurde, von der *´Ndrangheta* als Drogenumschlagplatz genutzt. Der Geistliche Jakub Cibulski hat vermutlich am Vorabend des Lumpigen Donnerstags zwei Päckchen Kokain dort gefunden und in einem Nebenfach des südlichen Hauptaltares (Sebastianaltar) versteckt. Dafür spricht auch die Aussage des Pfarrers Andreas Heidenblut, der den mutmaßlichen Drogenkurier Robert Lang meistens Mittwochs nach dem Rosenkranz gesehen hat. Die Beweggründe, warum Pfarrer Cibulski nicht gleich die Polizei verständigt hat, konnten nicht ermittelt werden.«

Antonia sah ihn an. »Schreibst du jetzt meinen Bericht?«

Ingo überging diese Bemerkung: »Der mutmaßliche Drogenkurier Robert Lang aus Landsberg, wurde am 28.02. erhängt aufgefunden. Die Umstände des Auffindens lassen ein Tötungsdelikt nicht mehr zweifelsfrei nachweisen, es muss jedoch davon ausgegangen werden, dass die *´Ndrangheta* einen Mitwisser aus dem Weg räumte.« Er warf erneut einen Seitenblick auf seine junge Kollegin. Nach einem Räuspern fuhr er fort: »Die Drogen wurden später von Korbinian Hinteregger gefunden, weshalb dieser von einem Mitglied der *´Ndrangheta* entführt wurde, die dadurch wieder in den Besitz der Drogen gelangen wollte. Wenn du nichts dagegen hast, schreibe ich, dass ich dich nach Landsberg geschickt habe«, bot ihr Chef unvermittelt an.

Antonia starrte ihn mit umwölkter Stirn an. »Du musst dich nicht wegen mir exponieren, Ingo. Ich stehe selber für das ein, was ich gemacht habe. Ich möchte nicht deine Karriere gefährden.«

»Nein!«, entfuhr es ihm. »Ich habe keine Angst um meine Karriere«, patzte er beleidigt. Energisch tippte er weiter: »Mein ehemaliger Kollege, Martin Viertaler, hat mir am Sonntagmorgen, 20. März, telefonisch mitgeteilt, er habe in Landsberg eine verdächtige Person gesehen. Daraufhin hat er mir ein Foto über den Messengerdienst *WhatsApp* zugeschickt. Nach einem Abgleich mit der Datenbank stellte sich heraus, dass es sich um Emanuele Di Genova handelt, der mit mehreren Morden der *´Ndrangheta* in Verbindung gebracht wird. Ich habe vorsichtshalber zur Klärung des Sachverhalts Kommissarin Buck nach Landsberg geschickt, die nach eindeutiger Identifizierung der verdächtigen Person einen Notruf absetzte. Die Situation eskalierte jedoch, als Emanuele Di Genova den Mesner Korbinian Hinteregger entführte. Dies wurde ihr von der Gemeindereferentin Johanna Braun bestätigt. KK Buck musste beherzt eingreifen, da Gefahr in Verzug war. Der Verdächtige Di Genova wollte sein Entführungsopfer liquidieren, nachdem er das gesuchte Kokain an sich gebracht hatte. Herr Hinteregger blieb unversehrt, und zwei Päckchen Kokain konnten sichergestellt werden.« Ingo Bayerl speicherte das Dokument und lehnte sich zurück. Zufrieden faltete er die Hände über seinem Bauch. »Den Martl in der Kirche lassen wir außen vor. Was meinst du?«

Antonia sah ihn verwirrt an. »So kenne ich dich ja gar nicht.«

»Du musst jetzt nicht blöd tun, Toni!«, antwortete Bayerl beleidigt. »Ich will dich nur aus der Schusslinie nehmen.«

Ihre Augen verengten sich zu Schlitzen. »Du meinst wohl, dich selbst?«

Statt einer Antwort begann Ingo zu grinsen.

»Was?«, fragte sie ungeduldig. Dann musste sie auch grinsen.

»Ich wollte dich nicht bloßstellen, ich wollte ... Ach, ich ...« Ihm fehlten die Worte, weil er wusste, dass von seinen nächsten Sätzen alles abhängen würde. »Ich -« Er versuchte es mit der Wahrheit: »Ich will dich nicht verlieren. Im Team, meine ich. Und ...«

»Und was?«

»Und auch privat nicht. Weil ich ...«

»Weil?« Hakte sie nach.

»Mann, nun mach es mir doch nicht so schwer, Toni. Weil ich dich unheimlich mag. Auch, wenn wir Kollegen sind und eine Beziehung unter Kollegen schwierig ist. Also, sein könnte.«

Sie lächelte. »Das mit der Beziehung können wir ja noch üben. Du weißt, doch, dass ich über Ostern heimfahre auf die Ostalb. Wenn du willst, kannst du mich ja dort besuchen und meine Oma kennenlernen. Erst mal macht sie die besten Linsen mit Spätzle und Seitenwürsten. Außerdem hat sie ein untrügliches Gespür für Menschen. Wenn sie dich gut leiden kann, wird das vielleicht was mit uns.« Schmunzelnd fügte sie hinzu: »Wenn nicht, versenke ich dich im Bucher Stausee.«

»Wo ist der denn?«

»Bei Dalkingen, wo das Limestor ist. Da versenkt der Ostälbler seit der Römerzeit seine Leichen.«

»Dann hoffe ich mal, dass ich deiner Oma sympathisch bin.«

»Wir werden sehen.«

Kapitel 63

Gründonnerstag

Draußen vor der Tür waren Stimmen zu hören. Er begann unwillkürlich, mit dem rechten Fuß zu wippen. Doch die Stimmen entfernten sich. Er sah zu den vergitterten Fenstern. Der kahle, spärlich möblierte Besucherraum in der Justizvollzugsanstalt München-Stadelheim drückte auf seine Stimmung.

Seit diesem schrecklichen Palmsonntag waren vier Tage vergangen, die er wie gelähmt in der kleinen Kaplanswohnung verbracht hatte. Pfarrer Heidenblut hatte ihn vom Dienst freigestellt. Der erfahrene Seelsorger wollte Ruhe in die aufgewühlte Pfarrei bringen. Korbinians Anwesenheit bei den Vorbereitungen für die Osterwoche hätte für ständiges Getuschel gesorgt. Der Pfarrer hatte zwar immer wieder nach seinem angeschlagenen Mesner-Azubi gesehen, aber nicht viel Zeit erübrigen können. Denn zu allem Überfluss hatte sich die Pfarrsekretärin Sabine Ehlers am Montag krankgemeldet. Ohne Ehrenamtliche wäre er nach eigenen Worten in dieser heiligen Woche aufgeschmissen gewesen.

Der einzige Lichtblick in dieser Karwoche war der Besuch von Martin Viertaler gewesen, der eines Abends unvermittelt vor seiner Tür gestanden hatte. Bei dem Gedanken daran wurde er wieder ruhiger. Viertaler hatte ihm die unglaubliche Geschichte des KZ-Häftlings Abram Canoch, seines eigenen Urgroßvaters, erzählt. Er wusste nun von seinen Wurzeln, die sich bis nach Polen und Palästina erstreckten.

Der Schlüssel drehte sich im Schloss und seine Mutter kam herein. Korbinian sprang auf.

»Bitte setzen Sie sich wieder hin«, kam es bestimmt von der Beamtin, die Monika Hinteregger begleitete. Sie bedeutete seiner Mutter, auf dem Stuhl gegenüber Platz zu nehmen, und postierte sich selbst an der Seite mit einigem Abstand.

»Hallo, Korbi.«

Stille. Nervös wippte Korbinian wieder mit dem Fuß und sah mit gesenktem Blick auf die Tischplatte. Alle Worte, die er sich im Laufe der Woche überlegt hatte, kamen ihm jetzt deplatziert vor.

»Wie geht es Oma und Opa? Sie haben eine Tasche mit Wäsche und Kleidung an der Pforte hier abgegeben.«

»Keine Ahnung. War nicht zu Hause.«

Sie zog die Augenbrauen hoch, erwiderte aber nichts. In den letzten Tagen schien sie um Jahre gealtert. Tiefe Furchen umrahmten ihren Mund und sie sah ihren Sohn aus tiefliegenden, geröteten Augen an.

»Warum hast du meinen Vater getötet?«, brach es aus ihm heraus.

Sie zuckte zurück. Für einen Moment begannen ihre Lippen zu zittern, als würde sie in Tränen ausbrechen. Dann richtete sie sich auf und stieß die Luft aus. »Das ist eine komplizierte Geschichte.«

»Erzähl sie mir. Es ist auch meine Geschichte«, fuhr er sie an. »Er ist mein Vater, den du mir mein ganzes Leben lang vorenthalten hast. Ich habe ein Recht darauf.«

»Ich habe ihn dir nicht vorenthalten! Er wollte nichts mit uns zu tun haben«, antwortete sie eine Spur zu laut.

Die Justizvollzugsbeamtin räusperte sich hörbar.

Monika Hinteregger senkte ihre Stimme: »Vielleicht verstehst du mich, wenn du die Hintergründe kennst.« Sie machte eine kurze Pause und ihr Blick verlor sich in der Ferne. Monoton fuhr sie fort: »Meine Eltern haben mich von klein auf katholisch erzogen. Nach dem Abitur wollte ich sogar Gemeindereferentin werden. Dann kam dieser Weltjugendtag in Tschenstochau. Eineinhalb Millionen junge Menschen, alle total euphorisiert, genau wie ich auch. Wir alle pilgerten nach Polen zu diesem Großereignis mit dem Motto: ´Den Geist der Kindschaft empfangen´. Rückblickend ein Hohn«, stieß sie bitter hervor. »Wir trafen uns gleich am ersten Tag an der Essensausgabe. Es war sofort um uns geschehen. Er war so ernst und gleichzeitig einfühlsam. Ich fühlte mich sofort bei ihm gut aufgehoben.«

Korbinian kannte dieses Gefühl.

»Diese fünf Tage im August 1991 waren für mich wie eine Offenbarung. Raus aus meinem strengen Zuhause, der eiserne Vorhang war gerade gefallen, ich hatte das Gefühl, die ganze Welt steht mir offen. Jakub ging es ähnlich. Trotz der kollektiven Begeisterung für den Glauben hat er in diesen Tagen sogar seine Berufung in Frage gestellt. Er war bereits Kaplan in einer kleinen Gemeinde in Polen, in der nur das Althergebrachte zählte. Für neue Ideen gab es dort keinen Platz. Er hatte auch Sorge, dass er der Einsamkeit des Zölibats nicht gewachsen war. Als die anderen am letzten Abend alle zur Vigil aufbrachen, sind wir zurück in die Unterkunft. Dann ist es passiert. Und es war nicht der Reiz des Verbotenen. Es war echte Liebe.«

Korbinian hielt sich die Ohren zu. »Ich will das nicht hören. Du hast ihn verführt und deinen Glauben verraten. Jetzt weiß ich, warum du in all den Jahren nichts gesagt hast. Du hast dich geschämt.« Unkontrolliert begann sein rechter Fuß wieder zu wippen.

»Du bist ungerecht! Da gehören immer noch zwei dazu. Wir hatten gemeinsame Pläne für unsere Zukunft.«

»Wussten Oma und Opa, wer mein Vater war?«, wechselte er das Thema.

»Nein. Aber sie waren nicht begeistert, dass ihre Tochter ein lediges Kind heimbringt und den Namen des Vaters nicht preisgibt. Vielleicht haben sie geahnt, dass dein Papa ein Pfarrer war.« Ihre Stimme klang zynisch. »Aber lass mich weitererzählen. Als ich gemerkt habe, dass ich schwanger bin, habe ich Jakub geschrieben. Ihn gebeten, zu uns zu stehen.«

»Das hast du von ihm verlangt, obwohl du wusstest, dass er sich damit gegen seine Berufung und gegen die Kirche entscheiden muss?«

Sie schnaubte verächtlich. »Was heißt gegen die Kirche entscheiden? Die Kirche stellt doch in ihren Sonntagsreden den Wert des Lebens über alles. Aber als es darum ging, Verantwortung für ein Kind zu übernehmen, hat dein heiliger Jakub den Schwanz eingezogen und uns verleugnet. Glaubst du, dass es einfach war, dich alleine großzuziehen? Du hast doch immer nach deinem Vater gefragt. Wer war denn traurig, wenn deine Klassenkameraden mit ihren Vätern etwas unternommen haben, und du musstest dich mit mir begnügen? Ich musste dich anlügen!«

»Und deshalb hast du ihn nach all den Jahren erschlagen?«

Jetzt war sie es, die die Tischplatte musterte, so als ob sie dort die richtigen Worte finden würde. »Als ich ihn am Lumpigen Donnerstag ...«

Korbinian unterbrach sie: »Da bist du doch angeblich in Freising geblieben, wegen deiner Migräne.«

»Ich war in Landsberg, etwas zu früh. Er kam gerade aus dem Pfarrhof. Wir haben uns sofort wiedererkannt. Als er dann erfuhr, dass ich deine Mutter bin, war er völlig erschüttert. Weißt du, wie er reagiert hat?« Sie hielt inne, so als schämte sie sich, die Worte auszusprechen. »Er hat gesagt, dass er in all den Jahren über seine Kräfte hinaus als Priester gearbeitet hat, sozusagen als Opfer für seine Sünde. Verstehst du? Es gab keinen Sohn, sondern die Sünde. Er hatte deine Existenz einfach verdrängt. Durch mein Auftauchen habe ich ihn an dich erinnert. Und welche Ironie des Schicksals: Er kannte dich bereits und hatte dich ins Herz geschlossen.«

Über Korbinians Wangen liefen Tränen.

»Was würdest du sagen, wenn dein Vater kein Geistlicher gewesen wäre? Würdest du ihn dann auch so entschuldigen?«

»Das ist kein Vergleich. Er hatte ein höheres Ziel. Er liebte Gott eben mehr.«

»Du meinst also, sein Dienst an der Kirche war ihm wichtiger, als zu seiner Familie zu stehen? Wie absurd ist das denn! Man kann die Liebe zu Gott und zu den Menschen nicht trennen. Zumindest nicht in meinem Verständnis. Und jetzt – an diesem Donnerstag im Fasching – eröffnete er mir auch noch, alles dafür zu tun, dass du auch Pfarrer werden kannst.«

»Du hast mit ihm darüber gesprochen?«, krächzte Korbinian.

»Ja, er hat davon angefangen. Er hätte mir auch noch das Letzte genommen, nach meinem Glauben, meiner Würde und meiner Selbstachtung. Dich!«

»Du hättest mich doch nicht verloren.«

»Das sagst du jetzt.« Ihre Stimme klang mit einem Mal unendlich traurig. Alle Wut verraucht. »Sei doch ehrlich, dein neuer Berufswunsch ist dir so wichtig, dass du sogar den Kontakt zu mir abgebrochen hast. Weil ich dagegen bin. So wie er damals. Aus den Augen, aus dem Sinn.«

Korbinian räusperte sich. »Mama, das ist der Lauf der Welt. Ich bin erwachsen. Ich will meine eigenen Wege gehen, selbst wenn die dir nicht gefallen. Glaubst du, für Jakub war es immer einfach? Die katholische Kirche ist sein Zuhause. Gleichzeitig aber war er unendlich einsam, wenn er abends zurück in das leere Pfarrhaus kam.«

»Er hätte es anders haben können. Was spricht dagegen, wenn die Kirche den Zölibat freiwillig stellt?«

Korbinian ging nicht auf ihre Frage ein. Zum ersten Mal brachte er es fertig, ihr in die Augen zu schauen.

Sie hielt seinem Blick stand.

»Und wegen all dem ist mein Vater jetzt tot? Bis vor vier Tagen hätte ich es dir nie zugetraut, jemanden umzubringen.«

Monika Hinteregger nestelte an ihrer Bluse herum. Schließlich begann sie, zögerlich zu sprechen: »Nach dem Gespräch mit Jakub bin ich ziellos in der Stadt herumgelaufen. Dann bin ich zum Pfarrhof zurück, weil ich noch einmal mit ihm reden wollte. Ich habe ihn gesehen, wie er die Treppe zur Kirche hoch ist. Dort hat ihn ein junger Mann geschlagen. Jakub ist dann an einem Bauzaun vorbei in die Kirche geschlüpft. Als er nach zwanzig Minuten nicht herauskam, bin ich ihm gefolgt, obwohl ich das eigentlich nicht wollte. Ich ... ich – wollte ihn bitten, dass er dir deine angebliche Berufung ausredet. Schließlich kannte er doch das Leben als Pfarrer mit all seinen Schattenseiten. Aber Jakub hat mir am Ende allen Ernstes vorgeschlagen, dass ich ... dass wir eine heimliche Familie werden sollten. Er würde sich nach seiner Auszeit um eine neue Stelle bewerben und wir sollten dann nachziehen.« Ihre Lippen bebten und ihre Hände begannen zu zittern. »Verstehst du? Heimlich! Jakub wollte alles: Priester bleiben, dein Vater sein und mein ... mich als ...« Sie brach ab und schlug die Hände vors Gesicht. Dann sagte sie nichts mehr. Nach einer Weile stand sie auf und die JVA-Beamtin brachte sie in ihre Zelle.

Korbinian blieb alleine zurück.

Kapitel 64

Gründonnerstag

»Das stinkt doch zum Himmel.« Staatsanwalt Dr. Gruber las den Bericht, den ihm Kriminalhauptkommissar Bayerl übermittelt hatte, zum wiederholten Mal. Verärgert stieß er die Luft aus: »Das glaubt doch, wer will. Ich wette, diese KK Buck war auf eigene Faust unterwegs.« Der Bericht in seinen Händen jedoch entlastete die junge Kripobeamtin. Sie hatte auf Anordnung ihres Chefs gehandelt und der berief sich auf Gefahr im Verzug. Damit hatte das Team um KHK Bayerl zwar dem Landeskriminalamt ins Handwerk gepfuscht. Gleichzeitig musste er zugeben, dass dieser Bericht auch seiner Karriere dienen konnte, schließlich hatten seine Beamten einen lange gesuchten Mafia-Killer festgenommen. Rückblickend würde kein Hahn mehr danach krähen, in welcher Zuständigkeit das erfolgte. Er schlug die Akte zu und schrieb seine Empfehlungen. Der Staatsanwaltschaft ´München II´ trug er an, den Fall des toten polnischen Geistlichen zurück an ihn zu übertragen. Immerhin hatte der Tote nichts mit dem organisierten Verbrechen in Süddeutschland zu tun. Darüber hinaus regte er an, dass das Landeskriminalamt den mutmaßlichen Selbstmord am Autoverkäufer weiterverfolgen sollte, da hier ein Zusammenhang mit der *´Ndrangheta* nahelag.

Diese chaotische Ermittlerin aus Fürstenfeldbruck würde er trotzdem im Auge behalten. Jemand musste ihr auf die Finger schauen, weil KHK Bayerl ihr gegenüber die gebotene professionelle Distanz vermissen ließ. »Aus welchen Gründen auch immer.«

Er nippte an seinem mittlerweile kalten Kaffee und zog den nächsten Hefter vom Stapel.

Karfreitag

Es klingelte. Hexle rannte bellend zur Tür. Martin Viertaler stellte seinen kleinen Rucksack mit den Reisedokumenten in den Flur. »Wer das wohl ist? Hexle aus!« Kaum war die Tür einen Spalt offen, zwängte sich ein junger Schäferhundmischling schwanzwedelnd ins Haus, wo sich die beiden Hunde sofort beschnupperten. »Woher kommst du denn?«, entfuhr es Viertaler.

»Entschuldigung, Martin! Der folgt noch nicht so.«

Viertaler öffnete die Tür ganz und sah die Pfarrsekretärin Sabine Ehlers draußen stehen. »Sabine, dich hätte ich am wenigsten erwartet.«

»Ich möchte dir Luca vorstellen«, lächelte sie ihn an.

Martin verkniff sich ein Schmunzeln, als er den Namen hörte. »Wie bist du denn zu dem gekommen?«

»Er ist aus dem Tierheim und wir gewöhnen uns gerade aneinander.« Sie deutete auf den jungen Mischling und Hexle, die sich im Hausflur balgten. »Die scheinen sich ja bestens zu verstehen. Da steht ja unseren gemeinsamen Spaziergängen nichts im Wege. Jetzt nachdem ich wieder solo bin.«

Martin zuckte bei diesem Vorschlag.

Demonstrativ zog sie ein Taschentuch aus ihrer Manteltasche und tupfte sich die Augen. »Du hast das ja aus nächster Nähe mitbekommen, dass mein Freund Luca verhaftet wurde. Wie konnte ich mich nur so in ihm täuschen?«

»Da musst du dir keine Vorwürfe machen«, beschwichtigte Martin. »Er war ein Profi im Täuschen.«

Sie überging seine tröstlichen Worte: »Warum warst du eigentlich dabei, als man ihn angeschossen hat? Hast du wieder ermittelt?«

Der Herzschmerz hatte ihrer spitzen Zunge offenbar nichts anhaben können. Martin wechselte das Thema: »Geht es dir wieder besser? Korbinian Hinteregger hat mir erzählt, dass du krank geschrieben bist.«

»Stimmt, diese Woche noch. Das Ganze hat mich nervlich einfach mitgenommen. Nach Ostern fange ich wieder an. Unseren Korbinian hat es ja auch ganz schön gebeutelt. Die eigene Mama eine Mörderin. Man sieht halt nicht rein in die Leute.«

Martin ging das jetzt zu weit. Er hatte keine Lust, das Geschehene mit Sabine zu erörtern. »Ich würde dich gerne reinbitten, aber mein Zug geht in einer Stunde und ich muss noch fertig packen.«

»Du verreist?«

Kurz überlegte Martin, ihr eine Ausrede aufzutischen, beschloss dann aber, dass sie die Wahrheit verdient hatte. »Ja, ich fahre an die Nordsee. Auf der Insel Spiekeroog treffe ich mich mit Gertrud Maier.«

Sabines Blick sprach Bände, doch da musste er durch. Er kratzte sich an der Nase. »Gertrud und ich ...«

»Du brauchst mir nichts erklären«, fuhr Sabine dazwischen. »Bei Fuß, Luca!« Sie rief den Hund, der nur widerstrebend seinen neuen Spielkameraden verließ. »Wir gehen dann mal alleine in den Wildpark, der Martin muss packen.«

Mit versteinerter Miene verließ Sabine, ab jetzt mit Hund, sein Haus. Martin sah ihr nach, wie sie den Seelberg hinunter ging. Zum ersten Mal hatte er Stellung bezogen, was Gerti anbelangte. Es fühlte sich gut an.

Kapitel 65

Ostersamstag

Als Martin Viertaler in Neuharlingersiel aus dem Bus stieg, tat ihm jeder Knochen weh. Er war seit sechzehn Stunden auf den Beinen. Anna hatte ihn gestern Abend zum Bahnhof Kaufering gefahren. Von dort war es über Augsburg und Köln Richtung Norden gegangen, wo der Bus gewartet hatte. Sein Hund Hexle schien die lange Fahrt besser verkraftet zu haben, als er selbst. Trotz der vielen neuen Eindrücke um ihn herum, stand er ruhig bei seinem Herrchen. Viertaler sah auf die Uhr. Die Fähre nach Spiekeroog fuhr erst in einer Stunde. Er stellte seinen Koffer in den bereitstehenden Container. Der Geruch von Meer mischte sich mit dem Duft von Zimtwaffeln und gebratenem Fisch und Martin spürte, wie hungrig er war. An einem Stand kaufte er sich eine Brathering-Semmel und ein Pils, das mit friesisch-herbem Genuss warb. Für Hexle hatte er ein paar Hundekuchen dabei. Der Strandkorb beim Fähranleger schützte sie beide vor dem eisigen Wind, der die Wolkenfetzen über einen strahlendblauen Himmel peitschte. Er sah auf die aufgewühlte Nordsee. Seine Gedanken, die auf der langen Zugfahrt in alle Richtungen galoppiert waren, kamen langsam zur Ruhe.

Die Überfahrt, die er auf dem Oberdeck verbrachte, dauerte knapp fünfundvierzig Minuten. Die Fähre legte an und er holte seinen Koffer aus dem Container. In einer langen Schlange zogen Horden von Menschen Richtung Ortsmitte der kleinen, autofreien Nordseeinsel. Das Geräusch der Rollkoffer mischte sich mit Kinderlachen und eine gespannte Erwartung hing in der Luft. Viertaler hatte wie durch ein Wunder ebenfalls eine kleine Wohnung in Gertis Pension gefunden. Dass er kommen würde, wusste sie noch nicht.

Am Ferienhaus angekommen, stieg er die schmalen Stiegen hoch in den ersten Stock. An seiner Zimmertür ein Schild mit der Aufschrift: ´Herzlich willkommen Herr Viertaler´. Der Schlüssel steckte im Schloss. Er öffnete die Tür und war sofort begeistert. Die Wohnung war heimelig und geschmackvoll eingerichtet. Außerdem hatte sie einen schönen Balkon Richtung Hafen. Hexle legte sich sofort unter den Esstisch. In seiner Begeisterung machte er mit seinem Handy ein Foto und schickte es seiner Tochter Anna. Darunter schrieb er:

Wir haben es geschafft. Legen uns erstmal aufs Ohr und gehen später zum Osterfeuer. Melde mich wieder.

Er streifte die Schuhe von den Füßen und ließ sich auf das breite Bett fallen. Das Fenster war gekippt und das heisere Kreischen der Möwen und das Gurren der Ringeltauben wiegte ihn in den Schlaf.

Zwei Stunden später erwachte er ausgeruht. Hexle saß bereits vor seinem Bett und sah ihn erwartungsvoll an. Er würde wohl den Hundestrand suchen müssen. Aber zuerst sah er nach, wo Gerti wohnte. Sie war unter dem Dach einquartiert. Kurz überlegte er zu klopfen, aber Hexle zog an der Leine. Er würde Gerti sicher beim Osterfeuer am Abend treffen. Bis dahin wusste er hoffentlich, was er zu ihr sagen würde. Bislang war ihm nichts Rechtes eingefallen.

Im Fremdenverkehrsbüro, das witzigerweise *Trockendock* hieß, besorgte er sich eine Inselkarte. So fand er schnell den Bereich, wo auch Hunde erlaubt waren. Donnernd brachen sich die Flutwellen am Strand, während er unermüdlich Stöcke warf, die sein Hund begeistert apportierte.

Es dämmerte schon, als sich Viertaler auf den Weg in den Ostteil des Dorfes machte. Dort sollte das Osterfeuer entzündet werden. Aber auch ohne Karte hätte er das gefunden. Er folgte einfach den Familien, die mit Bollerwägen und Rucksäcken Richtung Deich zogen, wo sich bereits eine lange Schlange vor dem Würstchenstand gebildet hatte. Er sah sich um. Wie sollte er in diesem Gewühl Gerti finden? Da kam ihm eine Idee. Er machte ein Foto vom Osterfeuer und schickte es an Gerti. Darunter schrieb er: *Lust auf ein Bier?*

Die Antwort kam schnell. Als er den Messengerdienst öffnete, sah er drei Fragezeichen.

Noch bevor er zurückschreiben konnte, bellte Hexle und zog an der Leine Richtung Bierausschank. Dort in der Schlange vor der Kasse stand Gerti und starrte auf ihr Mobiltelefon. Er schrieb: *Bringst du mir ein Jever mit?*

Gertis sah sich suchend um. Zuerst fiel ihr Blick auf Hexle, dann erkannte sie ihn. Ein Strahlen überzog ihr Gesicht. Martin ging auf sie zu. Kurz zögerte er, dann umarmte er sie.

»Was machst du denn hier?«

»Urlaub, wie du auch«, gab er lächelnd zurück.

»Woher weißt du ...? Anna! Sie hat es dir erzählt.« Verlegen musterte sie ihre Schuhspitzen. »Das war nicht beabsichtigt, musst du wissen.«

»So habe ich das auch nicht aufgefasst. Ich bin meiner Tochter dankbar, dass sie mir das anvertraut hat. Denn so konnte ich endlich das tun, was ich schon längst hätte tun sollen.«

»Was tun?«

»Na, nicht mehr in der Vergangenheit leben und nach vorne schauen. Zusammen mit dir, wenn du willst«, fügte er hinzu.

»Bist du dir da sicher?« Sie sah ihn zweifelnd an.

»Es kann schon sein, dass ich manchmal rückfällig werde, aber du wirst mir dann schon sagen, wo es langgeht.«

Mittlerweile waren sie an der Reihe. Martin kaufte zwei Pils und zwei Wurstsemmeln. Hexle winselte. »Du kriegst was, wenn wir zu Hause sind.«

»Wo wohnst du denn?«, wollte Gerti kauend wissen.

Martin grinste. »Rate mal!«

»Doch nicht im *Haus am Park*?« Gerti zog die Augenbrauen hoch. »Da war doch alles ausgebucht.«

»Jemand hat kurzfristig wegen Krankheit abgesagt und ich bin jetzt in einer kleinen Wohnung im ersten Stock.«

Nachdem sie gegessen hatten, hakte sie sich bei ihm ein. »Mir wird langsam kalt. Komm, lass uns zurückgehen.« Martins Mobiltelefon piepte erneut. Seine Tochter hatte ein undefinierbares Schwarz-Weiß-Foto geschickt.

»Was ist das denn?« Er hielt Gerti sein Handy hin.

»Sieht aus, wie ein Ultraschallbild. Und der kleine Punkt da dürfte dein Enkelkind sein. Du wirst Opa!«

Ihre Aussage klang für Martin nicht überrascht. Fassungslos starrte er sie an. Nach einem kurzen Moment zog er Gerti an sich und küsste sie auf den Mund. Ihre Lippen waren zart und schmeckten salzig.

Sie erwiderte seinen Kuss und schmiegte sich an ihn. »Darauf habe ich lange gewartet.«

Arm in Arm gingen sie schweigend ins Dorf zurück. An einem Buchladen blieb Gerti stehen und deutete auf eine Postkarte, die im Schaufenster lag. »In dieser Aussage steckt viel Wahrheit.«

Martin trat näher und für einen Augenblick hatte er das Gefühl, Hans Huber würde neben ihm stehen und die eindringliche Stimme des alten Mannes klang in seinen Ohren:

´Nur die Liebe und der Tod ändern alle Dinge.´

Lotan/Israel, ein Jahr später

Liebe Theresa,

danke für deinen Brief mit all den Neuigkeiten aus der Pfarrei Mariä Himmelfahrt.

Ich arbeite jetzt schon sechs Monate für den internationalen Jugendfreiwilligendienst im Kibbuz in Lotan in Israel. Ich habe einige Zeit gebraucht, bis ich mich an das Leben in einer großen Gemeinschaft gewöhnt habe. Mit David aus Berlin und Ian aus Australien bin ich mittlerweile gut befreundet. Sie zwingen mich, nicht nur Englisch mit ihnen zu sprechen, so dass mein Hebräisch von Tag zu Tag besser wird.

Meine Arbeit auf der Dattelplantage macht mir nach wie vor Spaß, auch wenn sie durch die Hitze ziemlich anstrengend ist. Ich pflücke die Datteln entweder mit einem Kran oder einem Gerüst. Schwindelfrei musst du auf jeden Fall sein. Durch meine Begleitseminare und Ausflüge lerne ich nicht nur Land und Leute, sondern auch die sozialen und politischen Zusammenhänge kennen.

In meiner Freizeit lese ich viel oder schwimme im Pool. Am Abend, wenn es nicht mehr so heiß ist, spielen wir Fußball oder gehen in den Fitnessraum. Einmal war ich am Coral Beach. Das Wasser war gigantisch. Das hätte dir auch gefallen.

Bitte richte liebe Grüße an Pfarrer Heidenblut aus. Er hat viel für mich getan. Er hat nicht nur meine Mutter im Gefängnis besucht, sondern auch mit meinen

Großeltern gesprochen. Wenn ich in einem halben Jahr wieder in Deutschland bin, komme ich in Landsberg vorbei. Ich vermisse nämlich dein Lachen, das mir die Schwere in meinem Leben nimmt.

Dein Korbinian

Anmerkungen der Autoren

Von was handelt unser Roman? Gibt es eine tiefere Sicht, eine gemeinsame Klammer?

Die Inhalte der Erzählstränge sind ja offensichtlich. Da geht es erst einmal um einen gewissen Emanuele Di Genova, der durch die Straßen von Landsberg geistert. Schnell wird klar, dass hier das organisierte Verbrechen seine Finger im Spiel hat. Bereits die Süddeutsche Zeitung titelte im März 2014, dass die Mafia schwäbisch spricht. Im Artikel wird die jüngere Geschichte der *´Ndrangheta* im Raum Kempten beleuchtet, die in den 1960er Jahren mit italienischen Gastarbeitern importiert wurde. Auslöser für den Bericht war die Festnahme des Leiters der Kemptener Drogenfahndung, bei dem eine große Menge Kokain gefunden wurde. Und auch der jüngste Drogenfund im Dezember 2019 in Neu-Ulm – 500 Kilogramm Kokain verteilt auf Bananenkisten – zeigt, dass Deutschland nicht nur Rückzugsort, sondern auch Aktionsraum für verschiedene mafiöse Strukturen ist.

Dass unser Roman im gleichen Jahr erscheint, in dem der 75. Gedenktag der Befreiung von Auschwitz begangen wird, war anfangs nicht geplant. Die zahlreichen aktuellen Beiträge in der Presse und im Fernsehen haben uns die historische Schuld unseres Heimatlandes wieder ins Gedächtnis gerufen. Ein Thema, das in unserer Gesell-

schaft nicht immer auf Zustimmung stößt. Doch zahlreiche Untersuchungen belegen, dass die Gräuel des Zweiten Weltkrieges die Kriegsenkel bis heute belasten. Für uns persönlich steht jedoch nicht der Schuldgedanke im Vordergrund. Vielmehr sind wir der Überzeugung, dass Erlösung nur durch Erinnerung geschieht. Unabhängig davon, ob es sich um ein gesellschaftliches Thema handelt, oder um Lebensbrüche im ganz privaten Umfeld.
Auch Landsberg spielte eine besondere Rolle in der Zeit des Nationalsozialismus. Das Schicksal unserer Familie Huber und die damit verbundene Sprachlosigkeit stehen aber nur beispielhaft für hunderttausende Familien in Deutschland und anderswo in der Welt. Wir wollen mit unserem Roman nicht den moralischen Zeigefinger erheben, aber doch deutlich machen, dass die NS-Zeit kein ´Fliegenschiss in der deutschen Geschichte´ war. Die geschilderte Räumung der Konzentrationslager rund um Landsberg ist historisch belegt.

Zu guter Letzt spielt im Roman auch die katholische Kirche eine tragende Rolle. Eine Organisation, in der die scheinbare Doppelmoral der Institution gerade in den letzten Jahren für zahlreiche Schlagzeilen und Kirchenaustritte sorgte. Als Gemeinschaft der Gläubigen beraubt sie sich dadurch einer wichtigen Rolle in einer Gesellschaft, die nach Halt und Orientierung sucht. Wichtig war uns hier, keine Stammtischparolen zu vertiefen. Dafür ist auch dieses Thema viel zu sensibel, um es im Strudel der täglichen Meldungen zu instrumentalisieren.
So gibt es Priester, die an ihrer Berufung verzweifeln, wie das Opfer Jakub Cibulski, aber auch Geistliche wie An-

dreas Heidenblut, der sein Priestersein mit all seinen Facetten annimmt.
Dass der Vater von Jakub Cibulski von einem katholischen Ehepaar als leibliches Kind angenommen wurde, war kein Einzelfall. Bei unseren Recherchen stießen wir auf viele solcher Schicksale, womit diese Kinder dem Nazi-Terror entkamen. Der Preis dafür war jedoch der Verlust ihrer Wurzeln.

Doch was steckt zwischen den Zeilen? In unserem Roman verweben sich drei Erzählstränge, die auf den ersten Blick nichts miteinander zu tun haben. Was aber könnte die Hauptüberschrift über diesen drei Themen sein? Das Grundthema – sozusagen die Textur der Geschichte – ist, wie Menschen mit dem Thema Schuld umgehen. Im Kleinen wie im Großen. Das zeigen schon die Fragen, die sich unser pensionierter Kommissar Martin Viertaler immer wieder stellt: Wer ist Opfer, wer ist Täter und wer trägt Schuld?

Doch auch ein weiteres Thema durchzieht die drei Erzählstränge im Roman wie ein ferner Nachhall auf die geschilderten Ereignisse: Die Arroganz der Macht, die eigene Wahrnehmungen narzisstisch verzerrt und die wohl nie aussterben wird.

Danksagung

Zu guter Letzt möchten wir es nicht versäumen, uns bei all den Menschen zu bedanken, die uns beim Erstellen des Textes hilfreich zur Seite standen. Zuallererst unsere Betaleser, Irmi Kral und Jutta Willfahrt. Sie mussten sich noch durch einen unlektorierten Text kämpfen, wofür sie unser Mitgefühl haben.

Danke auch an unsere Lektorin und *Textehexe*, Frau Susanne Pavlovic, die uns immer wieder mit sogenannten Info-Dumps konfrontiert hat und uns gnadenlos die Erzählperspektiven um die Ohren schlug. Gerade ihre humorige Kritik an unseren sprachlichen Eigenheiten sorgte bei den Korrekturarbeiten immer wieder für Erheiterung unsererseits.

Danach lasen Veronika Kiechle, Maria Pfadler, Franz Braun, Sonja Gaschler und Bernd Gröner das Manuskript noch einmal für uns durch, bevor das bewährte Korrektorat von Frau Monika Wunderlich dem Text den letzten Schliff gab. Ein herzliches Vergelt´s Gott dafür.

Eminent wichtig waren auch die Expertisen der wirklichen Fachleute. Danke für Hinweise des Hauptkommissars Hans-Peter Steckmeier zur Kripo in Fürstenfeldbruck. Ebenfalls dem Hauptkommissar Bernd Gröner für die wertvollen Hinweise zur Ermittlungsarbeit der Polizei insgesamt und der Ärztin, unserer Nichte Jorun Baumann, die sich der medizinischen Fakten annahm.

Unser Dank geht auch an Emanuele Frisi, der als italienischer Schwabe die entsprechenden italienischen und schwäbischen Textstellen für uns gegencheckte.

Zuletzt gilt noch ein besonderer Dank dem ehemaligen Karate-Kollegen Thomas Zeising, der den Mafia-Killer Emanuele Di Genova, alias Bruce Willis, souverän in unserem Film-Trailer verkörperte. Ein Dankeschön geht natürlich auch an unseren jüngsten Sohn Jakob Pfaffeneder, der Captain Kirk, alias Matthias Huber mit der nötigen Wut darstellte. Last, but not least, danken wir unserem Kameramann, Cutter, Toningenieur und Regieassistent Fritz Kral, der uns half, den Text in Bilder umzusetzen.

Wenn Sie mehr über uns erfahren wollen, besuchen Sie unsere Webseite www.liccaratur-verlag.de. Dort finden Sie auch den Trailer zu „Täter – Opfer – Schuld".

Weitere im Liccaratur-Verlag erschienene Titel:

Krimi-Anthologien / Wettbewerbe

Die Spur führt an den Lech
226 Seiten, 2013
ISBN 978-3-944810-00-3 / 12,95 €

15 spannende Kriminalgeschichten mit Lokalkolorit des Landsberger Autorenwettbewerbs 2012/13

Ein geschickter Profikiller teilt uns sein Erfolgsrezept mit, ein Landsberger Gastronom wird in der Kirche ermordet und keiner trauert. Geschichten, die durch ihre interessante Erzählperspektive fesseln.
Alexandra Lutzenberger,
Landsberger Tagblatt, Kulturredaktion

Das Geheimnis des blutroten Kamms. Ha(h)nebüchener Psychothriller.
Ingrid Asam, BuchHansa, Landsberg

Sanft rauscht der Lech vorbei an bekannten Schauplätzen; der eiskalte Schauer packt einen bei dem, was sich in Landsberg ereignen könnte ...
Mathias Neuner,
Oberbürgermeister der Stadt Landsberg am Lech

Sagenhafte Verbrechen aus dem Lechrain
236 Seiten, 2016
ISBN 978-3-944810-02-7 / 12,95 €

15 spannende Sagen- und Gruselgeschichten des Landsberger Autorenwettbewerbs 2015/16

Hojemännlein, der Goggolori, das Wilde Gejäg, Hexen, Geistererscheinungen und Räuberbanden haben den Landstrich geprägt, der im wesentlichen den Landkreis Landsberg am Lech repräsentiert. Die Anthologie enthält 15 spannende Kriminalgeschichten mit Bezug zur Sagenwelt des Lechrains. Urheber dieser sagenhaften Kriminalfälle sind die Preisträger des Landsberger Autorenwettbewerbes 2016. Aufgewertet wird das Werk durch 24 eindrucksvolle Schwarzweiß-Aufnahmen namhafter Fotografen. Diese zeigen neben Szenen aus den Kurzkrimis auch schöne Orte aus dem Landkreis Landsberg. Als Zuckerl obendrauf gibt es auch eine Zusammenstellung der im Buch kolportierten Sagen aus dem Lechrain.

Er fand ein schauriges Grab in der Teufelsküche. Wer ist dafür verantwortlich? Etwa der Goggolori, das Issinger Schlossfräulein, das Hojemännlein oder gar der Engel von Rott? Sagenhafte, gespenstisch schöne Geschichten zwischen Ammersee und Lech.
Thomas Eichinger,
Landrat Landreis Landsberg am Lech

Anthologie

Jahreszeiten zwischen Lech und Ammersee
226 Seiten, 2019
ISBN 978-3-944810-04-1 / 12,95 €

16 wunderbare Geschichten aus dem Landkreis zwischen Lech und Ammersee, unter anderem mit der Bestsellerautorin Nicola Förg, die am Lech südlich des Landkreises Landsberg lebt

Der bekannte Bestsellerautor Oliver Pötzsch, Schöpfer der Henkerstochter-Saga, hat ein Vorwort verfasst, das zum Nachdenken anregt.

Die Geschichten ... spiegeln in der Tat das Geschehen zwischen Lech und Ammersee auf eine spannende und höchst interessante Weise wider. Mein Hinweis: Lesen, lernen, sich vergnügen.
Alois Kramer
Chefredakteur Ammersee Kurier, Dießen

Historisher Roman

Der Baumeister von Landsberg
596 Seiten, 2014
ISBN 978-3-944810-01-0 / 14,95 €

Im Spätmittelalter ist Landsberg am Lech durch seine strategisch günstige Lage zu einer bedeutenden Stadt herangewachsen. Der Salzhandel hat Landsberg reich gemacht und ein zunehmend selbstbewusstes Bürgertum scheut auch Konflikte mit seinem Landesherrn nicht mehr. Durch den Neubau einer Kirche will man zudem dem Patronat des Klosters Wessobrunn entfliehen. Die neue, prächtige Basilika soll aufkeimenden Bürgerstolz demonstrieren.

Bereits als Lehrling ist der Steinmetz Veit Maurer am Bau des neuen Gotteshauses beteiligt. Fortan widmet er sein Leben der Baukunst und sein Weg führt ihn durch halb Europa. Er erlebt Freundschaft, Liebe, Krieg und nicht erwarteten Verrat. Doch stets bleibt sein persönliches Schicksal mit Landsberg und dem dortigen Kirchenbau verbunden.

Tauchen Sie ein in die Geschichte einer Stadt an der Schwelle vom Mittelalter zur Neuzeit.

Kriminalroman

Entwurzelte Schatten
332 Seiten, 2017
ISBN 978-3-944810-03-4 / 14,25 €

Selahattin Barzani ist als syrischer Flüchtling in der kleinen Stadt Landsberg am Lech gestrandet. Beim morgendlichen Joggen führt ihn sein Weg an einen Ort, den die Menschen Teufelsküche nennen. Dort holen ihn kurz vor Weihnachten die Schatten seiner Vergangenheit ein. Bei seiner panischen Flucht rennt er beinahe den pensionierten Kriminalhauptkommissar Martin Viertaler um. Der findet am Tatort eine kopflose Leiche und ein Handy, mit dem zuletzt seine gute Bekannte Gertrud Maier, Selahattins ehrenamtliche Betreuerin, angerufen wurde.

Da die ehemaligen Kollegen Viertalers schnell den Flüchtling verdächtigen, versucht er zusammen mit Gertrud, dessen Unschuld zu beweisen. Dabei verstrickt sich das ungleiche Ermittlerduo immer tiefer in diesen mysteriösen Fall. Der Mord in der *Thomasnacht*, der ersten der mystischen Raunächte, entfesselt ein Spiel der Schatten, in das nicht nur der Flüchtling Selahattin, sondern auch alteingesessene Bürger hineingezogen werden.

Letzten Endes gerät Gertrud Maier, für die Viertaler zunehmend mehr empfindet, selbst in tödliche Gefahr.